Une fillette en danger

La coupable idéale

PAULA GRAVES

Une fillette en danger

éditions Harlequin

Titre original : CHICKASHAW COUNTY CAPTIVE

Traduction française de CAROLE PAUWELS

HARLEQUIN®
est une marque déposée par le Groupe Harlequin

BLACK ROSE®
est une marque déposée par Harlequin S.A.

Photos de couverture
Femme & fillette : © JUTTA KLEE / GETTY IMAGES
Paysage : © IVAN HUNTER / GETTY IMAGES
Propriété : © DIGITAL VISION / GETTY IMAGES
Ciel : © ROYALTY FREE JUPITER IMAGES

Si vous achetez ce livre privé de tout ou partie de sa couverture, nous vous signalons qu'il est en vente irrégulière. Il est considéré comme « invendu » et l'éditeur comme l'auteur n'ont reçu aucun paiement pour ce livre « détérioré ».

Toute représentation ou reproduction, par quelque procédé que ce soit, constituerait une contrefaçon sanctionnée par les articles 425 et suivants du Code pénal.

© 2010, Paula Graves. © 2010, Harlequin S.A.
83-85, boulevard Vincent-Auriol 75646 PARIS CEDEX 13.
Service Lectrices — Tél. : 01 45 82 47 47
www.harlequin.fr
ISBN 978-2-2802-1614-2 — ISSN 1950-2753

1

Déchirant le ciel nocturne, les éclairs bleus et rouges des gyrophares apparurent à Sam Cooper après un dernier virage sur l'étroite et sinueuse route de Mission.

L'allée menant à sa maison était encombrée de voitures de police et de véhicules de secours stationnés en tous sens. Il abandonna sa jeep Cherokee sur le bas-côté sans même refermer la portière et, avec l'impression que son cœur battait au rythme des impulsions lumineuses, courut jusqu'à sa porte.

Indifférent à l'attroupement de badauds dont les chuchotis spéculatifs produisaient un bourdonnement lancinant, il monta en deux enjambées les marches du perron. Au passage, il faillit bousculer l'agent en uniforme qui se tenait dans l'entrée.

— Monsieur, vous ne pouvez pas...

Sam ignora la remarque et balaya du regard les lieux pleins de monde jusqu'à ce qu'il repère son frère aîné.

— J.D. !

Ce dernier tourna brusquement la tête à l'appel de son nom.

— Comment va Cissy ? demanda Sam. Et Maddy ?

Le regard de J.D. se perdit un instant du côté des

Une fillette en danger

secouristes penchés sur le corps de sa fille adolescente, qui gisait près de la porte du salon.

— Cissy est vivante mais toujours inconsciente.

Le cœur de Sam se mit à cogner douloureusement dans sa poitrine.

— Mais que s'est-il passé ? Où est ma fille ?

J.D. tourna de nouveau la tête vers lui.

— Nous n'en savons rien.

L'affolement que Sam était jusqu'à présent parvenu à contenir au prix d'un terrible effort de volonté se libéra avec la force d'une vague brisant la digue et le submergea.

Il s'avança vers l'escalier menant à la chambre où il avait vu sa fille pour la dernière fois, quand il était venu l'embrasser avant de partir pour son dîner d'affaires.

J.D. l'intercepta en le saisissant par le bras.

— Elle n'est pas là-haut. Nous avons vérifié.

Sam se libéra d'un mouvement brusque.

— Elle est peut-être dans une autre pièce.

J.D. désigna les signes évidents de lutte.

— Cissy n'est pas tombée toute seule, Sam ! Quelqu'un l'a poussée. Quelqu'un a enlevé Maddy !

Refusant de toutes ses forces d'y croire, Sam secoua la tête.

Deux inspecteurs vinrent vers lui, leurs insignes fixés à la ceinture, et tout ce qu'enregistra son cerveau embrumé par la panique fut la sympathie dans les yeux de l'homme et le manque total d'expression sur le visage de la femme.

— Kristen Tandy, se présenta cette dernière. Police de Gossamer Ridge. Et voici l'inspecteur Jason Foley. Etes-vous le propriétaire de la maison ?

Une fillette en danger

— Sam Cooper, dit-il en essayant de refréner son impatience. Ma fille a disparu.

— Oui, monsieur, nous le savons, répondit l'inspecteur Foley.

Son intonation compatissante ne fit qu'inquiéter davantage Sam.

— Que savez-vous d'autre ?

— Nous avons fouillé la maison et le jardin, et nos collègues sont en train d'interroger les voisins, expliqua l'inspecteur Tandy.

Son intonation froide et détachée contrastait avec la gentillesse quelque peu mécanique de son coéquipier, mais convenait mieux à l'humeur de Sam.

Il détailla son visage fin, s'attardant sur le regard d'un bleu très pâle, et songea qu'elle était beaucoup trop jeune pour ce métier.

L'inspecteur Foley le prit par le coude.

— Monsieur Cooper, vous devriez vous asseoir...

— Ne me touchez pas ! protesta Sam en se dégageant. Je suis le substitut du procureur de Jefferson County et je sais comment ça fonctionne. Ma fille de quatre ans a disparu. Je veux connaître tous les éléments dont vous disposez.

— Nous n'avons hélas pas encore grand-chose ! dit Foley d'un ton hésitant.

— Eh bien, dites-moi ce que vous pensez savoir.

— A 20 h 47, votre frère J.D. a appelé sa fille, Cissy, pour vérifier que tout allait bien.

Du coin de l'œil, Sam remarqua que la jeune inspectrice s'éloignait, contournant les secouristes avant de sortir de son champ de vision.

Il se demanda si elle savait quelque chose dont elle

préférait ne pas parler avec lui. Quelque chose de grave.

La voix de Foley le ramena à la réalité.

— Comme votre nièce ne répondait pas sur son portable, il a essayé votre ligne fixe, sans plus de succès. Il s'est donc déplacé. En arrivant, il a trouvé la porte ouverte, et sa fille inconsciente sur le sol de l'entrée.

Un mouvement sur leur droite attira momentanément l'attention du policier. Sam suivit son regard et vit les secouristes hisser Cissy sur un brancard.

— Est-elle grièvement blessée ?

— Le coup qu'elle a reçu à l'arrière de la tête est préoccupant.

Faisant fi de sa propre peur, Sam rejoignit son frère près du brancard.

— C'est une battante, J.D. Tu le sais.

— Comme tous les Cooper, répondit son frère avec un sourire forcé qui acheva de briser le cœur de Sam.

— Je suppose que Mike est chez nos parents ? demanda-t-il en songeant à son neveu de onze ans.

Le pauvre petit avait déjà grandi sans mère, et s'il devait affronter une nouvelle perte...

— Oui. Je ferais d'ailleurs bien de les appeler.

Son téléphone portable à l'oreille, J.D. emboîta le pas aux secouristes qui emportaient sa fille vers l'ambulance.

— Monsieur Cooper ? l'interpella l'inspecteur Foley. Nous avons quelques questions.

— Quoi ? répliqua Sam avec un mouvement d'humeur.

— Comment était habillée Maddy, ce soir ?

— Elle portait un jean et un sweat-shirt rouge quand

je l'ai laissée dans sa chambre avec Cissy, dit Sam, hanté par le souvenir du dernier baiser échangé avec sa fille. Elle ne voulait pas que je parte. Le mardi, elle a droit à deux histoires pour s'endormir.

— Nous avons trouvé ces vêtements dans le panier à linge, annonça Foley. Elle était sans doute déjà changée pour la nuit.

— Dans ce cas, elle porte un pyjama Winnie l'ourson. Bleu ciel. En ce moment, elle ne veut rien d'autre pour dormir. J'ai dû en acheter trois identiques.

— Nous allons lancer une alerte enlèvement.

En plein désarroi, Sam s'écarta de lui. Il avait soudain besoin d'air.

Plus le temps passait, plus les chances de retrouver Maddy vivante s'amenuisaient.

— Monsieur Cooper ?

La sympathie dans la voix de Foley était plus qu'il n'en pouvait supporter.

— Laissez-moi une minute, marmonna-t-il.

— Bien. Prenez tout le temps dont vous avez besoin.

Sam sentit son cœur se serrer un peu plus. Prendre son temps était un luxe qu'il ne pouvait pas se permettre.

Il vit l'inspectrice se diriger vers l'escalier. Le regard préoccupé de la jeune femme croisa brièvement le sien, puis elle tourna la tête et monta les marches d'un pas rapide.

La maison était propre, mais le décor n'avait rien d'une image glacée de magazine. On voyait au léger désordre qui y régnait qu'elle était habitée.

Une fillette en danger

Forte de ce constat, Kristen passa à côté de Mark Goddard, l'un des techniciens de la police scientifique, et se dirigea vers une porte entrebâillée.

— Vous avez regardé là-dedans ?

Goddard releva la tête.

— C'est une zone de stockage. Il n'y a que des cartons. Apparemment, rien n'a été touché, mais j'y jetterai un coup d'œil avant de partir.

Kristen enfila une paire de gants.

— Je peux regarder ?

Goddard haussa les épaules.

— Si ça vous amuse…

Mais elle avait déjà poussé la porte et actionné l'interrupteur du plafonnier.

Des piles de cartons, pour la plupart encore pleins, encombraient ce qui devait être la chambre d'amis. Les Cooper n'avaient pas emménagé depuis longtemps, devina-t-elle.

— Maddy ? appela-t-elle doucement.

Elle s'immobilisa et tendit l'oreille. Aucun bruit ne lui parvint, mais un picotement familier sur la nuque l'avertit qu'elle était sur la bonne piste.

Lentement, elle s'avança dans la pièce en jetant un coup d'œil entre deux piles de cartons.

— Maddy, tu es là ?

Il n'y eut toujours pas de réponse, mais Kristen eut l'impression d'avoir entendu quelque chose.

Inclinant la tête, elle s'efforça de faire abstraction du bruit que faisaient les techniciens occupés dans la pièce voisine et des voix venant du rez-de-chaussée.

— Quand j'étais petite fille, j'adorais jouer à cache-cache, dit-elle. J'étais très bonne à ce jeu. Comme

Une fillette en danger

je n'étais pas très grande, je pouvais me cacher dans des endroits où les autres ne pouvaient pas aller. Et ils ne me trouvaient jamais. Je suis sûre que toi aussi tu es douée pour te cacher, pas vrai, Maddy ?

Elle se remit à avancer, contourna un énorme carton et atteignit la penderie.

— Je m'appelle Kristen Tandy et je suis policier. Je suis venue aider ta cousine Cissy.

Le son d'un sanglot étouffé lui procura un bref sentiment de triomphe, aussitôt remplacé par une irrépressible terreur venue de sa propre enfance.

Prenant une inspiration destinée à se donner du courage, elle posa la main sur la poignée et ouvrit la porte.

Recroquevillée dans un coin de la penderie, le visage écarlate et baigné de larmes, la petite Maddy Cooper leva vers elle ses grands yeux verts.

— Je veux mon papa...

Kristen s'accroupit devant la fillette et l'aida à se lever. Ses mains étaient minuscules et douces et, de près, elle sentait bon le bébé.

Se sentant vaciller, elle dut se retenir au chambranle pour garder son équilibre.

« Fais ton travail, Tandy ! » s'enjoignit-elle en silence.

Inspectant rapidement Maddy, elle constata avec un soulagement presque douloureux qu'elle ne présentait aucune blessure.

— Kristen ? appela Foley quelque part dans son dos.

Apeurée, Maddy se jeta contre elle et lui passa les bras autour du cou.

Une fillette en danger

— Tout va bien, n'aie pas peur, murmura Kristen.

Et, malgré son désir viscéral de repousser la fillette et de s'éloigner d'elle aussi vite et autant qu'elle le pouvait — ainsi qu'elle en avait envie chaque fois qu'elle se trouvait en présence d'un enfant —, elle prit Maddy dans ses bras et se redressa pour faire face à son coéquipier. Une douce odeur de shampooing pour bébé lui emplit les narines, mais elle refusa de céder à l'attendrissement.

Sam Cooper apparut à côté de Foley, la dévisageant avec un mélange de surprise et de fragile espoir.

— Maddy ?

En entendant la voix de son père, Maddy se tortilla dans les bras de Kristen pour se libérer. Elle la déposa à terre, et la fillette fila en zigzaguant entre les cartons.

Sam souleva sa fille dans ses bras et couvrit son visage de baisers, en l'abreuvant de mots tendres et réconfortants.

Tandis qu'une douleur aiguë se diffusait dans sa poitrine comme du poison, Kristen détourna le regard.

— Le méchant monsieur… a fait du mal… à Cissy, bégaya Maddy en sanglotant.

— Je sais, ma puce, mais le méchant monsieur est parti. Et Cissy va aller mieux. Tout va bien, maintenant. D'accord ?

— Monsieur Cooper, nous devons interroger l'enfant, commença Foley.

— Plus tard, le coupa Kristen en rejoignant les deux hommes près de la porte.

S'adressant à Sam, elle ajouta :

— Vous devriez l'emmener à l'hôpital et la faire

Une fillette en danger

examiner par un médecin. Nous vous verrons plus tard.

Tirant son coéquipier par le bras, elle l'entraîna vers le couloir. Elle ne pouvait pas rester là une minute de plus.

— Comment as-tu su ? demanda Foley tandis qu'ils se dirigeaient vers l'escalier.

Elle haussa les épaules.

— Les gosses passent leur temps à se cacher.

Et elle en savait quelque chose.

Il régnait dans les hôpitaux une odeur bien particulière, mélange d'antiseptique et de maladie, qui révulsait Kristen.

Un médecin lui avait dit un jour que la seule façon de surmonter une aversion irrationnelle était d'en connaître la raison.

Or, le fait de savoir pourquoi elle détestait à ce point les hôpitaux ne l'aidait pas à guérir sa phobie.

— Qu'est-ce que nous fichons ici ? demanda-t-elle à son coéquipier. Nous devrions être sur la scène de crime.

Avant de répondre, Foley jeta un coup d'œil aux grands-parents des filles Cooper, assis à l'autre bout de la salle d'attente en compagnie de Michael, le frère de Cissy.

— Les filles ont vu leur agresseur.

— L'une d'elles a le cerveau en compote, et l'autre est un bébé, répliqua Kristen avec agacement.

En interceptant le regard outré de Mme Cooper, elle

Une fillette en danger

se rendit compte qu'elle avait parlé plus fort qu'elle ne le pensait.

— Je voudrais contrôler le relevé des indices, insista-t-elle.

— Goddard connaît son boulot. Il n'a pas besoin de nous avoir sur le dos.

Kristen cessa d'argumenter, essentiellement parce qu'elle savait que son envie de quitter les lieux avait moins à voir avec sa conscience professionnelle qu'avec sa répulsion pour le milieu hospitalier.

Les portes de la rotonde des urgences s'ouvrirent, livrant passage à un tourbillon de vent froid et à deux hommes portant jeans et T-shirts. Grands et bruns, ils se ressemblaient tant qu'ils ne pouvaient être que jumeaux, et leur lien de parenté avec Sam et J.D. Cooper crevait les yeux.

— Maman! s'exclama celui qui portait un T-shirt bleu marine.

Il se hâta vers le fond de la pièce et s'accroupit à côté de l'affreuse chaise en plastique orange où sa mère avait pris place.

— J'ai eu ton message. Il y a du nouveau?

Mme Cooper secoua la tête.

— Nous attendons. Cissy est toujours inconsciente.

— Et Maddy?

— Elle semble aller bien, mais Sam voulait quand même la faire examiner.

L'autre homme ébouriffa les cheveux du jeune garçon assis entre ses grands-parents.

— Tu tiens le coup, champion?

Une fillette en danger

Le garçon de onze ans parvint à esquisser un sourire.

— Ça va, oncle Gabe.

L'homme au T-shirt bleu marine surprit Kristen en train de les épier. Elle vit qu'il observait le dessus de sa main droite et comprit qu'il l'avait reconnue quand ses yeux bleus croisèrent les siens.

Elle l'ignora mais, comme Foley se dirigeait en brandissant son insigne vers les nouveaux arrivants, elle n'eut d'autre choix que de le suivre.

— Vous êtes les oncles des filles ? demanda-t-il.

— Jake Cooper, annonça l'homme au T-shirt bleu marine. Et voici mon frère Gabe.

— Ma coéquipière, l'inspecteur Kristen Tandy, précisa Foley.

Le regard de Jake revint avec insistance sur la cicatrice qui barrait la main de Kristen.

— Je sais, dit-il.

Résistant à l'envie de fourrer sa main dans sa poche, elle expliqua inutilement :

— Nous enquêtons sur l'affaire.

— J'avais deviné...

Son regard passa de Kristen à Foley puis revint se poser sur elle.

— Que s'est-il passé chez mon frère ?

— C'est ce que nous voudrions demander à vos nièces, répondit-elle froidement.

— Ça ne peut pas attendre demain ?

— Plus vite nous saurons de quoi il retourne, plus vite nous pourrons retrouver l'agresseur et l'empêcher de recommencer, dit Foley d'une voix apaisante.

— Sam ! s'exclama soudain Mme Cooper.

Une fillette en danger

Tournant la tête, Kristen la vit se lever pour aller à la rencontre de son fils et tenter de lui prendre Maddy des bras. Cramponnée à son père, la petite ne voulut rien savoir. Sam adressa une mimique d'excuse à sa mère.

— Tu as des nouvelles de Cissy ? demanda la vieille dame. On ne nous dit rien !

— Elle va être transférée par hélicoptère à Birmingham.

— Mon Dieu ! Mais alors, ça veut dire que c'est grave ?

— Je ne sais pas, répondit Sam avec un soupir d'impuissance.

De son côté, Foley commençait à montrer des signes d'impatience.

— Excusez-moi, monsieur Cooper. Pouvons-nous à présent interroger votre fille ?

Sam chercha le regard de Kristen.

— Ça ne peut vraiment pas attendre ?

Passer du temps avec la fillette était la dernière chose dont elle avait envie, et elle aurait aimé pouvoir lui dire que si, ça pouvait attendre. Mais des questions devaient être posées et, malheureusement, c'était à elle de le faire.

— Nous devons l'interroger pendant que c'est encore frais dans son esprit, dit-elle.

Il l'observa un long moment avec une expression indéchiffrable, puis eut un bref hochement de tête.

Foley lança à Kristen un regard interrogateur.

— Je prends la famille, tu t'occupes de la gamine, marmonna-t-elle.

Sam la dévisagea, choqué.

Une fillette en danger

— Vous n'aimez pas les enfants ?

— Ce sont eux qui ne m'aiment pas, répondit sèchement Kristen tout en se demandant pourquoi l'évidente désapprobation de Sam Cooper l'ennuyait à ce point. Foley a des gosses, il sait comment leur parler.

L'expression de Sam s'assombrit, mais ses paroles suivantes s'adressèrent à sa fille.

— Maddy, ce policier va te poser des questions.

La fillette secoua vigoureusement la tête.

— Non !

Tandis qu'elle enfouissait son visage dans le cou de son père, Foley fit un pas en avant.

— Tu sais, Maddy, j'ai une petite fille de ton âge. Tu veux voir sa photo ?

— Non !

L'air désemparé, Foley se tourna vers Kristen.

— Tu ne veux pas essayer ?

— Sûrement pas !

— Maddy, tu veux parler à l'inspecteur Tandy ? demanda-t-il, ignorant sa réaction.

Par-dessous le menton de son père, Maddy observa subrepticement Kristen.

— Elle ?

— Oui.

Maddy pressa de nouveau son visage contre le cou de son père, au grand soulagement de Kristen. Mais, l'instant d'après, elle hochait la tête, et Kristen dut se résigner.

Cette fois, elle ne pouvait vraiment pas y échapper.

Une fillette en danger

D'un geste las, elle désigna une rangée de chaises libres.

— Installons-nous là-bas.

Sam Cooper lui lança un regard d'avertissement, comme s'il la soupçonnait de vouloir traumatiser davantage sa fille.

L'ignorant, elle commença à questionner l'enfant.

— Tu as vu l'homme qui a attaqué Cissy, n'est-ce pas, Maddy ?

Lentement, la fillette hocha la tête.

— Il était grand comme ton papa ?

Maddy eut un signe de dénégation puis, portant son pouce à sa bouche, elle leva la tête vers son père.

Le regard chargé d'amour que Sam Cooper rendit à sa fille coupa le souffle de Kristen. Elle détourna les yeux, une douleur fantôme lui fouaillant la cage thoracique tel un poignard.

Passant la langue sur ses lèvres desséchées, elle insista :

— Donc, il n'était pas grand. Est-ce qu'il était de la même taille que moi ?

Elle se leva afin que l'enfant puisse comparer.

La petite réfléchit un long moment et secoua la tête.

— Plus grand, dit-elle.

— Il était maigre comme oncle J.D. ? demanda Sam.

— Non. Il était comme oncle Aaron.

Sam croisa le regard de Kristen par-dessus la tête de sa fille.

— Vous devez connaître mon frère Aaron. C'est le shérif adjoint du comté de Chickasaw. Il est un peu plus petit que moi, et plus carré. Il était footballeur jusqu'à ce qu'il se casse le genou.

— Oui, nous nous sommes rencontrés, marmonna Kristen.

Reportant son attention sur Maddy, elle ajouta :
— Tu as vu la couleur de ses cheveux ?

L'enfant secoua la tête.
— Il avait un chapeau de papa.

Kristen tourna les yeux vers Sam pour obtenir la traduction. Ce dernier eut un haussement d'épaules perplexe.

— Je pense qu'elle veut parler d'une casquette de base-ball. C'est le seul couvre-chef que je porte.

De nouveau, Maddy regarda son père, les yeux pleins de larmes.

— Il a fait pleurer Cissy, dit-elle d'un ton plaintif.

Les yeux de Sam se mirent à briller tandis qu'il caressait les boucles brunes de la fillette.

— Je sais, ma puce. C'est pour ça que nous devons le trouver. Comme ça, il ne pourra plus jamais recommencer.

— Tu as remarqué quelque chose de spécial ? demanda Kristen. Des grains de beauté ? Une cicatrice ?

— C'est quoi, une cicatrice ?

Retenant un soupir, Kristen tendit sa main droite pour que l'enfant puisse la voir.

— C'est ça.

Maddy observa attentivement la marque blanche et boursouflée, puis leva les yeux vers Kristen.

— Ça fait mal ?

— Plus maintenant, répondit-elle en évitant soigneusement le regard intrigué de Sam. Le méchant monsieur avait-il une marque comme ça ?

— Non.

— Que vous est-il arrivé ? s'enquit Sam.

Etonnée qu'il ne soit pas au courant, Kristen ignora sa question et continua d'interroger Maddy.

— Pourquoi t'es-tu cachée dans le placard ?

— Cissy m'a dit de courir, alors j'ai couru.

Son petit front se plissa.

— Je pouvais pas ouvrir la porte de derrière.

— Elle est toujours verrouillée, précisa Sam, et elle ne sait pas comment l'ouvrir.

— Alors, j'ai couru à ma cachette, ajouta Maddy.

Un frisson longea la colonne vertébrale de Kristen, et ses bras se couvrirent de chair de poule.

— Le placard, c'est ta cachette ?

Maddy hocha la tête.

— Personne me trouve jamais.

— Cissy joue parfois à cache-cache avec elle, expliqua Sam.

Soudain, son regard se fixa sur quelque chose ou quelqu'un derrière elle, et il se rembrunit.

Pivotant sur sa chaise, Kristen vit J.D. Cooper entrer dans la salle d'attente, le visage livide.

— Pouvez-vous surveiller Maddy un instant ? reprit Sam. Je dois parler à mon frère.

Sans attendre la réponse, il se leva, déposa Maddy sur la chaise qu'il venait de libérer et lui ébouriffa les cheveux.

— Tu veux bien rester avec l'inspecteur Tandy, ma puce ? Je n'en ai pas pour longtemps.

— Tu aimes le coloriage ? demanda Maddy en

Une fillette en danger

levant vers Kristen ses grands yeux verts emplis de confiante innocence.

— J'adore ça ! assura Kristen en souhaitant plus que tout au monde se trouver n'importe où ailleurs.

— On attend l'hélico pour le transfert à Birmingham, disait J.D. aux autres membres de la famille lorsque Sam les rejoignit. Les médecins redoutent une hémorragie cérébrale et ils ne sont pas équipés pour une intervention neurochirurgicale.

— Est-ce qu'elle va guérir, papa ? demanda Michael, les yeux écarquillés de frayeur.

Passant un bras autour des épaules de son fils, J.D. le serra contre lui.

— Elle sera dans le meilleur hôpital de la région, et les médecins vont bien s'occuper d'elle.

S'adressant à sa mère, il ajouta :

— Tu t'occupes de Mike ? Il n'y a pas de place pour moi dans l'hélicoptère, et je dois faire le trajet en voiture. Je pars tout de suite. Je t'appelle dès que j'ai du nouveau.

— Je t'accompagne, intervint Gabe. D'ailleurs, c'est moi qui vais prendre le volant.

— Merci. Je t'avoue que je n'ai pas trop la tête à conduire.

— Courage ! dit Sam. Elle est forte. Elle va s'en sortir.

J.D. esquissa un faible sourire et répéta le slogan familial.

— C'est une Cooper.

Une fillette en danger

Tandis que les deux frères se dirigeaient vers le couloir, Jake se rapprocha de Sam.

— Fichue soirée! murmura-t-il. Mais je vois que Maddy s'est fait une nouvelle amie…

Sam suivit le regard de son frère. Maddy était appuyée contre le bras de l'inspecteur Tandy. Celle-ci se tenait raide comme la justice et observait l'enfant avec une sorte de dégoût, dont Maddy semblait heureusement ne pas se rendre compte.

— L'inspecteur Tandy n'a pas l'air du genre maternel, remarqua Sam d'un ton désapprobateur.

— On ne peut pas l'en blâmer, répliqua Jake. Elle a de bonnes raisons de croire que l'amour maternel n'existe pas.

Sam le dévisagea avec étonnement.

— Que veux-tu dire ?

Cette fois, ce fut au tour de Jake de paraître surpris.

— Tu ne sais pas qui elle est ?

Sam secoua la tête.

— Je devrais ?

— Oh! c'est vrai… Tu avais déjà quitté la ville quand c'est arrivé.

Il baissa la voix.

— Il y a quinze ans, Molly Jane Tandy a essayé de tuer sa fille dans un accès de folie.

L'estomac soudain noué, Sam tourna les yeux vers l'autre bout de la pièce. La cicatrice sur la main de la jeune femme prenait maintenant tout son sens.

— C'est épouvantable! murmura-t-il.

— Elle n'avait que treize ans, ajouta Jake. Et c'est un miracle si elle a survécu.

2

L'emplacement dans le doublage de la cloison du cellier était presque trop petit pour elle, mais elle se glissa dans l'étroit passage et tira la planche déclouée devant l'ouverture.

Une douleur atroce la rongeait intérieurement, plus forte et plus brûlante que les entailles sur ses mains et ses bras.

Elle retint son souffle, les poumons en feu d'avoir tant couru, et écouta.

Les cris de rage avaient cessé depuis quelques minutes, et l'unique son maintenant perceptible dans la maison silencieuse était le claquement de talons sur le sol de la cuisine, à l'étage supérieur.

Une foule d'images trop atroces, trop barbares pour qu'elle puisse les analyser dès à présent, se bousculaient dans son esprit.

Un gémissement monta du fond de sa gorge mais, déterminée à rester silencieuse, elle l'étouffa.

Elle entendit sa voix éraillée au-dessus de sa tête.

— Kristy, je sais que tu es là. Viens voir maman, ma petite chérie...

Elle enfouit son visage dans ses mains et pria

Une fillette en danger

de toutes ses forces, formant le vœu désespéré que quelqu'un lui vienne en aide.

Et, soudain, la porte du cellier s'ouvrit.

Kristen se réveilla en sursaut, le cœur battant à tout rompre.

Elle repoussa les cheveux collés sur son front moite et regarda les ombres qui peuplaient sa chambre, redoutant à moitié que l'une d'elles ne se mette à bouger. Mais tout était calme.

Sur sa table de nuit, son réveil affichait en grands chiffres d'un vert lumineux 5 h 35. Elle avait réussi à dormir quatre heures, ce qui était bien plus qu'elle ne l'aurait espéré.

Elle alluma sa lampe de chevet et cligna des yeux, éblouie.

Elle faillit prendre son téléphone portable puis se ravisa. Foley n'apprécierait certainement pas d'être réveillé si tôt, d'autant qu'elle n'avait rien de nouveau à lui dire.

A minuit, lorsqu'ils avaient estimé qu'il était temps de rentrer chez eux, Cissy Cooper était toujours inconsciente, et son pronostic vital restait incertain. Sam Cooper avait annoncé son intention de s'installer avec sa fille chez ses parents, à Gossamer Lake. Quant à la scène de crime, elle avait révélé un certain nombre d'éléments que le labo devait analyser, mais rien de particulièrement incriminant à première vue.

Il lui restait encore deux bonnes heures à attendre avant de pouvoir se mettre au travail…

Elle commencerait par l'ex-femme, décida-t-elle,

Une fillette en danger

tandis qu'elle se dirigeait vers la salle de bains en bâillant. Sam Cooper se refusait à la suspecter, mais elle ne voulait rien laisser au hasard. Les proches, et en particulier le parent n'ayant pas la garde de l'enfant, étaient impliqués dans la majorité des cas d'enlèvement. Et, d'après le peu que Cooper lui avait livré durant leur brève conversation de la veille, Norah Cabot n'avait pas vu sa fille depuis trois ans.

Aux environs de 7 heures, Kristen achevait de s'habiller lorsque son portable sonna. Tout en boutonnant la ceinture de son pantalon noir, elle attrapa le téléphone.

— Tandy.

— Sam Cooper, à l'appareil.

Elle lui avait donné son numéro, mais il était la dernière personne dont elle s'attendait à avoir des nouvelles ce matin.

— Il est arrivé quelque chose ?

— Je n'en suis pas sûr. Peut-être.

— C'est-à-dire ?

— Ma secrétaire a appelé de mon bureau à Birmingham. Elle est arrivée de bonne heure et a trouvé une grande enveloppe à mon nom devant la porte.

— Quel genre d'enveloppe ?

Des visions de colis piégés traversèrent son esprit. En tant que substitut du procureur, Cooper était une cible aussi valable qu'un juge ou un politicien.

— Il n'y a pas d'adresse d'expédition, pas de cachet de la poste. La sécurité de l'immeuble est en train de l'examiner et, en cas de menace, ils appelleront la police. J'ai pensé que vous voudriez le savoir.

Une fillette en danger

Sam semblait fatigué, et elle doutait qu'il ait dormi beaucoup plus qu'elle.

— Je devrais peut-être aller au bureau, poursuivit-il.

— Non, restez avec votre fille. Je m'en occupe.

Il y eut une courte pause à l'autre bout du fil.

— Je ne veux pas que l'enquête soit compromise pour des questions de juridiction, dit-il d'un ton qui devait inquiéter même les criminels les plus aguerris.

S'il s'agissait d'un avertissement, Kristen ne pouvait guère l'en blâmer. Durant ses sept années passées dans la police, elle avait eu son lot de luttes fratricides entre services.

— J'appellerai votre bureau en arrivant au commissariat. Et, si j'estime que ce courrier a un lien avec notre affaire, je me rendrai à Birmingham pour voir de quoi il retourne.

— Merci.

Après une nouvelle pause, il ajouta :

— Maddy vous aime bien. Vous avez su la rassurer, hier soir. Et je suppose que ce n'était pas évident pour vous, compte tenu de… vous savez.

Kristen grimaça. Ainsi, on lui avait dit qui elle était. Tout le monde, à Gossamer Ridge, la connaissait. Oh ! et, après tout, il n'y avait pas de quoi en faire une histoire ! décida-t-elle. Ce bref intermède d'anonymat avait néanmoins été bien agréable.

— C'est mon travail, répondit-elle avec détachement.

— Merci quand même, fit-il, avant de raccrocher.

Kristen referma son téléphone et soupira.

Il avait raison. Cela avait été difficile d'être en contact

Une fillette en danger

avec Maddy. Les psychiatres lui avaient assuré que le sentiment de malaise qu'elle éprouvait au contact des enfants finirait par s'estomper, tandis que le temps adoucirait le souvenir de cet horrible jour.

Or, il était toujours aussi présent. Le chagrin et la douleur avaient disparu, mais pas la peur de porter en elle la folie de sa mère.

Kristen arriva au travail d'humeur maussade et trouva Foley en train de déposer un message sur son bureau.

— Ah ! te voilà ! J'allais te laisser un mot. Une des voisines de Sam Cooper a appelé pour signaler qu'elle avait aperçu un rôdeur un peu plus tôt dans la soirée. Tu m'accompagnes ?

— Laisse-moi d'abord passer un coup de fil.

Tout en cherchant le numéro du bureau du procureur de Jefferson, elle fit part à Foley de l'appel de Sam Cooper. Il leva un sourcil, mais ne dit rien tandis qu'elle attendait que quelqu'un décroche.

Après plusieurs sonneries, le répondeur s'enclencha, et elle se demanda si l'immeuble avait été évacué par mesure de précaution.

Elle laissa un bref message puis appela le portable de Sam Cooper.

Il répondit à la première sonnerie.

— Que puis-je pour vous, inspecteur Tandy ?

— Je suis tombée sur le répondeur en appelant votre bureau.

— Je sais. J'ai réussi à joindre un collègue sur son portable. Une équipe de déminage est sur place. Tim a promis de me rappeler dès qu'il saurait quelque chose, mais cette attente va me rendre fou.

— Je pars immédiatement pour Birmingham et je vous rappelle pour faire le point.

— Je préfère vous retrouver là-bas.

— Vous ne voulez pas rester avec votre fille ?

— Jake et Gabe l'ont emmenée pêcher avec mon neveu Mike. Ils seront au bord du lac toute la matinée.

— Vous auriez dû les accompagner.

Il eut un rire amer.

— A quoi bon ? J'aurais passé tout mon temps au téléphone.

— Et si je vous emmenais ? proposa Kristen en songeant qu'il pourrait lui être utile si la police de Birmingham cherchait à lui mettre des bâtons dans les roues.

— D'accord. Vous connaissez la base de loisirs de mes parents ?

— Oui. Je vous y retrouve dans un quart d'heure.

Quatorze minutes plus tard, Kristen arrêta sa Chevrolet sur le parking de la base de loisirs.

— Où est l'inspecteur Foley ? demanda Sam en s'installant sur le siège passager.

— Il est parti interroger une de vos voisines.

Sans conviction, elle ajouta :

— C'est peut-être une piste.

— Je viens d'avoir de nouveau mon collègue, dit-il en bouclant sa ceinture. Les démineurs sont toujours là. Aucune information n'a filtré pour le moment.

Une fillette en danger

— Ce n'est pas le genre de travail qui peut se bâcler, déclara Kristen.

Sam lui lança un regard en coin. Les lèvres retroussées en un sourire moqueur, elle avait les yeux rivés sur la route étroite qui serpentait à travers bois, reliant la villa au bord du lac des Cooper à la route principale.

La nuit dernière, il était trop préoccupé pour remarquer à quel point elle était jolie. En tout cas, il ne s'était pas trompé sur son âge. Elle n'avait pas encore trente ans.

Elle avait retiré sa veste pour conduire, et son chemisier blanc à la coupe ajustée révélait des courbes que son tailleur-pantalon ne permettait pas de deviner la veille. Dans la lumière matinale, sa peau avait la pâleur et la délicatesse de la porcelaine, et ses cheveux blonds et lisses brillaient comme de l'or.

Compte tenu des circonstances, il s'étonna de la trouver aussi séduisante.

— Vous n'êtes pas inspecteur depuis très longtemps, je suppose ? demanda-t-il pour faire diversion à ses pensées.

Immédiatement, elle fut sur la défensive.

— Six mois.

— C'est donc un gros défi pour vous.

— Disons que ça n'a rien à voir avec les petits délits habituels.

— Et Foley ? Depuis combien de temps est-il inspecteur ?

Elle le foudroya du regard.

— Vous voulez nos CV ?

— Vous me les donneriez ? répliqua-t-il, uniquement pour voir sa réaction.

Une fillette en danger

Elle prit une profonde inspiration, et Sam, amusé, eut presque l'impression de l'entendre compter jusqu'à dix.

— Mon coéquipier est inspecteur depuis dix ans, dont cinq passés à la brigade criminelle de Memphis. Quant à moi, j'ai intégré la police de Gossamer à vingt et un ans.

Cette fois, il ne put retenir un sourire.

— Si jeune que ça, hein ?

Kristen poussa un soupir exaspéré, et ses yeux lancèrent des éclairs bleus.

— Vous avez des nouvelles de votre nièce ? La dernière fois que j'ai appelé, il n'y avait pas de changement.

Aussitôt, Sam redevint sérieux.

— Elle a une fracture du crâne. Le saignement était mineur et a pu être endigué. Compte tenu de son âge et de son excellente santé, elle devrait s'en tirer sans séquelles. Mais il faut attendre qu'elle se réveille pour savoir véritablement à quoi s'en tenir.

— Quelle barbe ! marmonna Kristen. Je ne vais pas pouvoir l'interroger de sitôt.

Croisant le regard interloqué de Sam, elle rougit.

— Excusez-moi. J'ai tendance à dire ce que je pense sans réfléchir.

— Je comprends. Nous avancerions plus vite avec son témoignage. Où en êtes-vous, de votre côté ?

— J'ai appelé le labo avant de quitter le commissariat. Ils sont en train de comparer toutes les empreintes, pour éliminer celles qu'on s'attend à trouver. Ça risque de prendre un moment.

Elle s'engagea sur la bretelle d'autoroute en direction du sud.

— Je sais que vous ne croyez pas que votre ex puisse être impliquée…, commença-t-elle d'un ton prudent.

— Elle n'a aucune raison de l'être, répondit Sam d'un ton tranchant. Elle a mis fin à notre mariage parce qu'elle ne voulait pas d'enfants. Maddy était un accident auquel elle n'a pas su faire face.

Il se tut avant que des paroles plus amères encore ne lui échappent.

— Certaines femmes ne sont pas faites pour être mères, déclara Kristen.

— Certaines femmes ne font même pas l'effort d'essayer, répliqua-t-il.

Kristen ne dit rien, mais la soudaine crispation de ses mains sur le volant trahit sa nervosité, et le reste du trajet jusqu'à Birmingham se fit dans un silence pesant.

Trente minutes plus tard, ils s'arrêtaient devant le cordon de police bloquant la circulation aux abords de l'immeuble. Sam conseilla à Kristen de se garer sur le parking du tribunal, et ils descendirent la rue à pied.

Repérant Tim Melton, le collègue avec qui il était en contact par téléphone, Sam le rejoignit.

— Du nouveau ?

— Je viens de voir quelqu'un de l'équipe de déminage sortir et parler au capitaine Rayburn, mais je n'en sais pas plus.

Il lança un regard curieux à Kristen et se présenta.

— Tim Melton.
— Inspecteur Tandy.

Une fillette en danger

— Ah, très bien ! Comment va ta nièce ? ajouta-t-il en se tournant vers Sam.

— Pas de changement. L'inspecteur Tandy est chargée de l'enquête.

— Donc, je suppose qu'il y a un rapport avec le courrier ?

— Peut-être. Nous verrons.

Kristen se rapprocha du ruban de plastique noir et jaune délimitant le périmètre de sécurité et interpella Sam.

— Vous savez comment me faire passer ?

Il balaya du regard la foule très affairée des policiers et des pompiers, en essayant de capter l'attention de quelqu'un. Quelques secondes plus tard, un homme aux cheveux blond cendré coupés en brosse, du nom de Cropwell, le remarqua et s'avança pour le saluer.

— Comme courrier d'admiratrice, on fait mieux, dit-il avec un petit clin d'œil.

Sam grimaça.

— Quelle est la situation ?

— Perkins, du déminage, vient de nous dire qu'ils l'ont passé aux rayons X. Ce n'est pas une bombe. Aux dernières nouvelles, ils sont en train de l'ouvrir.

Jetant un coup d'œil par-dessus son épaule, il ajouta :

— Rayburn sera le premier averti.

Kristen déplia un étui de cuir noir et présenta son insigne avec assurance, ce qui ne fut pas sans susciter l'admiration de Sam. Gossamer Ridge n'était qu'une petite ville du fin fond de l'Alabama, et il en fallait plus pour impressionner Cropwell, mais force était de reconnaître que Kristen avait du cran.

Une fillette en danger

— Kristen Tandy, police de Gossamer Ridge. Nous pensons que l'enveloppe reçue par M. Cooper pourrait avoir un lien avec l'une des affaires sur lesquelles nous enquêtons.

Comme Sam s'y attendait, Cropwell observa l'insigne de Kristen avec un mélange d'amusement et de dédain.

— Eh bien, s'il y a un lien, nous vous le ferons savoir.

— L'inspecteur enquête sur l'agression de ma nièce, expliqua sèchement Sam. Cela s'est produit à mon domicile, pendant qu'elle gardait ma fille. Je veux qu'on lui laisse le champ libre.

L'expression narquoise de Cropwell se fit aussitôt déférente.

— Bien, monsieur.

— Je peux passer ? demanda Kristen avec une impatience non dissimulée.

— Oui, c'est bon, marmonna Cropwell.

Il souleva le ruban pour permettre à Kristen de se glisser dessous. Cependant, lorsque Sam fit mine de la suivre, il lui barra le passage.

— Désolé, dit-il en savourant manifestement sa revanche. Aucun civil n'est admis dans le périmètre. Pas même vous, monsieur le substitut.

Sam hocha la tête, accordant de bonne grâce cette petite victoire à l'inspecteur.

Pour rien au monde Kristen n'aurait reconnu à quel point la compagnie de ses collègues de Birmingham la mettait mal à l'aise. Ils ne la traitaient pas vraiment

Une fillette en danger

mal, se montrant dans l'ensemble polis et conciliants. Mais elle était le plus jeune officier de police sur les lieux, et elle voyait bien à leurs regards ce qu'ils pensaient : si elle n'avait pas travaillé dans une petite ville de campagne, elle serait toujours en uniforme au volant d'une voiture de patrouille.

Elle attendait avec les autres le retour de l'équipe de déminage quand son portable sonna. S'écartant de quelques pas, elle répondit immédiatement.

— Tandy.

— On m'a dit que tu étais à Birmingham.

La voix familière et tonitruante de son supérieur retentit dans l'appareil, teintée de l'affection paternelle dont Carl faisait toujours preuve avec elle.

— Pourquoi ai-je le sentiment d'avoir enfreint la loi ? plaisanta-t-elle.

— Tu as quelque chose ?

— On attend les démineurs. Tout ce qu'on sait pour l'instant, c'est qu'il n'y a pas de bombe dans l'enveloppe.

— C'est déjà ça.

— Vous avez des nouvelles de Foley ? Il a pu apprendre quelque chose de la voisine de Cooper ?

— Une vague description d'une camionnette bleue qui aurait fait plusieurs fois le tour du pâté de maisons un peu plus tôt dans la journée. Rien de concret. Foley ira lui montrer des photos pour voir si elle peut reconnaître une marque ou un modèle. Mais, pour le moment, il interroge les autres voisins.

Le léger reproche dans la voix du commissaire n'échappa pas à Kristen.

Une fillette en danger

— Et vous pensez que je devrais être avec lui, plutôt que de perdre mon temps à Birmingham ?

— C'est toi qui l'as dit, pas moi.

— Mais vous l'avez pensé.

Un mouvement sur sa gauche attira son attention.

— Voilà les démineurs. Il faut que je vous laisse.

Elle raccrocha et se joignit aux autres policiers, tandis qu'un homme se détachait du groupe des démineurs et s'avançait vers le capitaine Rayburn. Il tenait une pochette de plastique transparent contenant une épaisse enveloppe matelassée.

Jouant des coudes, Kristen se glissa jusqu'au premier rang.

Occupé à enfiler des gants de latex, Rayburn lui jeta un coup d'œil surpris, puis ses traits se détendirent, et il lui fit signe d'approcher.

— Je crois que ça va vous intéresser, inspecteur.

Plongeant la main dans l'enveloppe, il en sortit un paquet de photos, en prenant soin de les tenir par la tranche.

Kristen eut l'impression de recevoir un uppercut en plein estomac.

Le premier cliché montrait une petite fille dans une robe à volants imprimée de fleurettes blanches sur fond bleu.

L'enfant faisait de la balançoire dans le parc de Gossamer.

Et ce n'était autre que Maddy Cooper.

3

Refoulant des haut-le-cœur, Sam Cooper fixait avec horreur les clichés. Il y en avait douze en tout, imprimés en dix centimètres sur quinze. D'après le technicien qui les avait examinées, les photos avaient été prises avec un appareil numérique. Elles représentaient toutes Maddy, dans différents endroits de la ville. Sam lui-même figurait sur certaines, de même que ses parents, ou sa sœur Hannah.

Ecœuré, il détourna les yeux et se massa le front.

— J'ai appelé le commissariat, dit Kristen d'une voix atone. Foley est parti à la base de loisirs prévenir vos parents.

— Il faut que j'y retourne.

Kristen hocha la tête.

— On nous enverra une copie des photos dès que possible.

Elle tourna les yeux vers Dave Rayburn, qui acquiesça, et Sam put constater que le capitaine et elle avaient trouvé un terrain d'entente.

— Donc, nous pouvons partir ? demanda-t-il.

— Oui.

Kristen échangea une poignée de main avec Rayburn et accompagna Sam hors du bureau.

Une fillette en danger

Ils ne parlèrent pas en regagnant la voiture. Sam ne savait d'ailleurs pas quoi dire.

Au bout de quelques minutes, Kristen rompit le silence, d'une voix exceptionnellement chaleureuse.

— Nous trouverons le moins-que-rien qui a pris ces photos.

Sam tourna la tête vers elle, mais elle se concentrait sur la route qui défilait devant eux.

— Il a dû déposer l'enveloppe hier soir, avant même d'essayer d'enlever Maddy. Il voulait que ce soit la première chose que je voie après la disparition de ma fille. Et il a été assez malin pour éviter les caméras de sécurité.

Cette fois, Kristen lui accorda un regard. Ce fut bref, mais il eut le temps d'apercevoir de la colère dans ses yeux bleus.

— Ça ne nous empêchera pas de l'arrêter.

Une Chevrolet Impala identique à la sienne stationnait devant le magasin d'articles de pêche. Kristen se gara à côté.

— Foley est déjà là, dit-elle à Sam tandis qu'ils descendaient de voiture.

Dans la boutique, Maddy était assise sur les genoux de son grand-père et jonglait avec un gros flotteur de ligne de pêche, comme elle l'aurait fait d'une balle.

Accoudé au comptoir, Foley parlait à voix basse avec la mère de Sam.

Les yeux de Maddy s'éclairèrent quand elle les vit entrer, et elle glissa aussitôt des genoux de son grand-père.

Une fillette en danger

— Kristy ! cria-t-elle, tout sourires, en se ruant vers eux.

Sam sentit Kristen se raidir à côté de lui et intercepta sa fille avant qu'elle ait pu nouer les bras autour des genoux de la jeune femme.

— Et alors ? On ne dit plus bonjour à son papa ? s'exclama-t-il en la soulevant dans ses bras.

— Bonjour, mon papa adoré, répondit la fillette en lui tapotant le visage de ses petites mains.

Puis elle se tortilla dans ses bras pour regarder Kristen.

— Papy Mike et moi, on va préparer des asticots pour les poissons. Tu veux venir avec nous ?

Kristen avait le teint verdâtre, mais Sam devina que cela n'avait rien à voir avec la perspective de triturer des vers.

— Kristen a du travail, ma puce. Et tu t'occuperas des vers un autre jour. J'ai prévu quelque chose cet après-midi. Tu veux savoir quoi ?

— Quoi ?

Maddy prit de nouveau son visage dans ses mains, et il en fut bouleversé. Mais, au lieu de son sourire malicieux, il vit une série d'images figées sur papier glacé.

Il tourna les yeux vers Kristen, qui l'observait. Elle avait renoncé à son masque d'impassibilité et affichait un air profondément dévasté. Il n'y avait pas d'autre mot pour qualifier son expression.

S'éclaircissant la gorge, il reporta son attention sur Maddy.

— On va regarder tous tes films de princesses jusqu'à ce qu'il soit l'heure d'aller se coucher.

Une fillette en danger

Maddy gigota d'excitation dans ses bras.

— C'est vrai ?

— Bien sûr que c'est vrai.

Sam entendit l'inspecteur soupirer dans son dos et comprit que c'était sa façon de lui exprimer sa sympathie. Il est vrai qu'en temps normal il aurait tout fait pour échapper à la corvée. Mais là, rien ne pouvait lui faire plus plaisir que l'idée de passer l'après-midi et la soirée dans la maison d'invités de ses parents, sa petite fille blottie contre lui sur le canapé, tranquille devant des balais magiques et des souris qui chantent.

— Kristy peut venir aussi ? demanda Maddy.

— Je t'ai dit qu'elle devait travailler.

— Mais, quand elle aura fini, elle pourra venir ?

Sam s'apprêtait à répondre par la négative, quand Kristen s'éclaircit la gorge.

— Oui, Maddy. Je viendrai après le travail.

Il la dévisagea avec stupéfaction.

— Vous êtes sûre ?

— Absolument, dit-elle avec un manque évident de conviction. Vous allez rester ici plusieurs jours, je suppose ?

Il faillit lui dire que ce n'était pas une bonne idée, mais le gloussement de joie de sa fille l'en dissuada.

— Oui. Il y a une maison d'invités en contrebas de la propriété de mes parents.

Comme Maddy demandait à accompagner son grand-père dans l'arrière-boutique, Sam la déposa par terre.

Kristen attendit qu'elle soit hors de vue.

— Je peux être là vers 19 h 30, dit-elle à voix basse.

— Vous n'êtes pas obligée de faire ça.

Une fillette en danger

— Elle se couche à quelle heure ? 20 heures ?

— C'est ça, répondit Sam sans comprendre où elle voulait en venir.

— Très bien. Ensuite, nous pourrons passer en revue certaines choses.

Il leva un sourcil.

— Certaines choses ?

— Certaines affaires, plutôt. Je pense que celui qui vous a envoyé les photos pourrait être quelqu'un que vous avez fait condamner.

— Ce serait une vengeance ? demanda-t-il avec une moue dubitative.

— Pourquoi pas ? Ça ne coûte rien de chercher de ce côté-là.

— D'accord. J'y penserai. Ça me donnera au moins quelque chose à faire pendant que les princesses désespèrent en attendant le Prince charmant.

Le sourire de Kristen transforma brièvement son visage, laissant entrevoir ce à quoi elle aurait pu ressembler si son passé tragique n'avait pas laissé des traces indélébiles sur ses jeunes traits. Ses yeux rayonnaient comme un ciel sans nuages se reflétant dans une eau calme, et les rides soucieuses qui barraient son front avaient disparu, comme gommées.

De nouveau, Sam éprouva une brusque attirance, qui persista même après que son sourire se fut éteint.

Il s'éclaircit la gorge tandis que Maddy et Mike ressortaient de l'arrière-boutique.

— A ce soir, donc, marmonna-t-il.

— Foley, je vais au bureau taper mon rapport. Tu me suis ?

— Euh… ouais.

Une fillette en danger

Le regard perplexe de Foley fit plusieurs fois l'aller et retour entre Kristen et Sam.

— N'hésitez pas à nous appeler en cas de besoin, dit-il.

— Au revoir, Kristy ! cria Maddy.

Kristen agita la main en direction de la fillette, adressa un regard énigmatique à Sam et se dirigea vers la porte, Foley sur les talons.

— Elle a l'air d'une gentille fille, commenta Beth Cooper lorsqu'ils furent partis. Quelle horreur, cette histoire avec sa mère !

Sam détacha son regard de la porte.

— Je ne connais que les grandes lignes. Sa mère a essayé de la tuer. Tu te souviens d'autre chose ?

— Pas vraiment. A l'époque, les informations n'étaient pas aussi détaillées qu'aujourd'hui.

— Qu'est devenue sa mère ?

— Je ne crois pas qu'elle soit allée en prison. Elle a sans doute été placée en hôpital psychiatrique.

Beth esquissa un sourire moqueur.

— Tu sembles t'intéresser beaucoup à cette inspectrice...

— Ça suffit, maman !

Beth redevint sérieuse.

— Fais attention, Sam. Maddy est assez grande maintenant pour se demander pourquoi sa mère ne vient jamais la voir et elle risque de s'attacher un peu trop à la prochaine femme qui partagera sa vie.

Par égard pour Maddy, Sam s'obligeait à trouver des excuses à son ex-femme. Mais Maddy allait déjà à l'école et elle finirait par demander pourquoi ses amis avaient une maman et pas elle.

Une fillette en danger

Un jour, il devrait lui expliquer que certaines mamans ne voulaient pas s'occuper de leur enfant, et qu'elle n'y pouvait rien.

Et il n'était pas utile de compliquer la situation en laissant une autre femme, tout aussi dénuée de sentiments maternels, briser le cœur de sa fille.

— Vous ne pouvez pas être sérieux !

Kristen fixait Carl Madison en secouant la tête.

— Il doit bien y avoir quelqu'un d'autre.

— Je pourrais trouver quelqu'un d'autre, admit le commissaire. Mais Foley dit que la petite t'aime bien et te fait confiance. Tu dois le faire.

— Ne m'impose pas ça ! s'exclama Kristen, retrouvant le tutoiement qu'elle employait quand elle était seule avec son père adoptif. Tu n'es plus mon père.

— Tu ne m'as jamais laissé l'être, répondit tristement Carl.

La culpabilité tempéra la colère de Kristen.

— Je n'ai rien demandé à personne… Ce que je voulais, c'était qu'on me laisse me reconstruire toute seule. C'est toujours ce que je veux.

— Tu n'as rien reconstruit. Tu te caches derrière ton insigne en évitant tout ce qui t'effraie ou représente un défi.

Voyant qu'elle s'apprêtait à protester, il ajouta :

— Et je ne te parle pas en tant que père. Je suis ton patron, et je te confie une mission que je te crois capable de remplir. Es-tu en train de me dire que j'ai tort ?

Les narines frémissantes, Kristen tourna la tête.

Une fillette en danger

— Je ne pense pas que Sam Cooper sera d'accord.

— Et moi, je crois qu'il acceptera tout ce qui est bon pour la sécurité de sa fille. Les pères sont comme ça.

Kristen se leva, tremblant de colère contenue et d'appréhension.

— C'est une mauvaise idée.

— Mais tu le feras ?

— Je n'ai pas vraiment le choix, il me semble !

Elle quitta le bureau d'un pas de hussard et claqua violemment la porte.

Foley leva les yeux en la voyant traverser l'espace ouvert où étaient regroupés les postes de travail.

— Un problème ?

— Carl veut que je joue les baby-sitters à plein temps chez les Cooper.

Foley haussa les sourcils.

— Ah bon ? Je pensais qu'il allait te conseiller d'annuler ton rendez-vous galant avec Cooper.

Kristen lui jeta un regard noir.

— C'est un entretien informel avec une victime, à son domicile.

— En regardant des films blottis l'un contre l'autre sur un canapé.

— Ce sont des films de princesses pour enfants ! Si tu crois que ça m'amuse !

Kristen fit le tour de son bureau et prit son sac.

— Cette gosse t'adore, déclara Foley.

— Tant mieux. Elle se rappellera peut-être quelque chose et voudra le raconter à sa nouvelle meilleure copine.

Foley secoua la tête.

Une fillette en danger

— Comment peux-tu être aussi froide ?
— Il le faut bien. Surtout si je dois passer tout mon temps avec une gamine de quatre ans.
— Je vais finir par croire que tu es allergique aux enfants.
— Je ne suis pas douée avec eux, c'est tout.
— Je dirais plutôt que tu as peur d'eux. Tu vas faire ce que Madison te demande ?

Elle soupira.

— Je ne peux pas refuser d'obéir à un ordre. La seule solution serait de saboter ma mission, mais j'ai conscience de la gravité de la situation. Tout indique que le ravisseur va recommencer, et je ne suis pas cruelle au point de mettre Maddy en danger.

— Soyons clairs, dit Sam, alors que Maddy venait de descendre du canapé pour aller aux toilettes. Vous n'avez rien de maternel.

Kristen le considéra froidement.

— Non, c'est vrai, reconnut-elle après quelques instants de silence.
— Dans ce cas, je vous demanderai de limiter vos contacts avec Maddy au strict minimum.
— Je me doutais que vous diriez ça, mais…

Elle fut interrompue par Maddy, qui revenait en courant et se jeta entre eux sur le canapé.

— Tu peux remettre le film, papa ! s'exclama-t-elle gaiement.

Sam pressa le bouton de lecture, et une sirupeuse rengaine de princesse amoureuse emplit la pièce, mettant fin à la conversation.

Une fillette en danger

Une heure plus tard, les paupières de Maddy commencèrent à papilloter, et elle protesta à peine quand Sam arrêta le DVD et la porta jusqu'à sa chambre.

Il s'attarda un moment tandis qu'elle s'agitait et se retournait, pas encore habituée à ce lit qui n'était pas le sien.

Comme elle demandait une histoire, Sam prit *Les Mésaventures de Horton*. Il n'était pas arrivé au bas de la première page qu'elle dormait déjà.

Il reposa le livre sur la table de chevet, remonta le drap sous le menton de sa fille et caressa la rondeur satinée de sa joue. Blottie sous le moelleux édredon que sa grand-mère avait confectionné, elle semblait minuscule. Si fragile qu'elle aurait pu se briser comme un rien.

Il sentit plutôt qu'il n'entendit Kristen entrer dans la chambre. Tournant la tête, il la vit sur le seuil, en train de regarder Maddy comme si elle cherchait une réponse sur le visage de l'enfant.

Ce soir, elle portait un T-shirt vert pâle et un jean. Ses cheveux étaient détachés et un peu emmêlés, lui donnant une apparence très différente du sévère officier de police avec qui il avait passé la matinée.

Elle recula dans le couloir, et Sam se leva pour la rejoindre, refermant la porte derrière lui.

— J'ai quelque chose à vous dire, annonça-t-elle quand ils furent de retour dans le salon.

Aussitôt, il se crispa d'appréhension.

— Quoi ?

— Le commissaire Madison pense que la personne qui a pénétré chez vous va de nouveau essayer de s'en prendre à Maddy. Et je partage cette opinion…

Une fillette en danger

— Moi aussi.

— Il veut assigner quelqu'un en permanence à la protection de Maddy.

Sam plissa le front.

— En permanence ? Vous voulez dire... comme un garde du corps ?

— Oui.

Il se massa pensivement la joue, où pointait un début de barbe.

— Je ne sais pas si elle se sentira à l'aise avec un étranger.

— Ce ne sera pas un étranger, répondit Kristen avec nervosité.

L'air se chargea de tension tandis que Sam la dévisageait avec surprise, comprenant lentement où elle voulait en venir.

— Vous voulez dire...

— Que je serai le garde du corps de Maddy.

4

Kristen ne parvenait pas à décider si elle voulait l'entendre accepter ou refuser.

D'un point de vue purement viscéral, tout ce qui l'empêcherait de passer ses jours et ses nuits avec Maddy serait un soulagement, et elle aurait voulu pouvoir prendre la fuite.

Mais ce serait agir en lâche et, quoi que semblaient en penser Carl et Foley, elle n'était pas lâche.

— Je ne m'attendais pas à ça venant de vous…, admit Sam en se laissant tomber sur le canapé.

Dans le silence, le frottement de sa paume sur sa joue fit crisser sa barbe, et elle fut surprise du frémissement qu'elle ressentit au creux du ventre.

Sam Cooper était un homme séduisant, sans être réellement beau. Du moins pas selon les critères de Hollywood. Rude, sauvage, son charme avait quelque chose d'un peu animal, qui s'exprimait à travers sa façon de bouger souplement, comme un félin.

Elle s'assit à côté de lui en ignorant le tremblement de ses genoux.

— Ce n'était pas mon idée.

Il lui lança un regard sombre.

— Je vous crois sans peine.

— Ça ne veut pas dire pour autant qu'il ne faille pas

Une fillette en danger

le faire. Maddy est probablement en danger, et je suis la mieux placée pour la protéger. Elle semble m'apprécier, et je ferai tout pour qu'il ne lui arrive rien.

— Mon frère pourrait s'en charger.

— Il est en mission spéciale avec les Douanes, vous le savez.

Elle avait vérifié la disponibilité d'Aaron Cooper avant de quitter le commissariat.

— Le mari de ma sœur est également shérif adjoint.

— Riley Patterson ? Il est actuellement en Arizona pour le quarantième anniversaire de mariage de ses parents.

— Vous avez vérifié l'emploi du temps de tous mes proches ?

C'était le cas, en effet, mais il s'agissait de la procédure habituelle en cas d'enlèvement d'enfant.

— Votre sœur et lui ne seront pas de retour avant lundi.

Sam l'observa d'un air dubitatif, et elle devina qu'il pesait le pour et le contre.

Pouvait-il lui confier sa fille ? Ne risquait-elle pas, comme sa mère, de perdre tout à coup la raison et de s'en prendre à Maddy ?

Comment lui en vouloir d'hésiter, quand elle-même était rongée par les mêmes questions ?

Elle supporta son examen aussi longtemps qu'elle le put avant d'exploser.

— Alors, c'est oui ou c'est non ?

Un muscle joua brièvement dans la mâchoire de Sam.

— D'accord. Nous avons une chambre d'amis, mais

Une fillette en danger

je ne veux pas de changements dans notre vie. Maddy continuera à aller voir ses grands-parents quand elle le souhaitera et à aller pêcher avec Jake et Gabe. Si je dis qu'elle est en sécurité avec quelqu'un, je ne veux pas que vous vous en mêliez. Compris ?

Kristen hocha la tête. Moins elle passerait de temps avec Maddy, mieux ce serait pour elle.

— Je suppose que vous serez réticent à ce que j'apporte une arme ici, avec Maddy dans les parages...

— Je suis moi-même armé, inspecteur Tandy.

Le ton déterminé de Sam Cooper la fit frémir malgré elle. Ainsi, elle ne s'était pas trompée en devinant une nature implacable sous les costumes italiens parfaitement coupés et les coûteuses cravates de soie. Malgré sa réussite professionnelle, il restait un enfant sauvage des collines de Chickasaw. Quant aux années qu'il avait passées dans le corps des marines, elles avaient probablement encore endurci sa nature.

Elle lui rendit la monnaie de sa pièce en s'autorisant un long regard appréciateur. Elle savait qu'il avait présenté l'examen du barreau à vingt-quatre ans puis passé cinq ans comme juriste au sein d'une unité de marines, avant de retourner à la vie civile.

Naturellement, il n'avait jamais combattu sur le terrain, mais tout le monde chez les marines était soumis à un entraînement physique exigeant. Et, à en juger par l'impressionnante musculature, soulignée par sa chemise blanche aux manches roulées sur des avant-bras hâlés et par son jean délavé, il n'avait pas relâché ses efforts depuis qu'il avait quitté l'armée.

— Je continue à me demander qui pourrait être capable de faire ça.

Une fillette en danger

La vulnérabilité dans la voix de Sam la prit par surprise.

— Je ne suis pas vraiment riche, poursuivit-il. Je ne suis pas une célébrité. Je ne pourrais pas réunir une rançon s'il l'exigeait...

— Je pense davantage à une vengeance, répondit posément Kristen. Ou à quelqu'un qui aurait des motivations personnelles.

Les yeux de Sam s'étrécirent.

— Vous pensez à mon ex-femme.

— La majorité des enlèvements d'enfants ont lieu dans le cadre familial. Vous avez la garde exclusive de Maddy et vous avez récemment déménagé.

— Avec la bénédiction de Norah. Elle peut rendre visite à Maddy quand elle le veut. Or, ce n'est pas son souhait.

— Pourquoi ?

Il serra les lèvres jusqu'à ce que sa bouche ne forme plus qu'une mince ligne, et son regard se tourna vers le couloir, comme s'il craignait que Maddy les entende.

— La grossesse n'était pas prévue. J'ai dû insister pour qu'elle m'épouse.

— Elle ne voulait pas d'enfants du tout ?

— Non, mais elle savait à quel point j'y tenais. Elle a donc accepté de se marier, d'avoir le bébé et d'essayer de faire en sorte que ça marche.

Il soupira.

— Ça n'a pas fonctionné...

— Combien de temps cela a-t-il duré ?

— Jusqu'aux trois mois de Maddy.

— Et elle vous a laissé la garde exclusive ?

— Avec soulagement.

Une fillette en danger

Kristen ne savait que dire. S'il semblait inconcevable pour la plupart des gens qu'une mère puisse se détourner de son propre enfant, elle avait appris de la manière la plus cruelle de quoi certaines femmes étaient capables.

— Contrairement à une idée reçue, la maternité ne va pas de soi, déclara-t-elle.

Lorsqu'elle osa le regarder, elle fut surprise de lire de la sympathie dans ses yeux, et non le dégoût auquel elle s'attendait.

Refusant de laisser ses émotions prendre le dessus, elle poursuivit :

— Quoi qu'il en soit, j'ai enquêté sur votre ex. Elle vient de se fiancer. Vous le saviez ?

— Vraiment ? Qui épouse-t-elle ? demanda-t-il avec une indifférence dont elle n'aurait su dire si elle était réelle ou feinte.

— Graham Stilson.

Il leva un sourcil.

— Junior ou senior ?

— Junior. Vous le connaissez ?

— Il était avocat à Washington. Nos chemins se sont croisés à plusieurs reprises. Mais je connais mieux son père, qui est juge.

Visiblement, il ne pensait pas grand bien de Stilson junior, et Kristen se demanda s'il n'y avait pas une part de jalousie là-dedans.

Mais qu'espérait-elle ? Qu'il ait perdu tout intérêt pour une femme qu'il avait suffisamment aimée pour vouloir l'épouser ?

Non que les sentiments de Sam Cooper la regardent...

Une fillette en danger

— J'ai eu son assistante, qui m'a dit qu'elle me rappellerait. Mais je n'ai pas encore eu de nouvelles.

Sam haussa les épaules.

— Norah ne rappelle que si elle pense que vous pouvez faire quelque chose pour elle. Je lui ai laissé un message également.

— Vous n'avez pas dit que vous n'aviez aucune raison de la soupçonner ?

— Si, mais elle est la mère de Maddy. Elle a le droit de savoir ce qui s'est passé.

Norah Cabot s'en soucierait-elle seulement ? Elle ne s'était pas beaucoup intéressée à la vie de sa fille jusqu'à maintenant. Pourquoi cela changerait-il ?

Une autre que Kristen aurait trouvé ce comportement égoïste et choquant, mais elle savait que Maddy avait de la chance, malgré les apparences. Elle avait un père qui l'aimait et la protégeait, et n'avait pas à subir les conséquences de la conduite de sa mère.

A quoi aurait ressemblé sa propre vie si elle avait eu un père pour prendre soin d'elle ?

Sam interrompit le cours de ses sombres pensées.

— J'ai demandé à mon bureau de m'envoyer par e-mail les dossiers que j'ai instruits depuis ma prise de fonction. Il n'y en a que cinq. Ma charge de travail a été réduite, le temps que je prenne mes marques. Nous pouvons y jeter un œil maintenant, si vous voulez.

Sam se laissa retomber contre le dossier du canapé et se frotta les yeux. Ils venaient d'éplucher ses dossiers pendant une heure, sans rien y trouver qui soit susceptible de pousser quelqu'un à s'en prendre à sa fille.

Une fillette en danger

— Et si ça n'avait rien à voir avec moi ? demanda-t-il.

— Vous pensez que Maddy était visée ? Mais pour quelle raison ?

L'estomac de Sam se révulsa devant la seule réponse possible.

— C'est peut-être l'œuvre d'un pédophile, suggéra-t-il avec dégoût.

Kristen secoua la tête.

— Ça ne correspond pas à leur mode opératoire. Ce sont des lâches. Le choix de leurs cibles est une question d'opportunité.

— Vous oubliez ce cas dans l'Utah, où le type est entré dans la maison et a enlevé l'enfant dans son lit.

— C'est rare.

— Mais pas impossible.

Kristen secoua de nouveau la tête.

— Je crois qu'il faut chercher ailleurs. Vous avez un double des dossiers sur lesquels vous avez travaillé à Washington ?

— Ils sont archivés chez moi. Je peux aller les récupérer demain, si ça ne vous dérange pas de rester seule avec Maddy.

Ses sourcils se froncèrent légèrement.

— Pas de problème. C'est mon travail.

Elle se leva.

— Il est tard. Je vais rentrer chez moi préparer mes affaires pour demain.

La sonnerie de son portable fit sursauter Sam, lui envoyant comme une décharge électrique le long de la colonne vertébrale. Il plongea la main dans sa poche et découvrit sur l'écran un code de zone qu'il ne connaissait pas.

— Cooper, dit-il, tout en jetant un coup d'œil à Kristen, qui s'était rassise et l'observait.

Une voix énergique lui répondit.

— Bonsoir, Sam. C'est moi.

— Oh ! Bonsoir, Norah.

Avant qu'il ait eu le temps d'aller plus loin, Maddy apparut sur le pas de la porte, les cheveux emmêlés et les yeux pleins de larmes.

— Papa…, fit-elle en gémissant.

Partagé entre le besoin de parler à son ex-femme et l'envie de consoler sa fille, Sam lança à Kristen un regard suppliant. Pendant un bref instant, elle écarquilla les yeux et parut sur le point de prendre ses jambes à son cou, mais elle reprit très vite le contrôle d'elle-même et alla à la rencontre de Maddy.

— Sam, tu es là ? s'enquit Norah au téléphone, impatiente.

Il regarda Kristen s'accroupir près de sa fille et lui parler à voix basse.

— Oui, je suis là. Désolé. Maddy vient de se réveiller.

— Ton message disait que tu avais quelque chose d'important à m'annoncer.

Il perçut de l'agacement dans sa voix, sans doute parce qu'il avait mentionné Maddy.

Norah ne supportait pas qu'on lui parle de Maddy. Probablement parce qu'il lui était plus facile ainsi de prétendre qu'elle n'avait jamais eu d'enfant.

Malheureusement pour elle, ce qu'il avait à lui dire concernait sa fille.

Une fillette en danger

Et, cette fois, elle allait l'écouter.

Kristen avait réussi à convaincre Maddy de retourner dans sa chambre, même si elle brûlait d'entendre ce que disait Sam.

— Tu peux me lire une histoire ?

Elle observa le petit visage ensommeillé, et son pouls s'emballa dangereusement.

Il lui fallut faire un effort pour rester concentrée, ne pas laisser son esprit s'égarer vers un passé cauchemardesque.

« Lis-lui une histoire, s'encouragea-t-elle. Tu peux le faire. »

Elle prit le premier livre sur la pile, mais ne put se résoudre à l'ouvrir. Les yeux fermés, le livre serré contre sa poitrine, elle prit une profonde inspiration.

— Tu sais pas lire ? demanda Maddy.

Elle rouvrit les yeux et croisa le regard compréhensif de l'enfant.

— C'est pas grave. Moi, je vais te le lire, proposa Maddy en tapotant le matelas près d'elle.

Kristen fixa la main minuscule sur le drap rose pâle et se résigna à s'asseoir à côté de l'enfant.

Maddy se pencha, et son petit corps chaud et compact se pressa contre la hanche de Kristen. Elle lui prit le livre des mains et l'ouvrit à la première page, où l'éléphant Horton était assis dans une flaque d'eau bleue et s'aspergeait joyeusement.

Tandis que Maddy commençait à réciter par cœur son histoire préférée en tournant les pages au hasard

Une fillette en danger

pour faire mine de lire, Kristen ferma les yeux et essaya de se détendre.

Au bout d'un moment, prenant conscience que la petite fille était silencieuse, Kristen rouvrit les yeux et vit que l'enfant la regardait d'un air solennel.

— Pleure pas, Kristy, dit-elle en lui tapotant le bras. Horton va finir par trouver le trèfle. Tu verras.

Kristen essuya rapidement les larmes qui avaient coulé sur ses joues sans qu'elle s'en rende vraiment compte et grimaça un sourire.

Au même moment, la porte s'ouvrit sur Sam.

D'un coup d'œil rapide, il vérifia que Maddy allait bien, comme s'il redoutait qu'elle s'en soit prise à l'enfant. Et, lorsque son regard s'arrêta sur elle, il ne cacha pas sa surprise en découvrant le garde du corps de sa fille en train de pleurer comme un bébé.

Mortifiée, Kristen se leva d'un bond et lui fit signe de prendre sa place.

— Maddy me faisait la lecture. Nous avons laissé ce pauvre Horton dans une situation délicate.

— Mais ça va, insista Maddy, comme si elle avait peur que Kristen s'inquiète encore pour Horton et ses petits amis.

Touchée par la gentillesse de la fillette, Kristen fut soudain envahie par une surprenante bouffée de tendresse.

— Votre conversation s'est bien passée ? demanda-t-elle à Sam.

Il comprit ce qu'elle voulait dire et hocha la tête.

— Laissez-moi terminer l'histoire, et on en parle après.

Une fillette en danger

Elle prit appui contre le montant de la porte et regarda Maddy se blottir contre son père.

Bientôt, les paupières de l'enfant se fermèrent, et Sam l'embrassa tendrement sur le front.

La gorge nouée par l'émotion, Kristen détourna les yeux. Elle n'avait jamais partagé ce genre de moment avec son père, qui était parti quand elle avait six ans et s'était toujours montré distant avant cela.

Sam finit par se lever et la rejoignit à la porte.

— Venez, dit-il en lui prenant le coude pour la guider jusqu'au salon.

Là, il se justifia.

— Je ne voulais pas prendre le risque qu'elle entende.

— Qu'elle entende quoi ?

— Sa mère a décidé de prendre le premier vol pour l'Alabama. Elle sera là demain.

5

— On va faire un jeu, Maddy. Tu veux bien ?
Maddy lança à Kristen un regard contrarié.
— Mais je fais du coloriage !
— Justement. C'est un jeu de coloriage.
Kristen s'assit en tailleur sur le sol, près de la table de jeu de Maddy, et posa une feuille blanche devant elle.
— Je vais dessiner quelque chose, et tu vas m'aider en coloriant mon dessin. Est-ce que ça te plaît ?
Maddy hocha la tête.
— Je suis sûre que tu as une bonne mémoire, continua Kristen.
Elle avait accepté cette mission entre autres choses pour permettre à Maddy de se rappeler la nuit de l'agression. Et sans doute n'aurait-elle pas de sitôt l'occasion de passer un moment seule avec elle, l'arrivée intempestive de sa mère risquant de tout bouleverser.
Elle prit un crayon noir et dessina un ovale.
— Je sais que ça risque de faire un peu peur, mais tu es une petite fille courageuse, n'est-ce pas ?
Maddy leva vers elle de grands yeux inquiets.
— Oui, dit-elle d'une toute petite voix.
— Je veux que tu penses à l'homme qui est venu

Une fillette en danger

dans ta maison, l'autre nuit. Celui qui t'a fait peur et qui a fait du mal à Cissy.

Aussitôt, les yeux de l'enfant s'emplirent de larmes.

— Je veux voir Cissy.

Les larmes de Maddy faillirent inciter Kristen à renoncer, mais elle se blinda contre les émotions de la petite fille.

La meilleure façon de l'aider consistait à trouver son ravisseur, et ce n'était pas le moment de se laisser attendrir.

— Cissy est avec des docteurs très gentils qui s'occupent bien d'elle. Je sais que ton papa te l'a déjà expliqué.

Maddy acquiesça solennellement.

— Elle est malade.

— C'est vrai, mais elle va guérir. Et, en attendant, j'ai besoin que tu m'aides à trouver ce méchant monsieur pour qu'il ne rende plus personne malade. D'accord ?

Maddy se frotta les yeux et hocha bravement la tête.

Kristen pointa son crayon sur l'ovale qu'elle venait de dessiner.

— On va faire comme si c'était la tête du méchant. Tu peux prendre un crayon qui a la même couleur que son visage ?

Maddy observa longuement ses crayons de couleur et en choisit un d'un ton pêche pâle.

Caucasien, nota mentalement Kristen, tout en dessinant des yeux dans son ovale.

— Quelle couleur je dois prendre pour faire ses yeux ? demanda-t-elle.

Une fillette en danger

Le petit front de Maddy se plissa de concentration.

— Il avait pas d'yeux.

— Tu veux dire que tu n'as pas pu voir leur couleur ?

L'enfant hocha la tête.

— C'était à cause de sa casquette ?

De nouveau, Maddy hocha la tête.

Kristen dessina une casquette au sommet de l'ovale.

— Tu te souviens de la couleur de la casquette ?

Après quelques secondes de réflexion, Maddy brandit triomphalement un crayon bleu marine.

— Fantastique, Maddy ! Tu m'aides vraiment beaucoup. Est-ce que tu peux colorier la casquette pour moi ?

Maddy fit glisser la feuille vers elle et se mit consciencieusement au travail, tirant un peu la langue tandis qu'elle essayait de ne pas dépasser les traits.

— Pourquoi tu ne colories pas à cet endroit ? s'enquit Kristen en voyant qu'elle laissait un rectangle blanc sur la partie avant.

— Il y avait des lettres dessus.

Le visage de la fillette s'illumina.

— Je connais toutes les lettres. Tu veux écouter ?

Sans attendre la réponse, elle se mit à chanter l'alphabet d'une petite voix aiguë.

— Bravo, c'était très bien ! approuva Kristen quand Maddy eut terminé. Puisque tu connais tellement bien toutes les lettres, tu dois te souvenir de celles qui étaient sur la casquette.

Le grand sourire de Maddy s'évanouit.

— Non. J'ai oublié.

Une fillette en danger

— Ce n'est pas grave, assura Kristen en refoulant sa déception.

Elle savait que l'agresseur était blanc et portait une casquette avec une inscription, peut-être le nom d'une équipe de football. C'était déjà un indice, si elle parvenait à mettre la main sur un éventuel suspect.

— Dis, Kristy, tu connais ma maman ?

La question prit Kristen par surprise. C'était la première que posait la petite depuis qu'elle avait appris que sa mère allait lui rendre visite. D'après ce que lui avait dit Sam, elle avait vu des photographies de sa mère et connaissait son nom, mais ne lui avait jamais parlé. Pas même au téléphone.

Kristen se tourna vers l'enfant, qui l'observait avec anxiété.

Sam l'avait habillée d'une robe jaune pâle et chaussée de sandalettes blanches et avait rassemblé ses cheveux bruns en queue-de-cheval. Ainsi, elle était adorable, même aux yeux critiques de Kristen, qui ne put s'empêcher de se demander si Norah serait impressionnée.

— Non, Maddy, je ne connais pas ta maman, répondit-elle.

— Et si elle m'aimait pas ? demanda-t-elle d'une toute petite voix.

Kristen eut pour elle un brusque élan de sympathie.

— Je ne vois pas pourquoi elle ne t'aimerait pas. Regarde comme tu es jolie. Et j'ai vu ta chambre, tout à l'heure. Elle est très propre et bien rangée. Et tu as mangé toutes tes céréales au petit déjeuner, comme ton papa te l'a demandé.

Le visage de Maddy s'éclaira.

Une fillette en danger

— Et j'ai aussi pris mes vitamines.
— Eh bien, tu vois ? Tu es la plus gentille des petites filles.
— Et toi ? ajouta Maddy. Tu as peur que ma maman t'aime pas ?
— Bien sûr que non. Moi aussi, j'ai mangé tout mon petit déjeuner.

Maddy se tortilla sur sa chaise en riant, puis elle prit le crayon pêche et commença à colorier le visage du « méchant monsieur ».

Kristen la regarda faire en essayant de ne pas se laisser déstabiliser par sa dernière question.

Elle se moquait que Norah Cabot l'apprécie ou non. Ce qui était aussi bien, car les questions qu'elle allait devoir lui poser ne lui attireraient certainement pas sa sympathie. Norah Cabot avait peut-être un alibi pour la nuit de l'agression, mais cela ne voulait pas dire qu'elle n'avait pas engagé quelqu'un pour enlever Maddy.

Et, considérant ce qu'elle avait appris sur Norah et son fiancé, elle avait une petite idée de la raison pour laquelle cette femme aurait pu être tentée de récupérer sa fille.

— Tu es nerveux, remarqua Norah avec une pointe d'amusement.
— Je suis inquiet, corrigea Sam en coupant le contact avant de se tourner vers elle.

Elle était impeccable, même après un vol aussi long. Son tailleur-pantalon gris anthracite et son chemisier de soie crème lui seyaient à la perfection, et sa coupe

Une fillette en danger

de cheveux à la dernière mode avait dû coûter une fortune.

Il se demanda qui elle essayait d'impressionner. Lui ou Maddy ?

— Je sais que cela fait longtemps, plaisanta-t-elle, mais je ne suis pas devenue dangereuse. Je ne mords toujours pas.

Elle ouvrit la portière, déplia ses longues jambes et descendit de la voiture avant qu'il n'ait eu le temps d'en faire le tour.

Il laissa ses valises dans le coffre, puisqu'il avait été décidé qu'elle résiderait à l'hôtel plutôt que sur la propriété des Cooper.

— Je m'étonne que Graham ne t'ait pas accompagnée, dit-il en la rejoignant sur le perron.

— Ainsi, tu as entendu parler de mes fiançailles ? répondit-elle avec un sourire moqueur. Graham a été retenu à Baltimore.

— Je croyais que vous étiez dans les Hamptons.

— Uniquement pour une réception.

En atteignant la porte, elle rajusta sa veste et se passa la main dans les cheveux, seule manifestation d'une quelconque nervosité depuis qu'ils avaient quitté l'aéroport.

Sam ouvrit la porte et guida Norah jusqu'au salon où il se figea devant le spectacle qui s'offrait à lui.

Kristen était à genoux sur le tapis, en train semblait-il de chercher quelque chose sous le canapé, tandis que Maddy sautillait autour d'elle en poussant des cris de joie.

Pourtant, avant même qu'il n'ait eu le temps de ciller, Kristen s'était redressée, repoussant d'une main

Une fillette en danger

Maddy derrière elle, tandis que son autre main volait vers le holster de cheville caché sous la jambe droite de son jean.

Sam leva précipitamment les mains.

— Du calme ! Ce n'est que nous.

Kristen se détendit, ôtant sa main de l'arme fixée à sa cheville, et fit repasser Maddy devant elle.

Ecarlate, elle se redressa en tirant sur son T-shirt.

— Nous avions… hum… perdu un crayon.

— On faisait du dessin, papa ! s'écria Maddy.

Puis elle vit Norah, et son grand sourire se fit timide.

Sam s'avança vers sa fille, lui prit la main et la conduisit jusqu'à Norah.

— Maddy, voici ta maman, Norah.

Cette dernière prit la main de la fillette avec une réticence perceptible.

— Ravie de te rencontrer, Maddy.

— Tu es jolie ! s'exclama l'enfant.

Norah gloussa de satisfaction.

— Merci. Tu es jolie aussi.

Lâchant la main de sa fille, elle regarda autour d'elle avec curiosité.

— Voilà donc la fameuse base de loisirs des Cooper.

— En fait, c'est la maison d'amis, corrigea Sam en refusant de se laisser atteindre par le dédain perceptible dans la voix de Norah. Tu veux du café ? Un thé ?

— Seigneur ! Epargne-moi cette mélasse horriblement sucrée que vous, les gens du Sud, appelez thé !

Elle ôta sa veste, et son chemisier sans manches

révéla des bras fins et musclés, à la peau soyeuse et hâlée à souhait.

Elle ne s'était pas laissée aller durant ces quatre ans, constata Sam non sans un certain déplaisir. Jamais elle n'avait été aussi mince et aussi belle.

Il lui prit la veste des mains et l'accrocha au porte-manteau rustique fixé derrière la porte. Lorsqu'il se retourna, il surprit le regard perplexe que Norah posait sur Kristen.

Traversant la pièce d'un pas décidé, elle tendit la main.

— Norah Cabot.

— Inspecteur Tandy, police de Gossamer Ridge, répondit Kristen en serrant la main tendue.

Les sourcils parfaitement dessinés de Norah frémirent.

— C'est un piège ?

Le sourire narquois de Kristen surprit Sam. Avec cette expression, elle lui faisait l'effet d'un prédateur jouant avec sa proie.

— C'est curieux que vous en veniez à cette conclusion, madame Cabot, plutôt que de supposer que je suis ici pour protéger votre fille.

Norah lança à Sam un regard meurtrier.

— En une heure de trajet, tu n'as pas trouvé le temps de me prévenir ?

— Eh bien, maintenant tu es au courant, dit Sam en haussant les épaules. L'inspecteur s'est installée ici pour veiller à la sécurité de Maddy.

A vrai dire, il n'était pas mécontent de voir son ex-femme dans l'embarras. C'était une expérience nouvelle. D'ordinaire, Norah gardait le contrôle quelles que soient les circonstances, qu'il s'agisse d'un procès particulièrement houleux ou de l'échec d'un mariage.

— Et pour poser quelques questions, ajouta Kristen d'un ton doucereux.

Retenant un sourire, Sam songea que cette matinée pourrait bien s'avérer plus amusante que prévu.

Il avait passé les dernières dix-huit heures à s'inquiéter au sujet de ces retrouvailles, et tout se passait finalement beaucoup mieux qu'il ne l'avait craint. Maddy ne voyait apparemment rien d'étrange à rencontrer sa mère pour la première fois à l'âge de quatre ans, et Norah semblait décidée à faire des efforts.

Maddy prit plaisir à regarder les vieilles photos que Norah avait apportées, dont certaines de leur bref mariage. Elle fut même d'accord avec Norah pour dire qu'elles avaient les mêmes yeux verts et le même nez. Mais elle ne fit pas de caprice lorsque son père la confia à Jake et à sa femme, Mariah, après que toute la famille eut fait un tour de la base de loisirs.

— Elle est mignonne.

Assise sous le porche, dans un rocking-chair, Norah venait de jeter un coup d'œil distrait à sa fille, qui jouait sous un chêne avec son cousin Micah.

— Tu t'occupes bien d'elle. J'ai toujours su que tu serais un bon père.

— Pourquoi es-tu venue ?

Elle parut étonnée.

— Notre fille a failli être enlevée. C'est normal que je m'inquiète, non ?

— Elle a été hospitalisée pour des problèmes respiratoires quand elle avait un an. Nous vivions dans la même ville, à l'époque, et tu n'as même pas pris la peine de décrocher ton téléphone pour savoir comment elle allait.

— La police n'avait pas laissé un message alarmant sur mon répondeur.

Elle tourna les yeux vers Kristen, assise seule sur un banc, à bonne distance de Jake, de Mariah et des enfants.

— Elle n'est pas un peu jeune ?

— Ne la sous-estime pas ; elle est plus coriace qu'elle n'en a l'air. Et elle est intelligente.

— Ne me dis pas que tu t'es mis en tête de jouer les pygmalions ! Le professeur Higgins transformant Eliza Doolittle en parfaite femme du monde, comme dans *My fair Lady*.

Agacé par son sarcasme, Sam serra les dents. Il avait pourtant dû la trouver amusante, autrefois…

Quoi qu'il en soit, Kristen ne méritait pas d'être la cible de l'humour caustique de Norah, d'autant qu'elle devait affronter ses propres démons pour veiller sur Maddy.

— Pas de commentaire, Sam ? s'enquit Norah, étonnée.

— Et si tu étais un peu plus charitable avec ton prochain ? Ça te va, comme commentaire ?

Remarquant que Kristen regardait dans leur direction, il lui fit signe de les rejoindre.

Elle traversa lentement la pelouse, une expression neutre sur le visage, mais il avait appris à déchiffrer ses yeux pour connaître son humeur. Et, à cet instant

Une fillette en danger

précis, ils étaient d'un gris-bleu aussi froid qu'un ciel d'hiver.

Elle n'aimait pas Norah. Pas du tout.

— Je suppose que vous avez des questions à me poser, dit Norah.

Parler la première était sa façon de prendre le contrôle de la conversation.

— Disons que je suis curieuse, répondit calmement Kristen. Après tant d'années passées loin de votre fille, pourquoi revenir maintenant ? J'avais précisé dans mon message que j'étais prête à faire le déplacement à Washington pour vous rencontrer. Cela ne vous ressemble pas de sauter dans un avion pour venir prendre en personne des nouvelles de votre fille.

Pour la première fois depuis son arrivée, le vernis d'indifférence de Norah se craquela.

— Vous ne me connaissez pas, inspecteur. Vous n'êtes pas qualifiée pour juger ce qui me ressemble ou ne me ressemble pas.

La nuance de gris dans les yeux de Kristen s'intensifia.

— Vous avez abandonné votre fille à son père à l'âge de trois mois. Depuis, vous ne l'avez jamais revue. Vous ne lui téléphonez jamais, pas même pour son anniversaire. Je crois être tout à fait capable de juger votre comportement comme étant celui d'une femme qui a définitivement rayé sa fille de sa vie.

Sam observa Kristen avec étonnement. Même s'il venait de conseiller à Norah de ne pas la sous-estimer, il ne s'attendait pas à la voir se défendre avec une telle hargne.

C'était à croire qu'une tigresse se cachait en elle.

Une fillette en danger

— Les décisions que j'ai prises l'ont été pour le bien de Maddy, rétorqua Norah.

— Sur ce point, nous sommes d'accord.

Le visage de Norah s'empourpra, et Sam y vit les prémices d'un esclandre.

Prenant le coude de Kristen, il s'interposa entre les deux femmes.

— Inspecteur, j'ai repensé à quelque chose au sujet des dossiers que nous avons étudiés hier soir. Nous pouvons en discuter un moment en privé ?

Kristen détacha ses yeux de Norah et les tourna vers lui. Il vit passer une hésitation dans son regard, puis elle hocha brièvement la tête et le laissa l'entraîner un peu à l'écart.

— De quoi s'agit-il ?

— Vous croyez que c'est une bonne chose de braquer Norah comme ça ?

Le visage de Kristen se ferma.

— Vous critiquez la façon dont je mène cette enquête ?

— Vous n'enquêtez pas, là. Vous êtes furieuse contre Norah, et ça interfère dans votre travail. Vous savez très bien qu'on n'obtient rien des gens en les insultant.

Il esquissa un sourire.

— Même si vous le faites magnifiquement.

Kristen eut une moue penaude.

— Vous avez raison. Mais elle est tellement arrogante et sarcastique !

— Ça fait partie de son charme.

Elle le considéra avec surprise.

— C'est ce qui vous plaît chez une femme ?

Une fillette en danger

— Je suppose que c'était le cas autrefois. Ou alors, j'ai pris sa méchanceté pour de la vivacité d'esprit.

— Soyez prudent, monsieur Cooper. Pour le moment, Maddy n'a pas l'air de se rendre compte de ce que Norah représente pour elle. Mais elle est à l'âge où elle va commencer à comprendre que sa mère ne se comporte pas comme les autres mères.

— Je sais. J'ai conscience des enjeux, croyez-moi. Mais si Norah veut être plus présente dans la vie de Maddy...

— Savez-vous que son fiancé brigue le poste de sénateur du Maryland ?

Sam eut un sursaut.

— Non.

— Il vient d'annoncer sa candidature. Il est en tête devant un grand défenseur des valeurs familiales, un nommé Halston Stevens. Cela jette le doute sur les motivations de Norah, ne croyez-vous pas ?

Tournant les yeux vers sa fille, Sam jura entre ses dents.

— Comment l'avez-vous appris ?

— Internet. C'est très pratique pour s'informer. Vous devriez essayer.

Il haussa les épaules.

— Très drôle ! Pourquoi ne me l'avez-vous pas dit hier soir ?

— Je ne voulais pas vous influencer avant que vous ayez pu voir comment elle se comportait avec Maddy.

Sam se massa la joue en se demandant si cela aurait fait une grande différence. Depuis que les présentations avaient été faites, il observait attentivement Norah, espérant un miracle. Jusqu'à maintenant, l'intérêt qu'elle portait à sa fille ne dépassait pas la simple curiosité.

— Je voulais en savoir le plus possible sur votre ex-femme avant son arrivée, continua posément Kristen. J'ai donc veillé tard et surfé sur le Net. La candidature de son fiancé est un événement dans le Maryland ; les blogs locaux ne parlent que de ça.

— Vous ne laissez rien au hasard, n'est-ce pas ?

— Sinon, je ne ferais pas ce métier.

Son portable vibra contre sa cuisse, et elle plongea la main dans la poche de sa veste avant de s'écarter pour répondre d'un ton bref.

Tandis qu'ils discutaient, Norah avait rejoint sa fille et semblait s'intéresser à une fleur que Maddy lui tendait. L'estomac noué, Sam se demanda si son ex-femme était cynique au point de venir bouleverser la vie d'une enfant pour servir les ambitions politiques de son futur mari.

— Dis-lui que je refuse ! s'exclama Kristen dans son dos, l'incitant à tourner la tête dans sa direction.

La voyant livide, il s'alarma.

— Ça ne va pas ? demanda-t-il en se précipitant vers elle, un bras tendu pour la soutenir.

Elle recula pour éviter le contact et prit appui contre un tronc d'arbre.

— Tout va bien, prétendit-elle. Il faut que j'aille au bureau. Pourriez-vous convaincre Mme Cabot de passer au commissariat dans deux heures ?

— Comptez sur moi.

Après un bref signe de tête, Kristen s'éloigna vers le parking, et il dut se retenir pour ne pas la suivre.

L'appel qu'elle avait reçu l'intriguait, mais cela ne

Une fillette en danger

le regardait pas. A moins qu'il n'ait un rapport avec Maddy, auquel cas elle le lui aurait dit.

Pourtant, tandis qu'il rejoignait sa fille sur la pelouse, il avait du mal à se défaire de l'image d'une Kristen pâle et choquée.

— Où est passée notre chère miss Marple ? ironisa Norah.

Sam ignora la remarque et embrassa Maddy sur le dessus de la tête.

— Tu sais quoi, poussin ? Je crois que j'ai senti une odeur de cookies tout frais dans la cuisine. Jake, Mariah, vous voulez bien faire goûter les enfants ? Je dois conduire Norah en ville.

Croisant le regard entendu de son frère, Jake hocha la tête et fit grimper Maddy sur son dos.

— En avant pour les cookies ! dit-il joyeusement en caracolant vers la maison comme un cheval.

Norah tourna vers lui un regard amusé.

— Tu voulais être seul avec moi à l'hôtel, mon chéri ? Je suis flattée, mais je te rappelle que je suis fiancée.

Comme s'il en fallait une preuve, elle agita sa main gauche, où scintillait un énorme diamant.

— C'est justement de ça que je veux te parler.

6

Situé à la sortie de Gossamer Ridge, Tillery Park était moins un espace vert conventionnel qu'un conservatoire naturel au pied de la montagne qui avait donné son nom à la ville.

Quelques tables de pique-nique abritées par des auvents de bois y avaient été installées, non loin des vestiges d'une vieille maison datant du début du XIXe siècle.

Derrière la maison, le terrain se terminait abruptement au ras de la falaise qui surplombait le lac et les villas qui l'entouraient.

La nuit, c'était le lieu de rencontre préféré des adolescents, pour qui les promenades au clair de lune à quelques pas du vide représentaient le comble du romantisme.

Kristen aussi aimait y venir, mais pas dans un but romantique.

Depuis son plus jeune âge, Tillery Park était son refuge. Elle y avait d'abord échappé à sa vie de famille chaotique, puis aux commentaires faits à voix basse et aux regards qui l'avaient suivie à travers la ville après le drame.

Elle n'avait toutefois pas prévu d'y venir aujourd'hui. Plongée jusqu'au cou dans l'affaire Maddy Cooper,

Une fillette en danger

elle devait passer la journée avec la petite et l'irritant personnage qui lui tenait lieu de mère.

Mais c'était avant l'appel de Carl.

Le directeur de l'hôpital psychiatrique où était internée sa mère avait appelé le commissaire pour le prévenir que Molly Jane voulait voir sa fille.

Kristen passa ses paumes sur son visage, pressant du bout des doigts ses yeux gonflés par les larmes qu'elle essayait de retenir.

Pourquoi maintenant ?

Pourquoi, après toutes ces années de bienheureux silence, sa mère voulait-elle la voir ?

Son portable vibra, et elle consulta l'écran.

Carl.

D'un geste agacé, elle fit basculer l'appel sur la messagerie et rempocha son téléphone.

— Tu crois que tu vas te débarrasser de moi comme ça ?

La voix rocailleuse de Carl Madison la fit sursauter.

Quelques pas derrière elle, un sourire moqueur aux lèvres, son père adoptif rabattait le clapet de son téléphone. Il avait ôté sa veste pour supporter la chaleur moite de cette fin mai, exposant son Smith & Wesson fétiche dans un holster d'épaule. Contrairement à ses collègues, il avait refusé de passer au semi-automatique, et Kristen espérait qu'il n'aurait pas à le regretter. Fort heureusement, la criminalité à Chickasaw était encore réduite.

— Comment m'as-tu trouvée ?

Il se tapota une narine.

Une fillette en danger

— Le flair. Ou peut-être parce que je sais que tu viens toujours te réfugier ici quand ça ne va pas.

Avec un soupir, elle glissa vers le bord de la grosse pierre plate qui lui servait de banc pour lui faire une place.

— Tu me connais trop bien.

Il s'assit à côté d'elle et lui donna un petit coup de coude dans les côtes.

— Je suis flic, ma belle. Je sais où se cachent les délinquants.

Malgré son humeur morose, Kristen esquissa un sourire.

— J'avais besoin de faire une pause. Jouer les baby-sitters n'est pas de tout repos.

Pour être honnête, elle devait reconnaître que s'occuper de Maddy n'était pas la corvée qu'elle avait imaginée.

— Qui est avec la petite ?

— Son père, sa mère, et une ribambelle d'oncles, de tantes et de cousins.

Elle ne put retenir une mimique attendrie.

— Elle les mène tous par le bout du nez.

— Elle est adorable.

— C'est vrai. Sam l'élève bien.

— Que penses-tu de la mère ?

Ravie de cette diversion, Kristen accorda à la question de Carl le temps de réflexion qu'elle méritait.

— Je crois qu'elle est heureuse de mener une vie de luxe et de pouvoir. Mais il n'y a pas de place pour Maddy là-dedans.

Elle lui fit part des informations qu'elle avait recueillies sur le fiancé de Norah.

— Tu penses qu'elle est revenue par opportunisme ? demanda Carl.

— Tu me connais, je suis une cynique.

— Si tu étais vraiment cynique, tu ne serais pas aussi affectée par ce qui se passe autour de toi.

— Tu me crois toujours meilleure que je ne suis.

Parfois, elle se demandait pourquoi elle s'entêtait à refuser l'affection de Carl. Il était après tout le seul père qu'elle ait jamais connu.

— J'attends le meilleur de toi, corrigea gentiment Carl. Je sais de quoi tu es capable.

Elle tourna la tête, mal à l'aise.

— Tu as tout fait pour me donner une vie normale, mais c'était déjà trop tard.

D'un geste machinal, elle massa la cicatrice sur le dessus de sa main.

— Je ne suis pas une personne normale. Je ne le serai jamais.

— Tu es trop dure avec toi, chaton.

L'emploi du surnom affectueux que Carl lui avait donné quand elle était enfant lui fit monter les larmes aux yeux.

Refusant de se laisser attendrir, elle battit des cils pour les évacuer.

— Je suis simplement honnête, Carl. J'ai subi trop de choses. Je n'ai plus rien à offrir à personne.

La tristesse dans le regard de son père adoptif lui fit de la peine, et elle baissa la tête.

Après un long silence, Carl reprit la parole.

— Je crois que tu devrais aller voir ta mère.

*
* *

Une fillette en danger

— Tu voulais me parler...

Dans sa chambre de l'hôtel Sycomore, Norah prit place dans l'un des fauteuils et, une lueur de défi dans le regard, désigna l'autre à Sam.

— ... Eh bien, parle !

Sam préféra rester debout.

— Ton fiancé livre une rude bataille contre Halston Stevens pour le poste de sénateur du Maryland. Je connais suffisamment Stevens pour savoir qu'il va fouiller dans le passé de Stilson.

— Graham est irréprochable ; il n'a aucun squelette dans le placard.

— Et sa fiancée ? La femme qui a abandonné son bébé de trois mois pour poursuivre sa carrière ?

Norah haussa les épaules.

— Ce n'est pas comme si je l'avais abandonnée dans la rue.

Sam frémit de colère.

— Seigneur, Norah ! Tu entends ce que tu dis ? Je me demande vraiment pourquoi tu es venue.

— Qu'est-ce que ça peut te faire que ce soit pour servir ou non la carrière de Graham ? L'important, c'est qu'elle me connaisse, non ?

— Tu n'aurais tout de même pas engagé quelqu'un pour menacer ma fille dans le but de te fournir un prétexte pour venir ?

Les yeux de Norah brillèrent de colère.

— Mais enfin, Sam, pour qui me prends-tu ? Je sais que je ne suis pas une bonne mère, mais je n'irais quand même pas jusqu'à faire une telle chose.

— J'essaie simplement de comprendre pourquoi tu es là.

Une fillette en danger

— Par curiosité, d'accord ? Quand la police a appelé, j'ai pris conscience que ma fille aurait pu mourir cette nuit-là sans que je l'aie vraiment connue. Tu sais, un bébé de trois mois, ce n'était pas comme une vraie personne. Mais une fillette de quatre ans… Je voulais seulement… je n'avais pas envie d'avoir de regrets.

Sam la dévisagea sans parvenir à décider s'il pouvait la croire. A une époque, il avait pensé la connaître mieux que personne, mais de toute évidence il s'était bercé d'illusions.

— Je n'y suis pour rien, Sam, je le jure. Mais j'ai beaucoup réfléchi et je crois savoir qui est le coupable.

Kristen regarda Carl d'un air horrifié. Avait-elle bien entendu ?

— Non, dit-elle simplement.

— Tu ne l'as jamais affrontée, depuis toutes ces années. Je crois qu'il est temps.

— Je ne lui dois rien.

— Tu te le dois à toi-même.

Elle secoua la tête et se leva.

— Je ne veux pas en parler, Carl. Si c'est pour ça que tu es venu…

— Je suis venu parce que je me faisais du souci pour toi.

Carl se leva à son tour et souleva le menton de Kristen pour l'obliger à le regarder.

— Je suis de ton côté, chaton. Je l'ai toujours été.

— Je ne veux pas la voir.

— D'accord.

Une fillette en danger

Il laissa sa main tomber sur l'épaule de Kristen et la pressa gentiment.

— Allons déjeuner chez Brightwood.

Le sourire qu'elle lui adressa fut sincère.

— Helen me passerait un savon si elle savait que je t'ai laissé entrer dans cette gargote. Pense à ton cholestérol.

— Elle t'a bien fait la leçon, je vois.

Carl passa un bras autour de ses épaules et l'accompagna à sa voiture.

— Si tu veux que je te retire de cette mission, dis-le-moi. Je n'aurais pas dû te forcer la main.

Elle secoua la tête.

— Tu avais raison. J'ai besoin de le faire. Sur un plan personnel, ça m'aide plus que je ne l'aurais cru. Et c'est bénéfique aussi à l'enquête. Je crois que je vais pouvoir accomplir beaucoup de choses de l'intérieur.

— Tant mieux.

Il lui ouvrit la portière, la regarda s'installer et démarrer, et lui fit un petit signe de la main tandis qu'elle s'éloignait.

Kristen venait de s'engager sur l'autoroute quand son portable vibra dans sa poche. Vérifiant l'identité de l'appelant, elle reconnut le numéro de Sam Cooper et s'empressa de répondre.

— Tandy.

— Kristen, c'est Sam. Je suis à l'hôtel Sycomore avec Norah. Pouvez-vous venir jusqu'ici ?

La tension dans sa voix inquiéta Kristen, et elle pensa aussitôt qu'il était arrivé quelque chose à Maddy.

Une fillette en danger

— Je suis à cinq minutes de là. Que se passe-t-il ?
— Je discutais avec Norah de mes anciens dossiers et je crois que nous avons trouvé quelque chose.

Kristen s'efforça de faire taire son agacement. Avait-il oublié que son ex-femme était toujours suspecte ?

— C'est-à-dire ?
— Un excellent mobile pour que quelqu'un cherche à m'atteindre à travers Maddy.

— Son nom est Enrique Calderon, dit Sam à la seconde où Kristen franchit la porte de la chambre. Il y a six ans, son fils, Carlos, se trouvait à Georgetown avec un visa d'étudiant quand il a assassiné une jeune fille. Il y a quinze jours, alors qu'il purgeait une peine de vingt ans dans un pénitencier du Maryland, Carlos a été tué par un autre détenu.

Il lui expliqua l'affaire, sans omettre les multiples tentatives du père pour acheter les jurés et intimider les témoins.

— Et vous pensez que Calderon aurait voulu se venger ?
— C'est fort possible.

Kristen s'adressa à Norah.

— Vous étiez là, au moment du procès ?
— Oui. Et j'ai appris la mort de Carlos quelques jours après qu'elle a eu lieu. Ce qui n'est pas le cas de Sam, puisqu'il s'était déjà installé ici.
— Quelle chance pour lui que vous en ayez été avertie !
— Qu'insinuez-vous ? s'enquit Norah, offusquée.

Une fillette en danger

— C'est une piste qu'il ne faut pas négliger, dit Sam avec l'intention de détourner l'attention de Kristen.

— Vous avez dit qu'Enrique Calderon vit à Sanselmo. Ce n'est pas la porte à côté.

— Il a le bras long. Calderon est l'un des criminels les plus puissants d'Amérique latine. On sait qu'il finance les groupuscules qui mettent son pays à feu et à sang.

Kristen eut une moue dubitative.

— Et il prendrait le temps de kidnapper Maddy ?

— Vous avez une meilleure théorie ? demanda froidement Norah.

— D'après Maddy, l'agresseur était de type caucasien, avança Kristen.

— Elle ne pourrait pas faire la différence entre un Blanc et un Hispanique, intervint Sam.

Il avait sans doute raison. Kristen hocha la tête.

— D'accord, je me renseignerai sur lui.

— Nous avons déjà pris des contacts, dit Sam. Norah a des amis au Département d'Etat.

Piquée au vif, Kristen leva le menton.

— J'utiliserai mes propres réseaux.

Impossible de deviner si elle bluffait ou non. Peut-être avait-elle effectivement ses sources de renseignements, mais Sam doutait qu'un petit flic de l'Alabama soit mieux placé que les relations de Norah.

Kristen sortit son téléphone de sa poche et s'éloigna pour passer son appel.

— Une vraie tête de joueur de poker ! plaisanta Norah à voix basse.

— La sienne ou la mienne ?

Une fillette en danger

— Je parle de notre jeune et jolie inspectrice, bien sûr. Toi, tu es un livre ouvert, mon cher.

Elle désigna Kristen en levant les yeux au ciel.

— Ses propres réseaux ! Comme si elle avait la carrure pour affronter un baron international du crime organisé.

— Qu'est-ce que tu en sais ?

— Tu ne crois quand même pas que miss Marple peut passer un coup de fil et se procurer comme ça l'emploi du temps de Calderon durant les cinq derniers jours ! Non, elle n'a pas voulu passer pour une idiote devant nous. C'est adorable.

Irrité par les critiques constantes de Norah, Sam prit une profonde inspiration.

— Elle n'est pas idiote. Elle a un bon instinct et elle prend des risques pour protéger ma fille…

— Notre fille.

— Si tu veux. Et il y a des choses que tu ne sais pas sur elle.

Dès que ces mots eurent franchi ses lèvres, il sut qu'il avait fait une erreur.

— Quelles choses ? demanda Norah, une lueur de curiosité malsaine dans les yeux.

Un coup frappé à la porte l'empêcha heureusement de répondre.

Il alla ouvrir et découvrit son frère Gabe, qui portait Maddy sur son dos.

— Jake et Mariah ont dû aller faire des courses, expliqua-t-il, et j'ai hérité de cette petite princesse.

— Bonjour, Gabe, dit Norah avec un sourire pincé.

Le visage jovial de Gabe se ferma instantanément.

Une fillette en danger

— Bonjour, Norah, répondit-il froidement en déposant Maddy à terre.

— Oncle Gabe doit aller travailler, annonça Maddy en courant se blottir contre son père.

— On m'a demandé à la dernière minute de guider un groupe de randonneurs, dit Gabe. Nous étions en ville en train de manger une glace quand j'ai eu le message. J'ai appelé maman pour lui demander si elle pouvait garder Maddy à la boutique, mais j'ai vu ta jeep en passant devant l'hôtel et j'ai pensé que tu pouvais peut-être t'occuper d'elle. Mais si ça te pose un problème…

— Au contraire, c'est parfait. Je vais la ramener à la maison pour sa sieste.

— Non, pas de sieste ! protesta Maddy.

— Si tu ne fais pas de sieste maintenant, tu devras aller te coucher plus tôt ce soir. Et ce serait dommage, parce que j'ai de grands projets pour ce soir.

— C'est quoi ?

— C'est un secret.

Maddy soupira.

— J'aime pas les secrets !

— Mais si ! Tu adores les secrets.

Elle soupira de plus belle et lui adressa un regard qui fit fondre son cœur.

— D'accord, papa.

— Bon, eh bien, j'y vais, dit Gabe.

— Toujours aussi charmant…, commenta Norah après son départ.

— Tu serais surprise.

Voyant que Kristen revenait vers eux, Norah s'enquit, non sans une certaine ironie :

Une fillette en danger

— Eh bien, inspecteur, vos réseaux ont-ils fonctionné ?

Kristen l'ignora et s'adressa directement à Sam.

— Le frère de Foley est agent du FBI et spécialiste de l'Amérique latine. Grâce à lui, nous devrions connaître l'emploi du temps de Calderon.

Sam guetta la réaction de Norah et se réjouit de son expression déconfite.

— Je vous félicite, inspecteur, dit-il. Je vais vous laisser. Je crois que vous vouliez interroger Norah.

— Oh ! je n'ai pas le temps ! s'exclama cette dernière en s'emparant de son sac. Je dois aller récupérer ma voiture de location à l'agence en bas de la rue. Appelez-moi. Je suis sûre que nous trouverons un moment.

Sur ces mots, elle s'en alla, laissant derrière elle un capiteux sillage de parfum.

Agacée au plus haut point, Kristen ne put s'empêcher de jurer entre ses dents.

— Attention aux petites oreilles ! chuchota Sam.

— C'est vrai. Désolée. Mais cette femme va finir par me rendre folle.

7

— Alors, qu'as-tu pensé de l'ex-Mme Cooper ? demanda Foley quand, plus tard dans l'après-midi, Kristen fit un saut au commissariat pour savoir si son frère avait appelé.

Elle essaya de se montrer juste.

— Elle est intelligente, belle et sophistiquée, et ne semble pas avoir de mauvaises intentions à l'égard de Sam.

— Comment se comporte-t-elle avec l'enfant ?

— Elle est gentille avec Maddy et a l'air de l'apprécier, mais elle reste distante. On dirait une invitée qui s'intéresse à l'enfant de ses amis par pure politesse.

— Et ta théorie à propos de la candidature du fiancé au Sénat ?

— Je pense toujours que ça explique pourquoi elle s'est précipitée ici. Mais de là à dire qu'elle a tout manigancé...

— Donc, nous pouvons la rayer de la liste ?

Kristen soupira.

— Probablement.

— N'aie pas l'air aussi déçue ! dit Foley en riant.

— Je ne le suis pas. Mais si cette femme continue à me chercher des noises...

Le téléphone sonna, empêchant Foley de dire le

Une fillette en danger

fond de sa pensée. Son sourire goguenard s'effaça immédiatement, et il écouta attentivement, en prenant des notes.

Au bout d'un moment, il posa son stylo et regarda Kristen.

— Merci Rick. Je lui en parle immédiatement.

— C'était ton frère ? demanda-t-elle avec impatience dès qu'il eut raccroché. Il a trouvé quelque chose ?

— Oui.

— Qui aurait cru que Sam Cooper se mettrait un jour dans la cuisine ! s'exclama Norah en soulevant le couvercle pour humer l'odeur savoureuse d'une soupe de poulet.

Elle était arrivée une demi-heure plus tôt au volant d'un cabriolet allemand rouge vif. La petite agence de location n'étant pas connue pour posséder des modèles luxueux, Sam suspectait le gérant, Mike Limbaugh, d'avoir mis à sa disposition sa voiture personnelle.

— C'est trois fois rien, répondit-il. Tu coupes quelques légumes, tu ajoutes des morceaux de poulet, de l'eau, du sel et du poivre, et tu laisses mijoter. Tu devrais essayer. Junior n'en reviendrait pas.

Cette suggestion fit grimacer Norah.

— Je m'étonne que tu te sois transformé en parfaite maîtresse de maison, ironisa-t-elle. Autrefois, tu ne jurais que par les plats à emporter.

— Peut-être parce que ça te plaisait aussi. Les choses ont changé. Je travaille moins, maintenant, et je dois m'occuper d'un enfant.

Alors qu'il tendait la main pour attraper le moulin

Une fillette en danger

à poivre, il entendit des bruits de pas sur la terrasse de bois qui longeait l'arrière de la maison.

Aussitôt en alerte, il se saisit du couteau abandonné sur la planche à découper, en regrettant que son Glock 9 mm soit caché dans une boîte en haut de l'armoire de sa chambre.

Norah suivait ses gestes avec appréhension.

— Sam, que se passe-t-il ?

On frappa à la porte, et il traversa la cuisine pour aller regarder dehors. Soulagé de voir Kristen Tandy sur le seuil, il ouvrit, tandis que Norah fouillait son sac à la recherche de son téléphone, qui s'était mis à sonner.

— J'ai des nouvelles, annonça Kristen en entrant sans attendre d'y avoir été invitée.

Sam referma la porte et se tourna vers elle.

Norah les rejoignit, les yeux brillants d'excitation.

— Calderon est mort, dit-elle presque en même temps que Kristen.

La déception de Sam se mua vite en amusement lorsqu'il vit la réaction des deux femmes.

— Comment diable l'avez-vous découvert ? s'exclama Norah. Mon contact m'a appelée à la seconde où il l'a su.

Kristen eut un sourire placide.

— Mon contact m'a prévenue depuis déjà une demi-heure.

— Quand est-il mort ? demanda Sam.

Elles parurent soudain se rappeler sa présence.

Kristen répondit la première.

— La dernière fois qu'il a été vu vivant remonte à cinq jours.

Une fillette en danger

— Nous pouvons donc le rayer de la liste, déclara Sam.

Kristen hocha la tête.

— Mais je crois qu'il faut continuer à chercher le coupable parmi les personnes que vous avez fait condamner.

— Ça veut dire que je ne suis plus suspecte non plus ? s'enquit Norah.

Kristen l'observa un instant avec sévérité.

— Vous n'avez a priori aucune raison de vouloir du mal à Maddy ou à Sam.

— Alléluia ! Me voilà absoute, ironisa Norah.

— Vous voudriez peut-être que je brûle les étapes et que je néglige certains éléments ? suggéra Kristen d'un ton doucereux.

Norah redevint sérieuse.

— Non, inspecteur. Ce n'est pas ce que je souhaite.

— Je crois que j'ai entendu Maddy se réveiller, dit Sam. Vous dînez avec nous, Kristen ? A moins que vous n'ayez d'autres projets ?

Norah ne lui laissa pas le temps de répondre.

— En fait, Sam, je pensais dîner en ville avec Maddy et discuter un peu avec elle.

Cela surprit désagréablement Sam. Il avait pensé qu'il serait heureux de voir Norah s'intéresser à sa fille, mais l'idée de confier Maddy à une personne qu'elle connaissait à peine ne l'enchantait pas vraiment.

— Après ce qui s'est passé, je ne crois pas que ce soit prudent, intervint Kristen.

Sam lui adressa un regard reconnaissant.

— Oh ! je vous en prie ! Nous n'allons pas nous

promener dans la rue principale avec une cible dans le dos. Je veux simplement passer un peu de temps avec ma fille.

Affichant une mimique charmeuse, Norah posa la main sur le bras de Sam.

— Tu as toujours dit que je pouvais voir Maddy quand je le voulais, sans conditions. Alors, fais-moi ce plaisir.

Sam chercha le regard de Kristen en espérant qu'elle aurait une autre objection. Elle le déçut en arrêtant là les hostilités.

— Je ne pense pas qu'on s'en prendra à elle dans un endroit public, dit-elle.

Avec un soupir, Sam se tourna vers Norah.

— Elle se couche à 20 h 30. Ne la ramène pas plus tard.

Abandonnant les deux femmes, il se dirigea vers la chambre de Maddy.

— Je peux avoir ma surprise ? lui demanda sa fille d'une voix parfaitement réveillée dès qu'il ouvrit la porte.

Il pouvait compter sur Maddy pour se souvenir des promesses qu'il lui faisait, mais la surprise allait devoir attendre.

— Que dirais-tu d'aller dîner rien qu'avec ta maman, ce soir ?

Maddy eut une moue dubitative.

— Ta mère veut t'emmener en ville. Rien que toutes les deux. Tu n'aimerais pas ça, une soirée entre filles ?

— Je sais pas.

— Ça va être amusant, insista Sam. Et je suis sûr

Une fillette en danger

que tu auras une glace au chocolat en dessert, ajouta-t-il en se promettant de le signaler à Norah.

— Alors, d'accord, décida Maddy. Je peux mettre ma robe violette ?

Ravi de cette victoire facile, il sourit.

— Mais bien sûr.

Il se dirigea vers la penderie et en sortit la robe préférée de Maddy, celle que sa fille choisissait pour les grandes occasions. Peut-être était-ce le signe qu'elle accordait de l'importance à ce dîner avec sa mère.

Tandis qu'il l'aidait à l'enfiler puis lui brossait les cheveux, il cessa de s'inquiéter pour elle et se demanda si Kristen accepterait de rester dîner en tête à tête avec lui. Appréciait-elle seulement sa compagnie ? Eprouvait-elle un minimum d'attirance pour lui ?

— Tu es prête à y aller, ma chérie ? demanda-t-il lorsqu'il eut fini de lisser les cheveux de Maddy en une queue-de-cheval bien nette.

— Tu viens avec nous, papa ?

— Je ne peux pas, ma puce. Ta maman veut être rien qu'avec toi. Et puis, si je viens, Kristen devra dîner toute seule. Ce ne serait pas gentil, n'est-ce pas ?

Maddy semblait décidée à argumenter, mais il la poussa vers le salon, où Kristen et Norah se tenaient aussi loin que possible l'une de l'autre et se tournaient le dos.

Norah sourit à Maddy.

— Comme tu es jolie ! dit-elle mécaniquement, et Sam sut qu'elle aurait choisi une autre tenue pour sa fille.

Tout en espérant que Norah garderait ses remarques

Une fillette en danger

caustiques pour elle, Sam les accompagna jusqu'à la voiture et les regarda partir, la gorge nouée.

— Ça va aller, dit doucement Kristen.

Sa voix était proche et, lorsqu'il se tourna, il la découvrit à quelques pas seulement de lui.

— Je sais. Je suis idiot.

Il parvint à sourire.

— Vous savez, l'invitation à dîner tient toujours. J'ai une grande marmite de soupe de poulet, et personne avec qui la partager. Vous aviez prévu quelque chose ?

Elle hésita, le visage légèrement crispé.

— Non, rien de spécial.

Il s'effaça pour la laisser passer.

— Si madame veut bien se donner la peine…

Kristen ne s'assit pas immédiatement, alors que Sam lui présentait une chaise.

— Vous n'avez pas besoin d'aide ?

— Douteriez-vous de mes talents culinaires ?

— Non, bien sûr que non.

Elle finit par s'asseoir à table, mais insista.

— Je pourrais au moins mettre le couvert.

Amusé par sa gêne à être servie, Sam se tourna vers elle.

— Laissez-moi faire. Et considérez ça comme ma façon de vous remercier de ce que vous faites pour Maddy.

Elle hésita, puis hocha la tête et attendit, toute raide sur sa chaise, les mains croisées sur son estomac.

Elle semblait nerveuse, comme une adolescente à son premier rendez-vous, ce qu'il trouva charmant.

Une fillette en danger

Quelques minutes plus tard, il déposait deux grands bols sur la table.

— Consommé de poularde aromatisé au sel fin, relevé d'une pointe de fond de volaille en poudre et garni de délicats légumes en boîte, annonça-t-il solennellement.

Kristen lui sourit.

— Je déteste quand les serveurs font ça. Ils semblent croire que le plat aura meilleur goût si nous pensons que les champignons ont été cultivés dans le souterrain d'un petit monastère en France.

Ravi qu'elle ait compris la plaisanterie, il lui rendit son sourire.

— Surtout qu'en fait on sait très bien qu'ils ont poussé accidentellement dans la cave insalubre du restaurant, répliqua-t-il.

— Exactement !

Une heure plus tard, Kristen avait fini par se détendre. Sam était un convive amusant et cultivé, qui avait l'intelligence d'éviter les sujets sensibles. Il la divertit avec des anecdotes de son passage dans les marines, la plupart à ses dépens.

Lorsqu'ils passèrent dans le salon pour déguster le dessert, elle se demanda pourquoi elle avait ressenti tant d'appréhension.

— Ma mère les fait pousser dans son jardin, expliqua Sam en déposant devant elle une assiette de framboises garnies de crème fouettée. C'est incroyable comme elle a la main verte ! Le jardin n'est pas très grand, mais elle exploite le sol au maximum. Framboises, fraises,

Une fillette en danger

haricots verts, tomates... Une année, elle a même fait pousser du maïs.

— J'ai toujours rêvé d'avoir un jardin, reconnut Kristen. J'ai essayé, une fois, quand j'avais dix ans. Je voulais des fleurs... marguerites, iris et roses. Notre voisine la plus proche, Mme Tamberlain, avait un jardin magnifique. Un jour, elle m'a donné une bouture de rosier et m'a expliqué comment la faire pousser. Quand la bouture a commencé à faire des boutons, j'étais si heureuse que je me suis mise à danser comme si j'avais gagné à la loterie.

— Est-ce que le rosier a poussé ?

Le sourire de Kristen s'évanouit.

— Ma mère s'est fâchée contre moi à propos de quelque chose — je ne me rappelle même pas quoi. Elle a jeté le pot contre le réfrigérateur, puis elle a piétiné la bouture pour me faire pleurer.

Contenant une colère et une douleur qui remontaient de loin, elle serra un instant les lèvres avant de préciser :

— Mais je n'ai pas pleuré !

Elle sentit le regard de Sam sur elle et sut ce qu'elle y verrait si elle tournait la tête. De la pitié. Peut-être de l'horreur. Sans doute les deux...

Elle s'éclaircit la gorge et prit son assiette de framboises, bien qu'elle ait l'appétit coupé.

— Je suppose que vous ne parlez pas souvent de votre enfance, dit Sam.

Son intonation étant étonnamment détachée, elle risqua un coup d'œil dans sa direction. Il ne semblait pas la prendre en pitié ; son regard exprimait uniquement de la curiosité.

— Non, dit-elle.

— Je dois vous prévenir que je parle tout le temps de la mienne. Grandir au bord du lac, c'était vraiment magique.

— J'imagine.

Elle prit une bouchée de framboises et de crème, savourant le mélange d'acidulé et de sucré.

— C'est délicieux, murmura-t-elle.

— Je vous l'avais dit. La prochaine fois que nous monterons à la villa, je demanderai à ma mère de vous montrer ses tomates. Elle pourrait vous donner des plants, si vous voulez en faire pousser.

— Je n'ai pas de place pour des tomates dans mon appartement...

— Pas même un balcon ensoleillé ?

Elle hocha la tête.

— Si. Je suppose que je pourrais les faire pousser dans de grands bacs.

— Parfait. Vous verrez que vous deviendrez une jardinière accomplie en peu de temps.

Il posa son assiette vide sur la table basse et se tourna vers elle.

— Parfois, on n'obtient pas exactement ce que l'on veut dans la vie, vous savez. Mais, avec un peu de créativité et de détermination, on finit par s'en approcher.

Il ne parlait plus de jardins, comprit Kristen, mais il réagissait comme quelqu'un qui avait une belle vie. Son mariage avait peut-être été un échec, cependant il avait le soutien d'une famille aimante et, dans ces conditions, il n'était pas difficile de tourner la page et d'aller de l'avant.

Elle ne possédait pas ce genre de fondations ni

Une fillette en danger

d'appui. Elle ne savait même pas ce qu'était une vie normale.

— Vous avez l'air de bien vous amuser, avec Maddy, déclara-t-il. Seriez-vous en train de développer une résistance à votre allergie aux enfants ?

— Je ne suis pas allergique. Ils me rappellent simplement...

— De mauvais souvenirs ?

— Oui.

— Je m'en doutais.

Kristen ne voulait pas parler de son enfance, mais les émotions qui se bousculaient en elle ne demandaient qu'à s'évacuer, et elle en avait assez de lutter contre. Sam était le seul à pouvoir la comprendre, et elle savait qu'il ne répéterait ses secrets à personne.

— J'avais six ans quand mon père est parti, et c'est à ce moment-là que ma mère a commencé à boire. Elle me négligeait, oubliait de me préparer à manger, me battait parfois... A plusieurs reprises, les services sociaux m'ont placée en foyer ou dans des familles d'accueil. Ma mère promettait de s'amender, suivait des cures de désintoxication et finissait par me reprendre. A dix ans, je faisais les courses, le ménage, les repas, et j'essayais de donner le change à l'école pour qu'on ne vienne pas de nouveau me chercher. Je voulais avoir une vie normale, vous comprenez ? Et j'espérais que ma mère finirait par changer.

Elle se passa les mains sur le visage en soupirant. Peut-être aurait-elle mieux fait de se confier à une assistante sociale plutôt que de subir les brimades et les coups de sa mère.

Une fillette en danger

— Rien ne vous oblige à m'en parler, dit gentiment Sam en lui prenant les mains.

Ses paumes étaient puissantes et chaudes, légèrement calleuses, et ce contact la bouleversa.

— Vous ne pensez pas que j'ai besoin de sortir tout ce que j'ai en moi ? Que je me sentirai mieux quand je me serai libérée de mon horrible passé ?

— Pas forcément.

La pression de ses doigts s'accentua.

— Mais, si vous avez envie de me parler de ce qui s'est passé après, je suis prêt à vous écouter.

Elle lui sourit, débordant de soulagement et de reconnaissance.

— C'est à mourir d'ennui.

Il lui lâcha les mains, et elle en éprouva une étrange déception.

— Vous avez des nouvelles de votre nièce ? demanda-t-elle après s'être creusé la cervelle pour trouver de nouveaux sujets de conversation.

Dans son empressement à informer Sam au sujet de Calderon, elle avait complètement oublié de demander à Foley comment allait Cissy Cooper.

— Je me suis arrêté à l'hôpital, avant d'aller chercher Norah à l'aéroport. Elle est toujours dans le coma, mais les médecins sont optimistes.

— Tant mieux.

Sans réfléchir, elle posa la main sur son bras. Sam baissa les yeux, puis les releva pour soutenir son regard.

L'air se chargea d'électricité, et Kristen sentit des picotements monter à l'assaut de son estomac.

Voilà pourquoi il était dangereux de rester dîner.

Une fillette en danger

Elle aurait dû ôter sa main, s'écarter. Mettre de la distance entre eux.

Or, elle ne pouvait pas bouger.

Sam avait maintenant le regard fixé sur ses lèvres, et elle les sentit s'entrouvrir, laissant échapper un souffle altéré. En réponse, une veine se mit à battre dans le cou de Sam.

Kristen sentait tout son corps vibrer, quand une sonnerie de téléphone portable vint briser la magie de l'instant.

Sam s'écarta brusquement et plongea la main dans sa poche.

— Oui ! hurla-t-il dans le combiné.

Il écouta et écarquilla les yeux.

— Quand ? Comment ?

En le voyant blêmir, Kristen eut un mauvais pressentiment.

— Reste où tu es. J'arrive.

Elle n'eut pas le temps de réagir qu'il était déjà à la porte.

Bondissant sur ses pieds, elle le rattrapa en courant.

— Que se passe-t-il ?

Il s'arrêta une demi-seconde pour tourner vers elle un regard empli de peur.

— C'était Norah. Maddy a disparu.

8

Norah les attendait à l'entrée du restaurant de l'hôtel Sycomore, le visage rongé de culpabilité.

Dans la salle, c'était le chaos. Tous, des membres du personnel aux clients, s'inquiétaient, commentaient l'événement, voulaient participer aux recherches. Deux agents en uniforme essayaient d'obtenir les premiers témoignages dans un brouhaha éprouvant.

Sam prit Norah par le bras et l'emmena à l'écart.

— Toujours aucun signe de Maddy ?

— Personne ne l'a vue partir, mais…

Elle passa ses doigts aux longs ongles vernis de rouge dans ses cheveux.

— J'avais accompagné Maddy aux toilettes et j'ai reçu un appel que je devais absolument prendre. J'ai un procès important dans deux semaines, et il faut que je travaille sur le dossier. La réception était mauvaise, et Maddy m'a assuré que je pouvais sortir un instant. Je lui ai fait promettre de m'attendre et d'être sage. Je suis sortie sur le trottoir, mais je ne suis restée absente que quelques minutes. Je te jure, Sam, que ça n'a pas duré plus de quelques minutes !

En proie à un désespoir total, Sam tourna la tête vers Kristen, en quête de soutien. Ses yeux assombris

Une fillette en danger

exprimaient l'inquiétude, mais elle restait calme et concentrée.

Elle posa une main sur son bras, et ce contact lui fit du bien. Couvrant sa main de la sienne, il la pressa avec reconnaissance.

Après quelques instants, Kristen libéra sa main et s'adressa à Norah.

— De quoi parliez-vous, avec Maddy, avant qu'elle demande à aller aux toilettes ?

La question parut surprendre Norah.

— Quel est le rapport ?

— Auriez-vous pu lui dire quelque chose qui lui aurait donné envie de vous échapper ?

Sam s'autorisa un début d'espoir.

— Vous pensez qu'elle a fugué ?

— Les enfants se sauvent et se cachent quand ils ont peur, répondit Kristen. Souvenez-vous du placard.

— Mais pourquoi aurait-elle eu peur de moi ? demanda Norah. Nous avons parlé de l'école maternelle, de sa vie en Alabama et…

Elle s'interrompit et eut une moue embarrassée.

Sam sentit son estomac se nouer.

— Quoi ?

— Je lui ai dit que je l'emmènerai peut-être à Washington. Pour une simple visite, bien sûr, mais…

Abandonnant toute trace d'arrogance, Norah s'adressa à Kristen.

— Se serait-elle imaginé que j'allais l'enlever à Sam ?

— Elle a pu mal comprendre. Sam, appelez-la.

Le cœur battant à tout rompre, Sam se mit à crier :

— Maddy ? Tu es là, ma chérie ?

Une fillette en danger

Toutes les personnes présentes se tournèrent vers lui. Les conversations cessèrent quelques secondes avant de reprendre sous forme de murmure.

Ignorant les regards, Sam se déplaça dans la salle, en regardant dans tous les endroits où un enfant de quatre ans pouvait se cacher.

Kristen se joignit aux recherches, inspectant la partie opposée du restaurant.

— Maddy, c'est Kristy. Tu joues à cache-cache ?

Les agents en uniforme suivirent le mouvement, tandis que Sam demandait à un serveur où se trouvaient les toilettes.

Surpris, l'homme lui indiqua une porte du côté des cuisines. Sam l'ouvrit et se retrouva dans un couloir étroit et mal éclairé.

Les toilettes hommes et femmes se situaient à gauche, dûment signalées. A droite se trouvaient deux portes sans aucune indication.

Il essaya la première, qu'il trouva fermée. La poignée de la seconde tourna sans difficulté, et il découvrit un débarras plein de boîtes et de cartons.

— Maddy ?

La petite voix étouffée qui lui répondit lui causa un tel soulagement que ses jambes faillirent céder.

— Je vais pas avec maman…

— Bien sûr que non, ma puce. Tu restes avec moi.

Un carton bougea dans un coin, et le visage baigné de larmes de Maddy apparut.

— Parole d'honneur ?

Sam éclata de rire.

— Parole d'honneur !

Une fillette en danger

Maddy sortit de sa cachette et se jeta dans ses bras.

— Elle n'a rien ? demanda Kristen dans son dos.

Prenant conscience qu'il serrait sa fille contre lui à l'étouffer, Sam la hissa à califourchon sur sa hanche et se tourna vers Kristen.

— Sam ?

En entendant la voix de sa mère, Maddy enfouit son petit visage dans le cou de son père.

— Non, papa ! S'il te plaît.

Norah venait d'apparaître dans le couloir, une expression pleine d'espoir sur le visage. A la vue de la réaction de Maddy, elle pâlit et tourna aussitôt les talons.

Kristen posa une main rassurante sur le bras de Sam.

— Ramenez Maddy à la maison. Je m'occupe de Norah.

Cette proposition le surprit.

— Vous êtes sûre ?

Elle grimaça un sourire ironique.

— Je crois que je suis la plus qualifiée pour ça. Après tout, je suis une experte en mauvaises mères.

Le cœur de Sam se serra. Avant de voir la réaction terrifiée de sa propre fille devant la bourde involontaire de Norah, il n'avait qu'une compréhension académique de ce qu'avait pu vivre Kristen.

Mais, si quelque chose d'aussi simple et inoffensif qu'un malentendu avait pu réduire au désespoir sa fille d'ordinaire si gaie et pleine d'entrain, comment Kristen avait-elle fait pour survivre dans le climat de cauchemar instauré par sa mère ?

Une fillette en danger

— Comment je fais pour rentrer ? demanda-t-il. On a pris votre voiture.

— Je vais demander à l'un des agents de vous raccompagner.

Elle sourit à Maddy, qui avait fini par relever la tête.

— Si tu lui demandes, je crois même qu'il fera marcher la sirène.

— Ne lui donnez pas d'idées ! protesta Sam avec un sourire.

De retour dans la salle, Kristen héla l'un des policiers, échangea quelques mots avec lui et le guida vers Sam et Maddy.

— Voici l'officier Simmons. Il va vous ramener au lac.

Comme Sam emboîtait le pas au policier, Maddy tira sur son col de chemise.

— Attends ! dit-elle d'un ton péremptoire.

Puis elle se tortilla et tendit les bras vers Kristen.

Cette dernière ne bougea pas, observant la fillette avec circonspection. Sam retint son souffle.

S'il pouvait comprendre la difficulté de Kristen à exprimer ses émotions, il ne pouvait pas en expliquer les raisons à une enfant de quatre ans.

Contre toute attente, les lèvres de Kristen s'étirèrent en un grand sourire, et elle enveloppa Maddy dans une courte mais sincère étreinte.

— Tu diras à ton papa de te lire deux histoires, ce soir, murmura-t-elle sur un ton de conspirateur.

Tandis que Maddy hochait vigoureusement la tête, le regard de Kristen croisa celui de Sam. Pour la première fois, il y découvrit une sincère affection pour sa fille.

Une fillette en danger

— Merci, dit-il en lui touchant le bras.

Elle hocha la tête et pivota rapidement sur ses talons.

— On se parle plus tard, lança-t-elle par-dessus son épaule.

En proie à un sentiment de regret, Sam la regarda s'éloigner dans la foule à la recherche de Norah.

Les événements de la soirée avaient peut-être contribué à creuser une brèche dans le mur de défense que Kristen avait soigneusement érigé autour d'elle, mais il faudrait sans doute des années avant de le faire voler en éclats.

Voulait-il vraiment consacrer sa vie à cette tâche et entraîner Maddy dans cette aventure ?

Ne vaudrait-il pas mieux faire machine arrière et prendre ses distances avec Kristen et ses problèmes ?

Dans l'immédiat, il n'était pas sûr que la seconde solution soit envisageable. Maddy était folle de Kristen telle qu'elle était, avec ses défauts. Quant à lui, malgré une perception objective de la situation, il se sentait de plus en plus attaché à elle.

— Allez-vous-en, inspecteur ! dit Norah Cabot, la voix étouffée par la porte de sa chambre. Nous aurons tout le temps de parler demain.

— Je crois que nous devrions le faire maintenant, insista Kristen avec fermeté, même si elle ne désirait rien tant que rentrer chez elle et se glisser entre les draps de son vieux lit à baldaquin.

— Ça vous amuse ? demanda faiblement Norah.

Une fillette en danger

— Pas le moins du monde. Croyez-le ou non, mais je suis là pour vous aider.

Il y eut un bref silence, puis un bruit de serrure. La porte s'ouvrit sur Norah, moulée dans une robe de soie rouge qui s'assortissait presque à la couleur de ses yeux gonflés.

— J'ai apporté des mouchoirs, dit Kristen en lui tendant une boîte au format voyage qu'elle avait achetée à la boutique de cadeaux de l'hôtel.

Norah pouffa et la lui prit des mains.

— Vous pensez à tout.

— Je peux entrer ?

— Pourquoi pas ? marmonna Norah en haussant les épaules. De toute façon, ma soirée est fichue.

Elle se dirigea vers une console.

— La direction de l'hôtel m'a fait monter une bouteille d'eau pétillante aux frais de la maison. J'aurais préféré du champagne, mais je suppose que nous sommes dans l'un de ces comtés du Sud qui s'enorgueillissent d'avoir interdit l'alcool sur leur territoire.

— Si vous tenez à vous enivrer, je peux vous conduire dans le comté voisin.

— Contentez-vous de me donner l'adresse du tripot clandestin le plus proche, répliqua Norah en jetant des cubes de glace dans un verre avec une vigueur excessive.

Reposant brusquement le verre sur la console, elle passa ses longs doigts dans ses cheveux déjà passablement emmêlés.

— Pardon. Je peux être une vraie garce, parfois.

— Au moins, vous en êtes consciente.

Une fillette en danger

Norah planta son regard vert dans celui de Kristen et eut un rire amer.

— Oui. Je suppose que c'est un atout. Et maintenant, si vous me donniez la raison de votre visite ?

— Je suis simplement venue voir si vous alliez bien.

— En quoi cela peut-il vous intéresser ?

— J'ai pensé que vous auriez besoin d'une personne neutre. Pour écouter votre version de l'histoire.

— Neutre ? répéta Norah en levant un sourcil impeccablement épilé.

— En tout cas, plus que votre ex-mari.

Norah secoua la tête.

— Sam doit me prendre pour une parfaite idiote. J'aurais dû m'exprimer autrement pour que les choses soient bien claires. Et je n'aurais pas dû la laisser seule.

— Vous n'aviez pas l'intention d'effrayer Maddy.

— C'est pourtant ce que j'ai fait.

Elle soutint le regard de Kristen.

— Je suis excellente dans mon travail, inspecteur. De grands cabinets d'avocats essaient régulièrement de me faire quitter mon employeur. Des sénateurs et des congressistes me veulent dans leur équipe. Quand il y a un problème au cabinet, vous savez vers qui on se tourne ? Vers moi. Et j'ai toujours raison.

Elle grimaça.

— Mais je n'ai jamais rien fait de bien pour ma fille depuis qu'elle est née.

— Ce n'est pas vrai. Vous avez accordé la garde exclusive à Sam. C'était la meilleure des décisions.

— Allons donc ! Vous pensez sûrement que seule

Une fillette en danger

une femme sans cœur et cruelle peut abandonner la chair de sa chair. Qu'il faut être terriblement égoïste pour ne jamais prendre de nouvelles de son enfant.

Elle s'effondra dans un fauteuil, le visage défait.

— Eh bien, je plaide coupable.

— Vous n'êtes pas faite pour être mère, c'est tout. Sam m'a dit que vous l'aviez prévenu dès le début que vous ne vouliez pas d'enfants. Vous n'avez pas menti ou cherché à vous faire passer pour quelqu'un que vous n'étiez pas.

— Pourtant, quand elle est née, j'aurais dû avoir envie de m'occuper d'elle.

— Vous saviez que la vie que vous désiriez était incompatible avec la maternité. Et, si vous aviez sacrifié votre carrière par devoir, vous n'auriez jamais été une bonne mère. Pourquoi imposer à votre fille une vie qui aurait été insupportable pour vous deux ?

— Je suppose que vous êtes bien placée pour savoir ce qu'est une mauvaise mère.

Kristen se raidit.

— Qui vous en a parlé ? Sam ?

— Bien sûr que non ! Sam est d'une discrétion maladive.

Norah grimaça un sourire qui pouvait presque passer pour un geste d'excuse.

— Vous voyez, je suis du genre à rendre la pareille quand on se permet de juger ma vie. J'ai posé des questions sur vous quand j'ai loué ma voiture. Vous êtes une vraie célébrité, dans le coin.

Comme chaque fois qu'on évoquait son passé, Kristen massa machinalement la cicatrice sur sa main.

Après tout ce temps, elle ne s'habituait pas à ce que

tout le monde en ville connaisse les moindres détails de sa tragique histoire.

— Ma mère n'aurait jamais dû avoir d'enfants, dit-elle. C'est pourquoi je respecte votre décision de ne pas faire partie de la vie de Maddy.

— Merci…

— Vous pourriez lui faire beaucoup de mal en vous attardant ici et en jouant à la maman, si vous n'êtes pas faite pour ça. Sam est un père formidable. Il élève très bien Maddy tout seul. Si vous savez que vous finirez par les décevoir tous les deux…

Les larmes de Norah la firent s'interrompre.

— Bien sûr que je les décevrai ! Je m'en veux d'être comme ça, mais je n'ai pas la force de me remettre en question à ce stade de ma vie.

— Alors, ne laissez pas les aspirations de votre fiancé vous pousser à faire quelque chose qui fera souffrir Maddy.

Norah prit un mouchoir et se tamponna les yeux.

— Graham ne veut pas d'enfants lui non plus. Mais il sait que les gens ont beaucoup de mal à comprendre cela, et Halston Stevens ne manquera pas de l'asticoter sur ce point. Je l'entends déjà haranguer la foule : « Quel genre d'homme peut épouser une femme qui a abandonné son adorable petite fille ? Voulez-vous d'un homme pareil pour sénateur ? »

— La bonne décision n'est pas toujours la plus facile à prendre. En fait, on sait généralement que c'est la bonne parce qu'elle nous coûte.

— Merci de ce conseil, ô grand sage !

Kristen esquissa un sourire.

— Ça va aller ?

Norah hocha la tête et se leva.

— Je vais appeler Graham et lui expliquer ce qui s'est passé.

Elle raccompagna Kristen à la porte.

— Je sais que j'ai été odieuse avec vous…

— Ça fait partie de votre charme, répondit Kristen avec un nouveau petit sourire.

— Comme l'abord revêche fait partie du vôtre ? demanda Norah en lui souriant en retour.

— Exactement, confirma Kristen en comprenant que Norah la reconnaissait finalement comme son égale.

L'expression de cette dernière redevint sérieuse.

— Faites bien attention à ma fille. Et j'espère que vous trouverez celui qui essaie d'atteindre Sam à travers elle.

— Je ferai tout ce que je peux pour assurer leur protection à tous deux.

— Merci.

De retour à sa voiture, Kristen appela le commissariat pour vérifier s'il y avait quelqu'un.

Le département de police de Gossamer Ridge n'était pas assez occupé pour justifier la présence d'une équipe vingt-quatre heures sur vingt-quatre, mais il y avait toujours un inspecteur de service jusqu'à 23 heures.

Ce soir-là, elle tomba sur Foley.

— Que t'arrive-t-il ? Gina a finalement retrouvé la raison et t'a mis à la porte ?

— Elle passe la nuit avec les enfants chez ses parents, à Huntsville. Je me suis dit que je pouvais en profiter

Une fillette en danger

pour relire les témoignages des voisins de Sam Cooper, au cas où quelque chose m'aurait échappé.

— Et c'est le cas ?

— Bien sûr que non ! Je suis un professionnel averti. Dis donc, il paraît que tu as eu des frayeurs, ce soir, avec la petite Cooper.

— Oui, mais tout s'est bien terminé. Tu veux que je vienne t'aider ?

— Ta vie est à ce point pathétique ? Tu as vingt-huit ans et tu es encore célibataire. Si tu ne veux pas rentrer tout de suite chez les Cooper, va draguer dans un bar ou faire un tour en boîte.

— Tu es toujours d'excellent conseil. J'en ai de la chance de t'avoir comme coéquipier ! Bon, je rentre. Appelle-moi, si tu as besoin de moi.

— Attends une seconde !

Foley était redevenu sérieux. Kristen fut aussitôt sur le qui-vive.

— Tu as trouvé quelque chose ?

— Peut-être. Un nouveau témoignage. Madison a déployé plusieurs agents en uniforme pour couvrir plus rapidement la zone, et ce rapport a été rédigé dans l'après-midi. Il s'agit de la déposition de Regina Fonseca. Sa fille va à la maternelle avec Maddy. Figure-toi qu'elle a vu un type prendre des photos des enfants dans la cour, il y a deux semaines. Au début, elle s'est inquiétée, puis elle a reconnu le photographe scolaire.

— Ça ne l'innocente pas.

— C'est vrai.

— Bonne pioche. Je verrai ça demain matin.

Elle raccrocha et tourna la clé de contact. La pendule du tableau de bord indiquait 22 h 30. Elle espérait que

Une fillette en danger

Sam ne dormait pas déjà, car elle avait envie de parler avec lui de cette nouvelle piste.

Pour être tout à fait honnête, elle avait surtout envie de le voir et de passer un moment en sa compagnie avant d'aller se coucher.

Et qui sait si l'attirance de plus en plus forte entre eux ne finirait pas par se concrétiser sous la forme d'un baiser...

Ou peut-être plus...

Garée dans le noir devant la maison, Kristen luttait contre son désir pour Sam, cherchant à se persuader qu'il s'agissait d'une folie passagère. Outre les problèmes éthiques et procéduraux que posait une relation avec la victime d'un crime, elle n'était pas faite pour Sam Cooper, ni pour sa fille.

Elle portait la cruauté et la folie dans ses gènes. Pourtant, sa mère n'avait pas toujours été déséquilibrée. Se pourrait-il que ce soit la maternité qui l'ait fait basculer ?

Un coup frappé à sa vitre la fit sursauter. Tournant la tête, elle découvrit Sam Cooper près de la voiture, la tête auréolée de la lumière du porche.

Un peu gênée, elle baissa son carreau.

— Quelque chose ne va pas ? demanda Sam d'une voix vibrant d'une inquiétude sincère.

Elle parvint à sourire d'une façon qu'elle espéra naturelle.

— Un peu de fatigue, c'est tout. La journée a été longue.

— J'ai préparé votre chambre, et vous trouverez

des serviettes propres dans la salle de bains, si vous voulez vous doucher.

Sam avait posé la main sur le montant de la vitre, et le bout de ses doigts effleura le haut de son bras, faisant courir un long frisson sous sa peau.

Accepter de dormir sous le même toit que Sam et sa fille était une erreur, mais il était trop tard pour reculer.

Il était trop tard pour beaucoup de choses.

9

Surpris par l'information que venait de lui livrer Kristen, Sam se cala plus confortablement dans les moelleux coussins du canapé.

Selon lui, il était peu probable que le photographe scolaire soit l'homme qui s'en était pris à Maddy.

— L'école a dû vérifier son CV et faire une enquête de moralité avant de le laisser approcher les enfants, déclara-t-il.

— C'est probable, reconnut Kristen. Mais les criminels ont l'art de passer à travers les mailles du filet. J'irai à l'école demain matin pour avoir son nom.

Alors qu'elle prenait la tasse de décaféiné qu'il lui avait servie, Sam vit que ses mains tremblaient.

— Vous avez froid ?

Il se pencha derrière elle pour prendre le plaid jeté sur le dossier du canapé. Ce faisant, son torse frôla l'épaule de Kristen, qui sursauta comme si elle venait de recevoir une décharge électrique. Du café se renversa sur la cuisse de Sam, pas suffisamment chaud heureusement pour le brûler.

— Oh ! je suis désolée !

Kristen s'écarta et posa sa tasse sur un dessous de verre en liège disposé sur la table basse. Puis elle se leva et regarda Sam d'un air embarrassé.

Une fillette en danger

— Ce n'est rien, assura-t-il avec détachement. Ce jean a vu pire.

Il n'était pas aussi serein à propos du canapé beige de sa mère, bien que ses jours soient de toute façon comptés avec Maddy, mais n'en montra rien.

— Je vais chercher une serviette, dit-elle.

Elle se rua vers la salle de bains et revint avec une épaisse serviette vert olive.

— Je paierai pour le nettoyage du canapé.

Observant les dégâts, elle grimaça.

— Si on peut le nettoyer...

— Ne vous en faites pas pour ça. Ma mère a toutes sortes d'astuces pour nettoyer les taches.

A sa grande surprise, il s'aperçut que Kristen avait les larmes aux yeux.

— Ma mère se mettait très en colère quand je renversais quelque chose, expliqua-t-elle. Je faisais pourtant de mon mieux pour être ordonnée et précautionneuse.

Quelque chose en Sam se brisa, déversant dans sa poitrine une douloureuse sympathie.

— Kristen..., murmura-t-il.

Il s'avança vers elle jusqu'à ce que seuls quelques centimètres les séparent.

Leurs regards se croisèrent, et il vit la bataille qui se livrait dans ses yeux d'un bleu soudain assombri.

— Je ferais mieux d'aller dormir, chuchota-t-elle.

Pourtant, elle n'esquissa pas un mouvement en direction de la chambre d'amis.

**
* **

Une fillette en danger

Le désir subtil qui s'exprimait dans la voix de Kristen semblait faire écho à celui qui brouillait l'esprit de Sam et mettait tous ses sens en éveil.

Le besoin absolu de la toucher éclipsa la myriade de raisons pour lesquelles il aurait dû faire un pas en arrière et la laisser s'éloigner.

Levant la main, il repoussa derrière son oreille une mèche de cheveux blonds qui lui frôlait la joue.

Elle ferma les paupières tandis que ses doigts effleuraient sa peau. Ses lèvres s'entrouvrirent, et un souffle léger et tremblant s'en échappa.

Du pouce, il dessina la courbe de sa mâchoire et s'arrêta sur sa lèvre inférieure.

Kristen rouvrit les yeux, et la flamme qui y brûlait acheva de balayer les derniers scrupules de Sam.

Le corps en feu, dévoré de désir, il enserra sa nuque et l'attira à lui avec force, écrasant ses lèvres sur les siennes.

Contre toute attente, la réaction de Kristen ne fut ni hésitante ni timide. Nouant les bras autour de sa taille, elle se plaqua contre lui et répondit à son baiser avec une urgence presque désespérée qui l'entraîna dans un flot de sensations éblouissantes.

Il fit courir ses mains le long du dos de Kristen, dessinant une carte de son corps dont il n'oublierait jamais les particularités, la ligne de sa colonne vertébrale, la vallée de sa taille, les collines de ses fesses...

C'était de la folie, mais rien n'aurait pu le ramener à la raison, tandis qu'elle enfouissait son visage dans le col ouvert de sa chemise et posait ses lèvres chaudes à la base de son cou.

Une fillette en danger

*
* *

Dans un enchaînement de gestes qu'elle ne parvenait pas à contrôler, Kristen tira sur le bas de la chemise pour la faire sortir de la ceinture, glissa les mains sur la peau de Sam et se perdit en caresses sensuelles.

Soudain, alors qu'une fougue irrésistible les emportait, elle posa les mains à plat contre son torse et interrompit leur baiser.

Le souffle court, elle cilla, comme au sortir d'une transe, et murmura :

— Je ne peux pas...

Incapable de détacher les yeux du regard brûlant de Sam, dont les prunelles assombries exprimaient une vibrante exigence, elle hésita avant d'écraser de nouveau sa bouche sur la sienne en glissant les doigts dans ses cheveux.

— Papa !

La voix angoissée de Maddy pénétra le brouillard de sensualité qui baignait l'esprit de Sam. Il sentit Kristen sursauter contre lui et s'écarter comme une adolescente prise en faute.

Dans sa précipitation à fuir, elle faillit heurter la table basse, se rattrapa et se précipita vers la chambre d'amis.

— Bonne nuit, lança-t-elle d'une voix étranglée.

Il ne voulait pas laisser les choses ainsi entre eux, mais Maddy l'appela de nouveau, d'un ton plus affolé encore.

Une fillette en danger

— Attendez-moi, dit-il à Kristen en se dirigeant vers la chambre de sa fille dont il alluma le plafonnier.

Maddy s'assit dans son lit, cillant sous le flot soudain de lumière, et Sam s'aperçut qu'elle était encore sous l'emprise du cauchemar qui l'avait tirée de son sommeil.

Il s'installa à côté d'elle, et la fillette se blottit aussitôt contre lui, les mains accrochées à son cou.

— Je veux pas aller avec maman ! fit-elle d'un ton plaintif.

— Tout va bien, ma puce. Tu vas rester avec moi.

Le cœur gonflé de tendresse, il embrassa sa joue humide.

Il avait pensé que ce serait bien pour Maddy de connaître sa mère, mais le bouleversement avait été trop grand, surtout après le traumatisme causé par l'agression de Cissy.

Déjà, elle replongeait dans le sommeil. Quand il sentit ses petites mains se desserrer de son cou et sa respiration se ralentir, il la recoucha et se leva pour la border.

Sortant de la pièce à reculons pour profiter jusqu'au dernier instant de l'image de sa fille endormie, il songea qu'elle était tout pour lui.

Les événements des derniers jours avaient bouleversé leur vie, mais une chose ne changerait jamais : il ferait n'importe quoi pour protéger son enfant, que ce soit contre un mystérieux ravisseur ou contre sa mère.

« Voire contre une énigmatique policière au passé compliqué… », ajouta-t-il en son for intérieur, le souvenir de la bouche de Kristen flottant encore sur ses lèvres.

Une fillette en danger

Il ferma silencieusement la porte derrière lui et revint dans le salon, se préparant à avoir une conversation honnête et sans doute embarrassante avec Kristen.

Mais elle avait disparu.

Comment avait-elle pu se montrer aussi stupide ?

Kristen arriva à l'intersection avec la route principale, le film des dernières minutes repassant dans son esprit tel un cauchemar récurrent.

Comment avait-elle pu se laisser embrasser par Sam Cooper ? Ne s'était-elle pas mise en garde contre les dangers d'une relation avec lui ? En dehors des problèmes éthiques, dont elle avait pleinement conscience, elle ne pouvait pas s'engager avec un homme ayant des enfants.

En soupirant, elle tourna à droite en direction de l'autoroute, et de son bureau. Elle avait besoin de travailler pour se changer les idées. Et peut-être Foley serait-il encore là...

Elle appela son portable. Il répondit à la deuxième sonnerie, d'une voix bizarre.

— Qu'est-ce qui te prend d'appeler à cette heure-ci, Tandy ?

— Je voulais vérifier si tu étais encore au bureau.

— A cette heure-ci ? J'aime mon travail, mais pas à ce point-là !

Un coup d'œil au tableau de bord lui apprit qu'il était 00 h 28.

— Excuse-moi. Je ne m'étais pas rendu compte qu'il était si tard.

— Où es-tu ?

Une fillette en danger

— Dans ma voiture.

— Je croyais que tu devais dormir chez les Cooper.

— Oui, mais j'ai eu envie d'aller au bureau pour mettre de l'ordre dans mes dossiers.

— En pleine nuit ?

— Laisse tomber. Désolée de t'avoir dérangé.

Elle raccrocha et remit le téléphone dans sa poche en se reprochant sa lâcheté. Puis elle fit demi-tour et reprit le chemin du lac.

La lumière était restée allumée sur le perron, mais la porte était verrouillée. Plutôt que de frapper, au risque de réveiller Maddy, Kristen utilisa la clé que Sam lui avait donnée.

La maison était plongée dans l'obscurité, et elle en déduisit qu'il était allé se coucher.

En entrant dans sa chambre, elle vit que Sam avait déposé ses bagages devant la porte de la penderie et fait le lit. Un bouquet de marguerites sur la table de chevet égayait la pièce meublée de façon fonctionnelle mais sans charme.

Elle s'assit sur le bord du lit, et les larmes lui montèrent aux yeux tandis qu'elle effleurait les délicats pétales des fleurs.

C'était un geste tellement attentionné !

Sam s'était donné du mal pour qu'elle se sente la bienvenue, même si sa présence bouleversait sa routine.

Elle en vint à souhaiter d'être différente.

Hélas ! elle était Kristen Tandy, avec une mère folle

Une fillette en danger

à lier et de profondes cicatrices physiques et psychologiques.

Et cela ne changerait pas, même si elle le souhaitait de toutes ses forces.

— Il s'appelle Darryl Morris, répondit la directrice de l'école maternelle à la question de Kristen.

Son regard plein de curiosité glissa vers Foley.

— Il a fait quelque chose de mal ?

— Nous pensons qu'il aurait pu voir quelque chose l'autre jour, pendant qu'il prenait des photos.

Jennifer Franks fronça les sourcils.

— Il prenait des photos ? En êtes-vous sûrs ?

— Une des mères nous a dit avoir vu M. Morris ici, il y a environ deux semaines, expliqua Kristen. Elle pensait que l'école l'avait engagé pour un projet spécial.

— Nous n'avons rien de ce genre en cours. Elle a dû le confondre avec quelqu'un d'autre.

— Vous voulez dire qu'il y aurait eu un autre homme dans la cour de l'école, en train de prendre des photos avec les enfants autour de lui ?

— Non, certainement pas.

— Vous savez où nous pouvons le joindre ? demanda Foley.

La directrice ouvrit un tiroir de son bureau et y prit un porte-cartes recouvert de vinyle imitation lézard. Elle tourna les pages et sortit d'un compartiment une carte de visite bon marché portant l'inscription « Darryl Morris, photographe » et un numéro de téléphone portable.

Une fillette en danger

Kristen nota l'information dans son carnet.

— Merci, madame Franks.

— Représente-t-il un danger pour nos élèves ? s'enquit la directrice d'un ton angoissé.

— Nous n'avons aucune raison de le penser pour le moment, dit Foley. Comme vous l'avez souligné, notre témoin a pu se tromper.

— Nous voulons seulement lui parler, ajouta Kristen. En attendant, si vous pensez à quelque chose ou si un détail vous revient, appelez-nous.

Elle suivit Foley hors du bâtiment et dut faire un écart pour éviter un garçonnet qui était sorti des rangs et courait comme un fou pour arriver le premier sur le terrain de jeu.

Foley intervint et stoppa le bambin en l'attrapant par son T-shirt.

— Du calme, cow-boy, lui dit-il gentiment.

L'enfant lui adressa un grand sourire que Foley lui rendit en le libérant.

Il souriait toujours lorsqu'ils arrivèrent à la voiture.

— Gina est enceinte, annonça-t-il.

Kristen s'immobilisa et le regarda par-dessus le toit de l'Impala.

— Félicitations !

— Merci. C'est une surprise. Nous avions décidé de nous arrêter à deux.

Kristen ne savait pas vraiment quoi dire.

L'humeur de Foley était d'ordinaire assez facile à déchiffrer, mais sa déclaration intempestive venait de la déstabiliser.

Comme si elle ne l'était pas déjà assez comme ça !

Une fillette en danger

Ce matin, la mère de Sam était venue s'occuper de Maddy. Sa présence chaleureuse et gaie avait servi de tampon entre Sam et Kristen, leur évitant d'avoir à évoquer ce qui s'était passé entre eux la veille.

Elle en avait été soulagée, car elle ne se sentait pas encore prête à en parler.

Peut-être ne le serait-elle jamais, d'ailleurs.

— Quelque chose ne va pas ? s'enquit Foley, inquiet, en voyant qu'elle ne se décidait pas à ouvrir sa portière.

Alors qu'elle avait l'intention de hausser les épaules avec désinvolture et de s'installer sur le siège passager, elle demanda bien malgré elle :

— Comment as-tu su que tu serais un bon père ?

Foley la dévisagea avec stupéfaction.

— Quoi ?

Ignorant la voix de la prudence qui lui soufflait d'abandonner le sujet et de monter en voiture, Kristen répondit :

— Quand Gina et toi avez décidé d'avoir votre premier enfant, comment avez-vous su que vous y arriveriez ?

Son coéquipier éclata de rire.

— Nous étions jeunes et stupides ! Nous ne nous sommes même pas posé la question. Monte, et je te raconterai tout à propos de ma première année en tant que père. Nous appellerons ça « Cauchemar sur la ville. »

Kristen obtempéra et attacha sa ceinture en se reprochant d'avoir provoqué cette discussion.

Ça ne la dérangeait pas d'entendre Foley lui raconter tous les mauvais côtés de la paternité, mais elle savait

Une fillette en danger

que sa curiosité inhabituelle resterait gravée dans l'esprit de son coéquipier.

Et qu'elle n'avait pas fini d'en entendre parler.

Son portable sonna au milieu d'une histoire passablement écœurante de couches sales, et elle attrapa vivement l'appareil, ravie de cette interruption... jusqu'à ce qu'elle reconnaisse le numéro de Sam sur l'écran.

Foley lui lança un regard surpris.

— Tu ne réponds pas ?

Elle prit une profonde inspiration et pressa le bouton pour prendre la communication.

— Tandy.

— C'est Sam. Vous avez découvert quelque chose sur le photographe scolaire ?

Sa voix avait une froideur toute professionnelle qui contrastait avec l'agitation qu'elle s'efforçait de contrôler.

— Nous avons un nom. Darryl Morris.

— Darryl Morris ?

Le calme de Sam n'était plus à présent qu'un lointain souvenir.

— Je le connais, poursuivit-il. Et il doit penser qu'il a une bonne raison de m'en vouloir.

10

L'exaltation balaya instantanément la sensation de malaise qu'éprouvait Kristen.

— L'inspecteur Foley est avec moi. Je vous mets sur haut-parleur. Comment connaissez-vous Morris ?

— Il y a huit mois, son fils adolescent a trouvé la mort dans un accident. Un conducteur, distrait par ses enfants qui se disputaient, n'a pas vu un feu passer au rouge et il a heurté le scooter de Charlie Morris. Le pauvre gosse n'a pas eu la moindre chance.

— Quel rapport avec vous ? demanda Foley.

— C'était l'un de mes premiers dossiers quand j'ai rejoint le bureau du procureur de Jefferson County. On m'a demandé d'étudier l'affaire et de décider s'il fallait engager des poursuites.

— Et vous avez classé le dossier sans suite, devina Kristen.

— Le conducteur était sobre et il avait des circonstances atténuantes. Je m'en suis tenu à une suspension de permis, une amende et un travail d'intérêt général.

Kristen trouvait cela juste, compte tenu des circonstances, mais elle n'était pas le père de l'adolescent décédé.

— Morris a dû penser que ce n'était pas assez.

Une fillette en danger

— Son fils unique a été tué. Je crois que rien ne lui aurait paru suffisant.

— Vous a-t-il menacé ? s'enquit Foley.

— J'ai dû recevoir une lettre de reproches… il faudrait que je regarde dans mes dossiers. Mais je ne me souviens pas avoir eu l'impression qu'il représentait une menace.

— Pouvons-nous vous retrouver à votre bureau ? proposa Kristen. J'aimerais voir cette lettre.

— Je vais prendre Maddy avec moi ; je tiens à l'avoir sous les yeux aujourd'hui.

Elle jeta un coup d'œil à son coéquipier.

— D'accord. Foley a justement besoin de s'entraîner au baby-sitting.

Ce dernier leva les yeux au ciel, avant de suggérer :

— Je ferais mieux de retrouver la trace de Morris et de m'assurer qu'il ne prépare pas un voyage au Mexique ou ailleurs.

— Je peux le faire, dit aussitôt Kristen.

— En fait, inspecteur Tandy, j'ai un autre sujet à aborder avec vous, intervint Sam.

Kristen ignora le regard intrigué de Foley.

— Je peux être à Birmingham dans une heure, répondit-elle, sachant que toute protestation ne servirait qu'à piquer davantage la curiosité de son coéquipier.

— A tout à l'heure.

— Je me trompe ou tu rougis ? demanda Foley dès qu'elle eut raccroché.

Elle se rembrunit.

— Pas du tout.

Une fillette en danger

Au lieu de pousser plus loin la plaisanterie, comme elle le redoutait, il redevint soudain sérieux.

— Je te dépose au commissariat pour que tu puisses récupérer ta voiture.

Kristen passa la majeure partie du trajet à appréhender l'arrivée de Sam, redoutant cet « autre sujet » dont il voulait lui parler. Comptait-il analyser longuement ce qui s'était passé la veille ? Elle avait parfaitement conscience d'avoir envoyé valser son professionnalisme par-dessus les moulins.

Le pire, c'est qu'elle ne le regrettait pas vraiment.

La sonnerie du téléphone l'arracha à ces troublantes pensées.

Le numéro affiché sur l'écran lui était inconnu. Le code était un de ceux de l'Alabama, mais l'appel n'était pas local.

Intriguée, elle décida de répondre.

— Tandy.

— Inspecteur Tandy, Dr Victor Sowell. Je suis le psychiatre chargé du suivi de votre mère.

— Comment avez-vous eu mon numéro ? demanda-t-elle d'un ton à peine aimable.

Si Carl lui avait joué ce mauvais tour, il allait passer un sale quart d'heure !

— Votre mère me l'a donné.

Kristen sentit le sang se retirer de son visage.

— Et comment diable l'a-t-elle eu ?

— Je l'ignore. C'est d'ailleurs l'une des raisons qui m'ont convaincu de vous appeler.

Kristen jeta un coup d'œil dans le rétroviseur et

s'arrêta sur le bas-côté. Elle ne voulait pas avoir cette conversation en conduisant.

Elle laissa le moteur tourner, attrapa le gyrophare bleu posé sur le tableau de bord, le mit en marche et le ventousa sur le toit.

— Expliquez-moi tout depuis le début, dit-elle au médecin.

— Je ne peux pas parler des détails du traitement de votre mère, répondit Sowell. Je peux simplement vous dire que son état s'est amélioré, et qu'elle a récemment été autorisée à recevoir des visites. Elle peut également téléphoner, mais ses appels sont limités et enregistrés, afin de vérifier qu'elle ne harcèle personne.

— Et c'est le cas ?

— Il n'y a rien à signaler de ce côté-là à notre connaissance. Mais elle a reçu hier la visite d'un homme qui s'est présenté comme étant avocat.

— Vous avez son nom ?

— Bryant Thompson. Il y a cependant un problème… Le cabinet pour lequel cet homme prétend travailler existe et il emploie bien un Bryant Thompson.

— Mais ?

— Ce n'est pas l'homme qui est venu voir votre mère.

— Papa, quand est-ce que Kristy va venir ?

Sam leva la tête de son dossier en entendant la voix plaintive de sa fille et se rendit compte qu'il était en train de relire la même page pour la troisième fois.

Sans avoir eu connaissance, il avait laissé son esprit

Une fillette en danger

dériver du procès en cours au souvenir des mains de Kristen se déplaçant avec fièvre sur son corps.

Il s'éclaircit la gorge.

— Bientôt, ma puce.

Kristen avait appelé une demi-heure plus tôt pour dire qu'elle était retenue et qu'elle le retrouverait au bureau dès que possible.

Sa voix était bizarre, gênée. Elle était probablement embarrassée d'avoir franchi la ligne hier soir, et sans doute devrait-il l'être aussi, mais les manquements à l'éthique professionnelle étaient le dernier de ses soucis quand chaque parcelle de son corps réclamait son dû.

Il décida soudain d'appeler J.D. pour prendre des nouvelles de Cissy et apprit que celle-ci commençait à s'agiter ce qui, d'après les médecins, indiquait qu'elle n'allait pas tarder à sortir du coma.

La conversation avec son frère se prolongea, et Maddy profita de sa distraction momentanée pour aller ouvrir la porte du bureau. Ce faisant, elle se retrouva face à Kristen et jeta les bras autour de ses jambes en poussant un cri de joie.

Remarquant l'embarras de Kristen, Sam se hâta de raccrocher et prit sa fille dans ses bras.

— Désolé, dit-il.

— Ce n'est rien.

— Kristy, viens voir ce que j'ai dessiné ! s'exclama Maddy en agitant les mains pour l'inciter à s'approcher.

— Calme-toi un peu, chérie, intervint Sam. Kristy et moi, nous devons parler. En attendant, tu peux finir ton dessin, on le regardera ensemble.

Une fillette en danger

Sam posa sa fille par terre et la poussa gentiment vers la table basse, où elle avait étalé des formulaires juridiques destinés au recyclage au dos desquels elle dessinait.

Avec un long soupir douloureux, la fillette retourna s'asseoir et prit l'un des surligneurs fluo que Sam lui avait donnés.

— Désolée de ce retard, dit Kristen en s'asseyant dans le fauteuil qu'il lui désignait.

Ne voulant pas mettre entre eux la masse imposante de son bureau en acajou, Sam prit place dans le fauteuil voisin après l'avoir tourné vers Kristen.

— Tout va bien ? demanda-t-il, lui trouvant l'air un peu absent.

— Je n'en suis pas sûre.

Elle esquissa un vague geste de la main, comme pour balayer cette réponse.

— C'est sans importance, reprit-elle. Avez-vous les courriers de Darryl Morris ?

— Il y en a deux.

Il lui tendit les lettres qu'il avait sorties de ses dossiers.

— Dans la première, il me demande de reconsidérer ma décision. Le ton est exigeant mais pas spécialement hostile.

— Je vois.

Elle reposa la lettre sur le bureau et parcourut rapidement la seconde.

— Celle-ci est moins… diplomatique, remarqua-t-elle.

— En effet.

— A-t-il pris contact avec la presse, comme il l'indiquait ?

— Sans doute. Mais Charlie Morris était un garçon de seize ans qui avait déjà été arrêté deux fois pour excès de vitesse. Il n'allait plus au lycée parce que ça le « soûlait d'apprendre des trucs qui ne servaient à rien » et faisait les quatre cents coups avec une bande de jeunes délinquants. Le conducteur de la voiture était un bon père de famille qui tenait une pizzeria très fréquentée et faisait du bénévolat dans une association caritative. Compte tenu de tout cela, les médias n'auraient jamais pris le parti de Morris.

— Et il n'a pas non plus porté plainte contre vous ?

— Non.

— On peut toujours le convoquer pour lui demander pourquoi il prenait des photos des enfants à la maternelle. En le faisant parler, nous découvrirons s'il vous en veut toujours.

Elle reprit les lettres.

— Vous pouvez m'en faire des copies ?

— Ce sont des copies. J'ai pensé que vous en auriez besoin.

— Merci.

— Je pourrai jeter un œil à l'enregistrement vidéo de l'interrogatoire ?

— Je crois que vous surestimez les moyens techniques dont dispose le commissariat de Gossamer Ridge.

— Vous faites quand même un enregistrement audio ?

— Oui. Je demanderai à Carl s'il est d'accord pour que vous écoutiez les bandes.

Une fillette en danger

Comme elle se levait, Sam faillit lui rappeler la demande de Maddy, mais Kristen se tourna d'elle-même vers l'enfant.

— Eh bien, mademoiselle Maddy ! dit-elle. Tu n'as pas quelque chose à me montrer ?

La fillette lui adressa un lumineux sourire tandis qu'elle s'accroupissait à sa hauteur, près de la table basse.

— Ça, c'est moi et oncle Gabe, tu vois ? Il m'a emmenée pêcher. J'ai attrapé un poisson-chat.

— Il est grand, dis donc, commenta Kristen, l'air impressionné. Est-ce que ton papa l'a fait cuire pour toi ?

Maddy parut horrifiée.

— Cuire ?

— On ne lui a pas encore dit d'où viennent les bâtonnets panés dont elle raffole, expliqua Sam.

— Et c'est maintenant que vous me le dites ? chuchota Kristen en tournant momentanément le dos à l'enfant.

S'adressant à la fillette, elle essaya de rattraper sa gaffe.

— Oh ! tu as dit un poisson-chat ? Bien sûr qu'on ne fait pas cuire les poissons-chats. Et là, avec la robe verte, c'est toi ?

Maddy acquiesça et désigna d'autres griffonnages.

— Ça, c'est oncle Gabe et Rowdy.

— Le chien de J.D. expliqua Sam. Mes parents le gardent quand mon frère est à l'hôpital avec Cissy.

— Et là, c'est oncle Jake dans le bateau, continua Maddy en désignant une sorte de rectangle posé sur

Une fillette en danger

une tache bleue qui devait figurer le lac. Et là, c'est papa et toi.

Kristen tourna vers Sam un regard embarrassé. En se penchant sur le dessin, il comprit pourquoi.

Les deux silhouettes filiformes que sa fille avait désignées comme étant Kristen et lui se tenaient la main, debout sur l'embarcadère.

— C'est un très beau dessin, ma puce ! s'exclama-t-il. Tu ne voudrais pas en faire un autre ?

La petite hocha la tête et se mit aussitôt au travail.

— Je vais au commissariat, dit Kristen en se redressant. On se retrouve tout à l'heure.

Maddy releva la tête, l'air contrarié.

— Tu veux pas voir mon dessin ?

— Tu me le montreras à la maison. Je suis sûr qu'il sera très réussi.

— D'accord.

Sam rattrapa Kristen alors qu'elle atteignait la porte et posa la main sur son bras.

— Il faut que nous parlions.

— Je vous appellerai si j'ai du nouveau au sujet de Morris, répondit-elle en évitant son regard.

— Ce n'est pas à ça que je pensais, et vous le savez.

Sa mâchoire se crispa, et cette fois elle planta ses yeux dans les siens.

— Vous n'allez pas me sortir les violons à cause d'un baiser idiot, tout de même ! Si j'avais su que vous réagiriez comme une midinette…

— Je crois que vous parlez de vous, inspecteur.

Sam constata avec satisfaction l'effet qu'il produisait sur elle en la voyant légèrement rougir.

— Vous ne voulez pas admettre que vous êtes troublée et vous essayez de prétendre que j'ai imaginé votre réaction.

Elle déglutit avec peine et baissa les yeux.

— Quoi qu'il se soit passé hier, ça ne se reproduira plus. C'est clair ?

Le visage de Sam s'illumina d'un sourire quand il lui ouvrit la porte.

— Appelez-moi si vous avez du nouveau.

Sans un mot, Kristen passa devant lui et disparut dans le couloir.

L'expression de Sam redevint sérieuse tandis qu'il retournait lentement vers sa fille. Il avait éprouvé un certain amusement à voir l'embarras de Kristen, mais il partageait son point de vue.

Quand l'enquête serait terminée, plus rien ne s'opposerait à ce qu'ils aient une liaison. Toutefois, au-delà des questions éthiques, les raisons ne manquaient pas pour qu'il évite de s'engager avec elle.

Kristen était gentille avec sa fille, et il savait qu'elle n'hésiterait pas à risquer sa vie pour Maddy. Quoi qu'il en soit, il ne pouvait pas faire l'impasse sur ses relations difficiles avec les enfants. Son attitude avait beau être parfaitement compréhensible, cela ne changeait rien au fait qu'elle ne voulait pas être mère.

Et il ne pouvait pas faire comme si cela n'avait pas d'importance. Il n'était plus un jeune marine fougueux cherchant les aventures faciles ; il devait tenir compte de Maddy.

Une fillette en danger

Sa fille avait besoin de stabilité, pas d'une nouvelle maman identique à la première.

Il consulta sa montre et s'aperçut qu'il était presque l'heure du déjeuner. Il avait promis à Norah qu'ils se retrouveraient tous les trois au restaurant du Sycomore, pour essayer de réparer les dommages de la veille.

— Maddy, tu sais que nous allons manger avec maman, aujourd'hui ?

La fillette fit la moue.

— On est obligés ?

Sam hocha la tête.

— Ça ferait plaisir à ta maman. Tu te souviens de ce que je t'ai expliqué ? Maman ne voulait pas te faire peur et elle voudrait être sûre que tu n'es pas fâchée contre elle.

— Mais j'irai pas habiter avec elle ?

— Non, ne t'inquiète pas. Tu restes avec moi, et maman ne t'emmènera nulle part. D'accord ?

La petite hocha la tête sans grande conviction.

— Kristy va venir aussi ?

— Non, ma chérie. Tu sais qu'elle doit travailler.

— Alors, on peut aller la voir à son travail ?

— Pas aujourd'hui.

Visiblement, Maddy était déjà très attachée à Kristen, et il se demanda si cela ne risquait pas de s'accentuer dans les prochains jours.

Un coup discret frappé à la porte le tira de ses réflexions, et il se demanda aussitôt si Kristen était revenue.

Découvrant un clerc qui lui apportait un courrier, il fut déçu.

Rassuré par la mention d'une adresse d'expédition,

Une fillette en danger

un cabinet d'avocats avec lequel il avait déjà été en contact, il emporta l'enveloppe jusqu'à son bureau et la décacheta sans se méfier.

A l'intérieur, il n'y avait ni lettre ni document légal comme il s'y attendait, mais un paquet de photos en couleur.

Le cliché du dessus était un gros plan de Maddy et de Norah, assises à une table pour deux dans le restaurant du Sycomore.

Le cœur battant à tout rompre, il prit un mouchoir en papier dans le tiroir de son bureau pour manipuler le reste.

A mesure qu'il découvrait les clichés, son inquiétude se mua en une rage qui alla croissant jusqu'à ce qu'il voie la dernière photographie, où il apparaissait avec Maddy dans les bras, juste après qu'il l'eut retrouvée cachée dans la réserve.

Cet immonde personnage était dans le restaurant depuis le début !

Il tourna machinalement le rectangle de papier glacé, tout en sachant qu'il n'y trouverait rien. Celui qu'ils recherchaient était bien trop rusé pour laisser un indice susceptible de l'incriminer.

Il se trompait.

Il y avait quelque chose au dos de la dernière photographie. Un message écrit au feutre noir qui lui glaça le sang.

« Ton enfant pour le mien. »

11

Le portable de Kristen sonna alors qu'elle venait de se mettre au volant et tirait sur sa ceinture de sécurité pour l'attacher.

— Tandy, répondit-elle comme elle en avait l'habitude.

— Où êtes-vous ? demanda Sam d'une voix tendue.

— Il y a un problème ?

— Vous êtes encore dans la zone du palais de justice ?

— Je viens de monter dans ma voiture. Que se passe-t-il ?

— Vous n'auriez pas vu quelqu'un portant un blouson beige et une casquette de base-ball bleu marine quitter l'immeuble ?

— Non. Dites-moi ce qui se passe.

— J'ai reçu d'autres photos. La réceptionniste a décrit celui qui les a déposées comme un homme d'une quarantaine d'années, aux cheveux bruns, avec un blouson et une casquette.

— J'arrive.

— Rejoignez-moi au poste de sécurité. Je veux visionner les images de la vidéosurveillance.

Kristen rebroussa chemin et trouva Sam en compagnie

de deux hommes du shérif, Griggs et Baker, affectés à la sécurité du bâtiment.

— Qu'est-ce que ça donne ? s'enquit-elle en se penchant vers les écrans de contrôle.

Baker fit un arrêt sur image, et ils virent un homme correspondant à la description de la réceptionniste. Sur sa casquette, on distinguait un grand B, mais les autres lettres étaient floues.

— Je crois que c'est une casquette de l'équipe des Braves, dit Griggs.

— Est-ce que ça pourrait être Darryl Morris ? demanda Kristen à Sam.

— Peut-être. L'image n'est pas assez nette pour en être sûr.

Au même moment, le téléphone de Kristen sonna.

— C'est moi, dit Foley dès qu'elle fut en ligne. Je viens de repérer Darryl Morris.

— Où es-tu ?

— Sur le parking de la société de transport où il travaille à mi-temps. Il vient d'arriver.

— Comment est-il habillé ?

— Pourquoi me demandes-tu ça ?

— Réponds-moi !

— Jean, blouson beige, casquette des Braves.

Frémissant d'excitation, Kristen jeta un regard du côté de Sam.

— Passe-lui les menottes. Je crois qu'on tient notre homme.

— La police pense vraiment que c'est lui ? demanda Norah à Sam.

Une fillette en danger

Ils se trouvaient dans une cafétéria du centre-ville, que Sam avait préférée à l'ambiance trop guindée du restaurant de l'hôtel.

— Il correspond à la description du type qui a déposé les photos à mon bureau. Et il était déjà suspecté à cause des lettres qu'il m'avait envoyées après les conclusions que j'avais rendues sur l'affaire de son fils.

— Alors, c'est fini ?

— Ce sera vraiment fini quand Cissy se sera rétablie.

— Bien sûr. Mais, au moins, nous savons que Maddy n'est plus en danger.

— Je l'espère.

— En tout cas, je vais pouvoir partir l'esprit tranquille. J'ai un procès dans quelques jours et je dois rentrer à Washington. Je prends l'avion cet après-midi.

Sam baissa les yeux vers Maddy, qui jouait avec les sets de table en papier aux couleurs criardes, indifférente à la conversation.

— Et que devient notre arrangement ?

— Il ne change pas. Il y a quatre ans, j'ai pris une décision en pensant que c'était la meilleure possible et je continue à le penser.

— Donc, c'est un retour à la case départ ?

— Oui.

Norah se pencha vers lui, le regard déterminé.

— Je ne lui apporterai jamais ce dont elle a besoin, nous le savons tous les deux. C'est une enfant vraiment adorable, et je serais ravie de la revoir de temps en temps, mais il ne servirait à rien de faire de brèves incursions dans sa vie. Elle finirait par penser que c'est sa faute si je n'ai pas envie de m'occuper d'elle à plein temps, alors que ça n'a rien à voir.

Sam avait beau essayer de se montrer compréhensif, il ne parvenait pas à comprendre comment Norah pouvait se détourner de sa fille avec un tel détachement.

Malgré tout, il croyait à sa sincérité quand elle affirmait agir ainsi pour le bien de Maddy.

Il était temps de renoncer définitivement à l'espoir que Norah finirait par changer.

— J'aimerais toutefois avoir régulièrement de ses nouvelles, ajouta-t-elle.

— Tu peux compter sur moi.

Une serveuse apporta le menu, et Sam aida Maddy à faire son choix parmi les offres réservées aux enfants.

Tournant par hasard les yeux vers Norah, il fut surpris de lui découvrir un sourire attendri. Pour autant qu'il s'en souvienne, c'était un sentiment qu'elle n'avait jamais exprimé jusqu'ici.

— J'avais raison, dit-elle. Tu étais fait pour être père.

— Je suppose que oui, répondit-il modestement.

— Tu vas assister aux interrogatoires ? demanda Norah un peu plus tard, après que la serveuse eut apporté leur commande.

— Kristen ne veut pas.

— Elle me semble un peu autoritaire, mais ce n'est pas pour te déplaire. Je me trompe ?

— Elle a raison. Il y a conflit d'intérêts.

— J'imagine qu'elle te racontera tout plus tard…

Sam essaya de ne pas réagir aux insinuations de Norah, qui de toute évidence cherchait à en savoir plus sur sa relation avec Kristen. De toute manière, il ne savait pas lui-même où il en était.

— Si elle est aussi douée pour interroger les suspects que pour persécuter les personnes innocentes comme moi, Morris devrait craquer en moins de temps qu'il n'en faut pour le dire, conclut-elle avec un petit sourire.

— C'est bien vous, sur la bande de vidéosurveillance, n'est-ce pas ?

Kristen fit glisser sur la table l'impression d'écran que les agents de sécurité lui avaient fournie.

Le visage luisant de sueur, Morris se pencha sur la photo. La salle d'interrogatoire n'était pas climatisée, à dessein, mais il ne faisait pas assez chaud pour justifier les grosses gouttes qui coulaient sur les joues de l'homme.

— Ça pourrait être n'importe qui.

— N'importe qui, habillé comme vous.

— Ben oui.

L'homme se tourna vers Foley, qui avait jusqu'ici gardé le silence.

— Il y a plein de gars qui sont fans des Braves.

— Et qui ont aussi adressé des lettres de plainte à Sam Cooper ? demanda Foley.

— Et qui ont pris des photos de sa fille, Maddy, dans la cour de son école ? ajouta Kristen.

— Et alors ? Je travaille à mi-temps comme photographe scolaire.

— Et aussi comme coursier, insista Kristen en tapotant la photo.

Une fillette en danger

— Bon, d'accord. J'ai déposé une enveloppe au bureau du procureur. C'est pas un crime, non ?

— Je classerais plutôt ça dans les menaces terroristes, dit Kristen en s'adressant à Foley d'un ton songeur. Tu en penses quoi ?

— Tu as raison.

Morris écarquilla les yeux.

— Hé ! Attendez ! Je ne suis pas un terroriste ! C'est vrai que je lui ai écrit quelques lettres, à cet incapable, mais je ne l'ai jamais menacé.

Kristen sortit une feuille d'un dossier et la posa devant Morris.

Il s'agissait d'un agrandissement de la phrase écrite à la main au dos de la dernière photographie.

— Qu'y a-t-il d'écrit, monsieur Morris ? demanda-t-elle.

Il se pencha pour lire la phrase et secoua vigoureusement la tête.

— Je n'ai pas écrit ça !

— C'était dans l'enveloppe que vous avez déposée pour Sam Cooper.

— Je ne savais pas ce qu'il y avait dedans.

— Comment est-ce possible ?

— Un type m'a donné dix dollars pour la livrer.

— Vous aviez tellement besoin de ces dix dollars ? demanda Kristen d'un ton sceptique. Allons, Darryl, vous ne pensez quand même pas que je vais croire ça ?

— « Votre enfant pour le mien », dit Foley. Vous avez perdu un fils dans un accident, je crois ?

— C'était un meurtre.

— Sam Cooper ne l'a pas vu de cette façon.

— C'est pas son fils qui est mort !

Une fillette en danger

— Et sa fille est bien en vie, remarqua Kristen.

Posant les mains à plat sur la table, elle se pencha vers le suspect.

— Ça doit être dur pour vous de voir Maddy Cooper courir sur le terrain de jeu, tellement pleine de vie…

— Non, dit Morris en secouant la tête. Son père est un imbécile incompétent, mais je ne ferais jamais de mal à un enfant.

— Et à une adolescente ?

Elle posa devant lui une photographie de Cissy, prise sur les lieux de l'agression, alors qu'elle gisait à terre, le visage couvert de sang.

Morris eut un mouvement de recul.

— Ce n'est pas moi !

— Où étiez-vous, mardi soir ?

— A la maison.

— Il y avait quelqu'un avec vous ?

— Non.

— Quelqu'un vous a vu à votre domicile ?

— Je vis à Pell City, près de la rivière. Il n'y a pas grand monde dans le coin.

— C'est bien vous qui avez pris ces photos de Maddy ? insista Kristen en déployant devant lui tous les clichés que Sam avait reçus.

En le voyant ciller, elle sut que c'était lui.

— Pourquoi avez-vous pris ces photos ? Quel message vouliez-vous lui faire passer ?

Elle prit une chaise et s'assit en face de Morris pour le regarder dans les yeux.

— Il a refusé de vous rendre justice et il se pavane avec sa parfaite et heureuse petite fille, dit-elle en baissant la voix. Ce n'est pas juste… Tous les soirs, il

Une fillette en danger

rentre chez lui retrouver son enfant, tandis que votre seule possibilité est de rendre visite à une tombe.

Morris éclata en sanglots.

— Charlie ne méritait pas de mourir! C'est vrai, il n'était pas parfait, mais il était trop jeune pour s'en aller déjà.

Il renifla et s'essuya le nez d'un revers de manche.

— Cooper pensait que sa vie ne valait rien. Il devait même se dire que le chauffard avait fait une bonne action. Ça faisait toujours un voyou de moins.

— Et vous avez voulu lui rendre la monnaie de sa pièce, répondit Kristen d'un ton compréhensif. Vous aviez envie qu'il sache ce que ça fait de perdre un enfant.

— Non, pas du tout! Ce n'est pas ce que j'ai dit!

— Alors, pourquoi avez-vous pris ces photos, Darryl?

— Parce qu'il m'a payé.

— Qui?

— Le type qui m'a demandé de déposer l'enveloppe.

— A quoi ressemblait-il?

— Je ne sais pas... il était normal. A peu près mon âge. Des cheveux blonds un peu grisonnants. Ni grand ni petit. Mais vos caméras ont dû le voir! Il était juste devant le palais de justice.

Kristen lança un regard à Foley, qui hocha la tête et quitta la pièce.

Restée seule, elle garda le silence, jugeant que ça ne ferait pas de mal à Morris de mariner un peu.

Elle ne croyait pas à l'histoire de l'autre homme, mais

Une fillette en danger

il valait quand même mieux vérifier. En attendant, elle pouvait jouer un peu avec le suspect.

— Vous ne me croyez pas, hein ? demanda-t-il enfin.

— Vous ne trouvez pas bizarre qu'un type qui veut se venger de Sam Cooper réussisse à trouver la seule autre personne en ville qui soit dans le même état d'esprit ?

— Il a peut-être entendu parler de l'affaire de mon fils.

— Et il était sûr que vous accepteriez de l'aider à terroriser Cooper et sa famille ?

— Je ne savais pas ce qu'il voulait faire avec ces photos.

— Alors, pourquoi avez-vous accepté de les prendre ?

— Il a dit qu'il travaillait pour la mère de la petite. Elle voulait des photos de sa fille pour prouver que son ex s'en occupe mal et en obtenir la garde.

— La mère de Maddy ne veut pas que sa fille vive avec elle.

Morris eut l'air surpris.

— Ah bon ? Alors, c'est qu'il m'a menti.

— Je crois plutôt que vous avez choisi cette excuse sans connaître la situation réelle entre Sam Cooper et son ex-femme. C'était logique de supposer que la mère de Maddy voulait la garde de son enfant. C'est ce que veulent la plupart des mères.

— Vous essayez de m'embobiner et de me faire avouer quelque chose que je n'ai pas fait ! protesta Morris. Je n'ai pas touché à la petite. Ni à l'ado.

Il repoussa la photographie de Cissy.

Une fillette en danger

— Je ne ferais jamais ça !

Foley revint dans la pièce et secoua négativement la tête en réponse à la question muette de Kristen.

— La caméra à l'extérieur du palais de justice n'a vu personne avec vous, monsieur Morris, dit-elle.

Il se leva, très agité.

— Il était là !

— La caméra ne l'a pas enregistré.

— Mais puisque je vous dis...

— Asseyez-vous ! ordonna Foley.

Dès que Morris eut obéi, il prit une chaise et vint se coller contre lui, envahissant son espace vital.

— Et si nous recommencions tout depuis le début ?

— Maman est vraiment partie ? demanda Maddy à Sam, qui lui préparait son goûter.

Occupé à tartiner du beurre de cacahuète sur un toast, il suspendit son geste, le cœur serré pour sa fille.

— Elle est retournée à Washington. C'est là qu'elle habite.

— Et elle reviendra pas ?

— Peut-être de temps en temps pour une visite, je ne sais pas. Ça te rend triste, ma puce ?

Maddy secoua la tête, l'air soulagé.

— Maintenant, Kristy va pouvoir être ma maman, alors ?

Sam la dévisagea avec stupéfaction.

— Elle n'est pas ta maman. Tu le sais.

— Oui, mais elle peut l'être, hein ? Si moi, je veux.

Une fillette en danger

— Ça ne marche pas comme ça. Kristy n'a peut-être pas envie d'être ta maman.

En d'autres circonstances, la surprise et l'incompréhension qu'exprima le visage de Maddy auraient pu être comiques.

— Pourquoi ?

— Elle veut peut-être attendre et avoir une petite fille à elle.

— Mais non, c'est bête ! Elle doit pas attendre. Tu n'as qu'à lui dire qu'elle est obligée d'être ma maman.

Cette fois, Sam ne put s'empêcher de rire.

— Je ne peux pas l'obliger à faire quelque chose qu'elle ne veut pas faire.

Maddy le regarda avec le plus grand sérieux.

— Essaie, papa.

— On en reparlera quand tu auras fait ta sieste, d'accord ?

— Jefferson County le récupère, leur annonça Carl Madison lorsqu'ils allèrent le trouver à l'issue d'une nouvelle heure d'interrogatoire infructueuse. Nous ne pouvons retenir contre lui que les lettres injurieuses, et ça s'est produit dans leur juridiction.

Au comble de la frustration, Kristen ne répondit pas. Morris avait reconnu à peu près tout, sauf l'agression de Cissy et la menace. Et il n'avait pas voulu démordre de son histoire d'homme mystérieux tirant les ficelles.

C'était a priori rocambolesque, mais, si Morris mentait, il avait de la constance.

— Nous trouverons un lien, dit Foley. Il y en a forcément un.

Une fillette en danger

Kristen voulait y croire. Ainsi, Maddy Cooper serait hors de danger.

Et elle pourrait sortir de sa vie avant de lui faire du mal.

Alors que Foley regagnait le bureau des inspecteurs, Carl la retint un instant.

— Le Dr Sowell a laissé un nouveau message pour toi. Il voulait savoir si ta visite de cet après-midi tient toujours.

Mince ! Elle avait complètement oublié qu'elle devait se rendre à Tuscaloosa.

Affolée, elle jeta un coup d'œil à sa montre. Presque 15 heures ! En partant tout de suite, elle pourrait y être vers 17 h 30.

Prévenu de son arrivée, le Dr Sowell attendait Kristen au poste de contrôle, où elle dut laisser son Ruger P95 avant de le suivre jusqu'à son bureau.

Le psychiatre prit une photographie dans le tiroir de sa table de travail et la lui tendit.

— C'est l'homme qui s'est présenté sous le nom de Bryant Thompson.

Kristen étudia attentivement l'image prise par la caméra fixée dans l'espace réservé aux visiteurs.

Il n'y avait que trois personnes dans la pièce : le mystérieux Thompson, un vigile en uniforme, et une femme à la frêle silhouette, enveloppée dans une robe de chambre bleu marine.

Kristen eut un haut-le-cœur en prenant conscience que cette femme devait être sa mère.

Elle était méconnaissable.

Une fillette en danger

Bien qu'elle ne soit hospitalisée que depuis quinze ans, elle semblait avoir vieilli de plusieurs dizaines d'années. Ses cheveux, autrefois d'un roux flamboyant, étaient devenus gris et pendouillaient mollement sur ses épaules. Et elle était d'une maigreur effrayante.

Les larmes qui lui montèrent aux yeux la prirent au dépourvu. Se blindant contre un flot de souvenirs dévastateurs, elle cilla pour les évacuer.

Elle se focalisa sur ses obligations professionnelles et se concentra sur l'homme assis à côté de sa mère.

Il avait les cheveux clairs. Blonds ? Gris ? Difficile de se prononcer, puisque la photographie était en noir et blanc. Il portait un pantalon clair, pas un jean, et une veste qui semblait en velours côtelé. Il paraissait calme, les mains posées sur les genoux, et ne se penchait pas vers sa mère, comme on aurait pu s'y attendre de la part de quelqu'un prétendant être là pour l'aider. Au contraire, il semblait garder une distance prudente.

— Que pouvez-vous me dire à son sujet ? demanda-t-elle au Dr Sowell.

— Pas grand-chose, j'en ai peur. Je l'ai vu en passant, car j'étais appelé pour une urgence. Il faudrait interroger le garde de service ce jour-là, mais il est déjà parti. Je peux toutefois lui donner votre numéro et lui demander de vous appeler.

Kristen réprima un mouvement d'humeur. Le psychiatre aurait pu lui donner cette information par téléphone, au lieu de la faire venir pour rien.

— Vous avez interrogé ma mère à propos de ce visiteur ?

Il parut surpris par cette question.

Une fillette en danger

— Non. J'ai pensé qu'il ne serait pas approprié de la questionner alors qu'elle n'avait rien fait de mal.

— Pas cette fois ! marmonna Kristen.

Sowell lui adressa un regard compatissant.

— Bien sûr.

Une peur intense envahit soudain Kristen, comme un ciel qui se couvre d'un seul coup de gros nuages noirs, la lumière faisant place à une obscurité presque totale.

La seule façon d'obtenir les réponses dont elle avait besoin au sujet du prétendu Bryant Thompson était d'aller les chercher à la source.

Elle avait évité le face-à-face depuis trop longtemps.

L'heure était venue d'affronter ses démons.

— Docteur Sowell, j'aimerais parler à ma mère.

12

Kristen attendit anxieusement que le garde lui amène sa mère. La pièce dans laquelle on l'avait installée était froide, la chaise inconfortable, et l'atmosphère lugubre.

Un décor parfaitement approprié, songea-t-elle en réprimant le rire hystérique qui montait dans sa gorge.

La porte s'ouvrit avec un grincement, et un garde à la puissante carrure entra, tenant par le poignet Molly Jane Tandy, qui se laissait remorquer en traînant les pieds.

Depuis sa rencontre avec le mystérieux visiteur, quelqu'un s'était occupé de ses cheveux. Entièrement gris et striés de blanc, ils étaient coupés au carré à la hauteur du menton.

Une chemise de nuit rose pâle sans forme la couvrait de la gorge aux chevilles, sous un peignoir en lainage destiné à combattre l'atmosphère sibérienne de l'hôpital. Pas de ceinture, évidemment.

Elle avait quarante-sept ans et en paraissait au moins vingt de plus. Son visage hagard était parcheminé, sa peau d'un jaune maladif, ses yeux bleus éteints.

Son regard se posa sur Kristen, indifférent, puis une lueur de reconnaissance s'y alluma.

Une fillette en danger

— Kristy ? demanda-t-elle d'une voix mal assurée.

Une envie de fuir presque incontrôlable s'empara de Kristen, qui crispa les doigts sur l'assise de sa chaise en respirant lentement jusqu'à ce qu'elle trouve le courage de parler.

— Bonjour, maman, répondit-elle froidement.

Molly se jeta en avant, les bras tendus.

Comme autrefois, Kristen se recroquevilla par réflexe et faillit s'évanouir de soulagement quand le garde s'interposa.

Il était gentil mais ferme, et Molly s'installa sans broncher sur la chaise faisant face à celle de sa fille.

L'homme fit un pas en arrière et adressa à Kristen un regard plein de sympathie. En temps normal, elle détestait toute manifestation de pitié, mais sa présence la rassurait.

Grâce à lui, elle se sentait moins seule. Moins vulnérable.

— Le Dr Sowell m'a dit qu'un homme était venu te rendre visite, commença-t-elle. Il se faisait appeler Bryant Thompson.

— Un homme charmant, fit Molly d'un ton distrait. Il m'a dit beaucoup de bien de toi.

— Il a parlé de moi ?

— Oh oui ! Il m'a dit que tu es quelqu'un de très important, maintenant. Un officier de police.

Elle sourit et l'enveloppa d'un regard presque béat.

— Est-ce que cet homme a proposé de faire quelque chose pour toi ?

— Non. Il voulait seulement me montrer une photo.

Une fillette en danger

— Quel genre de photo ?

Comme Molly plongeait lentement la main dans la poche de sa robe de chambre, le garde se plaça entre elle et Kristen, mais son inquiétude ne se justifiait pas. Tout ce que Molly sortit de sa poche fut un morceau de papier plié en deux.

Le garde s'en empara, le déplia et le tendit à Kristen.

C'était une coupure de presse datant de deux jours. L'article relatait l'effraction chez Sam Cooper et l'agression de sa nièce. Un cliché accompagnait l'article. Pris au téléobjectif, il montrait Kristen, Sam et Maddy dans la salle d'attente de l'hôpital.

— M. Thompson dit que tu protèges cette jolie petite fille. C'est vrai ?

— Pourquoi t'a-t-il apporté cet article ?

— Il a dit que ce serait bien pour ma guérison de savoir que tu as si bien réussi. Et tu sais, je crois que c'est vrai. Je me sens beaucoup mieux maintenant que j'ai une chance de tout recommencer.

Ne saisissant pas la logique de sa mère, Kristen plissa les yeux.

— Recommencer de quelle façon ?

— Avec la petite fille, évidemment.

La voix de Molly était calme et apparemment sensée, mais la lueur qui brillait dans ses yeux attestait de sa folie.

— Maintenant que tu t'occupes d'elle, tu vas pouvoir me l'amener.

Kristen la dévisagea avec horreur.

— Non.

— Je pourrais t'aider à prendre soin d'elle, t'ap-

Une fillette en danger

prendre à être une bonne mère. Tu te souviens comme je m'occupais bien de toi ? Tu étais mon bébé chéri. J'ai toujours aimé les bébés.

Le garde émit un grognement sourd. Levant les yeux vers lui, Kristen vit qu'il était aussi horrifié qu'elle.

Son estomac se révulsa, et elle se leva brusquement, lançant un regard suppliant au garde, qui comprit immédiatement.

— Premier couloir à droite en sortant. Troisième porte à gauche.

Elle courut vers les toilettes, qu'elle atteignit in extremis avant que la nausée ne la submerge.

Au bout de quelques minutes, on frappa à la porte, et la voix inquiète du Dr Sowell lui parvint.

— Mademoiselle Tandy, vous allez bien ?

Kristen, qui était restée prostrée sur le carrelage, se releva péniblement.

— Ça va, dit-elle d'une voix rauque.

Elle se dirigea en titubant vers le lavabo, se rinça la bouche et s'aspergea le visage d'eau fraîche.

Dans le miroir, elle ne reconnut pas la femme qui la regardait, pâle et hantée comme la survivante d'une catastrophe.

Lorsqu'elle sortit, le psychiatre l'attendait dans le couloir.

— Hastings m'a dit ce qui s'est passé. Je suis désolé. Je ne me doutais pas qu'elle réagirait ainsi.

Kristen haussa les épaules avec un détachement qu'elle était loin d'éprouver.

— Je savais que ce serait difficile de la revoir après tout ce temps. Mais je vais bien.

— Je peux appeler quelqu'un pour vous ?

Une fillette en danger

— Non, c'est inutile, merci. Je veux seulement m'en aller d'ici.

Le Dr Sowell la raccompagna à sa voiture et promit de l'appeler si Bryant Thompson se manifestait de nouveau.

— Au fait, dit-il en plongeant la main dans la poche de sa veste. Vous avez oublié ceci.

Il lui tendait l'article de journal que lui avait montré sa mère.

Assise au volant mais incapable de trouver la force de démarrer, Kristen prit de lentes et profondes inspirations pour se calmer.

Pour chasser le goût de bile qu'elle avait encore dans la bouche, elle se pencha vers la boîte à gants pour en sortir un sachet de pastilles de menthe.

Alors qu'elle tournait enfin la clé de contact, elle se rappela soudain un détail et récupéra l'article qu'elle avait fourré dans sa poche. Lorsque le médecin le lui avait donné, il lui avait semblé voir par transparence quelque chose d'écrit au dos.

Elle y découvrit un numéro de portable noté à l'encre noire.

Son numéro.

L'esprit traversé de mille questions, elle frotta ses yeux brûlants de larmes contenues.

Qui était cet homme qui se faisait appeler Bryant Thompson ?

Qu'attendait-il de sa mère ?

Et comment diable avait-il eu son numéro ?

Une fillette en danger

* *

Sam venait de mettre Maddy au lit lorsqu'on frappa à la porte de la maison d'invités.

Il finit de la border et déposa un baiser sur sa joue.

— Dors bien, mon poussin.

Déjà presque endormie, la fillette marmonna une vague réponse et roula sur le côté.

Il se dirigea vers la porte, qu'il entrouvrit avec prudence, pour découvrir Kristen, pâle et tendue, sur le seuil.

— Quelque chose ne va pas ? demanda-t-il. Pourquoi n'avez-vous pas utilisé votre clé ?

— J'avais oublié que j'avais une clé...

Elle alla droit vers le canapé et s'y laissa tomber comme si elle était à bout de forces.

— Qu'est-ce qui ne va pas ?

— Rien, assura-t-elle en évitant son regard.

— Je vois bien qu'il y a quelque chose.

— La journée a été longue, dit-elle en se levant. J'ai besoin de prendre une douche et de dormir. On en reparlera demain.

Sam la saisit par le haut des bras.

— Vous m'inquiétez.

— Ça n'a rien à voir avec Maddy. C'est personnel.

Il glissa un doigt sous son menton pour l'obliger à le regarder.

— Dites-moi ce qui s'est passé.

— Sam, je vous en prie ! N'insistez pas, d'accord ?

Il la lâcha avec réticence et recula d'un pas. Kristen le remercia d'une petite grimace qui pouvait passer pour un sourire et se dirigea vers la salle de bains, lui laissant le soin de tout fermer.

Avant de verrouiller portes et fenêtres, Sam s'attarda un instant à contempler le ciel piqueté d'étoiles. A force de vivre à Washington, il avait fini par oublier à quoi ressemblait vraiment le ciel la nuit, sans toutes les lumières de la ville pour polluer la vue.

Il retourna sur la pointe des pieds contrôler de nouveau la fenêtre de la chambre de Maddy et entendit la douche se mettre à couler dans la salle de bains voisine.

Tandis qu'il ressortait silencieusement de la chambre de sa fille, il laissa son esprit tenter de résoudre l'énigme que lui posait Kristen.

Qu'est-ce qui avait pu la bouleverser à ce point ? Sachant ce qu'elle avait vécu autrefois, il devinait qu'il fallait quelque chose de vraiment terrible pour l'abattre ainsi.

Est-ce que cela avait un rapport avec sa mère ? Elle seule pouvait provoquer un tel déferlement d'émotions chez Kristen.

Il soupira. Après tout, ça ne le regardait pas.

L'enquête était terminée. Morris avait été placé en détention préventive, et avec un peu de chance le juge refuserait la liberté sous caution. Maddy et lui retrouveraient leur vie d'avant, et Kristen poursuivrait sa route.

Ce serait mieux pour tout le monde.

Mais il savait qu'accepter de laisser partir Kristen lui briserait le cœur.

13

Une odeur de brûlé flottait dans la cuisine. Prostrée devant le fourneau, Mama regardait le lait bouillant déborder de la casserole.

Il était midi, et elle était toujours en chemise de nuit, sur laquelle elle avait enfilé un chandail sale et déchiré. Mécaniquement, elle se dirigea vers l'évier et tira quelques longueurs de papier absorbant du dévidoir fixé au mur. Puis, ouvrant le tiroir des ustensiles, elle en sortit un grand couteau de boucher et se mit à tourner le lait avec.

Debout dans l'embrasure de la porte, Kristen la regardait faire avec une crainte grandissante. Mama se comportait de plus en plus bizarrement depuis quelque temps, et ses colères devenaient de plus en plus violentes.

Tandis qu'elle hésitait à retourner dans sa chambre, Mama se tourna vers elle et écarquilla les yeux.

— Tiens, tu es déjà levée ? Le petit déjeuner est presque prêt. Prends ton bol.

Kristen n'osa pas la contredire et, les jambes flageolantes, s'approcha du placard à côté du fourneau.

Elle voulut poser le bol sur le plan de travail, mais les doigts de Mama se refermèrent durement autour de son poignet.

Une fillette en danger

— Tiens-le pendant que je verse.

La voix de Mama était étrangement calme, comme chaque fois qu'elle allait avoir une crise, et la main de Kristen se mit à trembler.

Mama prit la casserole et versa le lait à côté du bol, le regardant se répandre et couler jusqu'au sol où il forma une flaque poisseuse.

Eclaboussée par le liquide bouillant, Kristen eut un mouvement de recul instinctif et chercha à se libérer, mais Mama avait une force incroyable.

— Arrête de faire le bébé ! cria-t-elle d'une voix hystérique.

Puis elle se tourna et attrapa le couteau...

— Kristy ?

La petite voix la fit sursauter, et Kristen détacha les yeux du regard de démente qui la terrorisait.

Maddy Cooper se tenait sur le seuil de la cuisine, vêtue de son pyjama bleu Winnie l'ourson, et serrait dans ses bras un raton laveur en peluche.

Une peur panique envahit Kristen, pesant sur son cœur au point qu'elle ne le sentait plus battre.

Elle devait faire sortir Maddy de là. Elle devait la protéger de la folie de Mama...

Malheureusement, Mama avait déjà remarqué Maddy, et une lueur d'excitation faisait briller ses yeux bleus.

— Tu me l'as amenée, Kristy. Comme je te l'ai demandé.

Kristen se jeta devant Maddy, lui faisant un rempart de son corps.

— Non, Mama ! Je t'en supplie !

Une fillette en danger

* *

Kristen se réveilla brusquement, le cœur battant à tout rompre, l'esprit en déroute.

Un rai de lumière filtrait par la porte entrouverte, dessinant les contours d'une chambre qu'elle ne reconnut pas tout de suite.

Et elle avait les bras serrés autour de Maddy, qui gigotait pour se dégager.

Kristen relâcha son étreinte, et Maddy la regarda avec un air de protestation comique.

— Tu me serres trop fort !
— Je suis désolée, mon cœur.

Soulagée de voir que tout cela n'était qu'un cauchemar, elle passa gentiment la main dans les cheveux de l'enfant.

— Qu'est-ce que tu fais là ?

Maddy se blottit contre elle, sa douce odeur de bébé l'enveloppant comme une tendre et apaisante caresse.

— Je t'ai entendue pleurer. J'ai apporté Bandit pour te consoler.

Elle lui tendit le raton laveur en peluche, qui était son jouet préféré, ainsi que Kristen l'avait très vite appris.

Kristen embrassa le petit front chaud de l'enfant et s'efforça de chasser les images du passé. Elle pouvait encore sentir le tranchant de la lame du couteau sur sa main, mais tout cela était derrière elle, maintenant.

A présent, elle était en sécurité, tout comme Maddy.

Des pas résonnèrent dans le couloir, et la haute

silhouette de Sam s'encadra dans l'embrasure de la porte. Il n'était vêtu que d'un boxer-short noir et un T-shirt blanc, qu'il avait dû enfiler à la va-vite, à en juger par l'aspect chiffonné du tissu.

— Tout va bien ? demanda-t-il, l'air inquiet.

— Tout va bien, assura Kristen.

Il avança de quelques pas dans la chambre.

— Maddy, il est temps de retourner dans ton lit.

— Laissez-la rester un peu, protesta Kristen, aussi surprise elle-même par sa demande que Sam semblait l'être.

— Vous êtes sûre ?

— J'en suis sûre.

Maddy commençait à s'endormir, et elle pourrait la remettre au lit plus tard. Pour le moment, elle avait besoin de sentir contre elle le petit corps chaud de l'enfant pour effacer les relents abominables de son cauchemar.

— Je la recoucherai tout à l'heure, quand elle sera complètement endormie, dit-elle en voyant qu'il ne se décidait toujours pas à s'en aller.

Il hésita encore un moment puis finit par hocher la tête.

— Dors bien, Maddy.

— Bonne nuit, papa.

Kristen comprenait parfaitement les réticences de Sam. Jusqu'ici, elle ne lui avait guère donné de raisons de croire en son instinct maternel, et il s'inquiétait certainement des répercussions sur Maddy.

Elle avait bien conscience que la petite s'était attachée à elle. Or, l'enquête serait bientôt bouclée — il était même possible que tout soit déjà terminé. Très bientôt,

Une fillette en danger

elle passerait à une autre affaire et sortirait pour de bon de la vie de Sam et de Maddy.

Cette pensée lui fit monter les larmes aux yeux mais, sachant qu'il valait mieux une rupture franche et nette, elle lutta contre son émotion.

Si elle ne devait tirer qu'un seul enseignement de sa visite à sa mère, c'est qu'elle avait eu raison d'éviter la maternité pendant toutes ces années.

Compte tenu de la folie qu'elle portait dans ses gènes, avoir un enfant était un risque qu'elle ne pouvait courir.

— Kristy, tu connais des chansons ? demanda Maddy d'une petite voix ensommeillée.

Elle esquissa un sourire.

— Je ne chante pas très bien, mais tu peux commencer. Si je connais les paroles, je chanterai avec toi.

— D'accord.

Maddy se redressa, réfléchit un moment et commença à chanter *Dans la ferme de McDonald*.

Quand elles eurent fini d'énumérer tous les animaux, Kristen se rendit compte qu'elle riait autant que Maddy.

— Bon, et maintenant, on va chanter une berceuse, proposa-t-elle.

Tandis qu'elle attirait plus étroitement l'enfant contre elle, un air du passé lui revint, souvenir d'un temps où sa mère était encore normale, où la vie paraissait simple et heureuse.

D'une voix hésitante, elle entonna *Le chant de la rivière*, mélangeant les couplets et omettant des paroles.

Elle avait oublié cette chanson jusqu'à aujourd'hui, sans doute parce qu'elle avait fait tant d'efforts pour occulter son enfance qu'elle avait aussi effacé de sa mémoire les rares bons souvenirs.

Kristen venait de recoucher Maddy et quittait la pièce sur la pointe des pieds, tirant doucement la porte derrière elle, quand un chuchotement dans le couloir obscur la fit sursauter.

— Elle dort ?

Consciente qu'elle n'avait pas pris la peine d'enfiler un peignoir sur le débardeur à fines bretelles et le short en coton qu'elle portait pour dormir, elle pressa une main sur sa poitrine.

— Oui.

Comme elle passait devant lui pour regagner sa chambre, Sam la saisit par le bras.

Ce contact inattendu renforça le trouble de Kristen, qui sentit une vive chaleur se propager dans ses veines et partir à l'assaut de son visage.

— Tant mieux, dit-il, parce que je dois vous parler.

— A propos de quoi ?

— De ce que vous avez fait cet après-midi. Vous êtes allée voir votre mère, n'est-ce pas ?

Sidérée, elle fut soulagée que la pénombre empêche Sam de distinguer ses traits.

— Qu'est-ce qui vous fait penser ça ? demanda-t-elle d'un ton parfaitement posé.

— Carl Madison a appelé pour prendre de vos nouvelles quand vous étiez sous la douche. Il s'inquiétait de ne pouvoir vous joindre sur votre portable et voulait

Une fillette en danger

savoir comment s'étaient passées vos retrouvailles avec votre mère.

— Nous devons vraiment parler de ça maintenant ?

— Uniquement si vous le souhaitez.

Elle fut à la fois surprise et choquée de découvrir à quel point elle avait envie de se confier à lui.

Soudain, rien ne lui semblait plus nécessaire en ce monde que deux bras forts et rassurants autour d'elle.

— Je pensais ne pas le vouloir, admit-elle.

— Et maintenant ?

Pour toute réponse, elle se dirigea à tâtons vers le salon.

Heurtant du pied la table basse, elle jura entre ses dents et se pencha pour allumer l'une des lampes avant de se tourner en soupirant vers Sam.

— Il y a quelques jours, le médecin de ma mère a pris contact avec Carl pour me demander de passer à l'hôpital.

— Et Carl vous a appelée. C'était le jour où Norah est arrivée, n'est-ce pas ? Vous aviez l'air bouleversée.

Elle se laissa tomber sur le canapé et replia les jambes sous elle, les bras serrés autour de sa taille.

— J'ai dit à Carl que je ne voulais pas la voir.

— Je m'en souviens.

Kristen passa la langue sur ses lèvres, qui étaient tout à coup devenues sèches.

— Mais le médecin a rappelé aujourd'hui.

Sam s'assit à côté d'elle, en prenant toutefois soin de laisser une distance entre eux, remarqua-t-elle avec amertume. Apparemment, elle devait dégager des ondes négatives qui n'incitaient pas au contact.

— C'était la première fois que vous la revoyiez depuis le drame ?

Elle croisa son regard gentiment curieux et grimaça un sourire.

— Oui. Et sans doute la dernière.

— Pourquoi avez-vous accepté de lui parler après tout ce temps ?

Kristen se leva pour aller prendre la coupure de presse dans la poche de sa veste, abandonnée sur le dossier d'une chaise.

— A cause de ça.

Sam y jeta un coup d'œil et se rembrunit.

— Vous aviez dit que ça n'avait pas de rapport avec la tentative d'enlèvement.

— Et je ne le crois toujours pas. Quelqu'un a rendu visite à ma mère pour lui apporter cet article.

Le visage de Sam exprima l'incompréhension.

— Mais qui ferait ça ? Et pourquoi ?

— C'est ce que je vais essayer de découvrir. Mais c'est à moi de résoudre ce mystère, ajouta-t-elle en repliant l'article avant de le déposer sur la table basse.

Elle n'avait aucune envie que Sam s'implique davantage dans sa vie, alors qu'elle s'apprêtait à le quitter pour toujours.

Or, il semblait ne pas voir les choses ainsi.

— Vous m'avez aidé, et j'aimerais vous rendre la pareille.

Cette proposition la fit sourire.

— Et comment allez-vous faire, Sherlock ?

Il tendit la main pour repousser une mèche de cheveux

Une fillette en danger

derrière son oreille, et le sourire de Kristen s'évanouit, remplacé par un tremblement des lèvres qui n'avait rien à voir avec de la peur, mais tout avec le vide qui se creusait dans son ventre.

— Nous pourrions commencer par découvrir pourquoi ces retrouvailles vous ont tellement bouleversée, après tout ce temps, murmura-t-il.

Elle résista à son envie de se pencher davantage vers lui.

— Ce n'est pas vraiment un mystère.

— Il vous arrive de parler de ce qui s'est passé ?

Kristen secoua la tête.

— Pas si je peux l'éviter.

— Mais vous y pensez encore.

— Presque chaque jour. Ecoutez, Sam, ajouta-t-elle en soupirant, j'apprécie ce que vous essayez de faire. Mais il y a certaines choses que je ne peux pas…

Elle s'interrompit, les larmes aux yeux, incapable de trouver les mots.

Dans le regard de Sam, elle pouvait lire la bataille qui se livrait en lui.

Sam était ému. Il aurait voulu lui prendre la main, la réconforter, mais il avait le sentiment qu'elle repousserait toute manifestation de sympathie venant de lui. Que jamais elle ne le laisserait franchir le mur de protection derrière lequel elle vivait retranchée.

Un silence tendu s'installa.

Serrant plus étroitement les bras autour d'elle, les poings crispés, Kristen luttait pour ne pas pleurer, l'esprit assailli par un flot de mots qui ne demandaient qu'à sortir.

Lorsque enfin elle les libéra, ce fut pour dire quelque chose qu'elle aurait mieux fait de garder pour elle.

— Ma mère m'a demandé de lui amener Maddy.
— Quoi ?

Devant l'expression horrifiée de Sam, elle s'en voulut.

— Oubliez ce que je viens de dire. Je ne retournerai jamais la voir.

— Mais pourquoi voudrait-elle voir Maddy ? Comment connaît-elle ma fille ? Et qu'est-ce qui lui fait penser que vous feriez une chose pareille ?

Kristen se passa les mains sur le visage et soupira.

— Elle est folle, Sam. Elle a vu Maddy sur la photo qui illustrait l'article et a dû se mettre en tête que c'était sa fille ou je ne sais quoi. Elle parlait de recommencer à zéro, de prouver qu'elle était une bonne mère.

Sa phrase s'était finie dans un sanglot. Cette fois, Sam l'attira sans hésiter dans ses bras.

Cédant au réconfort de sa présence, elle enfouit le visage au creux de son cou et pleura quelques secondes sans retenue. Puis elle se redressa et essuya ses larmes du bout des doigts.

— Je ne sais pas ce que vous savez exactement de mon passé...

— Très peu de choses, admit-il.

— Elle a toujours été, je ne sais pas... instable, fantasque. On ne pouvait jamais vraiment compter sur elle. Quand mon père est parti, elle s'est mise à boire, ce qui n'a fait qu'aggraver son instabilité psychologique. Je devais avoir huit ans quand j'ai commencé à prendre en charge les repas, la lessive... Bref, j'étais devenue la mère de famille.

Une fillette en danger

— Il n'y avait personne pour prendre soin de vous ?

— Mes grands-parents maternels étaient morts, et je n'ai jamais connu les parents de mon père. Je ne savais même pas leur nom. Les services sociaux sont intervenus à plusieurs reprises, mais ma mère finissait toujours par me récupérer. J'ai fini par me persuader que personne ne pouvait m'aider, et que j'étais encore mieux avec elle qu'avec des étrangers…

Elle renifla et prit sur la table basse la boîte de mouchoirs en papier qui s'y trouvait.

— Je devais sans doute aussi espérer qu'elle finirait un jour par changer, reprit-elle. Je ne voulais pas qu'on la juge mal et je faisais tout pour que ni les voisins ni l'école ne se rendent compte de rien.

Elle secoua la tête en grimaçant.

— J'aurais mieux fait de parler. Ça m'aurait évité des années de souffrance inutile.

— Vous n'étiez qu'une enfant ! Vous ne pouviez pas saisir toute l'étendue de la situation. Et puis c'est difficile de dénoncer ses propres parents…

— J'avais quand même fini par comprendre qu'elle était folle, et elle me faisait de plus en plus peur.

— Mais vous ne pouviez pas deviner qu'elle irait jusqu'à vouloir vous tuer.

— J'aurais dû le savoir, dit-elle avec un air buté.

Ne supportant tout à coup plus le réconfort qu'elle avait pourtant cherché, elle se leva.

Elle avait passé trop d'années à ressasser ce drame pour se laisser convaincre par les explications de Sam.

— Il est tard, Sam. Nous en reparlerons une autre fois.

Une fillette en danger

Il semblait décidé à argumenter, mais elle ne lui en laissa pas le temps et se hâta vers sa chambre.

Elle s'enferma dans la pièce plongée dans l'obscurité et appuya son front au battant en tendant l'oreille pour écouter le pas de Sam dans le couloir.

L'espace d'un instant, l'envie de passer la nuit avec lui fut si forte qu'elle saisit la poignée, la faisant légèrement grincer.

Dehors, les pas s'arrêtèrent, et elle se demanda si Sam avait entendu quelque chose.

Elle perçut un frottement, comme s'il avait posé la main sur la porte, et ferma les yeux en retenant encore son souffle, de crainte qu'il ne l'entende respirer.

Etait-il plaqué contre le battant de la même façon ? Frissonnait-il comme elle en évoquant l'image de leurs corps enlacés ?

Après quelques instants, les bruits de pas reprirent. Peu après, une porte s'ouvrit et se referma.

Hésitant entre soulagement et déception, elle relâcha son souffle. Faire l'amour avec Sam Cooper aurait pu la distraire de ses problèmes pendant quelques heures, mais rien — ni personne — ne pourrait faire disparaître son passé.

Pour elle, comme pour Sam et sa fille, il fallait souhaiter que cette enquête se termine le plus rapidement possible.

14

Kristen était habillée et déjà au téléphone lorsque Sam entra dans la salle à manger vers 6 heures le lendemain matin.

D'un geste, elle lui désigna la cafetière sur le comptoir séparant la pièce de la cuisine et poursuivit sa conversation.

— Non, je suis d'accord. Les indices sont solides...

Sam se versa une tasse de café et prit appui contre le comptoir, savourant cette trop rare occasion de l'observer sans qu'elle s'en rende compte.

Dans son strict ensemble pantalon en lainage noir, égayé d'un chemisier blanc, Kristen offrait l'image parfaite de la femme responsable, sûre d'elle et maîtresse de sa vie qu'elle voulait être. Personne n'aurait pu deviner les failles qu'elle dissimulait.

— Je serai au bureau à 7 h 30, dit-elle.

Après avoir mis fin à la communication, elle glissa son téléphone dans la poche de sa veste.

— C'était Foley ?

Elle hocha la tête.

— Morris va être remis aux autorités de Birmingham. Un inspecteur viendra vers 8 heures pour le transfert.

Une fillette en danger

— Donc, ça veut dire que Maddy pourra retourner à l'école lundi matin ?

— Je suppose que oui.

L'hésitation de Kristen le fit douter.

— Vous n'êtes pas certaine de la culpabilité de Morris ?

— Si. Il a reconnu avoir pris les photos et les avoir déposées à votre bureau.

— Et son prétendu complice ?

— Nous n'avons aucune preuve que cet homme existe, répondit-elle avec fermeté. Morris vous en veut, et ce qu'il a avoué suffit à le faire condamner.

Elle avait raison. Au fond de lui, Sam le savait. Il était simplement inquiet pour la sécurité de Maddy.

Quoi qu'il en soit, il allait bien falloir qu'ils reprennent une vie normale, et le retour à l'école de Maddy était une première étape. Elle serait heureuse de revoir ses amis, dont elle parlait chaque jour.

Il ouvrit le placard au-dessus de l'évier et grimaça devant le choix de céréales. Sa mère avait acheté beaucoup trop de produits sucrés. Sans doute tous les grands-parents étaient-ils comme ça… Dans le fond, il trouva un paquet de pétales de maïs au naturel. Il en versa dans un bol et lança un regard interrogateur à Kristen. Comme elle répondait par un hochement de tête, il lui en prépara également un bol puis sortit le lait du réfrigérateur.

— Eh bien, qu'allez-vous faire, maintenant que votre mission de garde du corps se termine ? demanda-t-il en s'efforçant de paraître détaché.

Il perçut une légère hésitation avant qu'elle ne lui réponde.

Une fillette en danger

— Foley va continuer à suivre l'affaire. Il veut établir un lien entre Morris et l'agression de Cissy. Nous en saurons peut-être plus quand elle sera réveillée.

— Et vous ?

Kristen détourna le regard et se passa nerveusement la langue sur les lèvres.

— Je vais demander à Carl de m'assigner une autre enquête.

Sam eut l'impression qu'un immense poids s'abattait sur lui.

Il avait beau savoir que Kristen ne perdrait pas une minute pour retourner vivre chez elle, jamais il n'aurait imaginé qu'elle abandonnerait l'enquête avant sa conclusion.

— Pourquoi ?

— Il est temps de passer à autre chose.

Il saisit parfaitement le message.

— Vous voulez dire temps de nous oublier, Maddy et moi ?

Elle parut surprise par son intonation vindicative.

— Ne pensez-vous pas que c'est mieux ainsi ?

— C'est à cause du baiser ?

— Décidément, vous faites une fixation sur ce baiser ! Ce n'était rien. Une réaction hormonale due au stress.

— Et le reste ?

Elle repoussa son bol de céréales intact avec un soupir de frustration.

— Quel reste ? Que croyez-vous qu'il se soit passé entre nous ? Nous nous connaissons à peine !

— Parfois, cela suffit, dit Sam calmement tout en étant conscient que c'était complètement insensé.

Une fillette en danger

Pourquoi s'obstinait-il à vouloir discuter avec elle ? N'avait-il pas déjà prouvé que son jugement sur les femmes était faussé ? A une époque, il avait été absolument convaincu que Norah et lui étaient faits l'un pour l'autre, et on avait vu le résultat !

— Les gens comme moi ne croient pas aux contes de fées, répondit-elle tout aussi calmement.

Ce n'était pas la réponse qu'il attendait.

Il pensait qu'elle allait insister sur le fait qu'on ne tombait pas amoureux en trois jours ou que les situations de stress intense faussaient les émotions. C'étaient de bons arguments, des arguments raisonnables.

Au lieu de cela, elle était allée droit au cœur du problème. Elle pensait que leur histoire n'avait aucune chance à cause de son passé.

On en revenait toujours là.

Seulement, il ne pouvait accepter cet argument-là.

Il ne pouvait admettre qu'elle se condamne à la solitude à cause des fautes de sa mère. Ce n'était ni juste ni normal.

— Je sais que vous avez eu une enfance épouvantable, mais il n'est écrit nulle part que vous n'avez pas droit au bonheur. Il suffit de faire preuve d'un peu de courage et de prendre à bras-le-corps ce que la vie vous offre.

Kristen le dévisagea avec stupeur.

— Parce que vous pensez que j'ai peur d'être heureuse ?

— Oh, que oui !

— Vous vous trompez ! Je n'ai pas envie de finir ma vie toute seule. Et j'adore les enfants. Quand j'étais petite, j'avais hâte de grandir et d'être un jour une maman.

— Alors faites-le !

Une fillette en danger

— C'est impossible ! Je suis une bombe à retardement. Je porte la folie en moi.

— Ça, vous ne pouvez pas le savoir.

— Et vous, vous ne pouvez pas être sûr que je me trompe !

Sam aurait voulu protester, mais elle avait raison. Il ignorait tout de la situation de sa mère, de ce qui avait provoqué sa folie, et si c'était héréditaire.

— Vous avez déjà demandé à quelqu'un ce qui a fait que votre mère a perdu la raison ? A son psychiatre, peut-être ?

— Non.

— Eh bien, vous devriez.

Kristen affichait une expression butée.

— Je dois partir, marmonna-t-elle. Avant que Maddy se réveille.

Luttant contre l'envie de la toucher, de faire quelque chose pour la retenir, Sam déglutit avec peine. Elle n'avait pas le droit de s'en aller comme ça.

— Maddy sera malheureuse, si vous partez sans lui dire au revoir.

Elle grimaça.

— Ça ne fait que trois jours, Sam. Elle m'oubliera plus vite que vous ne le croyez.

Il n'en était pas si sûr.

Maddy avait apparemment atteint l'âge où il devenait important d'avoir une maman. Et, avec le départ de Norah, elle avait reporté son affection sur Kristen pour combler le vide, comme elle aurait choisi un chiot à l'animalerie.

Ce parallèle lui donna une idée. Il allait traiter la déception de Maddy comme il l'avait fait après avoir

Une fillette en danger

refusé de lui acheter un chien : en utilisant des tactiques de diversion.

— Je crois que vous avez raison, dit-il enfin, en ignorant la douleur dans sa poitrine. Pas de grands adieux. Je vais demander à mes parents de l'occuper aujourd'hui et demain, pendant que je finirai de ranger la maison pour notre retour. Et lundi, elle reprendra l'école, qu'elle adore. Tout va bien se passer.

Kristen acquiesça, mais il décela de l'inquiétude dans son regard. Il n'en avait pas vu autant dans celui de Norah quand elle était partie.

— C'est mieux comme ça, déclara-t-elle.

Elle prit sur le comptoir le bol de céréales à présent complètement détrempées et se tourna vers la poubelle.

Sam la retint par le bras, et elle leva les yeux vers lui avec hésitation.

Ce serait si facile de l'embrasser ! pensa-t-il. Rien qu'un baiser doux et tendre pour se dire adieu…

Il s'obligea néanmoins à la relâcher et lui prit le bol des mains.

— Laissez-moi m'en occuper. Vous devriez partir, maintenant.

L'émotion, qu'il était parvenu à étouffer sur le moment, revint en force lorsqu'il la vit se diriger sans un mot vers l'entrée. Pourtant, malgré son envie de lui crier de rester, il n'en fit rien et resta figé devant l'évier, dans la pièce soudain silencieuse et désespérément vide.

*
* *

Une fillette en danger

— Quand on sera à la maison, je pourrai voir Kristy ? demanda Maddy tandis que Sam détachait la ceinture de son siège enfant.

Il soupira, souleva sa fille hors de la jeep et la posa par terre.

— Kristy a beaucoup de travail. Tu te souviens que je te l'ai expliqué hier soir ?

Le visage de Maddy exprima toute sa contrariété.

— Je veux voir Kristy !

Et lui qui espérait pouvoir la distraire facilement ! Depuis deux jours, elle n'avait pas cessé de réclamer Kristen.

Voyant qu'elle commençait à bouder, il lui prit la main et la guida vers l'entrée de l'école maternelle.

Dans la cour, Jennifer Franks accueillait les élèves. Quand elle aperçut Sam et Maddy, son expression souriante laissa place à une mine catastrophée.

— J'ai été bouleversée d'apprendre l'arrestation de Darryl Morris, dit-elle. Je regrette tellement de l'avoir engagé ! Nous n'avions pas la moindre idée...

— Personne ne pouvait le savoir, affirma Sam. Il n'avait pas d'antécédents criminels. Vous n'êtes pas responsable.

— Quoi qu'il en soit, nous prenons cela très au sérieux. Nous avons engagé des vigiles pour surveiller les parages, afin que les parents se sentent rassurés et n'hésitent pas à nous confier leurs enfants.

Elle désigna un jeune homme en uniforme bleu qui se tenait non loin de là.

— Il y en a un près de l'entrée, et un autre devant le terrain de jeu, expliqua-t-elle.

Sans doute la mauvaise publicité engendrée par

Une fillette en danger

l'arrestation de Morris avait-elle forcé la main de la directrice, mais Sam devait reconnaître qu'il se sentait ainsi un peu plus rassuré.

Remarquant l'une de ses amies, Maddy lâcha la main de Sam et s'élança vers elle avec un cri de joie.

Il la regarda partir avec un sourire, bien que taraudé par une légère anxiété. Au cours des derniers jours, il avait pris l'habitude de l'avoir avec lui, et ce n'était pas facile de renoncer à ce contrôle. Il ne pouvait cependant pas la garder sous une cloche de verre.

— Ça va aller, assura Jennifer Franks.

— Elle m'a demandé de mettre sa peluche préférée dans son sac. Je sais que les jouets personnels ne sont pas acceptés à l'école, mais elle a vécu des jours difficiles…

La directrice eut un sourire compréhensif.

— Pour une fois, nous pouvons faire une exception.

Sam la remercia et attendit que Maddy soit entrée dans sa classe pour regagner sa voiture.

Une fois au bureau, il résista à la tentation de se renseigner sur l'affaire Darryl Morris, sachant que son avocat serait trop content de pouvoir invoquer un vice de procédure pour le faire libérer. Il se plongea donc dans des dossiers qu'il avait dû mettre en attente pour s'occuper de Maddy.

Lorsque son portable sonna vers 11 heures, il accueillit cette interruption avec gratitude, car il commençait à avoir mal à la tête et la vue qui se brouillait.

— Cooper.
— Sam, c'est J.D. Cissy est réveillée !

Une fillette en danger

※
※ ※

— Attends encore quelques jours, insista Foley en suivant Kristen jusqu'au fax.

Elle se retourna si brusquement qu'il faillit lui tomber dans les bras. Il se rattrapa de justesse à un classeur métallique.

— Arrête de me suivre comme un petit chien !

— Et toi, arrête de sortir les griffes comme un chat sauvage.

— Oh ! c'est malin !

Le document qu'elle attendait n'étant pas encore arrivé, elle retourna à son bureau.

— Ça ne te ressemble pas de laisser tomber une affaire en cours.

Il s'assit sur le coin du bureau, lui bloquant le passage.

D'un mouvement agacé de la main, elle lui fit signe de s'en aller.

— Va poser tes fesses sur *ton* bureau. Et qu'est-ce que tu en sais, de ce qui me ressemble ou pas ? C'était ma première enquête en tant qu'inspecteur.

Foley haussa les épaules.

— Tu sais bien ce que je veux dire. J'ai vu de quelle façon tu t'es impliquée. Tu dois avoir envie de savoir comment ça va se terminer. Alors pourquoi demander une nouvelle assignation ? A moins que Cooper et toi...

Elle lui lança un regard noir.

— Occupe-toi de tes oignons, Foley !

Alors qu'il ouvrait la bouche pour répondre, son télé-

Une fillette en danger

phone sonna. Se laissant glisser du bureau de Kristen, il alla jusqu'au sien pour répondre.

Kristen redressa son sous-main en se disant que son coéquipier la connaissait beaucoup trop bien.

Et que, contrairement à Carl qui avait eu la gentillesse de garder ses commentaires pour lui, il allait sûrement la tanner pendant des semaines avec ses tentatives de psychanalyse de comptoir.

— On arrive, dit-il.

Il raccrocha et prit un dossier posé sur son bureau.

— Prends ta veste, Tandy. Tu vas finalement pouvoir boucler cette enquête.

— Que se passe-t-il ?

— Cissy Cooper est sortie du coma.

— Tout semble aller bien, dit J.D., qui attendait dans le couloir avec Sam que l'infirmière ait terminé les soins. Pas d'atteinte neurologique ou rien de ce genre. Elle se souvient parfaitement de son agression. Quand je lui ai appris que la police avait arrêté un suspect, elle a dit qu'elle pensait pouvoir l'identifier si on lui montrait sa photo.

Heureux de le voir aussi soulagé, Sam donna une tape amicale sur l'épaule de son frère.

— C'est une bonne nouvelle, hein ? Tu as appelé la police ?

— Il l'a fait, annonça Foley, qui venait d'arriver derrière eux.

Kristen l'accompagnait. Sam essaya de croiser son regard, mais elle garda la tête tournée vers J.D., l'expression indéchiffrable.

Une fillette en danger

Alors, comme ça, elle voulait jouer à ce jeu-là...

L'infirmière sortit à ce moment-là de la chambre et adressa un grand sourire à J.D.

— On ne croirait jamais qu'elle sort tout juste du coma ! Elle est vraiment en excellente forme.

Rayonnant de joie, J.D. entra dans la pièce.

Foley et Kristen le suivirent. Sam ferma la marche en essayant de ne pas regarder avec trop d'insistance le mouvement des hanches de Kristen. Deux jours loin d'elle, et il était comme un drogué en manque.

Cissy était en effet parfaitement réveillée et semblait en pleine possession de ses moyens, comme il eut le plaisir de le constater.

— Comment va Maddy ? demanda-t-elle. Papa dit qu'elle n'a pas été blessée, mais est-ce qu'elle n'a pas été trop choquée ?

— Ne t'inquiète pas, elle va très bien, assura-t-il en lui pressant la main.

— Votre père nous a dit que vous vous rappelez votre agression, déclara Kristen en s'approchant du lit.

— Cissy, voici l'inspecteur Kristen Tandy, de la police de Gossamer Ridge, expliqua Sam.

Il vit au léger sursaut de sa nièce qu'elle reconnaissait le nom, mais elle ne fit pas de commentaire et tendit la main à Kristen.

— Ravie de vous rencontrer.

— Moi aussi, répondit Kristen avec un grand sourire. L'inspecteur Foley et moi enquêtons sur ce qui vous est arrivé. Nous avons arrêté un suspect, il y a quelques jours. Voulez-vous regarder sa photo ?

Pendant que Cissy examinait le portrait de Morris, Sam s'aperçut qu'il retenait son souffle.

Une fillette en danger

— Je suis désolée, dit-elle après quelques secondes de réflexion. Ce n'est pas lui.

Sam sentit sa poitrine se contracter douloureusement. Kristen tourna vers lui un regard alarmé.

— Où est Maddy ?
— A l'école.
— Je conduis, dit-elle en se ruant vers la porte.

Maddy adorait jouer dehors. Elle aimait bien faire du coloriage, chanter, et plein d'autres choses qu'on faisait avec Mlle Kathy dans la classe. Mais dehors, c'était beaucoup plus amusant.

Parfois, les maîtresses faisaient des jeux avec eux. Pour lancer le ballon, Mlle Kathy était la meilleure et elle riait tout le temps. Maddy aimait bien son rire. Quelquefois, elle essayait de rire comme elle, mais ça faisait un bruit bizarre. Quand elle riait comme ça, papa lui disait d'arrêter de faire le clown.

Penser à papa lui rappela ce matin, quand il avait dit que Kristy avait beaucoup de travail. Kristy était policier, et papa disait que son travail était très très important. Mais Maddy ne savait pas pourquoi c'était important. Elle ne savait d'ailleurs même pas ce que faisait exactement un policier.

Elle savait seulement qu'elle aimait bien Kristy. D'abord, Kristy ne lui parlait jamais comme à un bébé. Et puis elle aimait sa voix. Et son sourire. Même si elle ne souriait pas beaucoup.

Maddy se demanda pourquoi elle ne souriait pas beaucoup. Peut-être qu'elle avait besoin d'une petite fille à aimer, pensa-t-elle. Une fillette comme elle.

Une fillette en danger

Au bout du terrain de jeu, une fillette hurla tout à coup, et Maddy tourna la tête, surprise. Elle vit Maddie Price qui sautait sur place en continuant de crier et des garçons de sa classe qui s'étaient penchés pour regarder dans l'herbe.

Maddy aperçut Mlle Kathy et Mlle Debbie, qui couraient pour aller voir ce qui se passait. Elle décida d'y aller aussi, mais une grande main s'avança et l'arrêta.

Elle leva les yeux et découvrit un monsieur très grand dans un uniforme bleu. Elle eut un peu peur, et son cœur se mit à battre plus vite.

— Il y a un serpent, dit-il.

Maddy se dit qu'elle connaissait sa voix. Elle connaissait aussi son visage, mais elle ne savait plus où elle l'avait vu. Il avait une grosse moustache et des lunettes de soleil argentées. Elle pouvait se voir dans ses lunettes, comprit-elle, et elle trouva ça très amusant.

— Viens avec moi, Maddy. Je t'emmène voir ton papa.

Est-ce que c'était un ami de papa ? Il avait un uniforme comme oncle Aaron. Est-ce que c'était un policier aussi ?

— J'ai pas peur des serpents, assura-t-elle, toute fière.

C'était vrai. Tante Hannah lui avait montré comment prendre les petits serpents verts qui jouaient dans le jardin de mamie. Elle aimait bien sentir leurs écailles et les regarder se tortiller dans ses mains.

— Celui-là, c'est un serpent dangereux, répondit le monsieur en lui prenant la main.

Elle vit qu'il avait son sac dans l'autre main. La queue

Une fillette en danger

de Bandit, son raton laveur en peluche, dépassait de la pochette fermée par un Zip.

Le monsieur vit qu'elle le regardait et ouvrit la pochette pour lui donner Bandit.

Elle dit merci — Papa disait qu'il fallait toujours dire « s'il vous plaît » et « merci » — et serra Bandit très fort contre elle. Au début, elle avait trouvé le monsieur gentil, mais elle n'aimait pas sentir sa grosse main autour de la sienne.

— Où est mon papa ? demanda-t-elle.

— Il t'attend dans ma camionnette.

Le monsieur l'emmena vers la sortie qui se trouvait derrière l'école. De là, elle ne voyait plus les autres enfants. Il ouvrit la grille et la fit passer devant lui. Puis il referma et lui reprit la main.

Maddy regarda la camionnette garée tout près. Elle était verte et avait l'air vieille. Il y avait deux vitres à l'avant, mais pas du tout derrière, et elle ne vit pas son papa.

— Il est où, papa ? demanda-t-elle de nouveau en commençant à avoir peur.

Le monsieur ouvrit la portière de la camionnette, la souleva et la déposa à l'intérieur. Il n'avait même pas un siège spécial pour elle comme dans la voiture de papa.

C'était vraiment très effrayant, et elle sentit des larmes brûlantes couler sur ses joues.

— Où est mon papa ? cria-t-elle.

Mais le monsieur avait déjà fermé la porte.

Elle le vit mettre quelque chose dans son sac et le jeter dans les buissons sur le côté de l'école.

Elle essaya d'ouvrir la portière pour se sauver — papa

Une fillette en danger

disait que, quand on avait peur, il fallait courir très vite et trouver une grande personne qui pourrait nous aider —, mais ce n'était pas la même poignée que dans la voiture de papa, et elle ne savait pas comment on faisait pour ouvrir.

Le monsieur en uniforme déverrouilla l'autre portière et s'assit au volant. Il lui parla d'une voix pas très gentille.

— Arrête de pleurer Maddy ! Il faut être sage, d'accord ?

Il prit une casquette sur le tableau de bord et la mit.

Maddy écarquilla les yeux.

Maintenant, elle savait pourquoi elle avait l'impression de le connaître.

C'était le méchant monsieur !

Celui qui avait fait du mal à Cissy.

15

Sam avait les doigts crispés sur son portable, tandis que Kristen, sirène hurlante, essayait de se frayer un chemin dans les embouteillages, fréquents à cette heure-là sur l'I-59.

On l'avait mis en attente le temps que la directrice de l'école prenne la ligne, et la musique sirupeuse qui tournait en boucle le rendait fou.

Il avait téléphoné à Jennifer Franks dès leur départ de l'hôpital, mais la directrice n'était pas dans son bureau, et il avait dû laisser un message.

Il avait passé les vingt minutes suivantes à croire que Mme Franks allait le contacter d'un instant à l'autre. Finalement, c'était lui qui avait rappelé. Mais, cette fois, il avait dit à la secrétaire qu'il resterait en ligne jusqu'à ce qu'il lui ait parlé.

— Toujours rien ? demanda Kristen, aussi contrariée que lui. Ça fait une éternité que vous attendez.

Au même moment, il y eut un déclic à l'autre bout de la ligne, et la voix essoufflée de Jennifer Franks lui parvint.

— Je suis vraiment navrée, monsieur Cooper. Nous avons eu un petit incident, et j'essayais de régler le problème.

Sam sentit son estomac se nouer.

Une fillette en danger

— Quel genre d'incident ?
— Une fillette a trouvé un serpent près du terrain de jeu. Nous ne savons toujours pas s'il est venimeux, et plusieurs enfants sont choqués. Nous avons dû appeler les parents.

Sam essaya de tempérer son impatience.

— J'ai laissé un message à votre secrétaire, il y a vingt minutes. Je voulais avoir des nouvelles de Maddy. Vous avez eu le message ?
— Non, je regrette. Ma secrétaire vient seulement de me le transmettre. La classe de Maddy était dehors quand le serpent a été découvert, mais elle n'était pas parmi le groupe d'enfants concernés.
— Où est-elle, maintenant ?
— De retour dans sa classe, je suppose.
— Vous supposez ?

A côté de lui, Kristen jura entre ses dents.

— Je vais vérifier. Veuillez patienter un moment.
— Je suis de nouveau en attente, marmonna Sam.
— C'est pas vrai !

Kristen donna un coup de volant et déboîta brusquement pour doubler une voiture qui venait de freiner sans raison.

— En quoi est-ce si compliqué de trouver un enfant de quatre ans ? maugréa-t-elle.
— Monsieur Cooper ?

La frayeur dans la voix de Jennifer Franks glaça le sang de Sam.

— Dites-moi qu'elle est saine et sauve !
— Je suis désolée. Nous ne savons pas comment ça a pu se produire...
— Mais que s'est-il passé, bon sang ?

Une fillette en danger

Son exclamation lui attira un regard catastrophé de Kristen.

— Elle n'est pas rentrée avec sa classe. Nous ne savons pas où elle est.

— Dites à vos agents de sécurité de commencer les recherches.

— J'ai envoyé ma secrétaire les prévenir. Je crois qu'il est trop tôt pour paniquer. Elle s'est probablement cachée parce qu'elle a eu peur du serpent.

Sam aurait aimé pouvoir le croire, mais il savait que Maddy ne craignait pas les serpents. Elle était même un peu trop confiante, au point qu'il avait dû lui faire promettre de ne jamais en toucher aucun hors de la présence d'un adulte.

— Rappelez-moi si vous avez du nouveau. J'arrive.

— Je dois prévenir la police ?

— Je m'en occupe.

Il raccrocha et composa le numéro de son beau-frère.

— Shérif adjoint Patterson, répondit le mari de Hannah.

— Riley, c'est Sam. Maddy a disparu de son école il y a environ trente minutes. J'aimerais que tu ailles là-bas et que tu supervises les recherches, si tu peux.

— Bien sûr. Donne-moi quelques éléments.

Sam résuma la situation et conclut :

— Je crois que le type qui a essayé de l'enlever a réussi, cette fois.

— Mais je croyais qu'il avait été arrêté !

— Darryl Morris a été arrêté, mais Cissy a dit que ce n'était pas son agresseur.

Une fillette en danger

Riley laissa échapper un juron.

— A-t-elle donné son signalement ?

— Je suis parti dès que j'ai su que Morris n'était pas le coupable, mais l'inspecteur Foley doit encore être avec elle. Pour le moment, je veux retrouver Maddy.

— Je peux être à l'école dans cinq minutes. Je te rappelle.

Sam referma d'un geste rageur le clapet de son téléphone.

— On est en plein cauchemar !

— C'est ma faute, murmura Kristen. Je savais au fond de moi que Morris était une solution trop facile, mais je voulais croire que c'était terminé.

— Nous sommes tous dans le même cas. Ne vous faites pas de reproches. Nous avions des preuves ; nous ignorions seulement qu'il manquait des pièces au puzzle.

— Sauf que Morris n'a pas cessé de répéter qu'il y avait quelqu'un d'autre. J'aurais dû creuser davantage cette piste.

— Vous le ferez, maintenant.

Elle relâcha un souffle tremblant, et Sam s'aperçut qu'elle était au bord des larmes.

— Je suis désolée, Sam. Je n'aurais jamais dû accepter d'assurer la protection de Maddy. Je savais que c'était une mauvaise idée.

— Cessez de vous blâmer. Nous pensions tous qu'elle était hors de danger.

Il lui toucha l'épaule.

— J'ai besoin de vous, de votre capacité de concentration. Dites-moi que vous allez m'aider.

Elle lui jeta un bref coup d'œil.

Une fillette en danger

— Vous pouvez compter sur moi.

Ils venaient de sortir de l'autoroute et n'étaient plus qu'à une dizaine de minutes de l'école.

Sam s'efforçait de ne pas se laisser entraîner dans des scénarios catastrophe. Même si Maddy n'avait pas été effrayée par le serpent, elle avait développé une tendance à l'autoprotection ces derniers jours, se cachant d'abord du ravisseur, puis de sa mère.

— Elle s'est peut-être encore cachée, suggéra Kristen dont l'esprit semblait fonctionner en tandem avec le sien. L'agitation qui a suivi la découverte du serpent a pu l'angoisser.

— Peut-être.

Il avait peur d'espérer. Son instinct lui soufflait que ce ne serait pas aussi simple. Pas cette fois.

Kristen coupa la sirène cinq cents mètres avant l'école, en expliquant qu'elle ne voulait pas effrayer davantage les enfants.

Sam l'observa à la dérobée et se demanda comment elle pouvait penser qu'elle n'était pas faite pour être mère. Même inquiète pour Maddy, elle avait assez de présence d'esprit pour penser aux autres enfants. Contrairement à lui.

Facile à repérer grâce à son Stetson gris perle, souvenir de son Wyoming natal, Riley Patterson les attendait devant la grille.

A en juger par son expression, les nouvelles n'étaient pas bonnes.

— Nous avons trouvé son sac dans les buissons, près

Une fillette en danger

de l'entrée latérale, annonça-t-il. Et l'un des agents de sécurité manque à l'appel.

— Comment ça ? Tu veux dire qu'on se serait débarrassé de lui pour mieux approcher Maddy ?

— Nous n'en sommes pas sûrs. Il n'y a pas de signes de lutte, pas de traces de sang...

— Où est le sac de Maddy ? demanda Kristen tout en enfilant des gants en latex.

Riley leur fit signe de le suivre.

— J'ai préféré vous attendre pour vérifier. Vous saurez ce qu'il manque.

Il les conduisit le long du bâtiment, où un ruban jaune et noir de scène de crime avait été tendu et frémissait sous la brise tiède de la mi-journée.

Des gens du voisinage s'étaient rassemblés à proximité et les regardèrent s'approcher du sac qui gisait près des buissons.

Sam sentit ses yeux picoter en voyant le nom de Maddy sur l'étiquette du sac.

La main tiède de Kristen glissa dans la sienne. Il tourna les yeux vers elle et rencontra un regard calme et déterminé.

— Concentrez-vous sur les objets, lui conseilla-t-elle. Vous avez préparé le sac ce matin, je suppose. Dites-moi s'il manque quelque chose.

Réconforté par sa présence, il lui pressa la main et l'imita quand elle s'accroupit pour ouvrir le sac.

— Bandit n'est plus là, dit-il, remarquant en premier l'absence du raton laveur en peluche. Elle y est très attachée.

Son petit porte-monnaie doré, lui, était bien là. Maddy

Une fillette en danger

n'avait bien sûr pas d'argent dedans, mais elle l'aimait avant tout pour sa couleur.

Kristen l'ouvrit et y découvrit un papier plié en quatre.

Quelque chose y était écrit au feutre noir, en majuscules comme au dos de la photographie que Sam avait reçue à son bureau.

« Ta vie pour la sienne. »

Riley jura entre ses dents.

— A quoi joue-t-il ? demanda Kristen en glissant le papier dans un sachet en plastique que lui tendait Riley.

— Je ne pense pas que ce soit un jeu, répondit pensivement Sam.

Sa peur initiale commençait à s'apaiser. Au moins, il pouvait être certain que sa fille était en vie, puisque l'homme proposait un marché d'échange.

Le fait que la peluche soit manquante était également porteur d'espoir. Seule une personne qui se souciait de l'état émotionnel de Maddy aurait pris la peine de s'encombrer d'un jouet.

Celui qui l'avait enlevée n'avait pas l'intention de la tuer. Il la voulait vivante. Comme un atout dans sa transaction, pas comme une victime.

Ce n'était pas la meilleure des nouvelles, mais c'était tout de même mieux que de trouver le corps sans vie de sa fille dans les buissons.

Riley posa la main sur son épaule.

— J'appelle des renforts. Et je vais voir si Aaron peut aussi se libérer.

— Merci. Demande à Hannah d'avertir le reste de la famille.

Une fillette en danger

Tandis que Riley s'en allait passer un appel radio, Sam se tourna vers Kristen.

— Il n'y avait rien d'autre dans le sac ?

— Non.

— Donc, il va trouver un moyen d'entrer en contact.

Kristen ôta ses gants et se campa devant lui, les mains sur les hanches.

— Vous n'allez pas négocier avec lui.

— Vous ne pouvez pas m'en empêcher.

Elle se rapprocha, son regard rivé au sien.

— Si vous acceptez le marché, vous entrez dans son jeu.

— Je n'ai pas le choix.

Il posa les mains sur les épaules de Kristen, effleurant du bout des doigts le col de son chemisier.

— Je ferais n'importe quoi pour ma fille, y compris donner ma vie pour elle.

— Je le sais. Mais il ne faut pas agir de façon stupide dans cette affaire.

Sam sentit sa maîtrise de soi lui échapper.

— Que voulez-vous que je fasse ? s'exclama-t-il. Cet homme détient ma fille. Il a toutes les cartes en main. Nous ne savons même pas à quoi il ressemble. Nous n'avons aucun élément pour le coincer !

— Vous oubliez que Cissy l'a vu. En ce moment, elle doit être en train d'établir son portrait robot avec Foley. Et nous savons maintenant que Morris disait la vérité à propos de son complice. Nous allons le cuisiner pour obtenir plus d'informations.

Un élément qui chiffonnait Sam depuis leur arrivée à l'école prit soudain sens.

Une fillette en danger

— L'agent de sécurité manquant ! dit-il.

Kristen plissa le front et saisit le cours de sa pensée.

— C'est lui qui a enlevé Maddy.

L'esprit fonctionnant à toute allure, Sam hocha la tête.

— Je lui ai toujours dit de se méfier des étrangers, mais elle sait qu'une personne en uniforme est quelqu'un de confiance, qui peut l'aider si elle est en difficulté.

— Il s'est servi du serpent pour faire diversion.

— Et il était déjà dans la place. Personne ne se sera méfié en voyant un agent de sécurité conduire Maddy à l'écart de l'agitation.

Il secoua la tête en grimaçant.

— Je me demande comment il a pu se faire engager.

— Il n'avait peut-être pas de casier judiciaire.

Kristen regarda autour d'elle et avisa Riley, qui revenait vers le périmètre de sécurité.

— Shérif, pouvez-vous surveiller la zone ? Nous devons parler aux institutrices.

Riley se glissa sous le ruban de plastique.

— Bien sûr. Les renforts arrivent.

Se tournant vers Sam, il ajouta :

— Aaron est injoignable, mais j'ai laissé un message aux Douanes pour lui.

— Merci, dit Sam avant de courir derrière Kristen, qui était déjà à mi-chemin de l'entrée de l'école.

*
* *

Une fillette en danger

— Voici une photocopie de son permis de conduire, dit Jennifer Franks, qui semblait avoir soudain vieilli de dix ans.

— Grant Mitchell, lut Kristen à voix haute en étudiant la photo de l'homme.

Les photos d'identité étaient rarement flatteuses, et celle-là ne faisait pas exception. L'homme avait entre quarante-cinq et cinquante ans, des cheveux noirs coupés au bol et une grosse moustache, qui lui donnaient l'air d'être resté figé dans les années 1970. La photocopie étant de mauvaise qualité, il était impossible de déterminer la couleur de ses yeux.

Bien qu'elle soit certaine de ne l'avoir jamais rencontré, quelque chose chez lui semblait vaguement familier à Kristen.

Elle montra la photographie à Sam.

— Vous le connaissez ?

Il étudia le document, le front barré d'un pli soucieux.

— Non, je ne crois pas.

Il s'adressa à Jennifer Franks, prostrée derrière son bureau.

— La photo est ressemblante ?

— On est souvent méconnaissable sur son permis de conduire, mais oui. Je dirais qu'il ressemble plus ou moins à ça.

— Ça n'a aucun sens…, murmura Sam.

Kristen posa la main sur son épaule.

— Nous faisons peut-être erreur. Il se peut que Grant Mitchell soit une victime lui aussi. Ou alors, il ne se sentait pas bien et il est rentré chez lui.

Elle prit la photocopie des mains de Sam.

Une fillette en danger

— Nous pourrions essayer son adresse.

Elle s'interrompit et relut l'indication figurant sur le permis de conduire. 1240 Copperhead Road.

— Cette adresse n'existe pas, dit-elle à Sam en lui montrant de nouveau la photocopie. Dans cette rue, les numéros s'arrêtent à mille.

— Qu'est-ce que ça veut dire ? demanda Jennifer Franks.

— Ça veut dire que ce permis de conduire est un faux, expliqua Sam, consterné.

Après avoir assisté à la réunion de concertation entre les différents services de police présents sur les lieux, Sam avait une idée plus précise de ce qui s'était passé dans la matinée.

La théorie de Kristen était la bonne. Trois enfants et une institutrice avaient vu l'agent de sécurité emmener Maddy. Pensant qu'elle avait eu peur et que l'homme l'éloignait pour la calmer, personne ne s'était inquiété.

— Ce type a vraiment pensé à tout, déclara Kristen lorsqu'ils furent retournés au cottage près du lac.

Le bureau du shérif avait mis le téléphone sur écoute, et tout ce qu'ils avaient à faire était de rester assis sur le canapé en attendant que le ravisseur prenne contact.

Songeuse, elle reprit la photographie dont elle avait fait un double.

— Je continue à penser que j'ai déjà vu ce type quelque part... Pourtant, je n'ai pas l'impression de l'avoir rencontré en chair et en os. Je l'ai peut-être vu en photo ou...

Une fillette en danger

Elle s'interrompit, le front plissé par la réflexion.

— Je me demande..., marmonna-t-elle en commençant à fouiller ses poches.

— Que cherchez-vous ?

— Je l'ai peut-être laissée dans mon autre veste, chez moi. C'est une photo que le Dr Sowell m'a donnée — c'est le psychiatre qui suit ma mère à Tuscaloosa. Bref, il m'a donné une impression d'écran d'une bande vidéo montrant l'homme qui a rendu visite à ma mère. Celui qui lui a apporté la coupure de presse concernant la tentative d'enlèvement et l'agression de Cissy.

Sam sentit l'espoir renaître.

— Ce serait le même homme ?

— Je n'en suis pas sûre. Il n'avait pas de moustache, et je ne crois pas que ses cheveux étaient aussi sombres...

Elle grommela de frustration.

— Où est cette fichue photo ?

— Peut-être dans votre voiture ?

— Je vais voir.

Kristen bondit du canapé et courut vers la porte.

Sam prit la photocopie et étudia le visage de l'homme, en essayant de l'imaginer sans moustache et avec des cheveux plus clairs.

Un souvenir se mit à flotter aux frontières de sa mémoire, refusant de venir en pleine lumière.

Il sursauta lorsque son portable bipa, annonçant un texto.

Après avoir tiré l'appareil de sa poche, il afficha le message.

« Cie Bellewood. Ce soir 19 h 30. Seul. »

Son cœur eut un raté, puis s'emballa.

Une fillette en danger

Au même moment, Kristen franchit la porte, un peu essoufflée mais souriante.

— Je l'ai ! annonça-t-elle en se laissant tomber sur le canapé à côté de Sam.

Ce dernier empocha précipitamment son téléphone.

« Seul » disait le message. Personne ne devait savoir.

— Du nouveau ? demanda Kristen en suivant son geste d'un œil aiguisé.

Sam secoua la tête en essayant de paraître calme, même si une main de glace semblait lui broyer le cœur.

— Faites voir la photo.

Elle s'exécuta.

On ne voyait l'homme que de profil, mais cela fut suffisant.

Le souvenir qui n'avait fait que l'effleurer revint, précis cette fois, apportant en même temps une réponse et un profond sentiment de désespoir.

« Ton enfant pour le mien. »

A présent, la formule prenait tout son sens.

Dix ans plus tôt, alors qu'il était en garnison au Kaziristan avec les marines, il avait tué le fils de cet homme.

16

L'expression de Sam glaça le sang de Kristen.

— Vous le connaissez, n'est-ce pas ?

— Il s'appelle Stan Burkett. J'ai tué son fils.

— Vous avez… Comment ça ? Quand ?

Les bras couverts de chair de poule, elle tendit une main tremblante vers lui.

Sam se leva pour éviter le contact et commença à faire nerveusement les cent pas tout en parlant.

— C'était il y a dix ans, au Kaziristan.

Il interrompit ses allées et venues le temps de lui lancer un regard.

— Il y avait eu un tremblement de terre, et on avait envoyé les marines pour participer aux recherches, transporter des denrées et des médicaments…

Kristen hocha la tête.

— Je m'en souviens.

Il se remit à tourner dans le salon comme un lion en cage.

— J'avais rejoint la mission humanitaire en tant que consultant juridique. Quelques-uns des jeunes qui avaient été envoyés là-bas sortaient tout droit du camp d'entraînement de Parris Island. C'était leur première mission hors du pays. Richard Burkett était l'un d'eux.

Une fillette en danger

Dix-neuf ans, une vraie tête brûlée. Il avait eu une altercation avec son instructeur, Kent Sullivan.

Les lèvres de Sam se retroussèrent en un demi-sourire au souvenir de cet officier qu'il appréciait particulièrement.

— Sullivan était sévère mais juste. La plupart des gars le respectaient, mais Burkett était persuadé que Sully lui en voulait personnellement. Un jour, le gosse a perdu les pédales. Et il était armé.

— Burkett a tiré sur son supérieur ?

— Il a essayé. Je l'ai stoppé avec mon arme de service.

Soudain vidé de son énergie, il se laissa tomber dans un fauteuil.

— Il allait faire exploser la tête de Sully avec un M16... Je n'avais pas le choix.

— Mais le père de Burkett a vu les choses autrement, conclut Kristen.

— Le tribunal militaire n'a pas engagé de poursuites. J'avais agi de façon raisonnée. Burkett a crié au complot. Il pensait que les militaires se couvraient entre eux.

Sam se passa la main sur le visage en soupirant.

— Il a laissé tomber au bout de quelques mois, et je n'ai plus jamais entendu parler de lui.

Kristen se leva et vint s'accroupir devant lui pour lui prendre les mains.

— C'est un rebondissement dont nous nous serions bien passés, n'est-ce pas ?

Il serra ses mains, plongeant son regard dans ses yeux assombris par la peur.

Une fillette en danger

— Il rumine sa vengeance depuis des années. Il est dangereux... et il a Maddy.

— Mais ce n'est pas à elle qu'il en veut. Il ne lui fera pas de mal tant qu'il pensera qu'elle peut servir de monnaie d'échange. Il va bientôt prendre contact avec vous, et nous trouverons un moyen de le neutraliser.

— Mouais...

Elle sentit la tension soudaine de Sam et se souvint de la façon furtive dont il avait empoché son téléphone.

Que lui cachait-il ?

Pressentant la vérité, furieuse contre lui, elle se redressa.

— Il s'est déjà manifesté, c'est ça ?

Il eut une brève hésitation avant de répondre.

— Non.

A présent, elle était certaine qu'il mentait. Il tenait le téléphone quand elle était revenue, comme s'il venait juste de raccrocher, et elle s'était dit qu'il avait parlé à un membre de sa famille.

— Vous pouvez me rendre un service ? demanda Sam. Je dois rester ici pour attendre un éventuel appel, mais j'aurais besoin que vous fassiez des recherches sur Burkett. Vous voulez bien aller au commissariat vous en occuper et voir si Foley a trouvé quelque chose du côté de Darryl Morris ?

Il avait beau mentir, la supplique qu'elle percevait dans sa voix était sincère. De plus, il avait raison : enquêter sur les récentes activités de Stan Burkett leur permettrait d'avancer et peut-être de trouver l'endroit où il séquestrait Maddy.

Quoi qu'il en soit, elle savait qu'il voulait surtout se

Une fillette en danger

débarrasser d'elle pour pouvoir faire ce que Burkett lui avait demandé.

Elle savait aussi qu'il ne servirait à rien de l'affronter.

S'il pensait qu'il devait se plier aux exigences de Burkett pour sauver Maddy, rien ni personne ne pourrait l'en empêcher.

Et, si elle aussi devait mentir pour les sauver tous les deux, elle n'aurait aucun scrupule à le faire.

— Je m'en occupe, affirma-t-elle. En attendant, allez prendre une douche. Ça vous détendra.

— Je ne crois pas que ce soit possible, répondit-il d'un ton morne.

Il prit quand même la main qu'elle lui tendait et se leva.

Elle commença à lui enlever sa veste.

— Essayez, au moins.

Sans protester, il la laissa lui ôter sa veste, la draper sur son bras et le pousser vers le couloir.

— Allez-y.

— Appelez-moi si vous avez une information.

— Et vous, appelez-moi si Burkett se manifeste.

— D'accord, dit Sam tout en se dirigeant vers la salle de bains.

Kristen perçut une trace de regret dans sa voix et se sentit vaguement réconfortée à l'idée qu'il ne lui mentait pas de gaieté de cœur.

Soudain, il fit demi-tour, revint vers elle et la saisit par la nuque. Puis, l'attirant à lui, il écrasa sa bouche sur la sienne et l'embrassa durement, les doigts crispés dans ses cheveux.

Trop vite au goût de Kristen, il mit fin à leur baiser.

Une fillette en danger

Il ne s'écarta pourtant pas d'elle tout de suite et, le souffle court et saccadé, scruta son visage.

— Je sais que vous vouliez quitter cette enquête. Merci d'être restée. Ça compte beaucoup pour moi.

Un bref instant, elle ne pensa à rien d'autre qu'à la sensation de son corps contre le sien, chaud et puissant, et en même temps vulnérable à son contact.

Elle en éprouva de la culpabilité pour ce qu'elle s'apprêtait à faire, mais ce ne fut pas suffisant pour qu'elle change d'avis.

Il déposa un baiser doux et tendre sur son front et desserra son étreinte.

— On se voit demain, dit-il.

— Allez prendre votre douche.

Dès qu'il eut disparu derrière la porte de la salle de bains, elle plongea la main dans la poche de sa veste et en sortit son portable.

L'activité la plus récente était un message écrit.

« Cie Bellewood. Ce soir 19 h 30. Seul. »

Le cœur de Kristen s'emballa. Bellewood était une ancienne manufacture de textile sur la route de Catawba.

Désaffectée depuis des années, l'usine représentait l'endroit idéal pour un rendez-vous à l'abri des regards. Et, à 19 h 30, il ferait déjà nuit, ce qui offrirait un avantage certain à une personne embusquée.

Sam s'imaginait pouvoir aller là-bas seul ?

Elle remit le téléphone en place, déposa soigneusement la veste sur le dossier d'une chaise et quitta la maison.

Dès qu'elle fut au volant de l'Impala, elle composa le numéro de Carl Madison.

Une fillette en danger

**
*

Sam ne pensait pas que Burkett se manifesterait de nouveau après son court texto, mais il consulta néanmoins son téléphone dès qu'il sortit de la salle de bains.

Comme il s'y attendait, il n'y avait rien de la part de Burkett, mais Hannah, sa sœur, avait laissé un message pour lui dire qu'elle venait chez lui.

Il consulta sa montre et vit qu'il avait tout juste le temps de s'habiller avant qu'elle n'arrive.

Il la fit entrer dès qu'elle frappa vigoureusement à sa porte et, un instant plus tard, vacilla sous son étreinte digne d'un catcheur.

Hannah avait toujours été débordante d'énergie, mais ses cinq mois de grossesse semblaient avoir décuplé sa vitalité et son enthousiasme. Depuis quelque temps, elle ne fonctionnait plus que sur deux modes : vitesses accélérée et supersonique.

— Dis-moi ce que je peux faire pour toi, déclara-t-elle sans préambule.

— Il n'y a rien à faire. La police s'occupe de tout. Même ton cow-boy de mari est sur le pied de guerre.

— Balivernes ! s'exclama Hannah en s'installant sur le canapé.

— J'ai l'impression d'entendre maman…

— Je sais que tu es incapable d'attendre sans rien faire. Tu mijotes quelque chose, mon petit vieux. Qu'est-ce que c'est ?

— Si j'avais un plan super secret, tu crois que je le dirais à la plus grande commère de la ville ?

— Je suis devenue un modèle de discrétion, protesta Hannah.

Une fillette en danger

Elle écarquilla tout à coup les yeux.

— Toi, tu as eu des nouvelles du ravisseur ! Je sais qu'il n'a pas appelé la maison, sinon Riley l'aurait su tout de suite. Il t'a joint sur ton portable, c'est ça ?

Sam dévisagea sa sœur en se demandant pourquoi elle n'avait pas fait carrière dans la police, elle aussi.

— Je ne vois pas de quoi tu veux parler, répliqua-t-il.

— Tu ne dois rien faire tout seul ! Je vais appeler Riley pour qu'il t'envoie des renforts.

Il lui saisit le poignet avant qu'elle puisse bouger.

— Non, Hannah !

Elle lui lança un regard de défi.

— Tu ne peux pas l'affronter seul. Et n'essaie pas de me dire que ce n'est pas ce que tu as en tête ! Tu n'as jamais su mentir.

Sam sentit qu'il commençait à perdre le contrôle.

— Il a ma fille, Hannah, dit-il d'une voix tremblante. Qu'est-ce que je peux faire ?

— Laisse au moins Riley te couvrir.

— Je ne peux pas prendre ce risque. Stan Burkett est un ancien flic.

Hannah écarquilla de nouveau les yeux.

— Stan Burkett ? L'homme dont le fils...

— Oui, l'interrompit Sam.

Le visage de Hannah s'assombrit instantanément.

— Mon Dieu ! Ça explique le message. « Ton enfant pour le mien. »

Sam hocha la tête.

— Il va rechercher des signes de présence policière ; il sait comment ça fonctionne. Je ne peux pas prendre de risques. Même avec Riley.

Une fillette en danger

Il lui adressa un regard suppliant.

— Tu le comprends, n'est-ce pas ?

Il voyait bien que Hannah avait envie d'argumenter, mais elle se résigna finalement à hocher la tête.

— A quelle heure dois-tu le retrouver ?

— Je ne peux pas te le dire.

Elle eut un soupir de frustration.

— Tu peux au moins me dire si c'est aujourd'hui !

— Si tu n'as pas de nouvelles de moi d'ici à minuit, tu pourras prévenir Riley.

— Mais nous ne saurons pas où te chercher, Sam.

— Je t'enverrai un texto en différé, que tu recevras à minuit.

Ce n'était pas une mauvaise idée. Si les choses tournaient mal, il voulait qu'on puisse retrouver la trace de Burkett.

Hannah ne parut pas convaincue. Elle garda cependant son opinion pour elle et se leva pour l'attirer dans ses bras.

Sam sentit son ventre arrondi appuyer contre lui et, malgré les circonstances, eut un sourire attendri.

— Fais attention à toi, dit-elle.

— C'est promis. Maddy a besoin de moi, tu sais. Je suis tout ce qu'elle a.

Il savait que ce n'était pas tout à fait vrai. S'il lui arrivait quelque chose, Maddy pourrait compter sur ses grands-parents, ainsi que sur ses oncles et ses tantes.

Et certainement aussi sur Kristen, même si cette tête de mule semblait penser le contraire.

*
* *

Une fillette en danger

Hannah resta encore un moment, cherchant à le distraire avec des anecdotes et autres ragots qu'il avait manqués durant les années qu'il avait passées loin de Gossamer Ridge.

De tous ses frères et sœurs, Hannah semblait la plus attachée à leur ville natale, à la beauté des montagnes et du lac.

Lorsqu'elle était tombée amoureuse du cow-boy-policier qui lui avait sauvé la vie durant ses dramatiques vacances dans le Wyoming, la décision concernant leur futur domicile avait été vite prise. Riley avait vendu son ranch à son ami Joe Garrison, chargé ses deux chevaux dans un van attelé à son pick-up et pris la route du Sud, vers l'Alabama, où l'attendait une nouvelle vie avec la femme qu'il venait d'épouser.

Sam aurait voulu pouvoir mettre Riley au courant de ses projets, songea-t-il lorsque Hannah fut partie.

De même qu'il aurait aimé en informer Kristen. Lui mentir à propos du texto avait été une épreuve.

Plus d'une fois, elle s'était mise en danger pour protéger Maddy et elle avait le droit de savoir la vérité.

Elle méritait qu'il lui accorde sa confiance.

Malheureusement, il ne pouvait rien lui dire avant que Maddy soit de nouveau en sécurité dans ses bras.

Carl Madison prit place sur le siège passager de l'Impala et déroula la ceinture de sécurité.

La pendule du tableau de bord indiquait 19 heures.

— Le périmètre est en place, annonça-t-il. J'ai fait

Une fillette en danger

appel à une équipe de gars qui connaissent parfaitement les lieux. Burkett ne se rendra compte de rien.

— Je l'espère bien.

Après avoir passé une partie de l'après-midi à établir le profil de Stanhope Burkett, Kristen commençait à croire que la décision de Sam d'aller seul au rendez-vous était la bonne.

Pour commencer, l'homme était un ancien policier de Saint Louis qui connaissait bien les ficelles du métier. Il avait démissionné après la mort de son fils et passé les dix dernières années en marge de la société.

De temps en temps, il faisait parler de lui dans la presse, soutenant les actions des mouvements pacifistes et accusant l'armée d'avoir menti pour couvrir le meurtrier de son fils. Mais, depuis quatre ans, le sujet avait perdu la faveur des médias. Le siège de l'ambassade au Kaziristan avait modifié la vision que l'opinion publique avait de l'armée, et les activistes avaient mis de l'eau dans leur vin.

Kristen regarda de nouveau la pendule. 19 h 07. Le temps semblait s'être suspendu.

— Tu tiens le coup ? demanda Carl.

Elle hocha la tête.

— Je suis inquiète, c'est tout.

— Tu es attachée à l'enfant. Et à son père.

L'esprit occupé par les raisons qu'elle avait données à Sam pour justifier son départ de chez lui quelques jours plus tôt, elle ne répondit pas. Les derniers événements l'avaient amenée à réfléchir, et elle n'était plus certaine d'avoir fait le bon choix.

Et si elle passait tout simplement à côté de sa seule chance d'être heureuse ? D'avoir une vraie famille ?

Une fillette en danger

— Carl..., dit-elle soudain. Que sais-tu de l'état psychologique de ma mère ?

Il l'observa étrangement.

— Comment cela ?

Elle força les mots à franchir ses lèvres.

— Comment est-elle devenue folle ? Est-ce génétique ?

Il hésita un moment.

— Je pensais que tu le savais.

— Comment aurais-je pu le savoir ?

— Le tribunal avait demandé une expertise psychiatrique pour déterminer si elle était ou non responsable de ses actes.

Kristen baissa les yeux vers la cicatrice sur sa main qui, dans la lueur du tableau de bord, prenait des reflets nacrés.

— Je n'ai jamais consulté son dossier. Je crois que j'avais peur de ce que j'aurais pu y découvrir.

Elle s'obligea à affronter le regard de Carl.

— Quel est son problème ?

— Elle a eu une encéphalite peu après ta naissance. La maladie a causé des dommages irréversibles sur la partie du cerveau qui contrôle les impulsions. Elle a perdu l'esprit petit à petit et a fini par sombrer dans la folie et les pulsions meurtrières.

Kristen sentit tout son corps frémir tandis qu'un indicible soulagement l'envahissait. Ainsi, il s'agissait d'une maladie infectieuse, et non d'une tare héréditaire !

Carl lui caressa affectueusement la joue.

— Je pensais que tu le savais, chaton. Pendant tout ce temps, tu t'es demandé si tu allais devenir comme elle ?

Une fillette en danger

La gorge trop serrée pour parler, elle hocha la tête.
— Oh ! ma chérie !
Un chuintement émana de la radio.
— Equipe deux en position. Je répète : équipe deux en position.
Ils échangèrent un regard.
— C'est parti, dit Carl.
Kristen hocha de nouveau la tête, tout en essayant de comprendre les implications de ce que venait de lui révéler son père adoptif.

Elle ne deviendrait pas folle comme Molly Tandy.

Et devenir une bonne mère ne dépendait que d'elle.

Cela changeait complètement la donne. La vie qu'elle avait cru ne jamais pouvoir mener s'offrait tout à coup à elle.

A condition qu'il n'arrive rien à Sam Cooper et à sa fille.

La manufacture Bellewood avait cessé toute activité depuis près de dix ans et, comme tout bâtiment abandonné dans une petite ville où il ne se passait jamais rien, elle était devenue la proie des vandales.

Au bout du chemin gravillonné envahi par les mauvaises herbes qui donnait accès à l'usine, Sam découvrit la façade aux vitres brisées, dont les briques rouges disparaissaient sous les graffitis.

Il avait garé sa jeep le long de la route principale, en prenant soin de la dissimuler derrière un bosquet.

Ainsi, il était suffisamment près pour pouvoir prendre

Une fillette en danger

la fuite avec Maddy, mais pas assez pour se faire repérer ou pour que sa voiture soit la cible d'un sabotage.

Il respectait les règles fixées par Burkett, mais il n'était pas complètement idiot.

Le soleil s'était couché une demi-heure plus tôt.

Jouant à cache-cache avec de lourds nuages noirs annonciateurs d'orage, un croissant de lune jetait une froide lumière bleutée sur les lieux, leur donnant un aspect fantomatique et sinistre.

Quand la lune disparaissait, il faisait aussi sombre que dans une grotte, les lumières de la civilisation étant trop éloignées pour offrir ne serait-ce qu'une vague lueur.

Sam se fraya prudemment un chemin à travers les hautes herbes jonchées de tessons de bouteilles et de mégots de cigarette.

Il étouffa un juron en se tordant la cheville sur une pierre et s'accroupit pour masser son articulation douloureuse, profitant de cette occasion pour vérifier la position du Glock dans le holster fixé à sa cheville.

Il était venu seul, comme Burkett l'avait demandé.

Mais il était venu armé.

L'intérieur de l'usine était plongé dans l'obscurité totale, et il y flottait une entêtante odeur de poussière et de bière rance.

Il sortit de sa poche une torche de la taille d'un stylo et l'alluma. Le faible rai de lumière ne lui permettait de voir qu'à quelques pas, mais cela lui suffit pour se repérer.

Après avoir découvert un guichet d'accueil semi-circulaire dont les panneaux de bois avaient été partiellement arrachés, il éteignit sa lampe et tendit l'oreille.

Une fillette en danger

Il savait qu'il se jetait probablement dans la gueule du loup, mais c'était la seule solution. Il espérait simplement que Burkett ne tarderait pas à se manifester, quoi qu'il ait prévu pour lui. L'attente mettait ses nerfs à vif, et il avait hâte d'en finir.

Il tenta une approche directe.

— Burkett ? Vous êtes là ?

Le silence lui répondit. Epais. Glaçant.

Rallumant sa lampe, il entreprit de faire un tour méthodique de l'usine.

Il avait atteint l'atelier, une vaste salle où gisaient les squelettes désarticulés des machines qui n'avaient pu être vendues lors de la fermeture, quand une vibration contre sa hanche le fit sursauter.

Il avait laissé son téléphone sur vibreur, au cas où Burkett lui enverrait un texto de dernière minute, et programmé le renvoi automatique sur messagerie de tous les appels vocaux.

Il sortit le téléphone de sa poche et le déplia.

L'écran s'alluma, annonçant un texto.

Le cœur battant, il accéda à la rubrique « messages ».

« J'avais dit pas de flics. Tu as désobéi. »

Les yeux rivés sur le message, il fut saisi de tremblements nerveux.

Les flics étaient là ? Hannah avait-elle rompu sa promesse ?

Courant à travers le dédale de salles, il fonça vers la sortie.

Lorsqu'il s'immobilisa devant l'usine, le visage giflé par l'air soudain rafraîchi, la lune était de nouveau

Une fillette en danger

visible, éclairant momentanément le bâtiment et les bois alentour.

Cherchant à repérer un mouvement, il pivota lentement sur lui-même.

Alors que les bois fourmillaient habituellement d'activité, les rapaces nocturnes et les petits animaux déplaçant feuilles et branches, tout était étrangement calme, comme si les animaux se tenaient sur leurs gardes.

Comme si des humains avaient envahi leur habitat, songea Sam avec colère.

— Vous l'avez fait fuir ! hurla-t-il de toutes ses forces. Vous m'entendez ? Il vous a repérés ! Il ne viendra pas. Je veux parler au responsable ! Tout de suite !

Seul le silence lui répondit. Il resta un moment figé dans le noir, le cœur battant à tout rompre, en se demandant ce qu'il allait bien pouvoir faire maintenant.

Il pria pour recevoir un autre message de Burkett, mais son téléphone resta désespérément muet.

Soudain, un faisceau lumineux troua la nuit. Il entendit un bruit de moteur, le crissement de pneus sur le gravillon, puis la voiture apparut.

C'était une Chevrolet Impala, et Sam sut qui allait en descendre avant même que la portière ne s'ouvre.

— Vous avez lu le message sur mon téléphone ! s'écria-t-il d'un ton accusateur, tandis que Kristen se dirigeait vers lui. Vous avez placé des flics dans tous les coins, alors que Burkett m'avait demandé de venir seul ! Avez-vous une idée de ce que vous avez fait ?

— Oui, répondit-elle d'une voix tremblante.

— Il pourrait tuer Maddy !

— Je sais, dit-elle en baissant la tête.

Une fillette en danger

En proie à un douloureux sentiment de trahison, fou d'angoisse à l'idée du danger que courait Maddy, Sam ne savait plus que dire ni que faire.

Tout ce qu'il savait, c'est qu'il ne pouvait pas rester là une minute de plus.

17

Malade de regrets et d'inquiétude, Kristen tambourina à la porte de Sam.

— Sam ! Laissez-moi entrer !

Il était là, de l'autre côté de cette porte, en proie à la colère et au désespoir. La conscience d'être à l'origine de tous ses maux était plus qu'elle n'en pouvait supporter.

Elle avait connu une lueur d'espoir un peu plus tôt, en comprenant que son destin était entre ses mains. Mais, à présent, tous les doutes qui l'avaient assaillie au moment d'accepter cette affaire revenaient en force, se mêlant à sa crainte de ce qui pouvait arriver à Maddy.

Ravalant un sanglot, vidée de son énergie, elle s'assit sur les marches du perron.

Elle était responsable de ce qui arrivait !

Ce que subirait Maddy, c'était à elle que la pauvre enfant le devrait, et elle ignorait comment elle pourrait vivre avec ça.

La douleur dans sa poitrine était si forte qu'elle avait l'impression que son cœur avait volé en éclats et que jamais elle ne pourrait recoller les morceaux.

Derrière elle, la porte s'ouvrit. Le plancher de bois du porche grinça sous les pieds de Sam.

Kristen n'eut pas la force de le regarder.

Une fillette en danger

Pourquoi était-elle venue, d'ailleurs ? Les excuses ne serviraient à rien. Ce qu'elle avait fait était impardonnable.

Sam s'accroupit derrière elle.

— Vous n'auriez pas dû agir dans mon dos, dit-il. Je savais ce que je faisais. Puisque vous aviez compris que je vous cachais quelque chose, vous auriez dû savoir que j'avais une bonne raison de le faire.

Elle obligea les mots à franchir la barrière douloureuse de sa gorge.

— Je ne voulais pas que vous vous fassiez piéger.

— Je sais que vous aviez l'intention de me protéger.

Elle sentit sa main se poser sur sa tête, ses doigts se glisser légèrement dans ses cheveux.

— Mais c'est de ma fille qu'il s'agit, poursuivit-il. J'ai le droit et le devoir de prendre tous les risques pour elle.

Le cœur débordant de sentiments qu'elle ne pouvait contenir plus longtemps, Kristen se tourna vers lui.

— J'aime Maddy, moi aussi.

Une bulle de joie, totalement déplacée en ces heures de folle angoisse, explosa en elle, achevant de la déstabiliser.

Un rire étranglé lui échappa, tandis que des larmes se mettaient à rouler sur ses joues.

Le regard de Sam se riva au sien, et elle sut qu'il comprenait ce déferlement d'émotions contradictoires peut-être mieux encore qu'elle ne le comprenait elle-même.

Il lui tendit la main et, quand elle fut debout, passa

un bras autour de ses épaules pour l'emmener vers le salon.

Là, il la fit asseoir et drapa un plaid autour de ses épaules. Alors seulement, elle se rendit compte qu'elle tremblait.

— Je suis en colère contre vous, dit-il calmement.

— Vous avez toutes les raisons de l'être.

— Vous n'êtes pas censée acquiescer. Vous devez me dire que j'ai été idiot d'aller là-bas tout seul, que c'est vous le policier, et que vous connaissez mieux que moi ce genre de situation. Ensuite, je suis supposé m'énerver et vous dire que vous ne savez pas de quoi vous parlez.

Comprenant qu'il avait besoin de penser à autre chose qu'à sa peur, Kristen se leva malgré la faiblesse de ses jambes.

Comme exutoire, il n'y avait rien de tel qu'une bonne dispute.

— Il aurait pu vous tuer à la minute où vous êtes entré dans l'usine, Sam.

— Mais alors, il n'aurait plus eu aucune raison de retenir Maddy. La tuer ne lui aurait servi à rien, puisque ça n'aurait plus pu me faire souffrir.

— S'il vous avait tué, j'aurais passé le reste de ma vie à le traquer. Je n'aurais pas eu de répit avant de l'avoir neutralisé.

Leurs regards se rencontrèrent, et elle sut qu'il comprenait ce qu'elle admettait en réalité.

Elle vit jouer sa pomme d'Adam dans sa gorge tandis qu'il faisait un pas hésitant vers elle.

Puis il s'arrêta, le visage soudain crispé, et plongea

la main dans sa poche pour en sortir son téléphone portable.

En percevant le bourdonnement étouffé du vibreur, Kristen eut l'impression que son sang se figeait dans ses veines.

D'une main tremblante, Sam pressa quelques touches pour lire le message.

Son expression devint de marbre, puis il leva vers elle des yeux dans lesquels elle put lire une lueur d'espoir.

— Il me donne un nouveau rendez-vous.

Kristen ne demanda ni où ni quand. Elle n'allait pas gâcher les chances de Sam une seconde fois.

— Je vais m'en aller, dans ce cas.

Avant qu'elle puisse bouger, Sam la retint par le bras.

— Non. Cette fois, la partie va se jouer selon mes règles.

Elle plissa le front, perplexe.

— C'est-à-dire ?

Il se pencha et effleura ses lèvres d'un baiser.

— Cette fois, inspecteur, vous allez assurer mes arrières.

— Je me demande comment il fait pour connaître aussi bien tous les bâtiments à l'abandon, grommela Sam alors qu'il revoyait avec Kristen les ultimes détails de leur plan.

Il était presque 22 heures, une demi-heure avant le nouveau rendez-vous avec Burkett.

La vieille église de Saddlecreek avait perdu ses

Une fillette en danger

paroissiens depuis six ou sept ans, d'après Kristen, qui connaissait beaucoup mieux que lui l'histoire récente de la ville. La congrégation avait adopté un autre lieu de culte, moins excentré, et la mise en vente du bâtiment n'avait pas rencontré le succès escompté.

Kristen avait appelé le pasteur de la nouvelle église afin de se faire communiquer le numéro de l'ancien pasteur de Saddlecreek en se disant que ce dernier serait le mieux à même de leur fournir un plan des lieux.

— J'ai préparé le message à vous envoyer, dit Sam.

Le moment venu, il n'aurait qu'à presser un bouton pour que Kristen reçoive son texto.

— Quand vous l'aurez, j'aurai Burkett en visuel et je pourrai détourner son attention pendant que vous entrerez dans l'église par l'arrière.

— Je ferai mon approche du côté de l'orgue, expliqua-t-elle en désignant sur le plan l'imposant instrument. Il m'offrira une relative cachette. Assurez-vous que Burkett ne regarde pas de ce côté-là.

Sam hocha la tête et empocha son téléphone.

— Prête ?

Elle paraissait inquiète mais déterminée, et, si Sam avait eu des doutes de dernière minute quant à la pertinence de leur action, son attitude l'aurait conforté dans sa décision.

Quoi qu'il arrive, il avait fait le bon choix en lui accordant sa confiance.

Quand tout serait terminé, quand Maddy serait de retour parmi eux saine et sauve, il entreprendrait de convaincre Kristen qu'ils étaient faits l'un pour l'autre.

Une fillette en danger

**

Kristen resta silencieuse durant le trajet à travers la ville, son profil semblable à celui d'une statue de marbre se découpant dans le halo bleuté du tableau de bord.

La tension qui émanait d'elle pesait dans la jeep, mais Sam ne savait pas comment apaiser ses peurs.

« Joue ton rôle, s'encouragea-t-il. Tu sais que Kristen remuera ciel et terre pour tenir le sien. »

Il tendit le bras et caressa sa main qui était posée entre eux sur le siège.

Elle sursauta, puis se détendit et tourna la paume vers le haut pour entrelacer ses doigts aux siens.

L'accès à l'église se faisait par une route étroite et sinueuse, sans la moindre végétation alentour. C'était probablement la raison pour laquelle Burkett avait choisi cet endroit comme point de rendez-vous.

Sur cet espace dégagé, il était impossible de manquer l'arrivée d'une voiture ou d'une personne.

Avant qu'ils ne s'engagent sur la route, Kristen détacha sa ceinture et se recroquevilla sur le plancher de la jeep, hors de vue. Elle resterait là jusqu'à ce qu'elle reçoive le message de Sam.

Il se gara à proximité de l'entrée de l'église et coupa le contact.

— C'est parti, dit-il.
— Soyez prudent.
— Comptez sur moi.

Il se pencha au-dessus du levier de vitesse, et son souffle effleura les lèvres de Kristen.

Une fillette en danger

Soyez prudente aussi.

Il l'embrassa brièvement puis plongea une dernière fois son regard dans le sien.

— On se retrouve très vite.

D'un mouvement décidé, il descendit de la jeep et s'avança vers le parvis.

La lourde porte de bois s'ouvrit avec un grincement sinistre lorsqu'il la poussa.

Peu importait. La discrétion n'était pas de mise, d'autant moins que Burkett n'aurait pas choisi un endroit où Sam aurait pu s'introduire sans attirer son attention.

L'intérieur de la vieille église sentait le moisi, la poussière et le bois en décomposition. Une souris détala en couinant devant les pieds de Sam, le faisant sursauter.

Les bancs avaient disparu, déménagés ou vendus par la paroisse. L'autel, lui, était resté en place. Une lampe tempête y avait été déposée, dont la flamme vacillante projetait des ombres fantomatiques sur les murs qui avaient vu passer des générations de fidèles.

Sam nota ces détails en une fraction de seconde, avant de voir un homme apparaître derrière un pilier.

Son cœur s'accéléra dangereusement.

C'était Burkett.

Il tenait fermement Maddy dans ses bras, une lame de couteau appuyée sur sa gorge.

— Papa..., dit-elle d'une voix étranglée.

L'homme appuya le couteau plus fort sur sa minuscule trachée, et elle se tut immédiatement.

— Salaud ! hurla Sam, oubliant tout en dehors de la vision de Maddy dans les bras de ce fou.

— Pas un pas de plus ! ordonna Burkett en reculant.

Sam se figea, les yeux rivés sur sa fille terrorisée.

— Je ne bouge pas.

— Retire ta main de ta poche !

Sam se rendit compte qu'il avait toujours le doigt sur la touche « envoi » de son téléphone et que Burkett tournait le dos à l'orgue.

Il pressa la touche puis leva les mains.

Recroquevillée sur le sol de la jeep, Kristen commençait à avoir des crampes.

Depuis combien de temps Sam était-il parti ? Cela lui paraissait des heures, même si elle savait qu'il ne s'était écoulé que quelques minutes.

Elle jeta un coup d'œil à l'écran de son portable.

22 h 35. Sam était à l'intérieur depuis cinq minutes. Si Burkett était ponctuel, ils devaient déjà se trouver face à face.

— Allez, Sam, murmura-t-elle en fixant le téléphone désespérément muet. Qu'est-ce que tu attends ?

Au même moment, l'appareil vibra.

Elle lut le message, qui se résumait à un mot :

« *Go.* »

Le cœur battant à tout rompre, elle ouvrit lentement la portière et se glissa à l'extérieur, guettant l'éventuelle présence d'un complice.

Ils avaient envisagé cette possibilité, même si tout semblait indiquer que Burkett agissait seul.

Une fillette en danger

Prudemment, elle fit le tour du bâtiment.

A l'arrière, une petite annexe destinée à l'enseignement du catéchisme communiquait avec l'église.

Elle y entra par une fenêtre cassée, alluma la torche miniature qu'elle avait glissée dans la poche de son jean et traversa la petite pièce.

Le faisceau lumineux révéla un long couloir grisâtre, jonché de bouteilles de bière et de canettes de soda. Se frayant silencieusement un passage parmi les détritus, elle entendit des voix étouffées.

Elle se laissa guider par le son et arriva devant une arche dépourvue de porte, qu'elle savait être une antichambre donnant accès à l'orgue.

Par prudence, elle éteignit sa lampe et attendit que ses yeux se soient accoutumés à l'obscurité pour poursuivre son chemin.

— Tu devais savoir que ça finirait comme ça, dit une voix d'homme qu'elle devina être celle de Burkett.

Elle avança sans bruit jusqu'à l'estrade du chœur, qui était recouverte d'un tapis partiellement rongé par les souris. Enfin, elle les vit. L'homme était de dos, et Sam lui faisait face, les mains levées.

S'il remarqua sa présence, il n'en laissa rien paraître.

— Je ne voulais pas tuer votre fils, Burkett, répondit-il d'une voix calme et raisonnable. J'ai essayé de discuter avec lui pour le convaincre de baisser son arme, mais il allait tirer.

— Mensonges ! hurla Burkett. Vous le détestiez, vous les militaires, parce qu'il ne se comportait pas en bon petit soldat, tuant sur ordre. Vous l'avez exécuté

Une fillette en danger

pour le faire taire, parce qu'il s'apprêtait à révéler au monde ce que l'armée faisait dans ce pays !

Par-dessus l'épaule de l'homme, Kristen repéra une masse de cheveux sombres.

Maddy.

Elle recula dans l'ombre, ferma les yeux et prit une profonde inspiration.

C'était maintenant ou jamais.

— Je me moque de ce que vous me ferez, Burkett, affirma Sam. Si vous pensez que je suis coupable, alors punissez-moi. Mais Maddy ne vous a rien fait, ni à votre fils. Laissez-la partir. Posez-la immédiatement par terre, et je ferai tout ce que vous voulez.

Le désespoir dans la voix de Sam fit mal à Kristen. Elle savait qu'il aurait dit la même chose — en le pensant — même s'il n'avait pas eu l'assurance qu'elle était là, prête à intervenir.

— Elle est ta seule préoccupation, n'est-ce pas ?

Kristen sortit son arme de son étui et ôta la sécurité. Puis elle se mit à avancer à pas de loup sur l'estrade moquettée. Ensuite, il lui faudrait traverser une zone de carrelage pour approcher au plus près de Burkett.

C'était là que les choses risquaient de se compliquer.

— Je confesserai ce que j'ai fait, dit Sam en élevant la voix. Je convoquerai la presse, je réhabiliterai la mémoire de votre fils.

Tout en parlant, il avançait vers Burkett, donnant à Kristen l'opportunité de se déplacer sans qu'il fasse attention à elle.

— Je dirai toute la vérité. Laissez partir ma fille. Il ne faut pas que d'autres innocents soient sacrifiés.

Une fillette en danger

— Je ne voulais pas faire de mal à la baby-sitter, dit Burkett, soudain radouci.

Kristen s'accroupit derrière l'autel en retenant son souffle.

— Je voulais seulement l'attacher pour qu'elle ne m'empêche pas de prendre ta fille.

— Elle va bien. Elle est sortie d'affaire. Elle dira à la police que vous n'aviez pas l'intention de la blesser.

— Papa ! appela Maddy d'une toute petite voix.

C'était la première fois que Kristen l'entendait parler depuis qu'elle était arrivée.

La pauvre petite semblait terrorisée. A cette pensée, elle sentit monter en elle une rage incontrôlable et faillit se jeter sur Burkett avant même d'être certaine que tous les paramètres étaient réunis.

— Je suis là, ma puce, dit Sam en continuant d'avancer.

— Arrête, Cooper ! Reste où tu es.

— Non, vous, arrêtez ! Arrêtez de tourmenter ma fille.

— Maintenant, tu sais ce que ça fait.

Maddy commença à se tortiller dans les bras de Burkett, qui resserra sa poigne, lui arrachant un cri de douleur.

C'en fut trop pour Kristen.

Pour Sam aussi, qui se rua sur Burkett au moment même où elle s'apprêtait à intervenir.

Bondissant derrière Burkett, elle le saisit par les cheveux, tirant violemment sa tête en arrière, et pointa son arme sur sa tempe.

— Rendez-lui sa fille ! ordonna-t-elle d'une voix basse et menaçante.

Une fillette en danger

Dans le même temps, Sam avait écarté le couteau pointé sur le cou de sa fille et arraché Maddy des bras de l'homme.

— Je l'ai ! s'exclama-t-il.

Soulagée, Kristen relâcha un instant son attention. Burkett en profita pour lui donner un coup de coude dans l'estomac. Puis il se retourna et la poussa violemment contre l'autel, qu'elle heurta durement. Son revolver lui échappa, et elle l'entendit tomber sur le tapis avec un bruit mat.

— Kristen ! cria Sam.

— Emmenez Maddy dehors.

Elle sentit une soudaine brûlure au côté et comprit que Burkett tenait toujours son couteau.

Tandis qu'il levait le bras pour lui asséner un autre coup, elle remonta le genou et le frappa de toutes ses forces à l'entrejambe.

Burkett s'effondra et se recroquevilla sur lui-même en gémissant. Kristen se déplaça de quelques pas pour s'écarter de lui avec l'impression que son côté était en feu.

Son pied heurta quelque chose à terre. Le Ruger.

Ignorant la douleur qui la fouaillait, elle ramassa son arme.

Quand elle se redressa, Burkett, qui s'était relevé, arrivait sur elle, le couteau en avant.

— Arrêtez-vous ou je tire ! hurla-t-elle.

Il s'immobilisa. Vacillant sur ses jambes, elle le tint en joue, tandis que le sang qui s'échappait de sa blessure coulait sur sa hanche, maculant son jean.

Surgissant derrière Burkett, Sam lui prit le couteau et le glissa dans sa ceinture.

Une fillette en danger

— Reste où tu es, Maddy ! cria-t-il à la fillette, qui s'était abritée derrière un pilier tandis qu'il passait à Burkett les menottes que Kristen lui avait données avant qu'ils ne quittent la maison.

L'instant suivant, il écarquilla les yeux d'effroi quand il vit le sang qui coulait sur les vêtements de Kristen.

— Vous êtes blessée !
— Ça va, assura-t-elle.

Mais sa voix était presque inaudible.

Une seconde plus tard, ses genoux cédèrent, et elle s'effondra sur le sol.

Lorsqu'elle reprit conscience, Kristen fut d'abord effrayée par l'agitation qui régnait autour d'elle.

Puis elle se rendit compte qu'elle était dans un service d'urgences médicales, entourée de personnes qui la manipulaient et la piquaient, l'arrachant à une bienfaisante obscurité.

— Elle revient ! annonça un médecin.

Il se pencha sur elle.

— Vous êtes à l'hôpital, inspecteur Tandy. Pouvez-vous parler ?

Sa voix ressembla à un croassement lorsqu'elle répondit.

— Où est Sam ?
— Dehors. Vous pourrez le voir dans un moment.

Baissant les yeux, elle constata qu'elle était nue sur la table et aperçut ses vêtements découpés empilés non loin sur une desserte métallique.

Son côté gauche n'était que douleur, mais le médecin

Une fillette en danger

lui assura que l'hémorragie avait été stoppée, et qu'elle se sentirait mieux après la transfusion sanguine.

On la recouvrit finalement d'un drap, puis Sam put entrer.

Il était livide et semblait revenir tout droit de l'enfer. Toutefois, lorsqu'il croisa son regard, un grand sourire illumina son visage, aussi radieux qu'une belle matinée de juin.

Il lui prit la main et la porta doucement à ses lèvres.

— Vous savez assurément comment faire impression sur un homme, Tandy, ironisa-t-il.

— Où est Maddy ? Elle va bien ?

— Très bien. Les médecins l'ont examinée. Elle est en ce moment dans la salle d'attente avec mes parents. Je vous l'amènerai quand vous serez installée dans votre chambre.

— Quelqu'un la surveille ? demanda-t-elle anxieusement.

— Riley joue les gardes du corps, mais tout est terminé. Burkett est en prison.

Il lui caressa les cheveux, sans cesser de sourire.

— La moitié de la police de Gossamer le surveille, et l'autre moitié est dans la salle d'attente, en train de faire tourner les infirmières en bourrique.

Il eut un petit rire, mi-moqueur, mi-admiratif.

— On peut dire que vous avez une belle brochette d'admirateurs !

Elle secoua la tête.

— J'ai fait n'importe quoi, à l'église. Quand j'ai entendu Maddy pleurer, j'ai perdu la tête. J'ai foncé sans réfléchir.

Une fillette en danger

— Moi aussi.

Il se pencha et déposa un baiser sur son front moite.

— C'est ce que font les parents.

Les yeux de Kristen s'emplirent de larmes.

— Je devais la protéger à tout prix.

— Je sais.

Sam se tut, ému, et il ne fut pas difficile à Kristen de déceler dans les profondeurs de son regard d'azur tout l'amour qu'il lui vouait.

Cela semblait fou, vraiment, alors qu'ils se connaissaient depuis si peu de temps, mais elle croyait à la sincérité de ses sentiments.

Parce qu'elle ressentait exactement la même chose.

— Quand vous serez sortie de l'hôpital, il faudra que nous ayons une conversation sérieuse, dit-il avec tendresse.

Elle esquissa un sourire.

— Si par « conversation » vous voulez dire que vous allez me parler de la façon dont les choses doivent évoluer entre nous, autant vous prévenir que j'ai déjà quelques idées sur la question.

Du pouce, il effleura tendrement l'arrondi de son menton.

— Vraiment ?

— Oui. Par exemple, qui tient la télécommande de la télévision, et qui conduit. Et j'insiste aussi pour avoir un massage de pieds quotidien.

— Intéressant. Pour vous ou pour moi, le massage de pieds ?

— Je suppose que ça pourrait être mutuel.

Kristen se sentait un peu ridicule de flirter, alors

Une fillette en danger

qu'elle était étendue nue et blessée sous un drap d'hôpital, mais c'était tellement bon de pouvoir céder enfin à l'insouciance !

— Marché conclu, dit-il avant de se pencher pour lui donner un baiser passionné.

Il n'y mit fin que contraint et forcé par une infirmière qui le houspilla comme s'il avait cinq ans.

Kristen le regarda partir, le cœur si débordant d'amour qu'elle pouvait à peine respirer.

Maddy était en sécurité, Burkett sous les verrous, et elle était éperdument amoureuse d'un homme merveilleux.

Sam lui avait montré la voie de la confiance et, par-dessus tout, lui avait appris ce qu'était le véritable amour.

Grâce à lui, la petite fille blessée s'était transformée en une femme sereine, sûre de ses sentiments et prête à assumer des responsabilités qui jusqu'alors l'avaient terrorisée et empêchée d'être heureuse.

Etait-elle morte et montée tout droit au paradis dans cette église abandonnée ?

A moins qu'elle n'ait tout simplement trouvé son paradis sur terre...

Epilogue

Six mois plus tard

Ils avaient renoncé d'un commun accord à un grand et fastueux mariage, au profit d'une cérémonie toute simple au bord du lac, en présence seulement de la famille et des amis proches.

Du côté de Kristen, il y avait évidemment Carl et Helen, ainsi que Jason Foley et son épouse dont la grossesse était proche de son terme.

— Elle m'a promis de ne pas accoucher pendant la cérémonie, assura Foley à Kristen, à la faveur d'un court aparté avant la cérémonie.

— Oh ! c'est malin ! répliqua Kristen avec une petite grimace.

Elle serra affectueusement son coéquipier dans ses bras.

— Merci d'être venu.

— Je n'aurais manqué ça pour rien au monde, Tandy. Je peux toujours t'appeler Tandy, n'est-ce pas ?

— Pendant encore vingt minutes, dit Sam, qui était arrivé derrière Kristen.

S'écartant de Foley, elle adressa un sourire radieux à son futur mari.

— Tu ne sais pas que ça porte malheur de voir la

Une fillette en danger

mariée avant la cérémonie ? demanda-t-elle sur le ton de la plaisanterie.

— Te regarder ne peut m'apporter que du bonheur ! s'exclama Sam avec un sourire tout aussi rayonnant.

— Pff, les jeunes mariés ! marmonna Foley.

Adressant un clin d'œil à Kristen, il ajouta :

— Profites-en pendant que ça dure. Les corvées du quotidien vous attendent au tournant.

Redevenant sérieux, il se tourna vers Sam.

— Soyez gentil avec elle.

— Je le serai, promit Sam.

Dès que Foley se fut éloigné, il tendit à Kristen une boîte en carton non emballée.

Ses mains tremblaient un peu lorsqu'elle le prit.

La nervosité habituelle des futures mariées, supposa-t-elle, bien que, après six mois d'une cour assidue — autant de la part de Sam que de celle de Maddy —, elle soit absolument certaine que ce mariage était la meilleure chose qui pouvait leur arriver à tous.

Soulevant le couvercle de la boîte, elle découvrit une bouture de rosier dans un godet en plastique empli de terreau.

Ses souvenirs d'enfance refirent immédiatement surface. Pour la première fois de sa vie, ils étaient plus doux qu'amers.

Elle contempla Sam à travers un voile de larmes.

— Tu t'es souvenu de mon histoire ?

Visiblement satisfait de lui-même, il lui sourit.

— Ta voisine n'a pas déménagé. Et elle a toujours ses rosiers.

Kristen écarquilla les yeux.

Une fillette en danger

— C'est Mme Tamberlain qui t'a donné cette bouture ?

— Elle a été très heureuse d'apprendre que tu allais te marier et m'a demandé de te transmettre tous ses vœux.

Il se rapprocha d'elle.

— Ça te plaît ?

Kristen sentit les larmes couler sur ses joues, gâchant probablement son maquillage, mais c'était le dernier de ses soucis.

— C'est magnifique !

— Je pensais t'acheter un rosier prêt à planter, déclara Sam en sortant un mouchoir de sa poche pour essuyer ses larmes. Mais je me suis dit qu'il valait mieux t'offrir quelque chose qui te prouverait combien j'ai foi en toi. En nous.

Elle n'avait aucunement besoin de preuve.

Sam lui avait montré qu'il croyait en elle quand il lui avait demandé de faire partie de sa vie et de celle de Maddy.

Toutefois, elle comprenait le message qu'il tenait à lui faire passer avec ce cadeau unique et merveilleux.

Il lui confiait quelque chose de délicat et de fragile, comme cette bouture de rosier. Quelque chose qui demanderait beaucoup d'attention et de soins, qu'il faudrait nourrir et surveiller sans relâche.

Il lui confiait l'éducation et l'avenir de sa fille, et aussi son propre cœur.

— Je t'aime, murmura-t-elle en se hissant sur la pointe des pieds pour effleurer ses lèvres d'un baiser.

Refermant un bras autour de sa taille, Sam l'attira contre lui.

Une fillette en danger

— Je t'aime aussi, chuchota-t-il à son oreille.

Tandis qu'il la tenait enlacée, Kristen souleva le pot contenant la bouture et découvrit avec ravissement qu'un minuscule bouton de rose avait commencé à se former.

JENNIFER GREENE

La coupable idéale

éditions Harlequin

Titre original : SECRETIVE STRANGER

Traduction française de CHRISTINE BOYER

© 2010, Alison Hart. © 2010, Harlequin S.A.
83-85, boulevard Vincent-Auriol, 75646 PARIS CEDEX 13.
Service Lectrices — Tél. : 01 45 82 47 47
www.harlequin.fr

1

Pressée de rentrer chez elle, Sophie Campbell accéléra le pas. Les bras chargés d'un gros cartable rempli de livres et d'un sac à provisions plein à craquer, elle remontait sa rue sous une pluie battante. Jamais elle n'aurait imaginé que les soirées d'automne étaient si froides sur la côte Est des Etats-Unis. Elle était trempée jusqu'aux os, frigorifiée et épuisée, et elle avait mal aux pieds...

« Allez, courage, un dernier petit effort ! se dit-elle. Tu y es presque. »

Une grosse orange jaillit soudain du sac et roula dans le caniveau. Comme, instinctivement, la jeune femme se penchait pour la ramasser, une salade suivit le même chemin.

Sophie en aurait hurlé de dépit mais, bien sûr, elle n'en fit rien. Si, enfant, elle avait parfois eu tendance à se rouler par terre lorsqu'elle était en colère, elle avait appris entre-temps à se maîtriser. A vingt-huit ans, elle était capable de garder son calme en toutes circonstances.

C'était une question d'autodiscipline. Elle devait faire abstraction de la pluie qui ruisselait sur ses cheveux, de ses chaussures qui prenaient l'eau, du sac en papier sur le point de se déchirer... et inspirer profondément.

La coupable idéale

Certes, ses épaules étaient ankylosées, elle souffrait de crampes à force de porter à bout de bras des livres, un ordinateur portable et des provisions pour une semaine, mais après tout elle y survivrait. Elle avait déjà été plus chargée et elle le serait probablement encore par la suite. Elle était jeune, débordante d'énergie…

En tout cas, elle était censée l'être.

Elle se remit en marche. Histoire de positiver, elle se remémora les raisons pour lesquelles elle était heureuse de vivre depuis neuf mois à Foggy Bottom, ce vieux quartier de Washington DC, tout près de la rivière Potomac. D'abord, elle adorait son travail : le sujet du reportage qui lui avait été confié la passionnait. Ensuite, elle habitait un joli deux-pièces au premier étage d'un petit immeuble plein de charme, et le quartier lui plaisait énormément. Beaucoup d'universitaires et d'étudiants y avaient élu domicile, et il était facile d'y nouer des relations professionnelles comme de s'y faire des amis. Par ailleurs, n'étant pas loin d'une station de métro, elle pouvait se déplacer facilement aux quatre coins de la ville, ce qui lui évitait de s'encombrer d'une voiture. Enfin, elle aimait…

Le haut du sac en papier kraft dans lequel elle avait entassé ses achats se déchira. Plusieurs fruits et légumes en profitèrent pour se faire la belle. Plutôt que de gémir sur son sort, Sophie se mit à courir.

Elle n'avait plus qu'une centaine de mètres à franchir. La pluie froide dégoulinait dans son cou, mais elle était presque arrivée. Au coin de la rue, elle apercevait le petit immeuble aux volets blancs, la grille en fer forgé longeant la cour pavée, la volée de marches, la porte d'entrée en chêne…

La coupable idéale

Comme son pied se tordait contre le bord du trottoir, Sophie ne put retenir un cri. Consciente que son chargement menaçait de se renverser complètement, elle pressa encore le pas, priant Dieu, Allah, Bouddha, Mère Nature, tous les saints du paradis pour que la catastrophe ne se produise pas.

Enfin, elle arriva devant chez elle. A bout de souffle, elle gravit les marches du perron. Elle se rendit compte alors que sa clé se trouvait au fond de son sac et qu'elle ne pouvait mettre la main dessus sans tout lâcher. Au moment où elle allait s'effondrer et crier de frustration, elle remarqua que la porte de l'immeuble était entrebâillée.

« Dieu existe », se dit-elle, intensément soulagée.

D'un coup d'épaule, elle l'ouvrit en grand et entra. Un vieux lustre éclairait le hall avec autant d'efficacité qu'une bougie.

En avançant à tâtons dans la pénombre pour gagner l'escalier, elle trébucha sur un objet volumineux.

Elle tenta de recouvrer son équilibre, mais, dans le mouvement, son sac en papier se déchira totalement. Le lait, les Tampax, les tomates, les oranges et les céréales jouèrent la fille de l'air. Comprenant qu'elle allait s'étaler à son tour de tout son long, Sophie tenta de protéger son ordinateur, qui contenait les données de dizaines d'heures de travail. Mais, quand elle heurta le sol, le choc fut si violent qu'elle en resta un instant étourdie.

Quel que soit l'imbécile qui avait laissé traîner quelque chose dans le vestibule, il allait l'entendre !

Elle releva la tête pour voir sur quoi elle avait buté.

La coupable idéale

Son visage devint blême. Il ne s'agissait pas d'un objet. Mais d'un cadavre intégralement nu.

Le cadavre de son voisin.

Pétrifiée, elle fut d'abord incapable de réagir. Elle ne parvenait pas à esquisser le moindre mouvement, ni même à respirer et encore moins à réfléchir.

Un grand silence régnait dans le hall, elle n'entendait même pas le parquet craquer au-dessus d'elle. Rien n'indiquait qu'il y ait quelqu'un dans l'immeuble. D'ailleurs, en toute logique, il ne devait y avoir personne. Seuls trois locataires occupaient habituellement les lieux, et, depuis un mois, l'appartement du rez-de-chaussée était vacant. A l'étage se trouvaient son deux-pièces et celui de Jon Pruitt.

Jon... Elle n'arrivait pas à le regarder.

Grand séducteur devant l'Eternel, il avait fait fantasmer la plupart des femmes de Washington. Pas Sophie. Il avait négligé son chat qui, sans elle, serait mort de faim. Elle n'avait vraiment rien eu en commun avec lui. Mais il s'était toujours montré correct à son égard, et, curieusement, malgré leurs différences, ils s'étaient même très bien entendus, entretenant d'excellentes relations de voisinage.

« Tout cela est un cauchemar », songea-t-elle. Elle allait se réveiller d'une minute à l'autre.

A la vue de la mare de sang dans laquelle baignait Jon, elle dut cependant se rendre à l'évidence. Sortant enfin de sa torpeur, elle s'obligea à passer à l'action. Malgré sa peur, elle s'approcha du corps pour l'observer avec attention, au cas où elle se serait trompée, au cas où Jon serait toujours en vie...

Malheureusement, ce n'était pas le cas.

La coupable idéale

Il gisait, inerte, et ses yeux la fixaient d'une manière terrifiante.

« Secoue-toi, Sophie ! Respire à fond et ressaisis-toi ! »

Le cœur au bord des lèvres, elle recula, se mit sur son séant et considéra le cadavre avec angoisse.

Elle avait l'impression d'avoir de nouveau cinq ans. C'était stupide, elle le savait. L'horreur qu'elle était en train de vivre n'avait rien à voir avec son passé. Le choc provoqué par cette macabre découverte n'en avait pas moins réveillé ses vieux démons. Un flot d'images envahit son esprit. Elle se revit en chemise de coton, pieds nus dans l'herbe mouillée, au cœur de la nuit. Les flammes, l'odeur âcre de la fumée, les hurlements de sa mère derrière la fenêtre du premier, les pleurs de ses sœurs... les pompiers sortant de la maison des corps étendus sur des civières...

« Reprends-toi, Sophie ! »

Ce n'était pas le moment de se laisser submerger par l'angoisse. Le drame auquel elle était confrontée aujourd'hui ne la concernait pas. Il s'agissait de Jon.

Luttant contre la nausée qui lui soulevait l'estomac, elle se saisit de son sac à main. Elle dut farfouiller un moment à l'intérieur avant de retrouver son téléphone portable. Elle l'alluma d'une main tremblante, et il lui fallut s'y reprendre plusieurs fois pour réussir à composer le numéro des secours.

En les attendant, elle se recroquevilla dans un coin.

*
* *

La coupable idéale

Lorsque les portes de l'amphithéâtre s'ouvrirent, Cord Pruitt n'y prêta d'abord aucune attention. Ce n'était pas la première fois qu'un étudiant arrivait en retard. Le cours de Relations Internationales qu'il donnait tous les jeudis soir était très suivi — ce qui le rendait fier, même s'il y voyait aussi une ironie du sort.

Pendant des années, il avait en effet répété à qui voulait l'entendre qu'il préférerait se pendre plutôt qu'enseigner. A l'époque, il le pensait vraiment. Mais quand, vingt mois plus tôt, des problèmes familiaux l'avaient contraint à retourner à Washington DC, il avait eu besoin de changer de voie, professionnellement, et il avait postulé auprès de l'université de Georgetown. Impressionné par son travail au ministère des Affaires étrangères comme par l'étendue de ses connaissances linguistiques, le recteur lui avait proposé une chaire. Et, contre toute attente, Cord prenait beaucoup de plaisir à enseigner. Ses étudiants étaient motivés, brillants, et représentaient un véritable challenge. A sa grande surprise, ils ne s'endormaient pas durant ses cours ; au contraire, ils s'intéressaient, posaient des questions, cherchaient à approfondir les questions abordées.

Pour le moment, ils faisaient surtout beaucoup de bruit. On se serait cru dans une boîte de nuit. Très animée, la discussion portait sur les liens entre religion et pauvreté dans les différentes cultures. Si, a priori, certains auraient pu croire que le sujet ne passionnerait pas grand monde, force était de constater qu'il enflammait ces jeunes gens.

Peut-être même un peu trop…

— D'accord, d'accord, calmez-vous un instant et faisons le point, lança-t-il à la cantonade. J'entends

La coupable idéale

beaucoup d'opinions mais peu de faits pour venir étayer vos grandes théories. Donnez-moi des chiffres, des statistiques. Je veux du concret. Prouvez-moi que vous n'êtes pas des journalistes peu scrupuleux qui balancent des scoops sans les analyser, sans les vérifier, mais des hommes et des femmes capables d'un minimum de réflexion et d'honnêteté intellectuelle. Et ne me dites pas que je crois au Père Noël.

Sa remarque provoqua un éclat de rire général, mais le groupe se lançait déjà dans de nouvelles joutes oratoires.

Comme Cord relevait la tête, il remarqua que les portes étaient toujours ouvertes. Deux hommes — il ne s'agissait certainement pas d'étudiants — patientaient à l'entrée de l'amphithéâtre. Visiblement, ils n'avaient pas envie d'interrompre le cours. Ils attendaient sans bouger.

Cord tiqua. Ça ne sentait pas bon. Après des années à travailler aux Affaires étrangères, il savait jauger rapidement les gens et les situations. L'un des types avait les cheveux gris, le visage émacié, le regard perçant, le corps mince et nerveux. A coup sûr, un détective privé. Son compère semblait plus jeune, il devait avoir une quarantaine d'années. Avec ses yeux cernés, ses traits tirés, il avait tout de l'inspecteur de police tel qu'on en voit dans les séries télé.

L'université étant située non loin de Washington DC, les policiers, officiels ou privés, étaient légion dans le coin. Ça n'expliquait pas à Cord pourquoi ces deux types se trouvaient là.

— Très bien, il est peut-être temps de conclure, reprit-il à l'intention de ses étudiants.

La coupable idéale

En réalité, il n'avait aucune envie d'abréger son cours. Il n'était pas censé le faire avant une bonne demi-heure et il préférait de loin être les pieds sur le bureau, à arbitrer le débat du haut de l'estrade, plutôt que dehors, sous la pluie, dans la nuit glacée. Mais l'irruption de ces deux inconnus l'empêchait de se concentrer. Si cela n'augurait sans doute rien de bon, Cord était du genre fataliste.

— Nous allons en rester là pour ce soir, poursuivit-il. Comme, exceptionnellement, je vous libère en avance, vous allez peut-être croire que vous pouvez désormais vous relâcher, mais ce n'est pas du tout le cas. Il n'est pas impossible que la semaine prochaine je vous garde jusqu'à minuit. Vous voilà prévenus…

Les étudiants accueillirent cette menace avec des rires et des gémissements avant d'enfiler leurs manteaux, de ramasser leurs livres et d'évacuer bruyamment la salle, dans cet indescriptible chahut dont ils avaient le secret. Malgré l'heure tardive, ils ne montraient aucun signe de fatigue. Quand Cord avait le sentiment de leur avoir enrichi l'esprit, de les avoir encouragés à réfléchir et à élargir leur perception du monde, il détestait les voir partir.

Les deux hommes attendirent que l'amphithéâtre soit totalement vide pour s'y glisser. Cord s'était levé pour ranger ses feuillets dans sa sacoche. Tout en passant sa vieille parka, il les regarda s'approcher avec curiosité.

— Monsieur Cord Pruitt ?

Lorsqu'il hocha la tête, ils lui tendirent leurs papiers. Cord avait vu juste : le type à l'air épuisé était inspecteur de police. Il s'appelait George Bassett. Et son

La coupable idéale

compagnon — un certain Ian Ferrell, dont les traits taillés à la serpe semblaient révéler une personnalité plus intéressante — était bel et bien détective privé. Ce Ferrell portait à la poitrine un badge lui donnant un droit d'accès permanent au Sénat. Il travaillait donc pour l'un des membres de cette illustre assemblée. Cord en fut encore plus intrigué. Que faisaient ces deux lascars ensemble ?

D'un ton empreint de respect, Bassett prit la parole.

— J'ai bien peur d'avoir à vous annoncer de mauvaises nouvelles concernant votre frère, monsieur.

— Jon ?

La question était idiote. Il n'avait qu'un frère. Pressentant un malheur, il se raidit.

L'inspecteur acquiesça.

— Oui, monsieur. Peut-être préférez-vous vous asseoir...

Cord reposa sa parka, mais resta debout.

— Inutile de prendre des gants avec moi. Dites-moi simplement dans quels sales draps Jon s'est encore fourré.

Les deux hommes échangèrent un regard, puis Bassett répondit :

— Votre frère a été assassiné. Alertés par l'appel au secours d'une jeune femme, nos hommes ont découvert son corps gisant en bas de l'escalier de son immeuble, cet après-midi. Nous vous prions d'accepter toutes nos condoléances, monsieur.

A l'évidence, cette dernière phrase ne faisait pas partie du laïus préparé pour l'occasion. Cord sut gré à

La coupable idéale

l'inspecteur d'avoir improvisé cette petite manifestation de compassion.

Sonné, il s'affaissa contre le bureau. Depuis longtemps, plus rien ne l'unissait à Jon. Voilà des lustres qu'il avait compris que son frère ne se plierait jamais à une quelconque morale ou au moindre principe.

Mais des souvenirs en ribambelle se bousculaient dans sa mémoire. Depuis une dizaine d'années, Cord avait sillonné le monde en tous sens. Si leur mère n'avait pas été emportée par un cancer, il serait sans doute en train de partir à l'assaut de l'Everest, de remonter l'Amazone en canot, de parcourir le temple de Delphes, les rues de Paris ou de Rio... Lorsqu'il avait pu se libérer de ses contraintes professionnelles et revenir en urgence à Washington, il était trop tard. La malheureuse était déjà passée de vie à trépas. Leur père n'avait pas supporté sa disparition. Anéanti, il avait dû être placé dans un centre pudiquement qualifié « de soins ».

Au fil du temps, Jon était presque devenu un étranger pour son frère. Il se comportait de plus en plus comme un voyou. Cord ne le reconnaissait plus. Après la mort de leur mère, ils avaient rompu les ponts. Peu après, Zoe l'avait à son tour quitté : retourner aux Etats-Unis pour régler des affaires de famille n'avait jamais fait partie de ses projets.

Et dire qu'il avait cru qu'elle était unie à lui pour le meilleur et pour le pire, qu'elle ne le laisserait jamais tomber ! Quel imbécile il avait été !

Jon avait toujours été un garçon à problèmes. Mais si, depuis l'enfance, Cord avait eu l'intuition que son aîné finirait mal, jamais il n'aurait imaginé qu'il mourrait avant l'heure, assassiné...

La coupable idéale

Tentant de recouvrer ses esprits, il passa la main dans ses cheveux. Il devait absolument surmonter le choc et juguler sa culpabilité.

— Où est-il ? demanda-t-il d'une voix rauque. Et qui l'a tué ? Que s'est-il...

Avec douceur, l'inspecteur l'interrompit.

— Le drame remonte à plusieurs heures, monsieur. Nous avons d'abord cherché à prévenir votre père, mais, quand nous avons compris qu'il...

— ... qu'il vivait dans une maison de repos...

— Oui, il a encore fallu que le recteur de l'université ait l'obligeance de nous communiquer votre emploi du temps et...

Avec impatience, Cord s'écarta du bureau. Bassett parlait beaucoup, mais ne lui apprenait pas grand-chose. Si Jon n'avait pas été victime d'une chute accidentelle, cela justifiait la présence de l'inspecteur de police. Mais pourquoi celui-ci menait-il l'enquête en association avec un détective privé ?

— Qu'attendez-vous de moi ? lança-t-il finalement à Ferrell.

Ferrell se montrait silencieux depuis le début de l'entretien, mais Cord avait l'intuition qu'il était plus influent que l'autre.

— Monsieur Pruitt... la situation n'est pas simple.

Cord l'avait déjà compris. Jon était un spécialiste en la matière, le roi du coup fourré... Mais son interlocuteur poursuivait.

— Connaissez-vous une certaine Sophie Campbell ?

— Non.

— Elle est locataire de l'appartement voisin de

La coupable idéale

celui de votre frère. Elle y vit depuis neuf mois, depuis qu'elle est venue s'installer à Washington DC. C'est elle qui a découvert le cadavre. Apparemment, elle connaissait bien Jon.

Cord poussa un soupir.

— C'était le cas de beaucoup de femmes.

Il continuait à réfléchir. Il allait devoir organiser les obsèques, régler les dettes éventuelles de Jon, s'occuper de ses biens, libérer son appartement... Leur père n'était plus en état de le faire, et Cord se doutait que lui apprendre le décès de son fils aîné serait douloureux. Dieu merci, leur mère était déjà morte. Elle aurait été anéantie de voir ce qu'était devenu Jon et comment il avait fini.

— Qui l'a tué ? Le savez-vous ?

— C'est la raison pour laquelle nous sommes venus vous trouver. Pour le découvrir, nous avons besoin de votre aide.

Cord leur aurait bien dit que beaucoup de gens — à commencer par lui — avaient eu le désir d'étrangler son frère.

Contournant le bureau, il alla se poster devant la fenêtre et regarda les gouttes de pluie ruisseler sur la vitre, la nuit noire, la tristesse des bâtiments alentour.

— Je ne comprends pas bien, dit-il enfin en se retournant. Vous croyez que cette femme, cette Sophie Campbell, a assassiné Jon ? Est-ce pour cette raison que vous avez mentionné son nom ?

Ils parurent se rétracter, comme s'ils craignaient d'en avoir trop dit.

L'inspecteur Bassett repartit avec prudence :

La coupable idéale

— Il est trop tôt pour l'affirmer. A ce stade, nous sommes encore dans le brouillard...

Mais Ferrell planta les yeux dans ceux de Cord.

— Depuis plus de deux mois, votre frère faisait l'objet d'une enquête. J'ai découvert qu'il faisait chanter au moins deux femmes, sans doute davantage. Il ciblait des personnes de haut niveau, dont un scandale aurait ruiné l'existence. Ma cliente travaille au Sénat, mais elle n'est pas la seule des proies de Jon à désirer que cette affaire soit menée avec le maximum de discrétion.

— Nous devons absolument identifier la personne qui a assassiné votre frère, intervint Bassett.

— Mais nous tenons aussi à mettre la main sur les éléments compromettants qui lui ont permis d'extorquer de l'argent à ces malheureuses. Toutes ont envie de savoir le responsable de sa mort sous les verrous, et aucune ne souhaite faire entrave à l'enquête. Idéalement, il serait préférable que celle-ci ne conduise pas d'innocentes victimes à être jetées en pâture aux médias et à l'opprobre publique...

— Doux Jésus, fit Cord en se frottant la nuque.

— Pour le moment, nous n'avons aucune preuve tangible que Jon Pruitt exerçait des activités de maître chanteur, intervint l'inspecteur.

Une fois de plus, Ferrell l'interrompit pour répliquer d'une voix calme et assurée :

— Personnellement, je n'ai aucun doute sur la question. Je ne m'attendais pas à la mort de votre frère, je ne connais pas exactement l'étendue de ses méfaits ni le nombre de femmes impliquées. Dans l'immédiat, la situation est plutôt confuse, un vrai sac de nœuds, mais, je le répète, beaucoup de personnes pourraient subir de graves préjudices si l'affaire n'était pas menée dans la plus grande discrétion.

Cord regretta que sa Thermos de café soit vide. Il avait la gorge sèche. Ces révélations l'accablaient.

— Avant que vous n'alliez plus loin, dit-il, peut-être faudrait-il préciser deux ou trois petites choses. J'ai effectué une mission pour l'armée et j'ai travaillé il y a quelques années pour le ministère des Affaires étrangères, comme vous pourrez le vérifier — je suis d'ailleurs certain que vous l'avez déjà fait. Mais, si j'ai beaucoup d'amour pour ma patrie, je n'ai pas, en revanche, l'habitude de fréquenter les politiciens. Je n'ai rien d'un espion ni d'un menteur et je n'essaierai jamais de soustraire un criminel à la justice. Aussi si c'était ce que vous espériez de moi...

— Pas du tout, pas du tout, monsieur Pruitt, rétorqua Bassett. Si nous avons besoin de votre aide et de votre discrétion, nous souhaitons également que le responsable du décès de votre frère comparaisse devant un tribunal, n'en doutez pas. Cela dit, nous pensons qu'il est dans l'intérêt de tous d'écarter les médias de cette enquête le plus longtemps possible...

Si l'inspecteur se montrait toujours prudent, Ferrell allait droit au but.

— Il est trop tôt pour tirer des conclusions, nous le savons. Mais, dans un premier temps et à toutes fins utiles, il serait sage de prétendre que votre frère a trouvé la mort accidentellement, à la suite d'une mauvaise chute dans l'escalier. Provisoirement, bien entendu. Pour moi, il s'agit très clairement d'un meurtre...

— Même si nous n'en avons pas la preuve tant que nous n'aurons pas les résultats de l'autopsie. A

La coupable idéale

l'heure actuelle, nous avons peu de détails à notre disposition.

Ferrell leva les yeux au ciel.

— Il s'agit d'un meurtre, répéta-t-il. Mais nous préférons que, pour le moment, les journaux parlent d'un accident, afin que la criminelle se croie à l'abri. Si elle ne se méfie pas, nous aurons plus de chance de la coincer.

— Rien ne nous permet d'affirmer qu'une femme...

Ferrell ignora la remarque de l'inspecteur.

— Si elle imagine que personne ne soupçonne un assassinat, qu'elle n'a rien à craindre, elle va commettre des erreurs. Les victimes de votre frère vont tenter de récupérer les éléments qui lui permettaient de les faire chanter, monsieur Pruitt. Des photos, des lettres, des films d'amateur. Nous connaissons la nature de ces pièces, mais nous ignorons où elles se trouvent. Nous sommes persuadés que la meurtrière — mais également toutes les femmes impliquées dans la vie de votre frère — va prendre tous les risques pour les découvrir afin de les détruire...

L'inspecteur de police poursuivit :

— La voisine de palier de votre frère a vingt-huit ans...

— Cette Sophie Campbell à laquelle vous avez fait allusion tout à l'heure ?

— Oui, elle travaille comme traductrice pour l'association Open World depuis qu'elle a décroché son diplôme universitaire. Comme elle parle couramment plusieurs langues, elle s'est vu confier de nombreux entretiens avec des personnes de diverses nationalités.

La coupable idéale

Depuis neuf mois, elle s'est installée à Foggy Bottom pour recueillir des témoignages d'habitantes de Washington DC, originaires de différents pays européens et rescapées de la Seconde Guerre mondiale. Elle maîtrise à la perfection le russe, l'allemand et le danois…

Cord était à présent totalement perdu.

— Pourquoi vous focalisez-vous sur elle ? Pensez-vous qu'elle fait partie des femmes que Jon faisait chanter et qu'elle l'a tué ?

— Nous n'en savons rien, répondit Ferrell. Mais nous sommes convaincus qu'elle a joué un rôle central dans cette histoire et que, d'une manière ou d'une autre, elle va nous mener à la meurtrière.

— Pourquoi ?

— Malheureusement, nous ne sommes pas autorisés à vous le dire, répliqua l'inspecteur Bassett, toujours prudent.

Mais, de nouveau, le détective privé se montra plus franc et plus direct.

— Nous ignorons jusqu'où cette femme est impliquée, mais elle allait et venait chez votre frère. Elle est d'ailleurs la seule personne à posséder un double de ses clés…

Cord fronça les sourcils.

— Je ne vois toujours pas ce que vous attendez de moi, en quoi je pourrais vous être utile. Si vous souhaitez obtenir de moi l'autorisation de perquisitionner son appartement, je vous l'accorde. De toute façon, j'imagine que dès lors qu'il s'agit d'une enquête pour meurtre vous avez légalement tous les droits en la matière…

— Ce n'est pas si simple. Vous pouvez nous aider

La coupable idéale

justement parce que vous êtes le frère de Jon. Une fois que nous aurons officiellement, si j'ose dire, conclu à une mort accidentelle, nous aimerions que vous vous rendiez chez lui, que vous fassiez semblant de vous occuper de ses affaires, de sa succession, de ranger son appartement, ses papiers...

— Je n'aurai pas besoin de jouer la comédie. Je dois réellement m'en charger. Je suis le seul à pouvoir le faire.

— Très bien. Le problème est que, quel que soit l'endroit où votre frère a caché les éléments compromettants qu'il avait recueillis sur ses victimes, il les a très bien dissimulés. Depuis des mois, nous tentons en vain de mettre la main dessus. Quel que soit le rôle exact de Sophie Campbell dans cette histoire, nous avons la preuve qu'elle avait accès à son appartement, qu'elle s'y rendait souvent en son absence. Nous n'avons encore découvert rien de probant, mais nous pensons qu'elle en sait plus qu'elle ne le prétend. En tant que frère du disparu, ne faisant pas partie de la police, n'ayant aucun lien direct avec l'enquête, vous avez sans doute plus de chances de la faire parler.

Cord s'empara de sa parka et de son classeur. Il en avait assez.

— Ecoutez, si vous comptiez sur moi pour espionner cette femme et tenter de lui soutirer des informations, je suis navré de vous répéter que ce n'est pas mon genre.

— Nous vous demandons seulement de discuter avec elle... Si jamais elle vous dit quelque chose vous paraissant susceptible de faire avancer notre enquête,

La coupable idéale

vous nous en ferez part... A moi, prioritairement, ajouta l'inspecteur.

Ferrell darda sur Cord un regard éloquent. A l'évidence, il espérait lui aussi avoir la primeur de ces éventuelles informations.

Avec un hochement de tête, Cord gagna la porte. Il n'avait aucune envie de prolonger l'entretien. Il regretta de ne pouvoir casser quelque chose pour soulager sa colère et sa frustration. Même s'il avait deux ans de moins que Jon, il avait toujours dû rattraper ses erreurs, réparer ses dégâts, mais les histoires dans lesquelles trempait son aîné ces dernières années étaient les plus sordides de la série.

Pour connaître très bien l'idéal féminin de son frère, il imaginait sans mal la dénommée Sophie Campbell.

Jon aimait les filles faciles, aux jolies jambes et à la moralité douteuse. Draguer des femmes mariées ou fiancées était son passe-temps favori ; il trouvait amusant de détourner du droit chemin celles qui étaient censées être fidèles. Il jetait toujours son dévolu sur des femmes riches ou, en tout cas, qui donnaient l'impression de l'être. Et surtout, il préférait les brunes aux longs cheveux. Si, de surcroît, elles semblaient à l'affût d'un mâle, il ne pouvait leur résister.

Cela dit, Cord n'avait rien d'un moine, lui non plus.

Par le passé, lui-même avait séduit bon nombre de femmes. Mais, aujourd'hui, il avait l'impression d'avoir eu sa dose de filles d'Eve — la douleur que lui avait infligée Zoe n'était pas encore cicatrisée. De toute manière, celles qui plaisaient à son frère ne l'intéressaient en rien et ne l'avaient jamais intéressé.

La coupable idéale

— Vous nous aiderez ? insista Bassett.
— Peut-être.
Cord n'arrivait plus à réfléchir.
— J'ai besoin d'enterrer mon frère et de faire son deuil, je dois aussi prévenir mon père. Il va me falloir régler la succession, ses affaires, tout cela. Je présume que vous ne voulez pas que je me rende là-bas avant que vous n'ayez fouillé l'endroit de fond en comble. Alors prévenez-moi quand je pourrai y aller. Si je trouve quelque chose susceptible de vous intéresser, je vous le dirai.

Ferrell eut l'air de recouvrer enfin son souffle.
— C'est tout ce que nous vous demandons.
— Parfait, alors.

Lorsqu'il parvint enfin à pousser les deux hommes dehors, Cord resta un instant dans l'amphithéâtre vide. La pluie mitraillait toujours les vitres, et la vue des tables éclairées par les néons lui parut d'une infinie tristesse. Venue de nulle part, une vague de chagrin le submergea soudain.

Leur vie durant, Jon et lui n'avaient rien eu en commun, mais bon sang… s'ils n'avaient jamais éprouvé beaucoup d'affection l'un pour l'autre ni même de respect, ils avaient été frères.

Il ferait ce qu'il pourrait.

Mais il appréhendait beaucoup les jours à venir…

2.

— Vous savez à quel point je suis attachée à Caviar...

Depuis un petit moment, Sophie tentait de donner le change, mais, quand elle arriva devant son immeuble, sa voix se brisa. Même si plusieurs jours s'étaient écoulés depuis le drame, il lui était toujours impossible d'ouvrir cette porte et de traverser le vestibule sans se remémorer le cadavre de Jon étendu au pied de l'escalier...

Heureusement, les trois amies qu'elle retrouvait chaque dimanche matin pour partager un café avaient insisté pour la reconduire chez elle.

Elles entrèrent avec elle dans le hall. Si aucune n'avait l'intention de s'éterniser, elles voulaient lui tenir compagnie quelques instants supplémentaires.

Ses trois compagnes ne cherchaient pas seulement à la réconforter, Sophie le savait. La mort de Jon les hantait comme elle hantait d'ailleurs toutes les femmes du voisinage. Certes, les crimes étaient légion à Washington DC; mais là, il s'agissait de quelqu'un qu'elles connaissaient, de quelqu'un qu'elles avaient aimé.

Un jour ou l'autre, toute la gent féminine à des kilomètres à la ronde — à l'exception de Sophie — avait eu envie de faire l'amour avec lui.

La coupable idéale

Cela dit, celles qui avaient goûté à ses talents d'amant — ou qui prétendaient y avoir goûté — étaient peu nombreuses.

Jan Howell en faisait partie. Chargée de la gestion du patrimoine de particuliers, elle travaillait pour un grand établissement financier. Toujours vêtue avec élégance et originalité, elle adorait courir les fêtes et colporter des ragots.

— Ne recommence pas avec ce chat, Sophie ! s'écria-t-elle en rabattant ses cheveux bruns en arrière. Si nous te laissions faire, tu recueillerais tous les animaux abandonnés du coin, et ton appartement se transformerait en Arche de Noé !

Pourtant, Jan avait bon cœur, et elle se mit à ramasser les affaires que Sophie avait laissées tomber, son écharpe grise, ses gants, un biscuit à moitié grignoté...

— Pas tous non plus, répliqua Sophie.

Comme ses amies riaient, elle adopta une autre ligne de défense.

— En vérité, j'aime vraiment Caviar et, dans l'immédiat, je suis soulagée de l'avoir. Quand je rentre du travail, l'immeuble est tellement silencieux que c'en est un peu angoissant. Pouvoir au moins me recroqueviller sur le canapé avec son corps chaud contre moi me rassure...

De nouveau, sa voix se brisa.

Elle ne parvenait pas à extraire ces souvenirs de sa mémoire. Malgré ses efforts, elle revivait en permanence cette terrible soirée. Elle revoyait les policiers qui avaient envahi la maison, en particulier l'inspecteur à l'imperméable usé et aux yeux de chien battu, qui l'avait interrogée avec une infinie patience.

La coupable idéale

Comme elle n'avait cessé de crier qu'elle devait absolument retrouver Caviar, il s'était comporté avec elle tel un père face à une enfant gâtée.

Manifestement, il la suspectait. Elle se rappelait les gyrophares, le vestibule rempli d'inconnus, puis l'affreux silence qui avait succédé à tout ce brouhaha lorsqu'ils étaient partis, et l'angoisse qui avait commencé à la tarauder quand elle s'était retrouvée seule.

— Tu as téléphoné à tes sœurs, non ? lui demanda Hillary Smythe.

Hillary ressemblait davantage à une serveuse de bar qu'à un médecin ; ses longs cheveux noirs et bouclés cascadant sur ses épaules, sa peau magnifique et ses seins si rebondis qu'elle avait du mal à les contenir dans ses corsages rendaient fous les hommes. Elle effectuait des recherches sur un gène polymorphe, à l'université.

Sophie s'était longtemps demandé si elle avait un passé à cacher parce qu'elle se montrait toujours très secrète. Cela dit, depuis qu'elles se connaissaient, elle n'avait jamais raté un de leurs cafés du dimanche matin.

— Oui, répondit-elle, j'ai appelé Cate et Lily le lendemain du drame. Mais, pour tout dire, je regrette presque de les avoir prévenues. Depuis, elles ne cessent de me téléphoner à toute heure du jour et de la nuit. Tôt ou tard, je vais dépasser ce traumatisme, me blinder. Mais c'est vrai, pour l'instant, chaque fois que j'entre dans l'immeuble, la vision terrifiante du cadavre de Jon s'impose à moi.

— Cela n'a rien d'étonnant ! s'exclama Penelope Martin, adossée aux boîtes à lettres du hall d'entrée.

La coupable idéale

A ta place, tout le monde ferait des cauchemars ! Tu as vécu une véritable épreuve avec cette histoire.

Penelope Martin était belle à couper le souffle, Sophie l'avait toujours pensé.

Des yeux d'un bleu fabuleux, un ravissant visage et d'épais cheveux bruns : elle avait tout pour plaire. Lorsqu'elles voulaient être mauvaises langues, ses compagnes prétendaient qu'elle avait la dent dure. Sophie était consciente que Penelope se montrait parfois un peu manipulatrice mais, pour sa part, elle ne s'en formalisait pas. Après tout, Penelope travaillait comme lobbyiste, et il devait être difficile de tenter à longueur de journée de faire pression sur les députés ou les sénateurs et de renoncer à cet aspect de sa personnalité en quittant son bureau. En tout cas, Penelope semblait plus intéressée que les autres par « la situation de Jon », comme elle la désignait.

— Je n'arrive pas à concevoir que la police ait conclu à une mort accidentelle, dit-elle. Vu ce que tu nous as raconté, Sophie, il s'agit d'un meurtre, c'est évident...

Avec un soupir, Sophie défit les boutons de sa veste et se laissa tomber sur la troisième marche de l'escalier.

— D'après les autorités, Jon était nu comme un ver parce qu'il venait de prendre une douche, et il serait descendu chercher son courrier en tenue d'Adam puisqu'il se savait seul dans l'immeuble. C'est plausible. Il savait que je ne rentre jamais à la maison avant 5 heures de l'après-midi.

— Je n'en crois pas un mot, dit Jan d'un ton sans réplique.

Jan avait toujours tendance à vouloir imposer son

La coupable idéale

point de vue parce qu'elle était la seule de leur petit groupe à avoir couché avec Jon.

De leur côté, Hillary et Penelope avaient fait des pieds et des mains pour y parvenir, mais en vain.

Si Dieu lui avait prêté vie plus longtemps, Jon les aurait toutes fourrées dans son lit, Sophie n'en doutait pas. A l'exception d'elle-même, évidemment. Personne, y compris Sophie, n'imaginait Jon avoir envie d'elle.

Jan se perdait en conjectures.

— Jon se trouvait bel homme et n'était pas peu fier de parader dans le plus simple appareil, je ne l'ignore pas. Mais, le jour de sa mort, il faisait un froid de canard, et il avait plu toute la journée. Logiquement, il aurait dû passer au moins un peignoir ou un pull pour ne pas risquer d'attraper la mort en allant chercher le courrier.

— Peut-être n'est-il pas descendu pour vider sa boîte aux lettres. Peut-être le facteur avait-il sonné pour lui apporter un colis ou une lettre recommandée...

— Dans ce cas, il ne serait pas allé lui ouvrir nu comme un ver ! se récria Hillary. Et Sophie nous a dit qu'il n'y avait pas de paquet près de lui. Sans compter qu'il n'avait pas la clé de sa boîte aux lettres à la main.

Hillary avait une excellente mémoire et se rappelait toujours ce qu'on lui disait dans les moindres détails.

— Il n'avait vraiment rien sur lui, confirma Sophie.

Baissant la voix, Penelope revint au sujet qui l'intéressait plus que tout.

— Alors, est-ce vrai ce que toutes les femmes racontent ? Etait-il réellement monté comme un âne ? Cela

La coupable idéale

dit, c'est à Jan qu'il faut poser la question. Après tout, elle a eu maintes fois l'occasion de le vérifier...

— Je trouve un peu sordide de mettre le sujet sur le tapis maintenant !

Penelope ne se démont pas.

— J'ai entendu dire que, lorsqu'un homme meurt, il a une érection. Info ou intox, Sophie ? Tu es la seule d'entre nous à avoir pu le voir.

Choquée, Sophie leva les yeux au ciel.

— Vous êtes toutes les trois ignobles !

Ses amies éclatèrent de rire. Devinant qu'elle n'était pas en forme et craignait de se retrouver seule, elles restèrent un bon moment avec elle. Pourtant, chacune avait beaucoup à faire et, à la fin, Sophie s'en voulut de les retenir.

— Merci à toutes de m'avoir raccompagnée. Je me sens mieux. Je vais monter faire un gros câlin à mon chat adoré, et tout ira bien.

— Je reconnais bien là notre Sophie ! Elle ne partage son lit qu'avec un chat. Une vraie dévergondée ! s'exclama Hillary en riant. Cela dit, Jon qui, lui, était un véritable libertin, a dû être déçu de finir ainsi, bêtement, en tombant dans l'escalier. Je suis sûre qu'il s'attendait à mourir de façon moins banale. C'était à plus d'un titre un sacré débauché. Quand on pense au nombre de femmes qu'il a laissées tomber et qui auraient adoré le tuer...

— Elles auraient surtout adoré coucher avec lui, rectifia Jan d'un ton sec. Je parie que c'est le cas de plus de la moitié de la gent féminine de Washington. Les seules à lui en vouloir au point de songer à le faire passer de vie à trépas étaient les incurables romantiques,

La coupable idéale

celles qui imaginaient qu'il grandirait un jour et aurait envie de s'engager.

Penelope refusait de s'avouer battue.

— Quoi qu'il en soit, aucune n'a jamais prétendu qu'il ne se montrait pas à la hauteur au lit. Un amant hors pair mais incapable de se lier à une femme et encore moins d'être fidèle.

— Sauf à Sophie, bien sûr ! fit Hillary, moqueuse.

— Je refuse d'être mêlée à cette discussion !

— De fait, tu es la seule à n'être jamais tombée dans les pièges de Jon. En ce qui me concerne, je m'étais préparée à souffrir, mais il ne m'a jamais laissé la moindre chance de l'approcher, conclut Penelope.

Elle en semblait infiniment triste.

— Eh bien, si vous voulez tout savoir, répliqua Sophie en riant, je ne regrette pas d'avoir choisi Caviar. Je l'adore. Il me tient compagnie toutes les nuits, il est chaud et doux quand il se pelotonne contre moi dans mon lit et il…

— Excusez-moi, mesdemoiselles !

Le vestibule était tellement étroit que seules deux personnes avaient la place de s'y tenir ensemble. Jan, Penelope et Hillary s'y pressaient comme des sardines, Sophie s'étant installée dans l'escalier.

Elle sursauta de surprise en entendant une voix masculine les interpeller.

Elle se pencha en avant pour identifier l'intrus, mais ses amies faisaient écran… Lorsque, enfin, elle l'aperçut, elle se figea, bouleversée.

Un bref instant, elle eut l'impression que l'homme qui venait d'entrer dans l'immeuble était Jon.

La coupable idéale

Stupéfaite, elle battit des paupières. Elle voyait toujours Jon. Retirant ses lunettes, elle se frotta les yeux.

De son vivant, Jon avait été la coqueluche de toutes les femmes. Il lui suffisait d'apparaître pour les faire fondre ; aucune n'avait pu lui résister. Comment s'en étonner ? Non seulement il était très grand et bâti comme une armoire à glace, mais il avait des yeux bleus à se damner. Sans parler de son éternel petit air arrogant, lequel ne manquait pas de charme.

Les traits de Jon auraient été ceux d'Apollon sans son nez légèrement busqué. Mais sa peau mate, ses cheveux blond cendré, son menton volontaire et ses petites fossettes lui avaient assuré les soupirs de toutes, à l'exception de Sophie, qu'il n'avait jamais considérée comme une proie possible.

A présent, pourtant, le cœur de Sophie battait la chamade. Plus elle fixait l'intrus, plus elle prenait conscience qu'il n'avait rien d'un fantôme.

Indéniablement, il ressemblait beaucoup à Jon ; mais il y avait aussi d'importantes différences.

Si l'inconnu était blond, ses cheveux étaient un peu plus sombres que ceux de Jon et moins bien coupés. Il portait un pantalon en velours côtelé très ordinaire que Jon, toujours très élégant, n'aurait jamais acheté ; et il arborait une barbe de trois jours alors que Jon mettait un point d'honneur à ne jamais sortir sans s'être rasé de près et s'être inondé d'after-shave.

Enfin et surtout, Jon n'avait jamais provoqué chez elle une telle réaction. Sophie avait soudain l'impression d'être une adolescente en proie à ses premiers émois amoureux. Bien entendu, elle subissait certainement le contrecoup des effets d'une semaine particulièrement stressante et éprouvante...

Tandis quelle tâchait de recouvrer la maîtrise de ses émotions, ses amies promenèrent les yeux sur l'intrus et le jaugèrent comme s'il s'agissait d'un objet mis aux enchères.

L'homme les dévisagea avec la même curiosité et la même intensité, avant de darder son regard sur Sophie ; mais, presque immédiatement, il détourna la tête. Sophie ne s'en étonna pas. En sa présence, tous les hommes se comportaient ainsi...

Ses amies étaient toutes trois superbes mais, de toute façon, même si elles n'avaient pas été là, Sophie serait passée inaperçue. Voilà pourquoi elle n'avait jamais rien eu à craindre de Jon. Une femme ne portait pas des manteaux informes, des vêtements trop grands et des chapeaux hideux pour rien. Sophie faisait tout pour être ignorée.

Ses compagnes, en revanche, n'avaient jamais cherché à se fondre dans le paysage.

Jan fut la première à se manifester.

— Bonjour, dit-elle en lui tendant la main. Vous ne vivez pas ici, si je ne m'abuse. Soyez le bienvenu.

D'un bref coup d'œil, elle l'inspecta des pieds à la tête tandis que, de son côté, il remarquait la veste rouge assortie au vernis à ongles, les cheveux bruns bien coupés.

Il lui rendit sa poignée de main.

— Bonjour. Je m'appelle Cord Pruitt, je suis le frère de Jon Pruitt.

— Oh !

En voyant son amie changer aussitôt d'expression,

Sophie faillit éclater de rire. Un instant plus tôt, Jan jouait les prédatrices, et à présent ses yeux brillaient de sympathie et de compassion.

— Nous étions justement en train de nous dire à quel point nous avions aimé votre frère, à quel point il nous manquait. Sa mort a été un énorme choc pour nous...

Ce n'était donc pas un fantôme ! Sophie se détendit et observa ce Cord Pruitt. Pour une raison incompréhensible, il parut se désintéresser de Jan et s'approcha d'Hillary.

Cette dernière, toujours sur la réserve et timide, rougit en prenant conscience qu'elle était l'objet de l'attention de Cord. Mais elle se ressaisit et lui tendit à son tour la main en souriant.

— Bonjour. Hillary Smythe. Je suis généticienne à l'université de Georgetown. J'ai fait la connaissance de votre frère peu de temps après mon arrivée en ville. Je suppose que vous êtes son cadet, celui qu'il désignait comme « le cerveau de la famille » ?

Sophie n'en revenait pas. Un homme au moins avait le pouvoir de déstabiliser Hillary et de la sortir de son mutisme habituel !

Cord hocha la tête.

— Je suis heureux de faire la connaissance de personnes qui étaient liées à Jon. J'espère en rencontrer d'autres dans les semaines à venir. Sa mort, comme vous l'imaginez, est un énorme choc pour moi.

Il avait des intonations sexy, se dit Sophie, voilà sûrement pourquoi il la perturbait à ce point. Toutes les femmes devaient tomber sous le charme de cette voix.

La coupable idéale

Cord se détourna d'Hillary pour regarder Penelope.

— Vous êtes certainement Sophie, lui dit-il, la voisine de palier de Jon ?

Sophie fut surprise de l'entendre prononcer son nom, plus surprise encore de voir qu'il n'accordait plus aucune espèce d'intérêt à Hillary. Aucun homme normalement constitué ne détournait les yeux d'une fille comme son amie.

Elle était peut-être timide, mais elle était sans conteste la fille la plus brillante et la plus jolie du lot.

Sophie se sentit obligée de prendre la parole.

— Non, c'est moi, Sophie, et en effet j'habite l'appartement mitoyen de celui de votre frère.

Cord se détourna alors de Penelope comme des autres. Penelope en resta bouche bée. Puis, estimant sans doute que Cord avait commis une erreur, elle se jeta pratiquement sur lui.

— Et moi, je suis Penelope Martin. J'étais également une grande amie de Jon. Nous vivions tous dans le même quartier. Lui et moi aimions discuter politique après le travail… et nous retrouver au café du coin pour prendre un verre.

Sophie se demanda si Cord avait besoin de lunettes. Il ignora complètement Penelope, la poussant presque contre le mur, pour se tourner vers elle.

— Vous êtes Sophie ?

Cela sonnait presque comme une injure. Elle eut vraiment le sentiment qu'il était très surpris de la voir. Presque choqué.

Avant qu'elle n'ait pu répondre, il poursuivit :

— Oui, vous êtes sûrement Sophie…

La coupable idéale

Comme s'il avait la possibilité de savoir qui elle était ! Elle se prit le visage entre les mains.

— Oui, c'est bien moi... Et je trouve que vous ressemblez beaucoup à votre frère...

Cette fois, c'est lui qui parut insulté.

Comme il se rapprochait d'elle, Sophie sentit son trouble s'amplifier. Et, brutalement, elle sut pourquoi.

Il était mille fois plus sexy que Jon.

Seigneur, il avait des yeux splendides !

Et une bouche d'une sensualité torride !

Et des fesses...

Pour la première fois depuis une semaine, Sophie cessa de voir des corps d'hommes morts.

3

Ses amies ayant pris congé d'elle, Sophie s'engagea dans l'escalier, et Cord la suivit. Cette femme le décontenançait. Connaissant les goûts de son frère, il s'attendait à rencontrer une belle brune élégante et plantureuse. Or, non seulement Sophie était blonde, mais elle avait les cheveux en bataille, des joues roses de paysanne et elle était vêtue d'une veste difforme.

Il avait presque envie de se pincer pour s'assurer qu'il ne rêvait pas. Visiblement, Jon avait élargi la palette de ses préférences...

En tout cas, si, comme le soupçonnait la police, elle avait fait chanter les amantes de Jon et était mêlée à l'assassinat de ce dernier, elle cachait bien son jeu. Avec son regard franc et sa peau de bébé, cette Sophie Campbell inspirait confiance. Cord lui aurait donné le bon Dieu sans confession.

Mais surtout, il avait vraiment beaucoup de mal à se représenter son frère avec cette blondinette aux traits insignifiants. Peut-être avait-elle été sa complice, mais il ne parvenait pas à imaginer Jon attiré sexuellement par elle, d'autant que le quartier semblait peuplé de belles plantes correspondant en tout point à l'idéal féminin de Jon.

Cela dit, en entrant dans l'immeuble, il avait surpris

La coupable idéale

des bribes de la conversation des quatre femmes, et cette Sophie lui avait semblé, sans surprise, aussi peu vertueuse que superficielle. Au départ, il ne l'avait même pas vue, ses amies la lui cachant ; mais, comme celles-ci s'adressaient à elle par son prénom, il avait compris que cette voix douce disant qu'elle adorait le caviar et se lover contre un corps chaud était la sienne…

Il ne s'estimait pas en droit de porter le moindre jugement sur elle. Elle s'exprimait comme le faisaient sans doute toutes les partenaires sexuelles de son frère. Ses propos étaient ceux d'une personne égocentrique et de moralité douteuse. L'inspecteur de police et le détective privé avaient dû repérer ces traits de caractère chez elle, ce qui expliquerait pourquoi ils étaient persuadés qu'elle était complice des chantages de Jon et qu'elle avait joué un rôle majeur dans son assassinat.

Le seul problème était que, maintenant qu'il avait vu cette jeune femme, il ne pouvait plus le croire. Ses beaux yeux bleus ne recelaient aucune lueur de fourberie, elle était habillée comme l'as de pique, ses vêtements avaient tout d'un sac de pommes de terre et, lorsqu'elle fit tomber un de ses gants sur une des marches de l'escalier, il eut l'impression de voir celui d'un enfant.

Il le ramassa et le lui tendit.

Elle fit alors choir un livre.

Comme, parvenue à l'étage, elle cherchait la clé de son appartement, son écharpe glissa à terre.

« Décidément, cette Sophie est une remarquable actrice, digne de décrocher un oscar », se dit-il. A la voir, personne ne devinerait une grande manipulatrice faisant chanter des femmes pour leur extorquer de l'argent. Au contraire, elle passait pour une brave fille

La coupable idéale

un peu dans la lune, incapable de faire du mal à une mouche et dépourvue de cupidité.

Elle inspira d'un air gêné — qui ne dupa pas Cord un instant ! — et reprit la parole.

— Cord... Je sais que tout ce qui appartenait à votre frère vous revient de droit, et il n'est pas question pour moi d'en discuter. Mais, sincèrement, je pense qu'il ne serait pas juste que vous embarquiez Caviar. Il m'est très attaché et inversement. Je me suis toujours occupée de lui et, pour tout dire, j'ai passé bien plus de temps avec lui que Jon. Voilà pourquoi je me permets de vous demander l'autorisation de me le laisser.

— Pardon ?

Elle ouvrit la porte de son appartement au moment précis où Cord déverrouilla celle de son frère. De part et d'autre, les pièces étaient largement éclairées par la lumière du jour. D'un bref regard, Cord s'avisa que Jon avait fait de son logis un paradis technologique pour amants.

Celui de Sophie ressemblait à un bric-à-brac.

La jeune femme le dévisagea d'un air perplexe avant d'agiter la main devant les yeux de Cord.

— M'entendez-vous ? Etes-vous réveillé ?

Elle l'agaça comme l'aurait fait une petite sœur.

— Bien sûr, je suis réveillé. Mais je n'ai pas compris ce que vous me disiez.

— Je parlais du chat... de Caviar.

— Caviar, répéta-t-il.

Et l'évidence le foudroya. Elle ne faisait pas allusion à des œufs d'esturgeon hors de prix mais à l'affreux matou décharné qui s'était jeté sur elle dès qu'elle avait ouvert sa porte. Sa fourrure était un mélange de poils noirs, blancs et orange. Il se frotta aux jambes de la jeune femme en ronronnant comme un moteur.

Sophie s'accroupit pour le caresser, lâchant tout ce qu'elle avait dans les bras — son sac, ses gants, son chapeau, son livre.

— Comme vous le savez sans doute, poursuivit-elle, votre frère n'était pas vraiment un ami des bêtes, mais, un beau jour, Caviar s'est imposé, en quelque sorte. Alors que Jon rentrait chez lui, le chat s'est précipité à l'intérieur et s'est caché sous un meuble. Impossible de le déloger ! Par la suite, Jon l'a nourri, mais il ne perdait jamais une occasion de le mettre dehors, dans l'espoir que Caviar finirait par se décourager et par aller ailleurs. Pour finir, il a renoncé à le chasser... Quoi qu'il en soit, chaque fois que Jon découchait — ce qui est très souvent arrivé —, il laissait un mot sur ma porte afin que je passe lui donner à manger ou que je le prenne chez moi pour la nuit.

Cette histoire émouvante était sans doute destinée à détourner son attention, or Cord n'avait pas oublié que la police lui avait demandé d'essayer de lui tirer les vers du nez.

Elle parut croire qu'il hésitait parce qu'il avait envie de garder le chat pour lui.

— Ecoutez, dit-elle, venez chez moi un instant prendre un café. Vous verrez comment Caviar se comporte avec moi. Par ailleurs, si vous voulez, je peux vous aider à vous y retrouver dans les affaires de votre frère. Je ne sais pas de quoi vous avez besoin, mais...

Sans doute avait-il sous-estimé cette fille, se dit Cord, sidéré. Les flics lui avaient laissé entendre qu'elle allait lui proposer quelque chose qui lui donnerait le moyen de mettre le nez dans les affaires de Jon, et elle ne perdait pas de temps ! Que cela lui plaise ou non, Cord comprit qu'il tenait là une chance de coincer cette Sophie Campbell et qu'il ne devait pas la laisser filer.

Sur ses gardes, il s'avança dans l'appartement de la jeune femme, comme un renard s'aventurant dans la tanière d'un coyote.

Elle s'était meublée, à l'évidence, dans une brocante ou à la décharge. Une vieille cage pendait au plafond, abritant une fougère, des magazines et des livres jonchaient la table basse. Près de la fenêtre, un fauteuil défoncé croulait sous une ribambelle de coussins. Le canapé semblait affaissé ; il devait être impossible de s'en extraire, une fois assis. Le papier peint était orné de fleurs, à l'instar de la couverture jetée sur le sofa.

Un bref instant, Cord se sentit mal. Il avait perdu l'habitude de ces univers typiquement féminins. Il aurait volontiers bu un Martini ou deux pour se remettre.

Malheureusement, elle ne pensa pas à lui en proposer.

— Du lait ou du sucre dans votre café ? demanda-t-elle.

— Noir, merci. Mais ne vous sentez pas obligée de...

Sans lui laisser le temps de terminer sa phrase, elle disparut dans les profondeurs de l'appartement.

Mal à l'aise, Cord se rappela qu'il était un vrai dur, qu'il avait combattu dans les marines et avait été décoré pour sa bravoure, qu'il avait failli monter sur un podium olympique, qu'il avait survécu à des missions dans des contrées sauvages...

N'empêche, il avait peur de retirer son manteau.

La coupable idéale

Cette femme le terrifiait.

Avec prudence, il lui emboîta le pas et se retrouva devant la cuisine. Comme souvent dans les vieux appartements, celle-ci avait dû être repeinte une centaine de fois. Les murs étaient pour l'heure majoritairement jaune citron, des plantes vertes ornaient le plan de travail, et l'électroménager semblait dater d'avant-guerre. Un ordinateur, des livres et des piles de documents recouvraient intégralement la table. La jeune femme ne prenait donc pas ses repas là.

— Apparemment, vous avez transformé cette pièce en bureau, dit-il.

— Oui, il n'y a pas d'autre endroit pour travailler. Je sais que l'appartement est en désordre, mais je n'ai jamais eu le temps de l'arranger comme il le faudrait. Caviar s'y sent bien, et c'est le principal.

D'un mouvement de menton, elle désigna le chat, perché sur le haut d'un placard comme un dieu surveillant son domaine, avant de tendre une tasse de café à Cord.

— Caviar a beaucoup en commun avec votre frère. Tant que vous le laissez faire ce qu'il veut, tout va bien. Mais ne perdez pas votre temps à discuter avec lui ; il n'écoute jamais personne, de toute manière.

— Vous connaissiez bien Jon...

— Par certains côtés, oui.

Quelque chose dans son intonation lui fit sentir qu'elle cherchait à lui faire passer un message. Mais lequel ?

Elle l'invita à la suivre jusqu'au salon. Là, elle écarta les magazines et les livres qui encombraient le canapé pour lui permettre de s'asseoir. Le chat les avait suivis et s'installa sur l'accoudoir, comme décidé à les chaperonner.

La coupable idéale

Un chaperon ? Comment cette idée avait-elle pu traverser son esprit ? Cord aurait été incapable de le dire.

— Vous travaillez chez vous ? s'enquit-il.

— Oui, mais aussi aux quatre coins du monde. Pour réaliser certains entretiens, j'ai dû me rendre en Italie, au Royaume-Uni, en Géorgie, sur l'île de Man, en mer d'Irlande, à Luray, en Virginie... et je serais prête à aller dans les égouts si Open World — c'est le nom de la société qui m'emploie — l'estimait nécessaire. En ce moment, j'effectue pour leur compte d'importants travaux de traduction et je resterai sans doute à Foggy Bottom toute l'année pour ça. Pour tout vous dire, j'espère que, par la suite, ils me confieront d'autres dossiers à traiter à Washington DC. J'aimerais me poser quelque part. Pendant des années, j'ai été ravie de voyager, de voir de nouveaux horizons, de découvrir des cultures dont j'ignorais tout, mais j'en ai assez de cette existence de nomade. Je voudrais avoir un chez-moi.

Elle lui donnait plus de renseignements qu'il n'en demandait. Malgré lui, il s'étonna qu'une femme ayant quelque chose à cacher se révèle un tel moulin à paroles. Cette Sophie Campbell l'intriguait. Bien sûr, il n'allait pas lui raconter ses années au ministère des Affaires étrangères ni son passé dans l'armée, mais il était curieux de l'entendre parler d'elle en profondeur. Qui aurait pu deviner qu'ils avaient tant en commun ?

— Et sur quoi travaillez-vous actuellement ?

— Je mène une enquête passionnante. J'interroge des personnes ayant survécu à la Seconde Guerre mondiale. Pour l'essentiel, des Européennes qui vivaient dans des pays dominés par Hitler. Ces entretiens serviront à une étude plus approfondie sur le sujet. J'ai déjà recueilli le témoignage d'une Russe, d'une Allemande et d'une Danoise. L'histoire de cette dernière est fascinante. Elle n'avait que neuf ans quand les Etats-Unis sont entrés en guerre. Elle se souvient que son père, qui était pêcheur, allait à la rencontre, la nuit, des pilotes américains parachutés au-dessus de la mer. A l'époque, m'a-t-elle dit, tout le monde cachait des G.I. Dans son grenier, sa cave, sous son lit, n'importe où. Elle se rappelle avoir...

Sophie s'interrompit soudain.

— Je sais, je sais, reprit-elle en souriant, quand je commence, je deviens vite soûlante. Je pourrais en parler toute la nuit. Je n'y peux rien, j'adore mon métier. Mais ces histoires ne vous intéressent sûrement pas, pardonnez-moi...

Curieusement, il avait au contraire très envie de les entendre. Sa passion était contagieuse.

— Cela semble palpitant, répondit-il avec raideur. Mais en fait, pour le moment...

Elle acheva sa phrase pour lui.

— Vous avez autre chose à l'esprit... Je comprends. Seigneur! ajouta-t-elle en claquant dans ses mains, j'allais oublier que j'ai des tonnes de courrier à vous remettre! Je ne sais pas ce que les policiers ont fait de la correspondance de Jon lorsqu'ils sont venus perquisitionner ici. Mais, depuis leur départ, sa boîte aux lettres n'a pas désempli. Comme Jon m'en avait confié la clé, je l'ai vidée pour lui. Je le faisais souvent auparavant. Je me doutais que quelqu'un viendrait tôt ou tard prendre ses affaires, tout ça... Vous allez avoir besoin d'aide, conclut-elle après un instant d'hésitation.

— Vous en paraissez bien certaine...

Cord n'entendit pas sa réponse. Une fois n'était pas

La coupable idéale

coutume, cette fille le déstabilisait. Elle ne ressemblait en rien à ce qu'il s'était imaginé, en particulier, physiquement.

Elle portait des vêtements qui auraient été parfaits pour une bonne sœur en balade : un pull difforme qui lui tombait sur les cuisses, un jean slim, de grosses chaussettes apparentes... L'ensemble lui donnait une apparence négligée, voire débraillée. De plus, elle avait noué ses cheveux blonds en un chignon démodé.

Pourtant, quand elle se déplaçait, il voyait qu'elle ne dissimulait pas de kilos superflus sous ses habits trop amples.

Elle avait la taille fine, des seins rebondis. Pas très grande, elle était bien proportionnée, toute fine avec de jolies jambes galbées. Elle n'avait peut-être pas les traits d'un mannequin, mais sa peau était soyeuse, sa bouche appétissante et ses yeux magnifiques... du moins l'étaient-ils jusqu'au moment où elle posa des lunettes sur son nez.

Elle ne correspondait pas à l'idéal féminin de Jon, c'était sûr et certain. Elle ne cherchait pas à en mettre plein la vue, à éblouir les hommes, à impressionner son entourage. Elle était nature, et le désordre qui régnait dans l'appartement ne la gênait visiblement pas. L'idée de se recoiffer ou de se remaquiller parce qu'il était là ne l'effleura pas un instant.

Elle semblait... vraie.

Cord n'avait pas repensé à Zoe depuis des mois, mais soudain son souvenir revint le hanter. Elle illustrait merveilleusement bien son manque de discernement en matière de femmes. A une époque, il avait cru qu'elle était vraie, elle aussi...

La coupable idéale

A présent, il savait qu'il ne fallait pas accorder trop vite sa confiance à quelqu'un et encore moins se fier à ses instincts.

— Cord ?

Apparemment, Sophie tentait en vain d'attirer son attention depuis un petit moment.

— Désolé, je songeais à mon frère.
— Bien sûr, dit-elle d'un ton empreint de sympathie. Au lieu de bavarder, je ferais mieux de vous donner son courrier. Quand vous aurez pris votre décision, vous me direz ce que vous comptez faire de Caviar. Dans l'immédiat, j'imagine que vous avez envie d'être seul parmi les souvenirs de Jon...
— Oui.
— Très bien. Cognez à ma porte si vous avez besoin de quoi que ce soit.

Dès qu'elle fut enfermée chez elle, Sophie se mit à fredonner. Tout s'était bien passé.

Pourtant, Cord l'avait mise mal à l'aise. Il donnait l'impression de la regarder, de la regarder vraiment...

Comme si elle l'intéressait, comme s'il voyait une véritable femme derrière ses grosses lunettes, ses sourires affables et son air ordinaire.

Elle rapporta son café dans la cuisine et s'attabla, décidée à travailler deux bonnes heures. Naturellement, Caviar bondit aussitôt sur ses genoux et s'installa en ronronnant sur les feuillets qu'elle tentait de lire. Elle le caressa distraitement, tout en s'interrogeant sur l'origine de la nervosité dont elle avait fait preuve en présence de Cord.

La coupable idéale

C'était sans doute un homme à femmes, comme son frère, voilà pourquoi il la troublait à ce point. Il avait tout pour lui : une démarche féline, des biceps impressionnants, un sourire charmeur... Manifestement, il était intelligent, brillant, vif. Toutes les filles d'Eve devaient lui tomber dans les bras.

Même si ce dernier point aurait dû l'inquiéter, elle sourit en repoussant Caviar, qui s'était allongé sur le clavier. A vrai dire, la perspective d'un peu de piment dans sa vie trop morne ne lui déplaisait pas.

Ses sœurs prétendaient que cette existence calme et solitaire faisait partie de son karma et elles n'avaient peut-être pas tort ; mais, en réalité, elle n'avait rien contre les hommes. Au contraire, une des raisons pour lesquelles elle commençait à se lasser de son travail était qu'il l'obligeait à sillonner le monde alors qu'elle avait vraiment envie de se fixer quelque part, de rencontrer quelqu'un, de se marier, de fonder une famille, d'avoir des enfants... Or, idéalement, elle voulait épouser un homme qui ressemblerait un peu à... son père. Trop de types à l'heure actuelle ne pensaient qu'à eux et considéraient le sexe comme un agréable passe-temps.

Comme elle s'emparait de son stylo et repoussait de nouveau Caviar, la sonnerie du téléphone retentit. Elle prit l'appel.

Il n'y avait personne au bout du fil, et elle raccrocha.

Elle se mit au travail mais, au bout d'une demi-heure, l'appareil recommença à carillonner. De nouveau, elle décrocha.

Et, cette fois encore, elle n'entendit qu'un souffle dans l'écouteur.

La coupable idéale

Brusquement, elle se leva et se frotta les bras. Elle avait la chair de poule. Ce phénomène se produisait souvent. La première fois, au moment de la mort de ses parents. Mais celle de son voisin avait sans doute mis ses nerfs à vif. Même si la police semblait sûre que Jon s'était tué accidentellement, Sophie avait l'intuition que la réalité était tout autre.

Comme si le sort s'acharnait à accroître sa nervosité, elle sursauta quand quelqu'un tambourina à sa porte.

Elle découvrit Cord sur le palier.

— Je suis désolé de vous déranger, mais...

Caviar surgit soudain entre ses jambes, passa devant Cord telle une fusée et se rua dans l'appartement de Jon. Cord considéra le félin avant de reporter son attention sur Sophie. A la vue de son expression, il fronça les sourcils.

— Qu'est-ce qui ne va pas ?
— Rien.
— Vous êtes blanche comme un linge.
— C'est normal, il ne cesse de pleuvoir. Sans ça, j'aurais pris des couleurs.

Sa réflexion était stupide mais aussi, si son cœur n'avait pas battu si vite ! Or, cette fois, son émotion n'avait pas la peur pour origine. Etre si proche de Cord la troublait.

— Je vais récupérer Caviar, dit-elle. Il avait l'habitude de circuler librement entre les deux appartements, voilà pourquoi il... Mais pardonnez-moi, j'ai oublié de vous demander pourquoi vous étiez venu frapper à ma porte. Avez-vous besoin de quelque chose ?

— Savez-vous comment fonctionnent tous les appareils à la pointe du progrès que mon frère a installés chez lui ?

La coupable idéale

— Lequel vous pose un problème ?

Elle avait oublié sa chair de poule, d'ailleurs elle ne frissonnait plus. La façon de gémir de Cord était drôle. Il n'était pas homme à supporter stoïquement ses frustrations, et il n'aimait pas non plus solliciter de l'aide, c'était évident.

Elle le suivit dans l'appartement de Jon. Elle comprenait sa perplexité. Elle avait été confrontée à la même situation la première fois qu'elle était venue garder Caviar. Les interrupteurs du salon n'allumaient pas les lumières mais la sono. Ils déclenchaient le *Boléro* de Ravel, fermaient les rideaux et mettaient en route la cheminée électrique.

Sans hésiter, elle fondit sur un bouton installé près de la fenêtre. Aussitôt, la musique cessa, la cheminée s'éteignit. Seuls les rideaux restèrent fermés.

— Que signifie ce bazar ? grommela Cord.

— C'est une mise en scène destinée à séduire, ne le voyez-vous pas ?

Il passa la main dans ses cheveux.

— Pour vous dire la vérité, non…

Cord n'utiliserait pas d'artifices ou de mensonges pour séduire une femme. Il n'en avait pas besoin. S'étant fait cette réflexion, Sophie s'obligea à reporter son attention sur la situation présente.

— Votre frère adorait les gadgets en tout genre. Je me suis toujours demandé pourquoi il ne les avait pas fait breveter. Il aurait pu faire fortune avec ses inventions. Mais qu'est-ce que ça sent ? ajouta-t-elle en fronçant le nez.

En temps normal, elle aurait attendu une réponse avant de réagir, d'autant qu'elle n'était pas chez elle. Mais il lui parut tellement évident que Cord — aussi intelligent qu'il soit — n'avait pas du tout l'esprit pratique qu'elle préféra passer à l'action. Depuis la perquisition, personne n'était entré dans cet appartement, et, bien entendu, le ménage n'avait pas été la priorité des policiers. Certes, elle avait une clé ; mais, comme elle avait recueilli Caviar, elle s'était dit qu'elle n'avait aucune raison de retourner chez Jon et elle estimait ne plus en avoir le droit.

Cela dit, devant cette atmosphère nauséabonde, elle se devait de faire quelque chose. La jeune femme n'eut pas de mal à en découvrir l'origine. La poubelle de la cuisine n'avait pas été nettoyée, et des restes alimentaires avaient pourri à l'intérieur. Elle remarqua la porte ouverte du réfrigérateur. Cord avait dû essayer de le récurer. Il lui en apporta d'ailleurs la confirmation.

— J'étais en train de tout laver. Je ne peux pas vivre dans la crasse. Les odeurs de pourriture étaient tellement infectes que j'ai voulu ouvrir la fenêtre pour aérer. Mais, quand j'ai essayé d'allumer la lumière du salon…

— Une douce musique s'est déclenchée…

Il se frotta le visage.

— Ecoutez, je dois absolument passer la cuisine à l'eau de Javel pour dégager cette puanteur avant de pouvoir m'installer dans cet appartement. Ensuite, j'aérerai en grand. En attendant, seriez-vous d'accord pour m'accompagner faire un tour dans le quartier ? Voulez-vous aller déjeuner quelque part avec moi, par exemple ?

— Eh bien, je ne… Vous ressentez le besoin de parler de votre frère, c'est ça ? ajouta-t-elle d'un ton teinté de compassion, après un moment d'hésitation.

Ce fut au tour de Cord d'être un peu gêné.

La coupable idéale

— Euh... oui, bien sûr, balbutia-t-il.
— Alors, j'accepte. Mais nous ne nous attarderons pas, j'ai du travail. D'accord ?
— D'accord.

Cord n'avait pas menti. Il avait besoin de prendre l'air, de se rafraîchir les idées. S'éloigner un peu de l'appartement de son frère lui ferait du bien.

D'instinct plus que par calcul, il entraîna Sophie vers l'université de Georgetown. Descendre l'avenue de Pennsylvanie n'avait pourtant rien d'une balade tranquille. Entre les sirènes des ambulances se rendant à l'hôpital tout proche, les coups de Klaxons qui fusaient de part et d'autre et les crissements de freins des voitures qui pilaient devant les piétons, il fallait presque hurler pour se faire entendre. Mais, bizarrement, Cord trouvait cette folie réconfortante, rassurante. Washington n'aurait pas été Washington sans ce vacarme.

La femme qui marchait à côté de lui, en revanche, n'appartenait pas à cet univers.

En apparence, Sophie correspondait en tout point à ce que Bassett et Ferrell lui avaient dit qu'elle serait.

Elle connaissait très bien l'appartement de son frère, n'ignorait rien des techniques de séduction élaborées de Jon.

Et elle semblait mal à l'aise en sa présence, très nerveuse — comme le sont les personnes qui n'ont pas la conscience tranquille.

Il était si facile de se lier à elle qu'elle devait être très douée pour duper les gens. Cord n'avait jamais été un grand bavard ; or elle l'avait fait parler comme personne n'y avait jamais réussi.

Bien sûr, les sujets sur lesquels il voulait l'interroger ne manquaient pas.

— Je dois reconnaître que je me sens un peu perdu dans l'appartement de Jon, dit-il. Moi qui croyais m'y connaître en technologie de pointe...

Il s'agissait évidemment d'un euphémisme, mais il n'avait pas l'intention de lui parler des programmes de haute sécurité qu'il avait conçus ni des codes secrets qu'il avait décryptés des années durant.

— En général, je suis capable de comprendre n'importe quel système informatique, poursuivit-il. Mais je ne vois pas très bien quel intérêt tous ces gadgets avaient pour Jon.

Le rire de Sophie fut plus chaud qu'un rayon de soleil.

— Je parie que vous n'étiez jamais venu chez votre frère !

— Non, en effet.

— Mais vous saviez forcément qu'il était bricoleur dans l'âme. Il passait son temps à mettre au point des inventions qui ne servaient à personne... sauf à lui.

Cord ne put s'empêcher de s'esclaffer à son tour.

— C'est vrai. Quand il était gosse, Jon ne pouvait pas voir une montre ou un réveil sans les démonter intégralement afin d'utiliser leur mécanisme à Dieu sait quoi. Il adorait inventer des machines dont personne ne voyait l'utilité. Et, chez lui, j'ai découvert un nombre incalculable d'interrupteurs et de verrous qui semblent n'avoir aucune fonction.

— Lorsque vous allez rendre l'appartement à son

propriétaire, il ne va sans doute pas apprécier les transformations apportées par Jon et, à mon avis, il refusera de vous rembourser la caution.

Ils arrivaient devant le fleuve Potomac. L'eau avait les teintes de l'étain, en parfait accord avec le gris du ciel. Pourtant, malgré la mélancolie ambiante, malgré les tensions qui entouraient la mort de Jon, Cord avait le cœur léger. Par sa seule présence, Sophie lui redonnait le moral.

Comme ils avaient marché jusqu'aux abords de l'université, il jeta son dévolu sur un restaurant qu'il connaissait bien, une brasserie sur deux étages avec une vue imprenable sur les flots.

Il commanda une tasse de thé bien chaud pour elle et une bière pour lui.

— Je me moque de récupérer ou non la caution, dit-il. J'essaie simplement de... comprendre ce que Jon faisait de sa vie.

— Apparemment, vous n'étiez pas très proche de lui.

— Nous n'avions rien en commun.

— Je vois, dit-elle sobrement, arrachant à Cord un nouveau sourire.

N'ayant aucune raison de lui mentir, il se montra honnête.

— Quand j'essaie de réfléchir à ce que nous regardions d'un même œil, lui et moi, je ne trouve pas grand-chose. Sans doute étions-nous d'accord pour dire que le ciel était bleu en été, mais je crois que c'est à peu près tout.

Elle hocha la tête avec sympathie.

— Vous devez vous sentir mal à l'aise au milieu de tous les gadgets de Jon.

La coupable idéale

— C'est vrai, mais je suis le seul à pouvoir m'occuper de ses affaires, alors je dois m'y atteler. Et vous, avez-vous une grande famille ?
— Oui et non. A l'origine, elle se composait de cinq personnes, mes parents et leurs trois filles. J'étais la plus jeune. Mais…, ajouta-t-elle en détournant les yeux, lorsque j'avais cinq ans, notre maison a été détruite par un incendie. Mon père et ma mère ont péri au milieu des flammes, et, comme si cela ne suffisait pas, mes sœurs et moi avons été séparées, aucune famille d'accueil n'ayant accepté de nous élever toutes les trois.
— C'est terrible…, dit-il doucement.
— Assez, oui. Cela dit, je ne veux pas me plaindre. J'ai été adoptée par des gens formidables — un couple de professeurs. Ils étaient âgés et, à plus d'un titre, leur foyer était calme et sécurisant. Ils se sont toujours montrés adorables, et grâce à eux j'ai pu dépasser mon traumatisme.
— Sont-ils toujours de ce monde ?
— Malheureusement, non. Il y a quelques années, Mary a été emportée par un cancer, et six mois plus tard une crise cardiaque a terrassé William. Ils avaient tous deux plus de soixante ans lorsqu'ils m'ont recueillie. Cate, ma sœur aînée, n'a jamais cessé de nous chercher. Elle a d'abord retrouvé ma trace puis celle de Lily. Nous ne vivons peut-être pas dans la même ville, mais nous sommes devenues très proches les unes des autres. Nous nous appelons ou nous nous envoyons des mails en permanence. Je suis désolée pour vous, ajouta-t-elle en posant de nouveau les yeux sur lui, que vous n'ayez pas connu cette complicité avec votre frère. Quand les temps sont durs, la famille est un vrai soutien. Petite

fille, je faisais souvent des cauchemars. Je me voyais abandonnée, sans personne avec moi. Retrouver mes sœurs a été un grand bonheur...

Cord resta silencieux, tentant d'imaginer un vieux couple adoptant une petite fille turbulente de cinq ans... et ce que la malheureuse enfant avait dû éprouver lorsque ses parents et ses sœurs lui avaient été brutalement arrachés. De nouveau, il eut du mal à concevoir quelqu'un avec ce passé devenir un maître chanteur, prêt aux pires bassesses pour escroquer de l'argent à des personnes vulnérables. Il avait beau analyser la situation sous tous les angles, essayer de se la représenter sous les traits d'un corbeau, ça ne collait pas. Cette fille n'avait pas le profil pour se livrer à ce genre d'activités.

Pour compliquer encore un peu plus l'affaire, plus il passait du temps avec elle, plus il se sentait attiré par elle. Il avait envie de l'entendre se raconter davantage, de la dévorer des yeux, de la toucher...

Il serra plus fort la bouteille de bière.

— Sophie, vous qui avez bien connu Jon, savez-vous quel métier il exerçait, comment il gagnait sa vie ?

— Non, je l'ignore. Quand je le lui demandais, il éclatait toujours de rire, prétendait qu'il était fonctionnaire... avant de changer de sujet. Je n'ai jamais été sa confidente. Nous nous rendions simplement service.

Cord devait se montrer beaucoup plus direct, au risque d'être brutal, s'il voulait en apprendre davantage.

— D'après ce que j'ai entendu dire, beaucoup de femmes gravitaient autour de Jon...

Elle rougit.

— Oui, et « beaucoup », c'est peu dire...

— Pourtant, c'était toujours à vous, et à aucune

autre, qu'il demandait de veiller sur son chat et sur son appartement en son absence...

Elle hocha la tête.

— Cela vous semble étrange ? En fait, il ne ramenait pas tant de filles que ça chez lui. Et, lorsque cela se produisait, elles ne restaient pas souvent la nuit entière. Bien sûr, je ne l'espionnais pas, mais je...

— Je n'ai jamais prétendu le contraire. J'essaie seulement de comprendre quelle était sa vie, ce qui lui est arrivé. Tout ce que vous pourrez me raconter sur lui m'aidera beaucoup.

De nouveau, elle se détendit.

— Aussi curieux que cela puisse paraître, votre frère n'était pas très proche des femmes qu'il fréquentait. Certes, il s'amusait avec elles, mais elles ne faisaient que défiler. Là encore, Jon ressemblait à Caviar. Il aimait courir la gueuse, si vous me permettez l'expression, mais revenait se ressourcer chez lui quand il était fatigué.

— Il n'était pas très proche des autres, mais il avait confiance en vous...

— Je le crois... Il ne me considérait pas vraiment comme une femme, si vous voyez ce que je veux dire. Voilà pourquoi nous avons toujours entretenu d'excellentes relations de voisinage.

Cord la dévisagea avec étonnement. Manifestement, elle ne s'estimait pas intéressante ni séduisante aux yeux de Jon, ni même à ceux d'un autre homme. Pourtant elle avait une peau à croquer, des yeux superbes et une bouche à damner un saint...

Jouait-elle la comédie ou était-elle sincère ? Etait-elle une actrice accomplie ou une fille qui doutait réellement de son pouvoir de séduction ?

La coupable idéale

En tout cas, il la considérait, lui, comme une femme à la fois complexe, passionnante et très belle...

Il réfléchit à ce dernier qualificatif un petit moment. Dieu sait que ce mot ne correspondait pas à la première impression qu'il avait eue d'elle. Au départ, elle lui avait surtout paru mal fagotée, empotée, négligée.

Elle se rendit compte qu'il la fixait et elle lança finalement :

— Quoi ?
— Vous avez retiré vos lunettes, remarqua-t-il.

Aussitôt, elle les replaça sur son nez.

— J'oublie parfois de les mettre.

Il la regarda avec plus d'attention. Elle ne semblait pas avoir besoin de verres correcteurs. Seule explication : elle s'efforçait de cacher ses beaux yeux.

Cord aurait dû savoir, à présent, s'il pouvait ou non lui faire confiance. Or, ce n'était pas le cas, loin de là. Quand il travaillait pour le gouvernement, personne n'avait jamais remis en cause son jugement, sauf en ce qui concernait Zoe, bien entendu. Les décisions qu'il devait prendre à propos de l'avenir du pays lui étaient plus faciles que celles touchant les femmes.

En attendant, Sophie avait fini son thé, lui avait terminé sa bière et il se posait autant de questions qu'avant de l'inviter à l'accompagner.

Comme il réglait l'addition, Sophie se mit sur pieds.

— Je dois retourner travailler, dit-elle.
— Je suis désolé, je ne voulais pas vous prendre tant de temps en ce dimanche après-midi.
— C'est moi qui vous avais proposé de vous donner un coup de main, lui rappela-t-elle.

La coupable idéale

Il hésita.

— C'est vrai, et pour vous dire la vérité... Quand nous serons revenus, pourrez-vous m'accorder quelques instants supplémentaires ? Pas beaucoup, je vous assure. J'aimerais simplement que vous fassiez le tour de l'appartement avec moi pour me montrer comment fonctionnent les différents gadgets de Jon. Je préférerais ne pas déclencher par mégarde une sirène d'alarme, par exemple...

Elle lui sourit.

— Bien sûr. D'autant que le système de sécurité mis au point par Jon est assez particulier...

Sur le chemin du retour, une petite bise froide les gifla. Comme lui, Sophie marchait d'un bon pas ; mais elle avançait légèrement en retrait, les mains dans les poches, comme si elle veillait à éviter le moindre contact physique. Pourtant, elle ne cessait de lui lancer des regards de biais.

Cord s'imaginait qu'elle avait de bonnes raisons de chercher à le tenir à distance. Ne serait-ce que le fait qu'elle n'ait pas une haute opinion de son frère...

Une fois qu'ils furent rentrés dans leur petit immeuble, elle le suivit dans l'appartement de Jon, comme prévu, mais elle fit bien attention à ne pas retirer sa veste. A un rythme soutenu, elle lui parla des gadgets. Elle était bien renseignée. Le repaire de Jon n'avait aucun secret pour elle.

— A l'origine, ce bâtiment abritait une seule famille. Voilà pourquoi l'aile que j'occupe n'est pas la réplique exacte de celle qu'habitait votre frère. La sienne est plus grande, mais pas seulement. Sa cuisine a une forme

La coupable idéale

biscornue parce qu'elle était sans doute une chambre autrefois…

Il avait déjà visité l'endroit, mais Sophie le lui faisait voir d'un œil neuf. Jon avait dû choisir de vivre dans de l'ancien parce que, architecturalement, il y avait plus de possibilités de cachettes que dans du neuf. Comme il fallait s'y attendre, la cuisine était truffée d'équipements raffinés. Quant à la salle de bains, elle bénéficiait d'un sèche-serviette électrique et d'un placard réfrigéré dont l'usage échappa à Cord. Servait-il à garder des boissons au frais ? De la nourriture ? Dieu seul le savait.

Cela dit, si salon, cuisine et salle de bains regorgeaient d'inventions en tout genre, la chambre à coucher semblait être le lieu de prédilection de la créativité de Jon.

Les mains sur les hanches, Cord considéra la pièce, qui avait tout d'un univers de science-fiction.

— Je n'étais jamais entrée ici, je ne sais donc rien des gadgets que Jon y avait mis, dit Sophie en hochant la tête. Il s'agissait de son aire de jeux préférée, si vous me permettez l'expression, l'endroit où il s'amusait, son bac à sable. Il m'en avait beaucoup parlé ; lorsqu'il devait s'absenter, il s'inquiétait du système de sécurité qu'il avait installé ici.

Même s'il était un spécialiste, Cord n'avait jamais vu d'appareils aussi sophistiqués, surtout chez un particulier. Au centre de la chambre trônait un énorme bureau, chargé de quatre ordinateurs. Des câbles électriques serpentaient sur le parquet.

Sophie s'éclaircit la gorge.

— Ne touchez jamais ce tableau, dit-elle en désignant une reproduction sur le mur.

— Pourquoi ?

La coupable idéale

C'était une toile représentant la Joconde en tenue d'Eve, que Cord jugea de très mauvais goût.

Quand Sophie effleura des doigts le sourire de Mona Lisa, tous les ordinateurs s'éteignirent brusquement.

Devant l'expression stupéfaite de Cord, elle éclata de rire.

— Moi non plus, je ne vois pas pourquoi Jon avait inventé ce système. Je crois que ça l'amusait, tout simplement. Lorsque je venais nourrir Caviar en son absence, j'avais toujours peur de déclencher quelque chose par mégarde.

Elle lui montra un endroit du parquet, près de la fenêtre.

— Si vous marchez là, par exemple, une sirène retentit dans l'entrée. Caviar l'a mise en route à plusieurs reprises. A sa décharge, ce chat est très intelligent et a senti la plupart des pièges semés dans l'appartement. Vous voyez ce petit cadre ? Il dissimule un minibar. La cuisine se trouve derrière ce mur, et Jon ne voulait sans doute pas se fatiguer à aller jusque-là pour prendre une bière. Il était du genre paresseux.

Elle revint vers la cuisine.

— Je sais que vous connaissez cette pièce, mais je voudrais vous montrer...

Elle ouvrit un tiroir, rempli d'un ensemble hétéroclite d'objets usuels, allant des tournevis aux piles électriques en passant par une lampe de poche, le bazar que tout le monde a chez soi sans jamais savoir où le ranger.

— Voyez-vous ces trois boutons dans le coin ? Le premier verrouille la porte d'entrée et la porte de service, le deuxième éteint toutes les lumières. J'ai toujours trouvé ça stupide. Quel est l'intérêt d'être dans le noir lorsque

La coupable idéale

vous êtes dans la cuisine ? Quant au troisième bouton, j'ai oublié. Jon ne m'en a parlé qu'une fois, et je ne sais plus à quoi il sert.

Elle le regarda avec un sourire espiègle, cherchant à lui faire partager le comique des idées farfelues de son frère.

Mais Cord n'avait pas le cœur à rire. Il était très loin de ce sourire, de ces lunettes ridicules, de cette fille qui le surprenait de plus en plus. Depuis le début, il se demandait si elle était un ange ou un démon, une femme réellement fascinante ou une psychopathe manipulatrice.

Il devait le découvrir et sans tarder...

Un baiser ne garantissait peut-être pas une alchimie et ne permettait certainement pas de distinguer la vérité du mensonge. Mais, quand ses lèvres capturèrent celles de Sophie, il sut avec certitude quelque chose sur elle.

Il baissa la tête en fronçant les sourcils tandis qu'elle levait la sienne avec la même perplexité.

Puis, sur une impulsion, il lui retira ses lunettes, les posa sur la table et se pencha vers elle pour l'embrasser encore. Cette fois, il prit son beau visage entre ses mains et ferma les yeux quand leurs langues entamèrent une danse sensuelle.

Sa bouche était douce comme du miel. La manière dont elle se tenait immobile, aux aguets, lui évoqua une biche craintive. Elle hésitait, comme tentée de se laisser aller tout en étant la proie d'une certaine inquiétude, mais elle ne s'enfuit pas. Avec prudence, elle lui rendit ses baisers.

Mais soudain, elle poussa un petit gémissement, noua les bras derrière son cou et, se hissant sur la pointe des pieds, elle se mit à l'embrasser passionnément...

La coupable idéale

Cord resserra son étreinte. A présent, il avait toutes les raisons de la soupçonner. Cette fille n'était pas claire, pas claire du tout.

Elle embrassait avec l'innocence d'une vierge, sans chercher à dissimuler son désir. Pour autant, elle ne perdait pas le contrôle ; elle ne s'abandonnait pas sans être sûre de pouvoir le faire en toute sécurité.

A la fin, il s'écarta d'elle pour recouvrer son souffle et sa santé mentale.

— Que s'est-il passé ? grommela-t-il.

Elle haletait, le visage rouge, les lèvres gonflées.

— Ne jouez pas avec moi, Cord.

— Moi ?

— Si vous êtes comme votre frère, passez votre chemin. Les jolies femmes pullulent dans le quartier, et la plupart ne rêvent que de prendre un peu de bon temps. Mais je ne suis pas ainsi alors, si c'est ce que vous cherchez, soyez gentil d'aller voir ailleurs.

— Je ne cherche rien.

— Moi non plus.

Puis, redressant les épaules, elle sortit de la pièce en criant :

— Caviar !

L'animal apparut instantanément, jeta à Cord un regard mauvais et suivit Sophie. Cord entendit la porte claquer.

— D'accord, d'accord, murmura-t-il. Tout cela me prouve au moins une chose.

Cette femme savait embrasser.

4

Sophie coupa son magnétophone et se leva.

— Vous avez été formidable, madame Hoffman !

Toutes deux avaient bien travaillé, mais elle sentait que l'octogénaire commençait à fatiguer.

Cette dernière lui sourit en se mettant à son tour debout.

— Vous avez ravivé mes souvenirs, mon petit. Personne ne m'avait jamais demandé mon point de vue sur ces questions.

Greta Hoffman s'exprimait en allemand, et Sophie lui répondit dans la même langue :

— C'est bien dommage.

Elle entretenait peut-être avec la vieille dame des relations purement professionnelles ; elle se pencha pourtant pour piquer ses joues d'un baiser. Avant de ramasser ses notes et d'enfiler sa veste, elle rapporta sa tasse dans la cuisine. Mme Hoffman lui offrait toujours un thé, mais Sophie ne voulait pas qu'elle fasse sa vaisselle.

Sa tête était encore emplie des histoires que Greta lui avait confiées. Quand Hitler avait envahi l'Autriche, elle n'était qu'une petite fille. A l'époque, elle habitait Mauthausen, et elle se rappelait une ville bruyante réduite brutalement au silence.

La coupable idéale

— Certaines personnes qui avaient tendance à trop parler ont disparu du jour au lendemain. Quelque temps plus tard, leurs cadavres ont été retrouvés dans la rue. Ils avaient été abattus comme des chiens. Avant la guerre, les hommes avaient l'habitude de se rendre au café pour discuter politique autour d'une bière. Cela a pris fin. Quant aux femmes qui bavardaient avec leurs voisines chez l'épicier, elles ont dû, elles aussi, cesser de le faire. Après la libération, le monde entier nous est tombé dessus à propos des chambres à gaz et de l'extermination des Juifs : « Comment avez-vous pu laisser de telles horreurs se perpétrer ? Comment auriez-vous pu ne pas être au courant ? »

Depuis qu'elle interrogeait ces femmes, Sophie avait souvent entendu ce genre de réflexions. Perdue dans ses souvenirs, Greta semblait infiniment triste.

— Les gens ne comprennent pas que nous avions tous peur. Critiquer Hitler, c'était signer son arrêt de mort. Jour après jour, mois après mois, de plus en plus de personnes disparaissaient. Nous savions qu'elles avaient été exécutées et nous étions terrorisés à l'idée de connaître le même sort. Alors nous marchions en rasant les murs, nous n'osions plus sortir, nous nous cachions dans nos maisons. Je me souviens qu'un jour mon père m'a giflée parce que j'avais ri dans la rue. Un monsieur très distingué avait trébuché sur le bord du trottoir et manqué de peu de s'étaler de tout son long, et je m'étais esclaffée, attirant ainsi l'attention. Il n'avait jamais levé la main sur moi auparavant...

Elle continuait à parler, et il fallut une bonne demi-heure à Sophie pour parvenir à s'en aller.

— A l'époque, tout le monde craignait les racontars.

La coupable idéale

Les rumeurs étaient potentiellement très dangereuses. Si des bruits couraient comme quoi untel critiquait le régime ou n'adhérait pas à certaines thèses nazies, ce type était condamné. Que ce soit vrai ou non n'importait pas. Si ses voisins le disaient, il était mort. Les gens croient souvent que les mots, les paroles n'ont pas de véritable pouvoir, mais c'est faux. Ils tuent, mon petit, ils ont toujours tué.

Lorsque Sophie put la laisser pour se hâter vers la station de métro, la nuit était tombée, et un vent glacé soufflait sur la ville. Elle s'engouffra dans le souterrain, heureuse de se mettre à l'abri du froid. Parvenue dans son quartier, elle pressa le pas. Elle était comme d'habitude chargée comme un baudet.

Elle avait pensé à Cord toute la journée — et toute la nuit — mais, à présent, les paroles de Mme Hoffman l'incitaient à songer à lui dans une autre optique. Toutes proportions gardées, les commentaires de Greta à propos des rumeurs s'appliquaient aussi aux bruits qui couraient à Washington. Cette ville était connue pour colporter des ragots.

Beaucoup d'entre eux avaient concerné le frère de Cord.

Comme Sophie traversait sans regarder à droite ni à gauche, un énorme coup de Klaxon lui reprocha son inattention, et elle hâta encore le pas. Elle regrettait de ne pas savoir si Cord avait la même mentalité que son frère.

Les baisers qu'ils avaient échangés la veille avaient hanté son sommeil et enchanté sa journée... comme un petit bonheur qui réchauffait son cœur et éclairait sa vie.

La coupable idéale

Cord lui plaisait. Il avait l'esprit vif, savait mettre à l'aise ses interlocuteurs. Il la plongeait dans des émois qu'elle n'avait pas éprouvés depuis longtemps ; il réveillait des désirs enfouis, et elle en était secrètement ravie.

Quelque part, dans son appartement, elle avait une photo d'elle enfant, jouant à la star avec une longue écharpe rose de sa mère, qu'elle portait comme un boa. Se servant d'une brosse à cheveux comme d'un micro, elle chantait à pleins poumons une rengaine à la mode. Elle n'avait pas peur, alors, de danser et de s'égosiller, de se mettre en avant.

Mais, comme ses parents adoptifs avaient voulu qu'elle se comporte en petite fille sage et bien élevée, elle en était devenue une. Pour être aimée, pour retrouver la sécurité affective dont elle avait tant besoin, elle aurait fait n'importe quoi.

Depuis le drame qui avait bouleversé son existence, la prudence était comme une religion pour elle. Elle n'avait jamais pris le moindre risque avec les hommes. Or la veille, avec Cord, elle en avait eu envie. Pendant un moment, elle avait oublié d'être réservée, et la Sophie exubérante qui aimait chanter à tue-tête était revenue.

« Arrête ça ! » s'ordonna-t-elle en poussant la porte d'entrée de l'immeuble.

Elle devait cesser de rêver tout éveillée. Un instinct lui soufflait que Cord lui cachait quelque chose d'important. D'ailleurs, il aurait été curieux qu'il ne le fasse pas. Ils se connaissaient à peine, il n'avait donc aucune raison de lui faire confiance et de partager ses secrets avec elle. De plus, la mort de son frère compliquait leurs relations.

La coupable idéale

En tout cas, tant qu'elle n'en saurait pas davantage sur lui, elle préférait le tenir à distance.

De toute façon, il était peu probable qu'il lui propose de l'embrasser encore.

Tout en montant l'escalier, elle décida d'oublier Cord. Elle allait rentrer chez elle, se verser un verre de bon vin, s'installer avec Caviar sur le canapé et appeler ses sœurs. Comme elle sortait la clé de son appartement, elle se rendit brutalement compte qu'elle n'en aurait pas besoin.

Sa porte était grande ouverte.

Abasourdie, elle avança d'un pas, le cœur battant. Son salon était sens dessus dessous. Livres et bibelots avaient été jetés des étagères, une lampe cassée gisait sur le tapis, les coussins du canapé semblaient avoir été mis en charpie par un requin.

Elle poussa une profonde inspiration avant de hurler le nom de Caviar.

Quand la police arriva, Sophie, encore emmitouflée dans son manteau, était assise sur la plus haute marche de l'escalier menant à l'étage, le chat recroquevillé sur ses genoux. Elle se demandait par quel miracle elle avait réussi à composer le numéro des secours. Elle tremblait de tous ses membres.

Elle ne s'était pas encore remise du traumatisme provoqué par la découverte du cadavre de Jon, et ce nouveau coup du sort, si proche du précédent, l'anéantissait. La situation lui échappait, elle ne parvenait plus à la gérer. Elle sentait qu'elle n'allait pas pouvoir résister longtemps, nerveusement.

La coupable idéale

Deux hommes étaient en charge de l'affaire. Ils étaient déjà venus pour enquêter sur la mort de Jon. L'un d'eux ressemblait bizarrement au détective toujours larmoyant d'une série policière. Il s'appelait Bassett. En la voyant, il poussa un gros soupir.

Depuis le début, elle avait senti qu'il ne l'appréciait pas beaucoup. Ce jour-là, il paraissait plus contrarié encore que la dernière fois.

— Vous avez l'air d'attirer les ennuis comme un aimant, mademoiselle. Que vous arrive-t-il aujourd'hui ?

Sophie en resta un instant bouche bée. Pourquoi ce ton accusateur ? A l'entendre, elle était responsable — voire coupable — du cambriolage !

— J'ai trouvé la porte grande ouverte en rentrant du travail, inspecteur. Je ne sais pas du tout pourquoi quelqu'un s'est introduit chez moi ni qui.

— Si vous pensiez qu'un intrus était chez vous, votre réaction est un peu étrange, non ? Pourquoi êtes-vous restée ici au lieu de vous enfuir à toutes jambes comme toute femme l'aurait fait ?

Sophie se demanda où il voulait en venir.

— Il n'était pas question pour moi de partir en courant. Caviar se trouvait à l'intérieur.

— Bien sûr.

De nouveau, l'inspecteur eut un soupir exaspéré, accompagné d'un regard dubitatif. Son coéquipier, un blondinet qui avait des chaussures vernies, s'accroupit près d'elle pour prendre sa déposition en sténo pendant que Bassett jetait un œil à l'intérieur. Sophie demanda l'autorisation d'aller chercher un verre d'eau. Le jeune blond refusa. Elle n'avait pas le droit d'entrer

La coupable idéale

chez elle avant que l'inspecteur ne le lui permette, lui expliqua-t-il.

Craignaient-ils qu'elle ne pollue la scène du crime ? C'était absurde ! Elle ne pouvait pas laisser plus d'empreintes dans son appartement qu'il n'y en avait déjà... Le hall de l'immeuble était sombre et glacial, elle était fatiguée et angoissée.

Sur ces entrefaites, un autre homme apparut.

Il lui serra la main, se présentant comme Ian Ferrell. Plus vieux que l'inspecteur, il était aussi plus maigre. Il avait un regard perçant. Sophie aurait été incapable d'expliquer pourquoi elle eut le sentiment que c'était lui et non l'inspecteur de police qui était responsable de l'enquête. Dès qu'il fut là, tout changea.

Il la pria de l'accompagner dans l'appartement. Il l'autorisa à boire un verre d'eau mais, ensuite, il tint à ce qu'elle fasse le tour des pièces avec lui. Il lui demanda de lui indiquer tout ce qui manquait, tout ce qui avait changé de place ou qui lui semblait incongru.

— Regardez attentivement en prenant votre temps, lui dit-il. Faites abstraction des dégâts et essayez de mettre le doigt sur ce que cherchaient les malfaiteurs.

— A vous entendre, je jurerais que vous ne croyez pas à un banal cambriolage.

— Nous devons examiner toutes les possibilités.

Curieusement, Ferrell semblait l'observer, elle, davantage que l'appartement. Lorsqu'elle se mit à frissonner à la vue de l'état de son salon, il esquissa un sourire ironique qui l'irrita.

Si rien de ce qu'elle possédait n'avait beaucoup de valeur, elle avait choisi chaque meuble, chaque objet, avec soin et amour. Voilà pourquoi elle était anéantie.

La coupable idéale

Elle n'avait gardé de son enfance que quelques photos jaunies, aucun bien matériel. Elle ne comprenait pas pourquoi quelqu'un avait éventré son canapé, fait tomber ses livres des étagères et renversé un tiroir qui ne contenait que des ciseaux à ongles, une crème pour les mains et un nécessaire à couture. Cela n'avait aucun sens.

Pourtant, la façon dont Ferrell ne cessait de la regarder fit brusquement naître une explication dans son esprit.

— Vous ne pensez pas que les cambrioleurs se sont attaqués par hasard à mon appartement, n'est-ce pas ?

Elle poursuivit son raisonnement.

— Vous estimez sans doute que deux crimes dans le même immeuble à moins d'une semaine d'intervalle ne relèvent pas d'une simple coïncidence... Cependant, monsieur Ferrell, à propos de Jon, vous aviez vous-même conclu à une mort accidentelle... Dans ces conditions, pourquoi croire que les deux histoires sont liées ?

— Personne ne le prétend.

Sophie était de plus en plus perplexe. La police paraissait la considérer comme une coupable et non comme une victime. Mais peut-être devenait-elle simplement paranoïaque. Comment aurait-il pu en être autrement, vu l'état de son appartement ? La personne qui s'était introduite par effraction chez elle avait vidé le contenu de ses placards, allumé son ordinateur, emporté ses DVD et ses CD. Comme Ferrell l'en priait, elle vérifia son disque dur. Apparemment, tous ses fichiers étaient intacts, mais il lui faudrait des heures pour s'en assurer.

La coupable idéale

Bassett intervint alors pour lui dire qu'il avait l'intention d'embarquer son PC.

A ces mots, Sophie s'écria, horrifiée :

— C'est impossible ! J'en ai besoin pour travailler ! Tous mes entretiens, toutes mes traductions sont dessus.

Ce n'était pas totalement vrai, elle possédait aussi un ordinateur portable sur lequel elle sauvegardait ses dossiers. Mais la question n'était pas là. Le véritable problème était que la situation commençait franchement à dégénérer. Elle avait au moins deux journées de travail à effectuer sur son PC. Les policiers opinaient du chef, mais ils semblaient n'en avoir rien à faire. Elle vivait ce cambriolage comme une agression, une sorte de viol. Si elle n'avait pas perdu en une nuit sa famille et sa maison, peut-être aurait-elle mieux vécu cette épreuve. Or, elle se sentait mal. Un inconnu avait fouillé dans ses affaires, cassé des choses auxquelles elle tenait... De surcroît, elle devait subir ce nouveau traumatisme alors qu'elle n'avait pas encore eu le temps de se remettre de la mort de Jon. C'était trop.

Comme s'il ne l'avait pas entendue, Bassett répondit d'un ton sans réplique :

— Etudier le contenu de cet ordinateur est indispensable à l'enquête.

Accablée, Sophie reprit ses investigations. Ses mains tremblaient, son estomac se révoltait. Pour une raison incompréhensible, le voleur avait également vidé son réfrigérateur. Qu'avait-il espéré y trouver d'intéressant ? Dans sa chambre, tous les tiroirs avaient été renversés, ses sous-vêtements et ses bijoux étaient éparpillés, les perles

La coupable idéale

qu'elle tenait de sa mère dispersées aux quatre coins. Les larmes aux yeux, elle voulut les rassembler.

Mais Ian Ferrell la retint par le bras pour l'en empêcher.

— Non, mademoiselle, n'y touchez pas. Nous allons chercher des empreintes sur tout ce qui a été déplacé.

Depuis l'âge de cinq ans, Sophie ne s'était jamais mise en colère. Elle avait appris de la pire façon à se maîtriser et, depuis le drame qui avait bouleversé son existence, elle n'avait jamais perdu son sang-froid. Mais, brusquement, elle sentit qu'elle n'en était plus très loin.

— Ce sont les perles de ma mère. *Personne* ne les prendra, *personne* ne les emportera, c'est clair ? Il n'y a pas lieu d'en discuter. Je parle sérieusement et...

— Ecoutez, mademoiselle, la coupa sèchement Bassett. Nos hommes vont devoir travailler dans cet appartement pendant un bon moment, et vous ne nous êtes plus d'aucune utilité. Profitez-en pour sortir faire un tour.

— Je ne veux pas sortir faire un tour, et il n'est pas question que j'abandonne le chat !

— Allons, allons, mademoiselle. Je suis sûr que cet animal survivra à votre absence. Et, demain, vous n'aurez qu'à faire un saut au commissariat pour votre déposition...

— Etes-vous devenus fous ou quoi ? De quelle déposition parlez-vous ? Je vous ai déjà raconté tout ce que je savais ! Pourquoi me traitez-vous comme si j'étais coupable d'un crime ? Je viens d'être victime d'un cambriolage, vous semblez l'oublier !

Au moment précis où elle allait tordre le cou de

La coupable idéale

George Bassett ou exploser en sanglots, elle aperçut Cord sur le seuil de la porte.

Peut-être n'était-elle pas le genre de femmes à espérer un héros qui réglerait tous ses problèmes — elle se débrouillait seule dans la vie et trouvait qu'elle ne s'en sortait pas si mal — mais, lorsqu'elle croisa ses yeux, elle se précipita vers lui pour se jeter dans ses bras.

Il avait le souffle court comme s'il venait de courir, les cheveux ébouriffés, il ne s'était pas rasé et il portait des vêtements élimés. Pourtant, blottie contre lui, elle se sentit enfin à l'abri.

Avec douceur, il murmura :

— Vous n'aviez pas eu votre dose de difficultés, c'est ça ?

Bien sûr, elle se demanda un bref instant par quel miracle il apparaissait à l'instant précis où elle avait tant besoin de lui mais, au fond, elle s'en moquait.

— C'est un cauchemar, répondit-elle d'un ton désespéré. Je n'arrive pas à comprendre pourquoi quelqu'un a voulu me cambrioler. Ni pourquoi, ni comment, ni qui... Il y a beaucoup d'appartements luxueux dans le quartier. Pourquoi s'attaquer au mien, qui ne contient rien de valeur ?

Il ne répondit pas, se contentant de s'occuper d'elle. Il ne le fit pas de façon ostentatoire, n'essaya pas de jouer les cow-boys, mais il se montra efficace. Dans un état second, elle faillit ne pas remarquer la manière dont Ferrell et Bassett lui parlaient, se comportaient avec lui...

Ils connaissaient Cord, elle en eut bientôt la certitude.

Cela aurait dû déclencher un système d'alarme interne ;

La coupable idéale

curieusement, ce ne fut pas le cas. Cord ne l'inquiétait pas. Cet homme avait le pouvoir de neutraliser tous les soupçons.

Il se tourna vers les policiers.

— Je vais emmener Sophie. L'inviter à dîner ou à prendre un verre quelque part.

— Non, Cord, répliqua-t-elle. Caviar est traumatisé. Cela m'ennuie vraiment de le laisser seul.

Avisant l'animal blotti sous le manteau de la jeune femme, il le prit avec douceur pour l'emporter dans la chambre de Sophie.

— C'est un chat de gouttière, lui rappela-t-il. Il a certainement connu d'autres expériences traumatisantes dans le passé et il y a survécu.

— Peut-être, mais il a besoin d'être rassuré. Je ne veux pas le laisser tomber.

— Sophie…
— Oui ?
— Vous ne le laissez pas tomber. Nous sortons un petit moment pour grignoter un morceau et vous permettre de vous remettre de vos émotions. Mais nous reviendrons. Je dormirai à quelques mètres de vous, vous n'aurez rien à craindre, le chat non plus. Qu'en pensez-vous ?

Elle en pensait beaucoup de bien. Elle avait très envie d'être avec lui et, surtout, loin d'ici.

Seulement, elle ne se sentait pas aussi en confiance qu'elle l'aurait voulu. Oh ! elle savait très bien pourquoi elle avait peur des hommes. Elle craignait tellement d'être abandonnée qu'elle restait sur ses gardes avant d'être sûre et certaine qu'elle ne risquait rien… Et, dans l'immédiat, elle ne parvenait pas à faire taire les inquiétudes de son cœur.

— Je veux appeler mes sœurs et aussi mes amies. Elles ont certainement vu les voitures de police en bas, elles doivent s'inquiéter.

— Alors emportez votre téléphone portable, suggéra Cord.

Elle ne trouva rien à répliquer.

Bassett et Ferrell devaient être persuadés qu'il emmenait Sophie loin de l'appartement pour mieux l'interroger et donc répondre à leurs attentes. Mais, en réalité, Cord était animé par une motivation bien différente.

Il avait laissé sa voiture en double file. A Washington, beaucoup de conducteurs se garaient n'importe où mais, vu le tarif des amendes, Cord était bien content d'avoir l'autorisation des autorités.

Sophie ne parut pas le remarquer. Quand il l'aida à prendre place dans l'habitacle, elle recula en voyant passer les gyrophares d'un véhicule de police.

Elle avait l'air fragile d'une rose. Elle semblait fragile et terrifiée. Elle sortit son téléphone, mais, pendant un moment, elle resta prostrée en silence sur son siège, comme si elle espérait pouvoir disparaître.

Les mâchoires serrées, Cord démarra. Il se faufila dans la circulation, tourna à droite. Il regretta que Sophie n'en soit pas capable — de disparaître. Elle était en danger, mais, comme la police la croyait coupable, personne ne la protégeait. Les flics se servaient d'elle.

Quand Ferrell l'avait appelé à l'université, Cord s'était senti blêmir, et ce qu'il lui avait dit hantait encore son esprit. « Les derniers événements, sont pour vous une occasion en or de soutirer des renseignements à Sophie Campbell. » Avait-elle organisé elle-même ce cambriolage afin d'écarter les soupçons ? Si ce n'était pas elle, il était évident qu'une des victimes du chantage de Jon pensait que Sophie détenait des éléments compromettants, ou qu'elle savait où ceux-ci se trouvaient.

Par ailleurs, les résultats de l'autopsie de Jon étaient à présent connus. Il avait reçu deux coups violents, l'un à l'arrière du crâne, l'autre sur le front. Ce dernier l'avait projeté dans l'escalier, mais c'était le premier qui l'avait tué. D'après le légiste, le meurtrier était une femme ou un homme de petite taille.

Depuis le départ, les flics soupçonnaient une femme. Plus que jamais, ils espéraient qu'il allait cuisiner Sophie et réussir à lui sortir les vers du nez. Ferrell lui avait dit de se débrouiller comme il le voulait, de la séduire ou de lui faire subir un interrogatoire en règle, mais d'obtenir d'elle des informations.

Cord serra le volant tout en écoutant Sophie appeler son entourage. Elle laissa des messages à ses sœurs et à Hillary et s'entretint avec Jan Howell. Cette dernière voulut tout savoir, ce qui s'était exactement passé, ce que les policiers avaient dit, ce qu'elle avait répondu. Jan lui promit d'appeler tout le monde pour lui éviter d'avoir à répéter dix fois la même histoire. Elle lui proposa aussi de venir, etc.

Quand Sophie coupa la communication, elle rejeta la tête en arrière comme si elle était trop accablée pour la tenir droite.

Il s'éclaircit la gorge.

La coupable idéale

— Dites-moi, Hillary, c'est la brune avec une grosse poitrine, n'est-ce pas ?

Il avait du mal à distinguer ses amies les unes des autres.

— Oui, répondit-elle sans ouvrir les yeux. C'est d'ailleurs assez drôle. Elle a une petite voix, elle est très timide, médecin et sans doute plus intelligente que la moyenne, et pourtant les gens ne parlent que de ses seins.

— Difficile de ne pas les remarquer…

— Je sais. Les femmes la jugent mal à cause de ces attributs, d'ailleurs. Je ne parle pas de moi. Elle est d'une loyauté à toute épreuve, c'est quelqu'un que j'estime beaucoup.

— Quant à Jan, celle que vous avez réussi à joindre, elle me paraît du style à agresser les gens avant même de les avoir salués.

— Elle a été très sympa avec moi lorsque je me suis installée ici et que je ne connaissais personne.

Ce qui signifiait sans doute que Sophie n'avait pas une très bonne opinion de Jan, mais qu'elle refusait de dire du mal d'une personne qui s'était montrée gentille avec elle.

— Etait-elle proche de mon frère ?

— Cord, toutes les femmes du coin connaissaient votre frère, et neuf sur dix en pinçaient pour lui. Je suis incapable de vous dire avec combien d'entre elles il a couché, je n'ai jamais fait le calcul. Cela ne m'intéressait pas. Je ne veux pas m'éloigner trop longtemps de chez moi, ajouta-t-elle, changeant de sujet.

— Nous serons rentrés dans deux ou trois heures, pas plus. Avez-vous envie d'une cuisine particulière ?

La coupable idéale

— Je me sens incapable d'avaler quoi que ce soit.

Malgré cette réponse, il s'empara de son propre téléphone pour commander des plats à emporter. Moins d'une heure plus tard, il était passé les chercher. Après avoir sorti une couverture de son coffre, il s'installa avec Sophie sur la pelouse qui s'étendait devant le Washington Monument. Contrairement à ce qu'elle avait dit, elle fit honneur à la cuisine chinoise.

Cord finit même par craindre de ne pas en avoir pris assez. La couverture ne les protégeait pas du sol gelé, mais Sophie était chaudement habillée, et petit à petit elle se détendait.

— J'aime beaucoup le Washington Monument, dit-elle, la bouche pleine.

— Moi aussi. Je déteste la politique et donc Washington, mais, quand je regarde ce monument, si bien éclairé la nuit…

— Il me fait frissonner.

Cord n'allait pas jusqu'à en frissonner, mais il comprenait son émotion. A plus d'un titre, l'endroit était fascinant. Sophie aussi. Maintenant qu'elle s'était restaurée, elle perdait son air terrifié et se mettait à parler.

— Ces policiers vous connaissaient, lança-t-elle soudain d'un ton accusateur.

— Oui, bien sûr.

— Pourquoi « bien sûr » ?

— Ce sont eux qui m'ont appris la mort de Jon, et j'ai passé des heures avec eux.

Comme elle n'émettait aucun commentaire, il insista.

— Pourquoi ?

— Il y a quelque chose que vous ne me dites pas,

La coupable idéale

quelque chose que tout le monde me cache, quelque chose… qui ne colle pas.

— C'est évident. Deux crimes ont été commis dans votre immeuble en moins de dix jours.

— Je ne comprends pas pourquoi la police ne me dit pas tout. Comme s'ils savaient qui m'a cambriolée, ou ce qu'on cherchait. C'est absurde.

Des badauds profitaient, comme eux, de la douceur de la soirée. Les gens aimaient voir ce monument la nuit, Cord l'avait souvent constaté. Des amoureux s'embrassaient dans les fourrés. Dans l'obscurité, il entendait des bribes de conversations, des rires de femmes.

Dans l'immédiat, il avait surtout envie d'entendre celui de Sophie. Sous le clair de lune, ses cheveux semblaient d'argent, ses yeux liquides, magiques. Il n'était pas homme à croire à la féerie ou aux sortilèges… Pourtant, lorsqu'il était avec Sophie, il se produisait quelque chose qu'il ne s'expliquait pas.

Il savait que les flics ne voulaient pas qu'il lui fasse part de leurs soupçons.

Mais comment parviendrait-il à la protéger si elle ne mesurait pas les risques qu'elle courait ?

— Sophie… j'ai l'impression que les policiers ne vous font pas totalement confiance.

A ces mots, elle éclata de rire.

— Mais si ! Tout le monde me fait confiance.

Elle montra son visage comme s'il prouvait au monde entier qu'elle était incapable de mentir.

Pourtant, quand il la regarda, une seule pensée le traversa. Il avait envie de coller sa bouche à la sienne, de l'embrasser, de se perdre dans ses grands yeux…

Que lui arrivait-il ?

La coupable idéale

Il tenta de se ressaisir.

— Ils sont persuadés que vous savez ce que les cambrioleurs cherchaient dans votre appartement.

— Comment pourrais-je le savoir ?

— D'après ce que Bassett m'a dit, vous avez caché des billets dans une boîte de gâteau, pour un montant de cent dollars. Or, les voleurs ne les ont pas pris. De même, ils ont laissé vos bijoux, votre ordinateur, votre télévision... tout ce que les truands embarquent en général. Cela démontre qu'ils voulaient autre chose... Et ce quelque chose est peut-être lié à la mort de mon frère.

Elle pencha la tête et le dévisagea avec empathie.

— Cord, je comprends que vous rapportiez tout à ce drame. L'incendie qui a tué nos parents nous a hantées, mes sœurs et moi, des années durant. Nous avions envie de donner un sens à cette tragédie ou plutôt de trouver un bouc-émissaire, quelqu'un que nous aurions pu accuser. Mais personne n'a jamais su comment le feu avait démarré. Même si vous n'étiez pas très proche de Jon, vous avez envie de découvrir une explication à sa mort, afin de pouvoir faire votre deuil. C'est humain.

Il regretta de ne pas avoir le droit de lui dire toute la vérité. Sophie ignorait encore que Jon avait été assassiné. Les autorités lui avaient donné de bons arguments pour justifier leur silence sur le sujet, mais Cord n'en éprouvait pas moins une certaine mauvaise conscience. La compassion de la jeune femme le touchait, et il ne la méritait pas.

Il avait apporté une bouteille de vin pour agrémenter leur pique-nique. Boire de l'alcool à cet endroit n'était

La coupable idéale

peut-être pas légal, mais deux ou trois verres l'avaient réconfortée. Il lui en servit un autre.

— Sophie, il ne s'agit pas de moi mais de vous. A votre avis, que cherchait le cambrioleur ? C'est important. Réfléchissez.

— Eh bien, mes parents adoptifs m'ont laissé leurs économies. Lorsqu'ils m'ont adoptée, ils étaient considérés comme trop vieux pour pouvoir le faire, selon les lois en vigueur. Alors ils ont créé un fonds de placement en ma faveur parce qu'ils savaient que... ils savaient que je faisais des cauchemars depuis des années, que j'avais perdu ma famille, tout. Pour m'éviter la peur que cela se reproduise, ils m'ont donné de quoi me retourner. Mais Cord, personne n'est au courant de ce petit héritage, sauf mes sœurs. Je suis sûre que personne ne me prend pour une femme riche.

Elle tirait le diable par la queue, cela crevait les yeux. Elle tentait de passer inaperçue, de se cacher derrière ses pulls trop grands et ses vestes difformes, et il commençait à comprendre pourquoi. Toutes ces histoires devaient être un cauchemar pour elle.

Qu'elle lui parle du fonds de placement offert par ses parents adoptifs l'émut. A l'évidence, elle avait confiance en lui.

Cette confiance à elle seule lui prouvait qu'elle était innocente. Plus il la connaissait, plus il passait du temps avec elle, plus il voyait à quel point elle était belle. Ses yeux bleus respiraient une pureté qui risquait d'attirer des prédateurs, et il n'était certainement pas le seul à voir la véritable Sophie derrière les vêtements dont elle s'affublait.

— Allons, Sophie, il y a forcément autre chose...

La coupable idéale

Cette discussion ne les menait nulle part, en tout cas, pas là où il voulait aller. Cord prenait conscience que la coupable, celle qui avait tué Jon, était toujours en liberté. Sans s'en douter, Sophie représentait une menace pour cette personne.

Elle haussa les épaules.

— Vous ne cessez de le répéter, mais je vous ai raconté tout ce que je savais, Cord.

En la voyant frissonner, il lui remonta le col de sa veste.

— Quand la police a commencé à enquêter sur la mort de Jon, ils ont eu l'impression que mon frère cachait quelque chose…

— De la drogue ?

— Non, pas de la drogue, mais quelque chose qui expliquerait la présence de tous ces gadgets, de toutes ces cachettes dans son appartement. J'ignore à quoi ils pensaient exactement, mais j'en sais assez pour… me faire du souci. Et maintenant, quelqu'un a mis votre appartement à sac.

Elle secoua la tête d'un air incrédule.

— Vous parlez comme si vous croyiez qu'il y avait un rapport entre les deux événements.

Avait-il le droit de lui révéler ce qu'il devait taire ? Pas la « vérité » officielle, seulement ses propres doutes, inquiétudes et soupçons…

— A mon avis, mon frère était impliqué dans des affaires louches. Depuis qu'il est jeune, il a toujours cherché à s'enrichir sans se fatiguer. Il n'a jamais exercé de véritable métier. D'après moi, il détenait des renseignements sur des gens importants. Peut-être avait-il surpris des liaisons amoureuses, des fraudes ou que sais-je... Quoi qu'il en soit, je pense que ses victimes aimeraient récupérer ces documents et s'inquiètent de ce qu'ils sont devenus depuis sa mort.

Sophie vida son verre d'un trait.

— Même si les flics affirment le contraire, vous ne pensez pas que la mort de votre frère est due à un accident, n'est-ce pas ?

— Non.

— Moi non plus. J'en aimerais un peu plus, s'il vous plaît, ajouta-t-elle en désignant la bouteille d'un mouvement de menton.

— Ne pensez-vous pas que vous en avez eu assez ?

— Puisque nous allons parler meurtre, j'ai besoin d'une dose d'alcool supplémentaire.

Cessant de discuter, Cord remplit son verre.

5

Curieux, l'effet d'un peu de nourriture et de quelques verres de vin sur le cerveau, songea Sophie. Certes, le sol commençait à tanguer, et elle avait l'esprit nébuleux, mais à présent elle n'avait plus peur.

Elle était hors d'elle.

— Je ne me mets jamais en colère.

— Oui, vous me l'avez déjà dit plusieurs fois.

— Je suis soulagée d'en être capable. Mieux vaut être furieuse qu'avoir peur. J'en ai assez de tout ce qui me tombe sur la tête ces temps-ci. Et cela me fait beaucoup de bien d'exprimer ma colère. Dorénavant, je ne m'en priverai pas. Quand j'étais petite, je faisais du perron de la maison une scène de music-hall et je chantais à pleins poumons. Du haut de mes cinq ans, je me prenais pour une star, je n'avais pas peur d'exprimer mes émotions, ma joie, mes angoisses. Il m'a fallu des années pour devenir la fille sage et coincée que je suis aujourd'hui. Cord, je crois que j'ai un peu trop bu...

— Sophie, attendez que la voiture soit arrêtée pour en sortir.

Sans paraître avoir enregistré ces paroles, elle ajouta :

— Et puis il y a vous...

Comme elle s'extrayait de l'habitacle, l'air frais gifla

ses joues. Elle s'en félicita. La rue semblait tourner comme un manège. Pourquoi ne s'enivrait-elle pas plus souvent ? Cette euphorie était merveilleuse. La nuit remplie d'étoiles lui apparaissait féerique, magique.

— Sophie ? M'avez-vous entendu ?
— Non.

Déchaînée, elle se mit à danser sur le trottoir. Cord lui faisait cet effet. Près de lui, elle se remettait à croire à la magie, aux contes de fées. Tout cela était… déstabilisant. Au-delà du goût du vin, elle reconnut celui de la tentation, du péché… Elle avait envie de s'abandonner dans les bras de cet homme. Jusqu'alors, elle n'avait jamais éprouvé de véritable désir, n'avait jamais rêvé de se mettre totalement à nu, d'oublier ses peurs, de jeter ses principes aux orties, de se laisser emporter…

— Je sais depuis longtemps que les monstres ne se cachent pas sous les lits, grommela-t-elle. Ils sont partout. En tout cas, les miens sont partout. Il est impossible de se sentir en sécurité si vous pensez qu'un de vos proches peut disparaître du jour au lendemain. Or, toutes les personnes que j'aimais ont disparu du jour au lendemain, tout le monde. Alors, maintenant, il n'est pas simple pour moi d'ouvrir ma porte à quelqu'un dont je ne suis pas totalement sûre et, voyez-vous, Cord, je ne suis pas sûre de vous.

— Je ne comprends pas un mot de ce que vous me racontez, Sophie, mais l'immeuble se trouve de l'autre côté.

— Qui l'a changé de place ?

S'il répondit, elle ne l'entendit pas, parce qu'elle se retrouva brutalement écrasée contre son torse. Il l'enlaça pour l'entraîner vers le bâtiment. Elle protesta pour la forme mais, en réalité, elle savait qu'elle n'était plus capable de marcher toute seule.

— Ecoutez, je n'ai pas l'habitude de faire ça. Jamais.

— De faire quoi ?

— Je ne tombe pas amoureuse d'hommes qui sont malhonnêtes avec moi. Il m'est déjà très difficile de me détendre avec les gens honnêtes... Je ne comprends pas pourquoi vous m'avez embrassée, Cord. Je sens bien que ce n'est pas normal. Il y a quelque chose qui cloche. Je n'ai pas l'intention de m'amouracher de vous. Je préférerais vous chanter une berceuse. Voulez-vous que j'en entonne une ?

— Non, je vous en supplie, non ! Sophie, essayez de vous concentrer sur vos pas, d'accord ?

— Si vous n'appréciez pas les berceuses, je connais une chanson d'un tout autre style. Elle raconte l'histoire d'une pauvre fille qui n'ose pas faire confiance aux autres, qui a peur de tout, même de son ombre. C'est de moi que parle cette chanson, vous l'avez compris... J'ai peur de tout, Cord.

Emportée par la musique des mots, elle le répéta plusieurs fois.

Complètement perdu, il la prit dans ses bras.

— Taisez-vous, ne dites plus rien...

En vérité, Sophie se sentait épuisée. Elle ferma les yeux un instant, le temps de recouvrer son souffle.

*
**

La coupable idéale

Lorsqu'elle entrouvrit les paupières, Sophie sentit la douce chaleur d'un corps allongé près d'elle — d'un corps qui ronronnait comme une turbine.

— Caviar ! s'exclama-t-elle. Tu sais pourtant que tu n'as pas le droit de t'installer sous les couvertures…

Mais elle écarquilla soudain les yeux en comprenant, horrifiée, que le chat n'était pas le seul à s'être glissé à son côté.

Cord avait l'air un peu bête dans ses draps à fleurs. Comme il avait retiré ses chaussures, elle remarqua qu'il avait un trou à l'une de ses chaussettes. Une ombre bleutait ses joues, et ses cheveux hirsutes lui donnaient l'expression d'un gamin.

Lui aussi était réveillé et la dévisageait de ses beaux yeux bleus… et cernés.

— Que faites-vous ici ? s'enquit-elle d'une voix pâteuse.

— Vous m'avez fait peur.

— Je vous ai fait peur ? répéta-t-elle. *Vous* avez eu peur de *moi* ?

— Non, j'ai eu peur *pour* vous… Hier soir, vous avez avalé des dizaines de nems, et j'ai cru qu'un peu de vin vous aiderait à digérer. J'avais bien vu que vous aviez été ébranlée par le cambriolage et je me disais qu'un verre ou deux ne pouvaient pas vous faire de mal. Ce n'était que du vin mais, quand je vous ai ramenée, vous étiez ivre morte. Vous n'avez pas l'habitude de boire, n'est-ce pas ?

— Est-ce votre façon de vous excuser de m'avoir soûlée ?

Elle regarda sous les draps, constata que Caviar s'y trouvait et qu'elle était entièrement habillée.

La coupable idéale

— Je ne vous ai pas poussée à vous enivrer ! protesta-t-il. J'essayais juste de vous réconforter.

Elle se souleva sur son avant-bras pour mieux l'observer. Avait-il vraiment passé la nuit là parce qu'il s'inquiétait pour elle ?

Puis elle se remémora les événements de la veille et réprima un gémissement. La lumière du jour filtrait à travers les volets, éclairant son appartement saccagé. La bibliothèque aux portes vitrées, qui lui appartenait et ne faisait pas partie du meublé, était en miettes. Des débris de verre jonchaient le parquet, ses livres étaient éparpillés partout. Tous les tiroirs de sa commode avaient été retournés, la boîte où elle rangeait son courrier avait été renversée, et des chaussures traînaient ici et là.

— Hier soir, vous avez bien fait de m'emmener loin d'ici, dit-elle à Cord. Ce n'est pas grave si j'ai trop bu. J'avais vraiment besoin de sortir de cet appartement, d'oublier le cambriolage, de me changer les idées. Mais maintenant…

Maintenant, elle devait nettoyer le carnage, sans parler de son travail qui l'attendait. Elle pensait que Cord allait rentrer chez lui. Mais, quand elle sortit de la salle de bains, fraîchement douchée, il était toujours là.

Elle le trouva dans sa cuisine, conduite là par la délicieuse odeur de café qui flottait dans l'appartement. Il était en train de confectionner des œufs brouillés.

— Comment vous sentez-vous ? lui dit-il après l'avoir examinée des pieds à la tête. Avez-vous la gueule de bois ?

— Non, mais voir l'appartement dans cet état me rend malade.

Il l'invita à s'asseoir à table — il avait réussi à la ranger

La coupable idéale

pour y mettre une assiette et des couverts, comme s'il était chez lui. Près de sa serviette, elle remarqua une enveloppe en papier kraft.

— Je l'apporterai à la police tout à l'heure, dit-il en suivant son regard, mais je voulais d'abord que vous l'examiniez. Elle se trouvait dans la boîte aux lettres de mon frère.

Tout en sirotant son café, elle jeta un coup d'œil sur le contenu de l'enveloppe. En voyant de quoi il s'agissait, elle reposa brutalement sa tasse.

— Il y a des centaines de billets de cent dollars là-dedans !

— Exact. Je ne les ai pas comptés pour ne pas mettre mes empreintes dessus mais, à mon avis, il y en a pour une petite fortune… Il n'y a pas de mot ni aucun moyen d'identifier l'expéditeur. Cela ressemble à de l'argent obtenu en faisant chanter quelqu'un, et manifestement la personne que Jon faisait chanter ignore qu'il est mort…

Sophie le dévisagea, les yeux exorbités. Cord poursuivit :

— Sophie, j'ai besoin de votre aide. La police fera de son mieux, j'en suis sûr, mais je doute un peu de sa capacité à résoudre cette affaire et à empêcher d'autres drames. Je dois découvrir ce que Jon trafiquait. J'aurais préféré ne pas vous mêler à cette histoire, mais j'y suis obligé. Quelqu'un est entré par effraction chez vous. Vous n'êtes plus en sécurité. Tant que le mystère de la mort de Jon n'aura pas été réglé, vous serez en danger, et je ne pourrai pas vous protéger.

*

La coupable idéale

Deux jours plus tard, l'ambiance qui régnait dans le petit appartement de Sophie changea du tout au tout. A présent, il était empli de bruit et de rires. Caviar s'était replié en haut de la bibliothèque du salon, d'où il pouvait surveiller les quatre femmes à distance respectueuse. Sur la table basse traînaient encore les restes d'une pizza, des assiettes en carton et des canettes de soda.

— Vous avez été formidables ! s'exclama Sophie.

Vêtue d'une robe de flanelle gris argent, Jan évoquait une déesse de la lune. Elle avait été la première à débarquer chez Sophie et s'employait depuis lors à nourrir et à abreuver le groupe.

— Arrête, Sophie, tu ferais la même chose pour nous, non ? Tu sais, reprit-elle d'un air songeur, si tu m'allouais une petite somme d'argent, je pourrais métamorphoser cet appartement en quelque chose de bien. Il a un volume intéressant.

— A mon avis, Sophie s'en moque comme de l'an quarante, répliqua Hillary.

Elle était venue les rejoindre à la fin de sa journée à l'hôpital. Elle était habillée d'un simple jean et d'un pull, mais, sur elle, les vêtements les plus basiques semblaient sortir des mains d'un grand couturier. Installée devant l'ordinateur de Sophie, elle tentait d'évaluer les dégâts que les vandales avaient faits dans les fichiers et les dossiers.

Assise derrière Sophie, Penelope lui massait la nuque dans l'espoir de la détendre. Sophie n'en avait pas vraiment besoin, mais son amie avait ainsi l'illusion d'être utile à quelque chose. Tout en s'activant, elle l'interrogeait sans relâche.

— J'aimerais que tu nous parles du frère de Jon, dit-elle. Est-il célibataire ? Etes-vous souvent ensemble ?

Pendant ce temps, Jan avait entrepris de remettre des livres sur les étagères.

— Et que pense la police de ce cambriolage ? Ce quartier est censé être calme. En général, les voleurs s'attaquent aux immeubles huppés. Tu dois avoir peur de vivre ici, Sophie. A ta place, j'en serais malade. Aimerais-tu que je vienne passer quelques nuits pour te tenir compagnie ?

— Non, non, ça va. Mais je vous remercie toutes les trois de m'avoir aidée à tout ranger. Toute seule, cela m'aurait demandé des jours de travail.

Elle se leva, soulagée de constater que son cou comme ses épaules n'étaient plus ankylosés.

— Merci, Penelope. Tu as dénoué tous mes nœuds. Tu as vraiment un don !

— De l'expérience, tu veux dire ! repartit son amie. Comme les hommes adorent être massés, j'ai appris très jeune à développer mes talents en la matière. Mais attendez, j'ai un scoop à vous annoncer !

— De quoi s'agit-il ? fit Hillary en levant le nez de l'écran.

— J'ai entendu dire qu'Athena Simpson, la sénatrice de l'Arizona, s'était totalement effondrée en apprenant la mort de Jon, qu'elle a abandonné son poste et a disparu de la circulation depuis plusieurs jours. Ses proches évoquent une dépression...

— Mais elle est mariée ! se récria Sophie.

Ses amies échangèrent un regard moqueur.

— Je sais bien que les gens mariés ont parfois des

liaisons, mais... elle est sénatrice ! Elle se doit d'être un exemple !

— Sans doute, mais la rumeur prétend que son mari est homosexuel. Pas bi, homo. La pauvre ne doit donc pas avoir une vie conjugale très amusante. Si du coup elle a pris un peu de bon temps avec Jon, je n'irai pas lui jeter la pierre.

— Je ne lui reprochais rien, mais je...

— Mais, jusqu'à ta mort, tu ne verras jamais le mal, répliqua Hillary en riant. En tout cas, quelqu'un a copié ton disque dur, ma chère. Entièrement. Par ailleurs, deux dossiers ont été détruits, mais je ne pense pas qu'il s'agissait de ton travail.

— Pourrais-tu le réparer ?

— Oui, bien sûr, ce n'est pas compliqué. Dans une autre vie, je soignerai les ordinateurs plutôt que les gens. Cela dit, il n'y a pas besoin d'être un génie en informatique pour le faire. Tu en serais capable.

— Je n'en suis pas si sûre. Quand j'ai jeté un coup d'œil à mes fichiers, j'ai eu l'impression que tous mes reportages s'y trouvaient. Mais je ne comprends pas pourquoi quelqu'un aurait forcé l'accès de mon ordinateur pour s'emparer de mon travail. Pourquoi mes entretiens intéresseraient-ils quelqu'un ? Ils n'ont d'ailleurs rien de confidentiel.

— Peut-être mais, à Washington, la moindre rumeur suffit parfois à déclencher un scandale.

— Mais personne n'imagine que des récits de vieilles femmes sur leurs souvenirs de la dernière guerre pourraient faire le buzz... Cord ! s'exclama-t-elle soudain. Je pensais que vous aviez cours, ce soir.

La coupable idéale

Toutes les femmes se tournèrent vers Cord, qui venait d'apparaître dans l'embrasure de la porte.

Il sourit.

— Mon cours a été annulé. En fait, j'ai demandé une semaine de congé exceptionnel afin de pouvoir me consacrer aux affaires de mon frère. Bonjour, mesdemoiselles... Si ma mémoire est bonne, vous êtes Hillary, Penelope et Jan...

Tout en le regardant saluer ses amies, Sophie sentit son cœur battre plus vite. La veille au soir, tous deux s'étaient embrassés, ils avaient dormi dans la même chambre, partagé de bons moments, ri ensemble. Bien sûr, il aurait été absurde de croire qu'il y avait de l'amour entre eux, mais elle sentait qu'il n'y avait pas rien non plus... Cet homme la troublait, l'attirait, la touchait...

Or, elle ne devait pas commencer à rêver et à nourrir des illusions, elle le savait. Heureusement, le destin venait à son secours. Comme la première fois, Cord surgissait au moment où elle se trouvait avec ses amies. Sans doute trop bouleversé alors, il allait pouvoir mesurer combien elles étaient plus séduisantes qu'elle.

Pourtant, quand Penelope, Hillary et Jan proposèrent à Cord de s'asseoir et de prendre un morceau de pizza — avec un certain sans-gêne d'ailleurs, vraiment comme si elles étaient chez elles ! —, il secoua la tête.

— Je ne veux pas vous déranger. Si vous avez besoin de quoi que ce soit, je suis à côté, Sophie. Quand vous aurez un petit moment, j'aurai deux ou trois choses à vous dire. A plus tard.

Lorsqu'il sortit, ses trois compagnes se tournèrent

La coupable idéale

d'un même mouvement vers Sophie et la dévisagèrent comme une bête curieuse.

Décontenancée, elle leur sourit gauchement.

— Qu'y a-t-il ?

— J'ai vu la manière dont il t'a regardée ! lança Penelope. Tu ne nous as pas tout dit, Sophie. Raconte-nous.

— Que veux-tu que je vous raconte ?

— Tu es sortie avec lui ? fit Hillary, sidérée. Je n'en reviens pas !

Washington était-elle la seule ville au monde où les rumeurs les plus folles couraient à cette vitesse ?

— Attendez, attendez ! dit Sophie d'un ton plaintif en se prenant la tête entre les mains. Avez-vous perdu l'esprit ? Pourquoi un type comme Cord s'intéresserait-il à moi ? Je ne l'ai vu que pour discuter de son frère et de son appartement, il n'y avait rien de personnel.

Une demi-heure plus tard, ses trois amies s'en allèrent, emportant ce qu'il restait de la pizza et des sodas. Sophie finit de ranger la pièce. Son propriétaire déciderait si les meubles cassés devraient être réparés ou changés mais, pour elle, l'appartement était redevenu vivable. Il n'y avait presque plus trace du cambriolage.

De nouveau, elle se sentait en sécurité. En tout cas, aller et venir dans son deux-pièces ne l'effrayait plus. Son cœur, lui, en revanche, était toujours en grand danger, et la seule façon de résoudre le problème était sans doute de l'affronter.

Quelques instants plus tard, Caviar dans les bras, elle alla frapper chez Cord.

Il lui ouvrit immédiatement, comme s'il avait guetté son arrivée.

La coupable idéale

— J'espérais que vous passeriez. Vos amies sont gentilles d'être venues vous donner un coup de main pour tout ranger. Y a-t-il encore quelque chose à faire ? Où va cet animal ? ajouta-t-il comme le chat passait devant lui pour s'enfoncer dans les profondeurs de l'appartement.

— Ne vous inquiétez pas, mes amies m'ont aidée, et tout est en ordre, à présent. Et puis vous avez votre dose d'ennuis, ne vous sentez pas obligé de me prendre en charge en prime. Quant à Caviar, je crois qu'il va… au petit coin.

— Pourquoi utilise-t-il ma litière et pas la vôtre ? lança-t-il d'un ton faussement révolté, dans l'espoir de la faire rire.

Mais Sophie sentait que, malgré son sourire, il était préoccupé.

— Comme je vous l'avais dit, reprit-il, j'ai remis l'enveloppe remplie d'argent aux autorités. Je voulais vous tenir au courant de la suite, mais…

— Mais quoi ?

Elle était venue le voir parce qu'elle lui avait promis de l'épauler du mieux possible dans l'enquête sur la mort de son frère. Peut-être avait-elle aussi envie de se prouver qu'elle était capable de réduire à néant le courant qui passait entre eux. Dans ce but, elle avait décidé de se comporter avec lui en petite sœur. Mais elle comprit très vite que, ce jour-là, le problème ne venait pas de leur attirance réciproque. Cord était soucieux, accablé pour une autre raison. Elle le voyait sur son visage.

— J'ai trouvé d'autres billets de banque, dit-il. Mais

La coupable idéale

surtout, je viens de comprendre comment mon frère gagnait sa vie...

— Dites-moi...

Incapable de détacher ses yeux de lui, elle entra dans l'appartement. Elle avait oublié le danger, oublié qu'elle ne devait rien éprouver pour cet homme. Elle promena le regard autour d'elle, tentant de deviner ce qu'il avait découvert.

Apparemment, peu avant son arrivée, il s'était assis sur le tapis du salon. Un verre de scotch traînait encore sur la table basse. Plusieurs DVD jonchaient le sol, mais aucun n'était dans l'appareil.

D'instinct, elle se douta qu'il avait trouvé quelque chose dedans, et elle s'accroupit pour s'en approcher.

— Qu'y a-t-il sur ces DVD ? demanda-t-elle.

Il ne répondit pas tout de suite, se contentant de les ramasser pour les mettre dans une boîte avant de se laisser choir à côté d'elle. Puis il se mit à lui parler, mais ce qu'il lui raconta lui parut décousu. Il semblait lessivé.

— Mes parents étaient des gens bien, commença-t-il avant de pousser un gros soupir. Tous deux croyaient en un idéal qui peut sembler démodé, ils avaient des valeurs, le sens de l'honneur et de la loyauté, ils étaient profondément intègres. Pour eux, certains comportements étaient des évidences. Dégager la neige du trottoir de leurs voisins après une tempête, par exemple, aller à la messe le dimanche, rendre visite à une vieille dame malade... En grandissant, je ne me suis jamais interrogé sur leur façon d'être. Ils étaient comme ça, voilà, et ils nous ont élevés, mon frère et moi, dans cet état d'esprit. Ils ont cherché à nous transmettre ce type de mentalité. Nous n'avions rien d'exceptionnel, nous étions juste des gens bien. Fondamentalement bons. Je le crois.

Elle attendit. Il se gratta le front comme s'il tentait de retirer ainsi les rides qui y étaient dessinées.

— Puis j'ai fini mes études et j'ai quitté la maison. J'étais devenu adulte, il était temps de prendre mon indépendance. Et j'avais hâte de m'envoler, d'être libre. J'ai effectué mon service militaire puis j'ai travaillé pour le ministère des Affaires étrangères. J'ai longtemps vécu à l'étranger. Je ne revenais pas souvent à la maison, la distance m'en empêchait. Quand vous êtes jeune, un peu irresponsable, que vous avez envie de sauver le monde, vous êtes persuadé que, quand vous reviendrez, tout sera comme avant. Mes parents savaient que je les aimais, je savais qu'ils m'aimaient... tout ça... Mais je vais trop vite, ajouta-t-il en levant les yeux sur elle. Je ne vous ai même pas proposé un verre... Cela dit, mieux vaut sans doute éviter l'alcool, non ?

Elle se mit à rire. Elle aimait son sens de l'humour, peut-être trop.

— Je ne veux rien mais vous, désirez-vous un autre scotch ? demanda-t-elle en montrant son verre.

— Non, merci.

Il avait manifestement envie de continuer à lui parler, aussi demanda-t-elle :

— Alors, ces DVD ?

De nouveau, il parut répondre à côté, esquiver la question.

— Ma mère est tombée malade. Un cancer. Je suis rentré à la maison, mais trop tard. Depuis mon départ, mes parents n'avaient jamais évoqué les problèmes que

La coupable idéale

leur posait Jon. Mon frère a toujours fait les quatre cents coups, mais, jusqu'à mon retour, j'ignorais à quel point la situation avait empiré. Curieusement, mon père et ma mère ne craignaient pas qu'il soit mêlé à des trafics de drogue. Jon était si séduisant, si plein de charme, qu'il semblait toujours s'amuser. Il refusait de mener une existence normale, de travailler, de prendre des responsabilités. Il avait en permanence l'air affamé de quelque chose. Mais ses rêves n'avaient rien de respectables.

Comme Cord retombait dans le silence, Sophie finit par mettre les pieds dans le plat.

— Bon, qu'y a-t-il sur ces DVD ? Des images pornographiques ?

La façon dont il la dévisagea fut assez éloquente. Puis il se leva comme s'il ne parvenait plus à rester immobile. Caviar entra alors et s'installa devant la cheminée, les yeux mi-clos, et Sophie comprit que l'animal avait adopté Cord. Ou peut-être tous deux se serraient-ils les coudes comme des mâles mal en point, allez savoir...

Cord se mit à arpenter le salon comme un fauve en cage, appuyant sur un interrupteur par-ci, tirant sur une ficelle par-là... C'était une erreur de faire ce genre de choses dans le salon de son frère, où tous les boutons déclenchaient quelque chose.

Manifestement, il ne prêtait pas attention à ce qu'il faisait, et, de son côté, Sophie, même si elle écoutait ce qu'il lui disait, était surtout attentive au langage du corps et à ses expressions. Il était écœuré, conclut-elle. Cette affaire lui posait un problème. Il détestait parler de son frère, il avait honte de lui, Jon avait violé son code de l'honneur.

— J'aimerais beaucoup qu'il s'agisse de pornos, Sophie. Quand j'ai commencé à regarder le premier DVD, j'ai d'abord cru que c'était le cas. Vous le savez, parfois, par jeu, les amants aiment se mettre en scène. Ce n'est pas à moi de les juger. Mais ces films amateur n'ont rien à voir avec ce genre de choses, c'est certain. Chaque DVD porte un nom ou des initiales. Il y a HS, Janella, MM, AFB, Penny, Bel... J'en ai compté plus de douze différents. Aucun de ces films n'étant daté, j'ignore s'ils ont été tournés il y a longtemps ou pas. La première femme que j'ai vue, je l'ai reconnue, est une journaliste de renom. Elle est mariée et mère de deux enfants !

Sophie planta ses yeux dans les siens.

— Vous n'avez pas à vous sentir honteux ou coupable de quoi que ce soit, Cord. Ces histoires ne vous concernent pas. Seuls votre frère et les femmes qu'il a fréquentées sont responsables de la situation.

— Je n'arrive simplement pas à comprendre comment Jon est devenu si tordu, si sordide. Ce qu'il faisait était ignoble. Si j'avais été plus présent...

— Vous étiez son cadet, non ?

— Oui, mais j'ai toujours été plus adulte que lui. Lorsque je suis parti vivre à l'étranger, je ne pensais qu'à moi, à ma vie, et non à mes parents et ce à quoi ils étaient confrontés avec Jon. Sur un autre DVD, j'ai identifié une personne qui a d'importantes responsabilités politiques, ajouta-t-il en se passant la main dans les cheveux. Il la faisait chanter aussi, comme la jour-

La coupable idéale

naliste, comme toutes ces femmes... Je me demande s'il n'exigeait d'elles que de l'argent...

Lentement, Sophie se leva. Cord se sentait très mal. Ce qu'il avait découvert le dégoûtait, le rendait malade. Rien n'était sa faute, il n'avait commis aucun crime. Pourtant, il s'estimait responsable. Elle le voyait aux rides sur son front, aux poches sous ses yeux, à la raideur de ses épaules.

Elle connaissait par cœur cette solitude, ce mal-être, elle savait ce qu'on éprouvait en se forgeant une carapace pour ne pas souffrir.

Elle n'ignorait rien de la difficulté qu'il y avait à trouver un sens à une situation qui n'en avait pas, à essayer de faire quelque chose alors que tout était inutile, à tenter de devenir quelqu'un d'autre si c'était le prix à payer pour survivre.

Quand il s'aperçut qu'elle s'avançait sans rien dire vers lui, Cord fronça les sourcils et se figea.

Comme s'il se sentait soudain gêné, il joua machinalement avec un interrupteur. La lumière baissa, mais il ne parut pas en prendre conscience. Sophie était tout près, à présent, et il la dévisagea d'un air interrogateur.

— Qu'y a-t-il? demanda-t-il.

Alors elle l'embrassa...

6

A l'instant précis où elle noua les bras autour de Cord, Sophie sut qu'elle avait raison de lui montrer sa tendresse.

Elle n'avait jamais rien fait de plus fou, de plus terrifiant, de plus stupide, surtout pour une fille qui détestait prendre le moindre risque.

Mais elle sentit pourtant que ce geste était juste, était bien.

Cord était en train de craquer. Il se comportait comme un type fort, comme s'il n'avait besoin de personne, et par certains côtés sans doute était-il en effet un loup solitaire. Mais les histoires dont s'était rendu coupable son frère étaient en train de le miner de l'intérieur, de saper son moral et de menacer ses fondations.

Pour avoir connu de dures épreuves, elle était capable de reconnaître chez lui les signes d'une vraie détresse. Il était perdu.

Voilà pourquoi elle devait l'embrasser.

Lorsque leurs lèvres s'unirent, elle sentit la douceur, la chaleur et la faim de Cord. Comme si elle l'avait touché au plus profond, il la prit par les épaules et murmura son nom.

Au ton de sa voix, elle comprit le message. Si elle le souhaitait, elle pouvait faire marche arrière, prétendre que ce baiser était une bonne blague, un élan sans importance. Il lui offrait la possibilité d'éclater de rire, de reculer, et tous deux oublieraient vite qu'elle s'était comportée comme une idiote.

Mais elle n'avait pas l'intention de rétrograder. Au contraire, elle se hissa sur la pointe des pieds et l'embrassa encore, saisissant cette fois sa tête pour l'attirer à elle.

Des années plus tôt, quand elle n'était encore qu'une gamine, elle s'était égosillée, chaussée des escarpins à hauts talons de sa mère, se servant d'une brosse à cheveux comme d'un micro.

C'était avant que son monde ne s'écroule, avant qu'*elle* ne s'écroule.

Depuis l'incendie, ce côté libre et exubérant avait été enterré si profondément que Sophie doutait qu'il en subsiste encore quelque chose.

Or, lorsqu'elle embrassait Cord, cette petite fille heureuse qui n'avait pas peur de chanter sa joie se réveillait.

Elle était toujours persuadée qu'il n'était pas totalement franc avec elle. En outre, elle n'avait aucune illusion sur un improbable avenir avec lui, ni même sur l'éventualité de nouer une véritable relation. L'imaginer aurait été absurde.

Mais, à cause de Jon, ils partageaient une souffrance, ils étaient tous deux vulnérables.

Le destin — ou la vie — les avait jetés dans les bras l'un de l'autre sans qu'ils l'aient choisi, ce qu'ils vivaient les dépassait totalement. Mais, à présent, étreindre cet homme lui était devenu aussi nécessaire que respirer. Elle

La coupable idéale

avait l'impression qu'une force de vie jaillissait d'une partie obscure de son être, cherchant la lumière.

Cord n'avait aucune raison de deviner qu'elle ne faisait jamais ce genre de choses. En général, se laisser aller, s'abandonner était trop difficile pour elle.

Pourtant, avec lui, c'était facile.

Très facile, tout coulait de source.

Il prit soudain le relais.

Elle aurait dû deviner qu'il le ferait. Cord n'avait rien d'un homme passif. Il avait peut-être été déstabilisé par son initiative, mais il avait très vite réagi.

Brusquement, il ne se contentait plus d'accepter cette étreinte. Reprenant la main, il lui souleva le visage et captura ses lèvres. Leurs langues entamèrent une danse sensuelle. Dans le même temps, ses longues mains viriles glissèrent sur sa nuque, se promenèrent dans son dos, sur ses fesses.

Elle s'aperçut avec délice que Cord perdait la maîtrise de lui-même. Instinctivement, son corps se plaqua contre le sien. Aussitôt, la chaleur de Cord l'embrasa.

D'une voix rauque, il murmura à son oreille :

— Je ne sais pas ce qui nous arrive, mais je sais où cela va nous mener si tu ne m'ordonnes pas très vite de m'arrêter.

— Je ne veux pas que tu t'arrêtes, j'ai envie de toi…

Ce n'était pas elle qui avait prononcé ces mots. Une autre femme avait déclaré haut et fort son désir, une inconnue qui ne lui ressemblait en rien, une fille sans pudeur, sans aucune moralité.

Cette étrangère se blottit contre Cord, prit sa bouche avec voracité, animée par la même faim que celle qui

La coupable idéale

le dévorait, lui. Elle promena ses doigts sur son torse velu, musclé.

Il allait la tuer, se dit-elle. Il était trop grand, trop fort pour une femme qui n'avait jamais beaucoup fait l'amour et, en tout cas, pas dans un passé proche.

Pourtant, elle se comportait comme elle ne s'était jamais comportée, ses mains s'aventuraient sous son pull, avides de caresser sa peau. Elle avait besoin de le toucher, partout.

Quand il commença à picorer sa gorge de baisers brûlants, elle lui mordilla l'épaule.

Sidéré, Cord grommela :

— Bon sang, Sophie ! Je te croyais timide...
— Je l'étais.

Des années durant, elle avait joué les vierges effarouchées avec les hommes. Pas joué, d'ailleurs. Sa timidité était réellement maladive.

Visiblement, ces temps étaient révolus.

Comme libérée de ses chaînes, elle l'enlaça avec ferveur — ce qui fut sans doute une erreur, car il la plaqua alors contre le mur avant de l'allonger à terre. Sans lui laisser le temps de dire ouf, il lui retira son pull et descendit la fermeture de son pantalon.

Sophie parvint cependant à balbutier :

— As-tu... des préservatifs ?
— Ne t'en fais pas, je ne joue pas avec ta vie. Ils sont dans ma poche.

A ces mots, elle redevint un instant la véritable Sophie Campbell et paniqua.

— Tu avais tout prévu, n'est-ce pas ? J'imagine que les femmes se jettent sur toi en permanence...
— Non, Sophie, et même si c'était le cas je ne les

La coupable idéale

laisserais pas faire. J'ai envie de faire l'amour avec toi, uniquement avec toi.

— Eh bien...

De nouveau, la Sophie prudente, craintive, méfiante, s'évanouit pour laisser la place à une autre. Elle lui posa encore des questions, mais celles-ci n'étaient pas de même nature. Elles étaient sensuelles, piquantes, un peu provocantes. A mi-voix, elle lui confia des secrets, ce qu'elle craignait qu'il arrive, ce qu'elle craignait qu'il n'arrive pas.

Il lui répondit par des caresses, tout en continuant à la déshabiller. Lorsqu'il lui eut retiré son corsage, il promena ses lèvres sur sa gorge.

— Tu n'es en rien comme je l'imaginais, Sophie.

Le soutien-gorge rose et noir disparut, remplacé par sa bouche gourmande, qui se mit à savourer son nouveau domaine. Quand, de sa langue, il fit dresser le bout de ses seins, elle poussa un gémissement. La pièce n'était pas assez sombre à son goût. Elle aurait aimé davantage de pénombre. La manière dont le visage de Cord parcourait son corps, s'approchait de sa fleur secrète, l'excitait et la gênait en même temps. Il l'inondait de plaisir.

Elle se mit à frissonner, mais pas de froid. La lueur qui brillait dans le regard de Cord était intense, amoureuse, à la fois tendre et sensuelle. Elle avait souvent eu le rêve éveillé d'un amant qui s'introduirait en cachette dans sa chambre, la nuit, et qui, après lui avoir jeté un sort pour la réduire à sa merci, lui ferait subir les derniers outrages. Ces images l'excitaient beaucoup.

Mais ce que Cord lui faisait était plus fort encore.

Dans ses fantasmes les plus fous, elle n'aurait jamais

La coupable idéale

osé imaginer une étreinte aussi torride, un amant plus enivrant. Il déclenchait en elle un désir puissant, comme un raz-de-marée qui la soulevait de terre. Il attisait sa sensualité comme aucun homme n'y était jamais parvenu.

Le souffle court, il s'écarta, se redressa.

— Dis-moi d'arrêter, Sophie...

— Encore !

Il reprit sa bouche avant de l'entraîner vers le fond de l'appartement. Le couloir était plongé dans l'obscurité, et Cord trébucha sur un livre oublié. A un moment, elle craignit que tous deux ne s'étalent de tout leur long par terre, mais ils parvinrent par miracle à gagner la chambre et ils tombèrent sur le lit.

— Il est encore temps de dire « stop », lui rappela-t-il.

— Continue !

Le corps de Cord était chaud lorsqu'elle s'abattit sur lui. En vérité, il semblait sur le point de s'embraser.

En riant, ils roulèrent ensemble, jouant à cache-cache entre les draps. Le rire effronté de Sophie fusait dans l'ombre, déclenchant, comme en écho, celui de Cord.

Sophie ne l'avait jamais entendu rire auparavant... pas de ce grand rire joyeux. Quant à elle, elle ne se souvenait pas non plus s'être un jour esclaffée de si bon cœur. Elle avait l'impression que la Sophie sérieuse, si raisonnable, s'était volatilisée, qu'elle était redevenue cette petite fille pleine de vie qu'elle avait été. Peut-être cette enfant-là n'avait-elle jamais complètement disparu, peut-être attendait-elle dans un coin que quelqu'un glisse la clé dans le mécanisme rouillé pour la remettre en marche.

La coupable idéale

Cord avait la clé.
Cord *était* la clé.
Lorsqu'il l'enlaça pour se mettre sur elle, ils cessèrent de rire. Elle lui caressa le visage, et dans ses yeux brilla une lumière qui l'invitait à toutes les audaces. Quand il la pénétra, elle s'arqua et noua les jambes autour de sa taille. Tandis qu'il allait et venait entre ses reins, elle eut l'impression de galoper avec lui au clair de lune — de s'envoler, le cœur rempli d'espoir et d'amour.

Sophie ne se rappela pas s'être endormie, mais, lorsqu'elle rouvrit les yeux, quelqu'un l'avait transportée du pays d'Oz à la réalité. Cela lui fit un certain choc. Elle était dans l'appartement de Jon, sur un lit — que faisait-elle là ? —, et elle était nue comme un ver — ce qui la surprit davantage encore. Le plus étrange fut pourtant de voir Cord allongé près d'elle, dans le même appareil, qui la fixait.

La lumière extérieure était trop faible pour éclairer vraiment la chambre mais assez forte pour lui permettre de lire l'expression de Cord. La manière dont il la dévisageait lui donna envie de regarder derrière elle ; une autre femme devait se trouver dans la pièce. Il la buvait des yeux. Jamais elle n'aurait pu imaginer un homme la considérant, elle, avec tant de tendresse et d'intensité.

— Je me suis endormie, non ?

— Un bref instant. Je ne me suis pas étonné que tu aies eu besoin de t'assoupir un peu pour récupérer...

Loin d'être consternée, voire choquée, par la façon dont elle s'était comportée, elle s'étira avec volupté.

La coupable idéale

Cord nu était tellement beau ! Il lui donnait faim. Son corps viril, ses longs muscles sinueux, son torse velu aiguisaient son appétit, et, quand elle croisa son regard, elle le vit sourire, en proie à une fierté toute masculine.

Il lui caressa la joue.

— Sais-tu ce qui nous est arrivé ?

— Je crois que cela s'appelle faire l'amour. En tout cas, cela ressemble à ce que j'avais lu dans un livre que ma mère adoptive m'avait offert lorsque j'étais en cinquième, même s'il y a longtemps que je ne l'ai pas ouvert.

Il la fit taire d'un baiser.

— Tu avais peut-être deviné que nous allions nous retrouver dans les bras l'un de l'autre, mais pas moi. Je savais que tu m'attirais, que je te désirais. Mais je n'imaginais pas concrétiser. Ces deux dernières semaines ont été terribles pour toi, et je ne voulais pas profiter de ta vulnérabilité.

— Et toi, ne te sens-tu pas vulnérable ?

— Les hommes le sont moins que les femmes... De plus, le sexe guérit tous nos maux, c'est l'avantage.

— Je n'avais pas programmé ce qui s'est passé entre nous, Cord, je n'aurais même jamais osé l'espérer, et, si tu ne veux pas que cela se reproduise, cela ne se reproduira jamais.

— Pour ne rien te cacher, je meurs d'envie de recommencer.

Elle sentit son cœur se serrer dans sa poitrine. S'il n'avait pas désiré nouer de relation avec elle, elle en aurait été meurtrie : mais, bizarrement, qu'il exprime son envie d'être avec elle la terrifiait.

La coupable idéale

Tâchant de ne pas paraître trop pressée de s'éloigner, elle se leva avec un rire un peu forcé.

— Caviar nous a observés, je le crains…

— Ce chat aurait-il un côté voyeur ? plaisanta-t-il.

Gênée, elle se mit à la recherche de ses vêtements. Elle ne savait pas trop où elle les avait abandonnés, mais elle finit par retrouver son pantalon, son soutien-gorge, et elle commença à recouvrir sa nudité.

Cord s'éclaircit la gorge.

— Que fais-tu, Sophie ? Si tu imagines que je vais te laisser réintégrer ton appartement, autant l'oublier tout de suite. Il n'en est pas question.

— Je me lève très tôt et…

— Je connais cette excuse, je m'en suis déjà servi, et ce n'était pas toujours un mensonge, d'ailleurs. Mais il est totalement exclu que tu retournes chez toi après ce cambriolage. Mon frère, que Dieu le bénisse, avait le sens du confort. Son lit est très grand et très confortable. Et je te garantis qu'un bon bain dans son Jacuzzi te donnera envie de te rendormir. Surtout si tu sirotes un verre de vin au milieu des bulles. Ensuite, je te borderai…

— Comment refuser une telle proposition ? dit-elle en riant.

— C'est en effet impossible mais, si cela te pose un problème, nous pouvons modifier le projet initial…

— Non, non, je voulais être certaine que nous parlions la même langue.

Dieu sait pourquoi cette phrase franchit ses lèvres. Elle n'avait jamais parlé le même langage que lui.

Depuis des années, Sophie s'était toujours comportée

La coupable idéale

comme une petite fille sage, calme, studieuse, prudente...

Or, Cord avait fait resurgir une autre Sophie — la femme-enfant, la fillette exubérante, intrépide et désinhibée qu'elle avait été autrefois et qui, si les circonstances ne l'en avaient pas empêchée, aurait pu devenir depuis des années une femme assumant pleinement sa sensualité, son pouvoir de séduction, qui aurait été capable de faire confiance à un homme, de s'abandonner... tout en se sentant pleinement en sécurité.

Malheureusement, depuis le drame, Sophie ne se laissait pas aller, elle se méfiait de tout et de tout le monde, elle avait l'habitude de fuir.

La peur était devenue sa seconde nature.

Le cambriolage l'avait angoissée, mais moins que Cord. Depuis qu'il était entré dans son existence, il lui semblait que tous les principes auxquels elle tenait avaient volé en éclats.

Il menaçait son équilibre intérieur, et elle craignait de souffrir un jour à cause de lui. Cette prise de conscience refroidit quelque peu ses ardeurs.

Après le bain — aussi agréable et sensuel qu'il l'avait promis —, elle retourna dans la chambre de Jon. Comme il fallait s'en douter, ce dernier l'avait équipée avec le même soin que les autres pièces. Le lit était surélevé, des miroirs tapissaient les murs, il y avait des draps noirs en satin...

Lorsqu'elle y grimpa, le matelas lui parut incroyablement confortable.

— Je prends le côté gauche ! déclara-t-elle.
— Nous pourrions tirer à pile ou face...
— Ou tu pourrais me le laisser.

La coupable idéale

— Oui, je pourrais…

Il s'allongea et l'invita à se blottir contre lui.

Dès qu'il éteignit la lumière, elle le fit. Peu à peu, elle parvenait à se détendre, de nouveau.

Dans la pénombre, il demanda :

— Est-ce que je dors avec Sophie la sérieuse ou Sophie la séductrice ?

— La sérieuse. Il est possible que la séductrice revienne dans la nuit, mais pas tout de suite.

Pour une raison inconnue, elle prit sa main dans la sienne.

Et elle lui parla ainsi, les doigts enlacés aux siens, comme s'ils étaient des adolescents amoureux.

— Cord, murmura-t-elle avec gravité. La mort de ton frère n'avait rien d'accidentelle. Je me moque de ce que prétend la police ou de ce que tu as entendu dire. Je suis certaine qu'il ne s'agissait pas d'un accident. C'est impossible. Il a été tué.

— Je sais.

— Je suis également persuadée que mon appartement n'a pas été cambriolé par hasard. Il y a un lien entre les deux événements, entre ce cambriolage et l'assassinat de Jon.

— Je suis parvenu à la même conclusion.

— Toutes les femmes qui sont sur ces DVD ont envie de récupérer ces images, c'est évident.

— Je le crois aussi.

Elle aimait la chaleur de sa peau. Il émanait de lui une tendresse infinie, et elle se sentait en sécurité à son côté. Elle eut du mal à ne pas se pelotonner contre lui.

— Je ne sais pas ce que tu comptes faire avec ces DVD, Cord. Sans doute as-tu l'intention de les apporter

La coupable idéale

à la police. Mais la meurtrière de ton frère ne devinera pas forcément que ces films ne se trouvent plus dans cet appartement.

Dans le noir, il lui caressa les cheveux. Cette fois, il ne gaspilla pas sa salive pour lui dire qu'il partageait son avis. Tous deux le savaient.

— Voilà donc pourquoi, conclut-elle, afin que je puisse me sentir en sécurité, afin que nous puissions vivre comme avant, il est indispensable de découvrir qui a tué Jon. Nous avons le mobile : les films et les photos pris par ton frère. Mais toutes les femmes qu'ils faisaient chanter ne sont pas des criminelles. Une seule est passée à l'acte. Les autres sont des victimes, des malheureuses qui ont peur que les éléments que Jon avait contre elles soient exposés au grand jour. Elles sont désespérées et doivent tenter de s'introduire chez Jon dans l'espoir de trouver sa cachette.

— Je le crois, moi aussi.

— Je suis sûre qu'il n'y a pas que des DVD mais aussi des enregistrements, des adresses, des noms, des numéros de téléphone. Nous devons commencer à fouiller, à chercher. Je t'aiderai de mon mieux. Je ne comprends pas pourquoi la police n'est pas arrivée à la même conclusion que nous, mais, quoi qu'il en soit, il nous faut identifier le meurtrier le plus vite possible.

Quand cela serait fait, Cord s'en irait. Elle ne savait pas ce qui les avait jetés dans les bras l'un de l'autre, mais elle ne l'imaginait pas un instant vouloir nouer avec elle une relation sur le long terme. Ils se connaissaient à peine, elle n'avait aucune raison de commencer à broder un roman à propos de leur histoire.

Voilà pourquoi, si tout s'arrêtait le lendemain, elle

La coupable idéale

n'aurait pas l'impression d'avoir été abandonnée, d'avoir le cœur brisé. Puisqu'elle savait qu'ils n'étaient pas étroitement liés, que cette affaire n'allait pas durer, elle ne souffrirait pas quand ils se quitteraient.

En tout cas, elle s'en persuadait.

— Sophie, murmura-t-il, nous ne pourrons pas régler cette enquête ce soir.

— Je le sais bien.

— Alors voyons si nous pouvons plutôt faire vivre cette Sophie joyeuse et désinhibée un peu plus longtemps...

Il s'étendit sur elle. Par la suite, il prétendit que c'était elle qui s'était jetée sur lui. Elle se moquait de savoir qui était responsable. Dans l'immédiat, cet homme incarnait tout ce qui avait de l'importance pour elle, et elle sentait qu'elle ne regretterait rien de ce qu'elle avait partagé avec lui.

Dans la nuit, elle entendit Caviar ronronner sous la couette et Cord grommeler.

— Il vaudrait mieux que cet animal perde l'habitude de dormir dans mon lit.

Elle ouvrit un œil, consciente que le chat s'était installé là pour veiller sur eux.

Le hurlement du vent réveilla Cord. Des branches d'arbres fouettaient les vitres. Par la fenêtre, il voyait des feuilles mortes tourbillonner. Elles tapisseraient bientôt les trottoirs.

« Une journée à ne pas mettre le nez dehors », se dit-il. Mieux valait rester au lit avec une jolie blonde blottie contre lui...

La coupable idéale

Malheureusement, Sophie avait quitté l'appartement.

Il se glissa sous la douche. Elle lui manquait déjà. Elle était partie travailler, bien sûr — et lui aussi était attendu à l'université. Mais la question n'était pas là. Il n'était pas censé faire confiance à cette femme.

Avant d'être parvenu à mettre en route la cafetière électrique de son frère, il entendit son téléphone portable sonner. Comme pour le forcer à redescendre sur terre, le détective privé, Ferrell, l'appelait. Pendant quelques heures, Cord avait réussi à oublier toutes ces histoires sordides, les DVD pornos, le meurtre, les erreurs impardonnables de Jon. La réalité revenait à la charge.

— Oui, j'ai laissé un message hier soir pour vous et M. Bassett, répondit-il. Et oui, j'ai des renseignements à vous communiquer qui me semblent susceptibles de vous intéresser, mais j'ai aussi deux cours à donner, ce matin et je ne pourrai pas me libérer avant 1 heure de l'après-midi…

— Très bien. Où ?

Après un instant de réflexion, Cord lui indiqua un café au cœur de l'Institut de Smithsonian, le plus grand complexe de musées au monde. Il lui serait facile de s'y rendre en métro après ses cours et de revenir rapidement chez son frère.

Il y arriva en avance, commanda un sandwich, s'installa à un endroit d'où il pourrait surveiller les allées et venues, mais il ne parvint pas à avaler quoi que ce soit. Il n'avait aucune envie d'être là, de s'entretenir avec des policiers. Il se doutait qu'ils allaient l'interroger sur Sophie.

Toute la matinée, il avait songé aux événements, à

La coupable idéale

la fois magiques et fragiles, de la nuit. A un moment, Sophie lui avait confié avoir vécu dans la peur qu'un de ses proches disparaisse du jour au lendemain. Cette angoisse datait de l'incendie qui avait ravagé sa vie et emporté ses parents ; elle s'était alors sentie perdue, seule au monde. Très jeune, elle avait appris à se protéger, à fermer sa porte, à se méfier de tout et de tous. Il était plus facile de se recroqueviller au fond de sa coquille que de prendre le risque d'être une fois de plus abandonnée, de souffrir encore.

Si Cord n'avait connu aucune épreuve de ce genre, il avait connu un échec cuisant avec Zoe et il en avait tiré le même enseignement. Il avait cru choisir la femme qu'il lui fallait, une femme qui lui serait fidèle, qui le soutiendrait dans l'épreuve. Mais, à la première difficulté, elle avait pris ses cliques et ses claques. Depuis, il n'avait plus fait confiance à personne.

Jusqu'à Sophie…

Un groupe de femmes passa, toutes venues pour l'exposition de pierres précieuses. Elles ruisselaient de pluie et se plaignaient du froid. Cord mordit dans son sandwich avant de le reposer sur son assiette.

Depuis le début, son cœur lui soufflait de faire confiance à Sophie. Mais ce qui s'était passé pendant la nuit l'avait grandement déstabilisé. Qui aurait deviné que derrière ces vêtements affreux, ces lunettes trop grandes, se cachait une femme d'une si torride sensualité ? Par quel miracle avait-il trouvé sous ces déguisements une fille d'Eve aussi séduisante, dont le simple souvenir lui chauffait les sangs ?

Il vit soudain apparaître Ferrell et Bassett, aussi repérables au milieu d'une foule de touristes que deux pommes dans un cageot d'oranges. Ils portaient le même imperméable et, sans perdre de temps, tous deux le retirèrent pour s'asseoir en face de lui.

Cord leur parla aussitôt des DVD qu'il avait découverts, derrière un tiroir.

Bassett eut un soupir de soulagement.

— Formidable ! C'était la preuve dont nous avions besoin. Combien y en avait-il ? Nous les avez-vous apportés ?

— Non. Je ne suis pas certain de vouloir vous les remettre.

— Ce n'est pas à vous d'en décider, répliqua l'inspecteur en avalant une gorgée de café. Il s'agit d'indices, d'éléments d'une enquête, du lien entre la meurtrière et votre frère.

Cord y avait songé toute la matinée.

— Je sais. Je suis certain que la criminelle ou l'un de ses proches a tenté de récupérer ces films amateur. Mais que convient-il de faire ? Rien ne me semble simple dans cette histoire.

— C'est très simple, au contraire, rétorqua Bassett. Vous devez nous les donner.

— Le problème est qu'ils tomberont alors dans le domaine public. Pas plus que moi, vous ne savez quelle femme a tué mon frère. Apparemment Jon en faisait chanter beaucoup, et ces films peuvent déclencher des scandales, ruiner la vie et la réputation de nombreuses victimes. En faire état causerait d'énormes dégâts sans nécessairement permettre d'identifier la meurtrière. Voilà pourquoi j'hésite à vous les remettre.

Avant que Bassett ne succombe sous l'effet d'une

La coupable idéale

attaque d'apoplexie, Ferrell intervint avec son affabilité habituelle.

— Je suis tout à fait d'accord avec vous. Pourtant, vous devez nous les confier. Les garder pour vous nous ôterait tout espoir d'arrêter la tueuse.

— Croyez-moi, je n'ai aucun intérêt à les conserver et n'en ai aucune envie...

— Tant mieux parce que vous n'avez pas le choix ! s'exclama Bassett. J'ai les moyens de vous faire enfermer sur-le-champ pour entrave à l'action policière, ne l'oubliez pas ! Il n'est pas question que vous nous mettiez des bâtons dans les roues. Si vous posez des problèmes, vous allez vous retrouver en prison avant d'avoir eu le temps de dire ouf.

Songeant à Sophie, Cord avait été incapable de manger quoi que ce soit. Mais, tout en discutant de l'illégalité supposée de sa réaction, il reprit son sandwich.

— Mais vous ne m'emprisonnerez pas, répliqua-t-il, parce que je coopère et que je continuerai à vous aider. Je refuse que d'innocentes victimes voient leurs vies privées étalées au grand jour et en souffrent, c'est ma seule limite.

— Je vous en prie, Pruitt. Vous savez aussi bien que nous qu'aucune des femmes sur ces DVD n'est *innocente*...

Cord avait presque terminé son sandwich.

— Entre une meurtrière et une personne qui manque de moralité, il y a une grande différence, non ? Tenez, ajouta-t-il en leur tendant un feuillet. Voici les initiales que j'ai relevées sur les DVD. Il n'y avait aucun nom entier ni dates.

Les deux hommes se jetèrent sur la liste comme

La coupable idéale

des chiens de meute sur un cerf. Des touristes allaient et venaient par vagues pour se restaurer entre deux visites, s'exprimant dans toutes sortes de langues. Sophie aimerait beaucoup voir cette exposition, se disait Cord. Les musées du complexe Smithsonian la passionneraient.

Mais, très vite, Bassett et Ferrell reportèrent leur attention sur lui. Ils avaient l'air tout excités.

Bassett fut le premier à reprendre la parole.

— Il est difficile d'affirmer quoi que ce soit avec si peu d'éléments, mais je crois deviner qui est MM. A mon avis, il s'agit de la femme d'un sénateur.

Cord sursauta.

— Vous avez vu juste.

— Imaginer cette vidéo entre de mauvaises mains fait froid dans le dos, et on comprend que la victime soit prête à tout, y compris à tuer, pour récupérer ce film.

C'était exactement ce que Cord avait espéré entendre.

— Chaque fois que vous découvrirez la personne cachée derrière ces initiales, je vous donnerai le DVD s'y rapportant.

— En tout cas, un surnom m'interpelle. Penny. Ce pourrait être le diminutif de Penelope Martin, une lobbyiste qui travaille au Sénat. Je crois savoir qu'elle est amie avec la voisine de palier de votre frère, cette Sophie Campbell.

Cord sentit un frisson lui parcourir l'échine.

— Sophie n'a rien à voir avec toute cette histoire.

Bassett leva les yeux au ciel.

— Qu'en savez-vous ?

— Parce que je la connais mieux, à présent.

La coupable idéale

— Vous ne la *connaissez* pas, vous la fréquentez depuis quelques jours. Il est quand même étrange qu'elle soit liée à beaucoup de personnes mêlées de près ou de loin à ce dossier, non ? Penelope Martin est très bien payée pour tenter d'influencer le vote des sénateurs, et nous apprenons qu'elle a été, elle aussi, proche de votre frère.

— Comme vous avez découvert son nom, je vous donne déjà le DVD se rapportant à cette MM.

Ferrell se pencha en avant comme s'il se décidait enfin à se mêler à la discussion.

— Ce sont des éléments à charge intéressants, Cord, mais cela ne suffira pas pour faire arrêter qui que ce soit. Nous continuons de penser que Sophie Campbell est liée à cette entreprise de chantage. Ouvrez les yeux ! Elle est amie avec au moins une des suspectes potentielles et peut-être avec d'autres. Il est évident que quelqu'un la croit au courant de quelque chose d'important sinon elle n'aurait pas été cambriolée. Beaucoup d'indices la désignent comme une coupable ou, au moins, comme une complice…

— Ce n'est pas elle, répéta Cord.

— Nous vous demandons seulement de la surveiller. Nous sommes toujours dans le brouillard. Bientôt, nous aurons des ADN identifiables, des empreintes exploitables. Sophie Campbell n'est pas la seule personne que nous ayons dans le collimateur, mais elle fait indéniablement partie du tableau.

— Ne comptez pas sur moi pour vous suivre sur ce terrain. Je refuse de l'espionner.

— Nous avons déjà évoqué la question, dit Bassett. Inutile d'employer des grands mots. Il ne s'agit pas

La coupable idéale

d'espionnage mais de collaboration. Nous avons tous le même objectif : identifier la personne qui a tué votre frère.

Lorsque, quelques instants plus tard, Cord sortit du café, soulagé de laisser derrière lui les deux hommes et de s'extraire de cette atmosphère confinée, la tempête s'était aggravée. La pluie tombait avec force, un vent violent soufflait, les feuilles d'automne tourbillonnaient autour de lui. La station de métro n'était pas loin mais, quand il l'atteignit, il était trempé et frigorifié.

Le lien que Bassett et Ferrell imaginaient entre les crimes sordides de Jon et Sophie lui donnait envie de vomir. Il leur avait dit qu'il refusait de l'espionner, mais il lui fallait demeurer près de Sophie. Pour la protéger. Il était certain que la police ne se souciait pas de la sécurité de la jeune femme, puisqu'ils la croyaient coupable.

Ni l'inspecteur ni le détective privé ne soupçonneraient qu'il ait envie de rester dans le sillage de Sophie pour assurer sa protection. Ils pensaient qu'il obéissait à leurs consignes.

Mais ce n'était pas le cas.

Il ne jouait pas à ce jeu-là.

Depuis qu'il avait appris que son frère avait été assassiné et surtout depuis qu'il avait fait la connaissance de Sophie, il sentait qu'il marchait sur des œufs.

7

Toute la journée, Sophie se sentit dans la peau d'une acrobate de cirque, jonglant sur un fil tendu au-dessus du vide.

Quoi qu'elle tente de faire, le destin semblait s'acharner à la déséquilibrer, à lui faire perdre tous ses repères. Ce matin-là, elle avait été obligée de laisser Cord pour aller travailler, mais l'interview d'Inger Henriks, qui devait à l'origine durer deux heures, lui en avait finalement demandé plus de cinq.

— Ma famille, lui avait raconté Inger, passait son temps à recueillir des pilotes américains. Nous vivions au Danemark, dans le port d'Helnaes Bugt. Comme vous le savez, le Danemark a une frontière commune avec l'Allemagne. La nuit, des avions américains survolaient la région et, faute de carburant ou parce qu'ils avaient été touchés par des tirs nazis, les pilotes étaient parfois contraints de sauter en parachute dans la mer. Nous les récupérions, les cachions, les nourrissions. Ni les Suédois ni les Finlandais ne se comportaient ainsi, mais nous, les Danois, nous n'avions pas froid aux yeux. J'étais fière du patriotisme de mes parents, de mon pays, et pourtant, à l'époque, je n'étais qu'une enfant. Nous n'étions qu'une famille de pêcheurs, mais nous vivions avec ce dangereux secret. Si quelqu'un dans le village

La coupable idéale

nous trahissait, parlait de nos activités, nous risquions d'être fusillés. Comme toutes les petites filles, j'avais envie de croire aux contes de fées. Au lieu de quoi, la peur ne me quittait pas. Ces secrets étaient oppressants. Ce n'était pas une existence digne de ce nom.

La vieille femme avait multiplié les anecdotes ; la plupart étaient émouvantes, passionnantes et instructives. En temps normal, Sophie n'aurait pas été mécontente de faire des heures supplémentaires pour en apprendre davantage. Elle adorait son travail et particulièrement le sujet du reportage qu'elle s'était vu confier. Toutes les personnes qu'elle interrogeait lui apportaient quelque chose, l'enrichissaient.

Mais, à présent, dans sa vie il y avait… Cord. Il y avait aussi un meurtre, un cambriolage, les chantages immondes pratiqués par Jon. Pourtant, si toutes ces histoires étaient déstabilisantes et terrifiantes, elles lui semblaient finalement accessoires comparées au fait d'avoir fait l'amour avec Cord, la nuit précédente.

Rien n'était plus important à ses yeux.

Elle ne put retourner chez elle avant le milieu de l'après-midi et, quand elle y parvint, elle était éreintée et trempée comme une soupe. De son côté, Cord ne reviendrait que plus tard. Elle avait prévu de fouiller l'appartement de Jon, de sonder les carrelages, d'inspecter chaque latte de parquet. Mais d'abord, elle avait à faire chez elle. Il lui fallait se changer, transcrire sur son ordinateur le témoignage qu'elle venait de recueillir et avancer dans ses travaux de traduction.

Avant qu'elle n'ait eu le temps de retirer son manteau, son téléphone portable retentit, et Caviar se jeta sur elle, réclamant des caresses. Le chat avait quelque chose de brillant entre les dents — un bouchon de bouteille, sans doute —, qu'il portait comme un trophée. Manifestement, il tenait à ce qu'elle le félicite de sa prise. Sophie s'efforça d'ôter sa veste, de câliner l'animal et de répondre à sa sœur en même temps.

Cate s'exprimait d'une voix vibrante.

— Voilà une semaine que je ne t'ai pas eue au téléphone ! Je me suis fait un sang d'encre. Comme j'étais sur l'eau, il n'y avait pas de réseau et il m'était impossible de te joindre.

Agée de trente ans, Cate était chef cuisinier pour une agence de voyages spécialisée dans le tourisme d'aventure. Pour son travail, elle se rendait aux quatre coins du monde, dans les endroits les plus exotiques de la planète. Cate avait eu l'occasion de confectionner des petits plats de Madagascar aux flancs de l'Everest en passant par l'Antarctique ou par des régions reculées et sauvages où Sophie savait qu'elle-même ne mettrait jamais les pieds.

— Tu n'as pas la même voix que la semaine dernière, Sophie…, reprit sa sœur d'un ton suspicieux.

— Je l'espère ! La semaine dernière, quand je t'ai eue au bout du fil, j'étais anéantie. Je venais de découvrir le cadavre de mon voisin.

Cate l'écouta lui raconter les derniers événements. Bientôt, elle l'interrompit de nouveau.

— Je persiste à trouver que tu as une intonation différente de d'habitude. S'est-il passé quelque chose d'autre dans ta vie ? Aurais-tu rencontré un homme, par exemple ?

— Non… Enfin, pas exactement…

La coupable idéale

Exaspérée, Sophie considéra le téléphone. Comment sa sœur pouvait-elle faire preuve d'une telle intuition ?

— J'ai rencontré un homme, mais ce n'est pas du tout ce que tu crois. Il est de la famille de Jon, mon ancien voisin. Ce n'est pas comme si nous avions fait connaissance de manière classique.

— Sophie, si tu attends de faire la connaissance de quelqu'un « de manière classique », tu seras toujours vierge à quatre-vingt-dix ans. C'est comme ton travail actuel. Ce n'est pas en interrogeant des vieilles dames ou en tapant sur le clavier de ton ordinateur à longueur de journée que tu vas rencontrer le Prince charmant… Il faudrait peut-être que tu cesses de te protéger.

— Tu n'es pas juste, protesta Sophie.

— Dis-moi la vérité. Jusqu'où as-tu été avec ce type ?

Cate attendit quelques instants. Sa sœur se taisant, elle explosa.

— Comment ! Tu as été aussi loin avec lui ? Toi ?

— Comment ça « moi » ? Que veux-tu insinuer ? Si je ne m'abuse, tu as déjà couché avec quelqu'un, non ?

— Peut-être, mais moi, c'est moi. Toi, c'est différent. Tu vois, ajouta-t-elle, cessant de plaisanter, toutes les deux, nous nous ressemblons beaucoup. L'une comme l'autre, nous nous comportons toujours comme si le pire allait se produire. D'une certaine manière, inconsciemment, nous sommes sûres qu'un incendie va ruiner nos vies, une nouvelle fois. Voilà pourquoi je m'amourache d'hommes sans consistance qui ne seront jamais que des aventures sans lendemain et pourquoi tu tiens à distance tous ceux qui font mine de t'approcher. Les tactiques diffèrent, mais le résultat est

La coupable idéale

le même. Nous sommes prêtes à sauter par la fenêtre à tout moment. Or, voilà que, brusquement, tu changes de politique...

— C'est vrai, je l'ai fait, et c'était certainement une bêtise de ma part.

Juste au moment où elle s'apprêtait à parler à cœur ouvert à Cate, on sonna à sa porte.

Cependant sa sœur lui répondait :

— J'ignore si c'était une erreur ou quelque chose de formidable, mais je ferais sans doute mieux de prendre le premier avion pour te rejoindre. Ce type a intérêt à savoir que, s'il te fait du mal, il me trouvera en travers de sa route...

— Cate, je t'en prie, cesse de me protéger ! Les gens souffrent tout le temps. C'est la vie. Personne n'y peut rien.

— Je l'étranglerai s'il n'est pas gentil avec toi ! Zut, je dois y aller... Mais tu me raconteras tout en détail la semaine prochaine, d'accord ? En attendant, je vais téléphoner à Lily pour la mettre au courant. Comment s'appelle cet homme ?

Sophie n'attendait pas Cord avant l'heure du dîner. Le simple fait de l'imaginer derrière la porte suffit à accélérer son rythme cardiaque.

— Cord, répondit-elle par automatisme.

Mais, en ouvrant la porte, elle découvrit Penelope Martin sur le seuil. Elle l'invita à entrer, tout en s'efforçant de prendre congé de sa sœur.

Quelques instants plus tard, alors qu'elles partageaient une tasse de thé, Penelope lança :

— Je t'ai entendue prononcer le nom de Cord en arrivant, et c'est d'ailleurs un peu à cause de lui que je

La coupable idéale

suis passée. Je pensais à tous les ennuis que ces histoires t'ont créés. La police a-t-elle découvert qui a cambriolé ton appartement ou a-t-elle au moins des pistes ?

Que son amie lui rende visite pour cette raison surprit Sophie mais, après réflexion, elle aurait dû s'y attendre. Penelope adorait les ragots. Comme un alcoolique a besoin de son verre de scotch, il lui fallait sa dose quotidienne de rumeurs.

Quand Sophie lui expliqua qu'il n'y avait rien de nouveau, Penelope prit un air effaré.

— Les enquêteurs n'ont encore rien trouvé ? répéta-t-elle, profondément déçue. C'est dingue !

Lorsque toutes deux eurent fini leur thé, Sophie alla se changer, troquant sa jupe de flanelle grise pour un jean et un pull noir. Elle décida soudain de mettre aussi un autre soutien-gorge, même si elle n'était pas certaine qu'il se passerait quelque chose avec Cord ce soir.

En prendre conscience lui fit perdre sa bonne humeur. Elle ne savait pas vraiment comment Cord l'accueillerait ni comment il avait ressenti ce qu'ils avaient partagé la veille, et encore moins ce qu'il éprouvait pour elle. Peut-être regrettait-il ce qui s'était passé entre eux…

Penelope fronça les sourcils.

— Sophie, tu es à des kilomètres de moi. As-tu entendu ce que je viens de dire ?

Bien sûr, elle avait entendu Penelope. Elle était seulement trop nerveuse pour se concentrer. Soudain, elle se sentit idiote d'avoir changé de soutien-gorge pour un plus neuf — qu'elle n'aurait jamais dû acheter, d'ailleurs. Il était trop sexy, trop frivole, trop…

— Sophie !

Et Cord interpréterait sans doute le geste comme une

invite sexuelle alors que ce n'était pas du tout le sens qu'elle voulait lui donner. Mais peut-être que si. Rejetant les cheveux en arrière, elle poussa un soupir.

— Je ne sais pas ce que la police a découvert, Penelope. Mais je crois que Cord pense — comme moi — que la mort de son frère n'était pas due à un accident. Il a décidé de fouiller l'appartement de Jon mais, pour le moment, il travaille et ne pourra s'y mettre que plus tard dans la soirée.

— A-t-il déjà découvert quelque chose ? Des preuves des ébats de Jon avec toutes ces femmes ? Nous en avons souvent parlé, t'en souviens-tu ? Nous nous demandions s'il avait gardé des traces de ces aventures. Jan, en particulier, a toujours eu peur que des photos d'elle et de lui ne traînent quelque part. Si Cord les avait retrouvées...

Sophie hésita.

— Il n'a rien sur Jan. Cord vous a rencontrées, Hillary, Jan et toi, il sait donc que nous sommes amies. Il me l'aurait dit s'il avait mis la main sur un élément lié à l'une de vous. Pour le reste, je n'en sais rien.

Caviar faisait ses griffes sur ses genoux, cherchant de nouveau à attirer son attention, à lui montrer quelque chose. Consciente de ne pas être totalement sincère avec Penelope, Sophie se sentait mal à l'aise. La semaine précédente encore, elle lui aurait raconté en toute liberté ce qu'elle avait appris ; maintenant, tout était différent. Bien sûr, elle avait confiance en Penelope. Mais elle craignait les réactions de la meurtrière — à propos d'elle et de Cord, à propos de ceux qui pouvaient avoir accès aux éléments du chantage...

Déçue, Penelope se leva.

La coupable idéale

— J'espérais que tu en saurais plus. S'il y a du nouveau, tu me tiendras au courant, n'est-ce pas ? Jan s'est toujours vantée d'avoir couché avec Jon, mais je m'en voudrais si elle devait le payer d'une façon ou d'une autre. Si tu découvrais quelque chose, nous pourrions essayer de la protéger.

— Je ne supporterais pas qu'elle souffre, moi non plus.

Penelope enfila son manteau.

— J'adore les scandales, les histoires croustillantes, ce n'est un secret pour personne, mais je me fais sincèrement du souci pour Jan. Et plus encore pour toi. Ce cambriolage n'était pas rien. Si un soir tu as peur d'être seule, n'hésite pas à me passer un coup de fil pour me demander de venir. A ta place, je serais terrifiée de vivre dans cet immeuble.

Sophie pensait s'être un peu remise de ses émotions et commencer à oublier le cambriolage mais lorsque, un peu plus tard, on frappa de nouveau à sa porte, son cœur bondit dans sa poitrine.

Penelope étant partie depuis une bonne demi-heure, elle s'était installée devant son ordinateur pour transcrire l'entretien qu'elle avait effectué ce jour-là.

Pendant un moment, elle resta interdite. Puis, comme les coups redoublaient, elle tenta de se raisonner.

« Il s'agit certainement de Cord. Il n'y a pas lieu de s'inquiéter. »

Mais elle était oppressée. Rien ne se déroulait comme il le fallait, elle se sentait en danger dans sa vie comme dans son cœur.

La coupable idéale

Elle était pourtant bien placée pour savoir qu'elle avait oublié le sens du mot « tranquillité » à l'âge de cinq ans...

Quand Cord grimpa l'escalier et frappa à la porte de Sophie, il était tendu comme un arc. La discussion avec Ferrell et Bassett l'avait profondément ébranlé.

Les histoires de son frère semblaient plus compliquées, plus sordides, plus dangereuses qu'il ne l'avait d'abord imaginé. Par nature, Cord aimait régler les problèmes. Au cœur d'une avalanche, d'un incendie ou d'un accident, il savait quoi faire et réagissait au quart de tour. Non qu'il aimât les ennuis, mais il adorait l'action, avoir quelque chose à faire. La situation actuelle, qui l'obligeait à attendre — attendre que quelque chose se produise, attendre d'en apprendre davantage sur les chantages, attendre et attendre encore —, lui portait sur les nerfs.

Comme Sophie ne répondait pas, il frappa de nouveau, un peu plus fort, et il sentit sa tension monter d'un cran.

Toute la journée, il avait voulu la voir.

Toute la journée, il s'était inquiété d'elle. Il ne savait pas du tout comment elle allait l'accueillir, si elle regrettait ce qui s'était passé entre eux ou si elle s'en réjouissait, si elle avait envie d'en parler ou de prétendre que rien ne s'était produit, si elle se sentait mal à l'aise vis-à-vis de lui ou si elle assumait...

Lui-même ignorait quel sens donner aux événements. Depuis Zoe, il hésitait à accorder sa confiance à une femme ; mais, la veille au soir, il avait d'instinct fait confiance à Sophie. Il ne savait pas où ils allaient, mais il avait de nouveau envie de partager la nuit avec elle... et toutes les nuits à venir, tant qu'elle le voudrait.

Pour autant, cela ne le dispensait pas de ses responsabilités. Son frère avait mêlé Sophie à ses horribles histoires. Depuis le meurtre de Jon, Cord l'avait mise dans une situation plus périlleuse encore. D'ailleurs, honnêtement, à la place de Sophie, il fuirait...

Elle ne répondait toujours pas. Il se mit à tambouriner à la porte. Il commençait vraiment à s'inquiéter quand soudain Sophie lui ouvrit.

Il ignorait à quoi il s'attendait ou s'était préparé au juste, mais en tout cas pas à sa réaction.

Elle faillit le renverser en se jetant littéralement sur lui pour nouer les bras autour de son cou et le serrer de toutes ses forces contre elle. Retenant son souffle, elle ne dit pas un mot, ne bougea pas, se contentant de l'étreindre comme si sa vie en dépendait.

Les paupières closes, il huma son parfum, se pénétra de la chaleur de son corps. Même si c'était complètement fou, il ne désirait rien d'autre que la serrer contre lui. Pourtant, il réussit à balbutier :

— Apparemment, ta journée... a été un peu... difficile...

— Affreuse !

Après un long moment, elle le relâcha et poursuivit, un peu gênée :

— Je n'avais pas prévu de faire cela.

— De faire quoi ?

— De t'accueillir de cette façon. Je ne veux pas que tu me prennes pour une fille crampon. Mais raconte-moi ta journée... Elle a sans doute été très dure pour toi aussi.

— C'est clair.

— A cause de Jon, je parie...

— Exact.

— Sur qui pouvons-nous nous appuyer dans cette histoire, si ce n'est l'un sur l'autre ? Sur personne.

— As-tu envie de t'appuyer sur moi ou de m'étreindre ?

Elle rougit comme une enfant, lui donnant ainsi la réponse qu'il espérait. Elle n'essayait pas de nier ce qui s'était passé entre eux la veille ni de prétendre que cela n'avait pas d'importance ; elle ne cherchait pas non plus à faire croire qu'elle ne le désirait pas. Et il s'en réjouissait.

Mais soudain, elle parut se ressaisir.

— Eh, pas question de se laisser aller avant que nous ayons un peu avancé ! Nous avons besoin d'obtenir des réponses à nos interrogations. Je n'en peux plus d'attendre que quelque chose nous explose à la figure.

— Il nous faut également nous nourrir.

— C'est vrai.

Il téléphona au restaurant chinois du coin, le choix de Sophie, pour leur demander de leur livrer à dîner. Elle adorait la cuisine chinoise... et Caviar aussi. La voir partager ses nems avec l'animal le dégoûta.

Comment pouvait-il désirer à ce point une femme qui entretenait des rapports aussi fusionnels avec un chat ?

Sans comprendre ce qui lui passait par la tête, il déclara :

— J'ai été fiancé autrefois.

La coupable idéale

— Ah oui ?

Comme elle levait les yeux vers Cord, Caviar en profita pour lui chiper un autre morceau.

Il s'exprimait avec légèreté, comme s'il parlait du temps ou de l'état des routes.

— Elle s'appelait Zoe, nous avons failli nous marier. Nous aurions convolé en justes noces si nous n'avions pas été très pris l'un et l'autre par nos métiers respectifs. Nous étions obligés de voyager beaucoup, jamais ensemble, jamais dans le même pays, et nous n'avons jamais été capables de fixer une date. Mais, quand ma mère est tombée malade, j'ai posé ma démission et je suis revenu aux Etats-Unis. Zoe a préféré alors mettre un terme à notre histoire.

— Si elle t'a fait mal, qu'elle soit maudite !

In petto, il sourit. Pourquoi lui avait-il parlé de Zoe ? Il n'en savait rien.

Puis ils mirent au point le programme de la soirée. Leur idée était simple : ils devaient « suivre l'argent », étudier les comptes bancaires de Jon. Ce n'était certes pas très original, mais souvent les idées les plus élémentaires se révélaient excellentes. La police croyait avoir analysé les données informatiques de Jon sous tous les angles, mais Sophie se faisait fort de les faire parler en y jetant un regard typiquement féminin. Aussi se plongea-t-elle dans l'ordinateur de Jon.

Quant à Cord, il s'installa par terre avec des boîtes d'archives. Pour une raison inconnue, le chat décida de s'allonger près de lui. Une bonne demi-heure passa avant que l'un ou l'autre ne reprenne la parole.

— Cord ?
— Mmm ?

La coupable idéale

Les sommes que son frère avait consacrées à des dépenses futiles le perturbaient, et s'interroger sur la manière dont Jon avait pu s'offrir toutes ces bêtises le mettait franchement mal à l'aise.

— As-tu relevé le courrier de Jon, aujourd'hui ?
— Non, mais j'y descends tout de suite.

Il bondit sur ses pieds. Rester sans bouger si longtemps était une vraie torture pour lui. Heureux d'avoir une bonne raison pour se mettre en mouvement, il passa derrière elle pour déposer un petit baiser sur sa nuque.

— N'essaie pas de me distraire !

Il n'en avait pas l'intention, du moins pas tout de suite. Son « Si elle t'a fait mal, qu'elle soit maudite ! » l'avait énormément touché. C'était du Sophie tout craché de dire ainsi ce qu'elle avait sur le cœur.

En sifflotant, il dévala l'escalier et, parvenu dans le hall de l'immeuble, il sortit de la boîte aux lettres une dizaine de prospectus, un catalogue de vente par correspondance, plusieurs factures...

Soudain, une enveloppe attira son attention. Elle provenait d'une banque offshore des îles Caïmans. Cord se figea.

Quand il revint dans l'appartement, le chat jouait avec une boule de papier comme si c'était le jouet le plus fascinant qu'un humain lui ait jamais offert.

— Sophie ?

Combien de temps avait-il été absent ? Deux, trois minutes ? La jeune femme n'était plus devant l'ordinateur, même si l'imprimante continuait à éjecter des feuillets.

Il la trouva dans la cuisine, juchée sur un tabouret,

en train de regarder en haut d'un placard, cherchant Dieu seul savait quoi.

— Qu'est-ce qui ne va pas ?

— J'ai découvert quelque chose, quelque chose qui… m'a un peu secouée, je l'avoue.

— De quoi s'agit-il ?

— Je te dirai. Mais d'abord assieds-toi, je regarde où est rangé le scotch.

— Tu as encore envie de te soûler ?

— Je cherche un whisky pour toi, pas pour moi. Je me contenterai d'un thé.

Comme pour confirmer ses dires, le four à micro-ondes sonna. Il en sortit sa tasse. Pendant ce temps, Sophie attrapa la bouteille d'alcool, prit un verre dans un placard. Puis elle lui en versa une bonne rasade.

— Tu as peut-être eu la main un peu lourde, remarqua-t-il.

— Crois-moi, tu vas en avoir besoin.

— Moi aussi, j'ai trouvé quelque chose, quelque chose qui me semble de mauvais augure…

— Attends ! Ne me raconte pas tout de suite. Il me faut d'abord ma dose de théine. Sur une échelle de un à dix, quel est le degré de gravité de ce que tu as à m'apprendre ?

— Douze.

— De mon côté, c'est pire encore. Je dirais quinze. Cela m'angoisse tellement que, si j'étais chez moi, j'aurais déjà englouti toutes mes réserves de chocolat.

Cord sourit. Elle avait découvert quelque chose de sérieux, et lui-même mesurait le poids du courrier qu'il tenait à la main. Mais le fait d'être avec elle l'aidait à relativiser.

— D'accord, dit-elle après avoir bu une gorgée de thé. Je suis prête.

Elle voulait qu'il crache le morceau en premier. Très bien.

— Mon frère a reçu un relevé de comptes d'une banque située dans un paradis fiscal. Je ne connais pas le montant des sommes déposées là-bas, le courrier n'indique que les intérêts qu'il a touchés depuis trois mois.

— Qui se montent à ?

— Dix mille dollars. Ce qui, vu la période concernée, donne une idée des sommes investies... et me fait vraiment peur.

Elle but une autre gorgée de thé.

— Il s'agit sans doute du rendement d'un film particulièrement croustillant... peut-être un truc zoophile ?

Cette fois, il éclata de rire.

— Apparemment, ajouta Sophie, Jon avait débuté sa carrière de maître chanteur depuis un bon moment. Peu de gens peuvent se vanter de tels talents, tu sais.

— J'aime ta façon de positiver.

— Oui, il faut voir le bon côté des choses. Ton frère avait un don inné pour s'enrichir... Tout le monde ne peut en dire autant.

Avec un soupir, elle sirota son thé.

— A moi, maintenant. J'ai donc eu la curiosité de consulter les comptes de Jon. Assez bizarrement, il avait ouvert un dossier sur son ordinateur pour y enregistrer ses recettes et ses dépenses, mais le plus étonnant est que la police n'ait pas réagi en tombant dessus. J'ai découvert que ton frère virait à quelqu'un deux mille dollars par mois depuis plus de dix-huit mois.

— Quel était le bénéficiaire de cet argent ?

— JONA.

Sidéré, Cord secoua la tête.

— Cela ne me dit rien.

— Je n'ai pas fini ! Comme ça ne me disait rien non plus, je suis remontée aux débuts, aux premiers versements effectués par Jon. J'ai constaté qu'il s'agissait du règlement de plusieurs factures auprès de différents magasins.

— Il n'y a rien de surprenant à cela.

— Sauf que l'un d'eux était un magasin de jouets, un autre de puériculture, un troisième de meubles pour bébé...

— Cela n'a aucun sens !

Comme il avait posé son verre sur la table basse, Sophie s'en empara et avala une gorgée. Elle se mit à tousser. Quand elle eut recouvré son souffle, elle balbutia :

— J'ai bien peur... d'en avoir trouvé un...

Elle retourna dans la pièce de l'ordinateur et revint avec des feuillets qu'elle avait sortis de l'imprimante. Les quatre photos qu'elle lui tendit étaient de qualité médiocre, mais représentaient toutes la même chose : un bébé. La première était celle d'un nouveau-né ; sur les deux autres, il était âgé de quelques mois ; la dernière représentait une petite fille d'environ deux ans aux joues rebondies habillée d'une robe à smocks.

— Un... bébé, bredouilla Cord.

Il siffla son verre d'un trait.

La coupable idéale

— Ce n'est pas possible. Tu crois vraiment que mon frère était papa ?

— Il y a peut-être une autre explication mais, dans l'immédiat, je ne vois pas laquelle. Apparemment, il a payé pour l'entretien de cette enfant depuis sa naissance. Il faut se rendre à l'évidence, tu as une nièce quelque part…

Cord s'écarta du comptoir de la cuisine du même mouvement qu'un boxeur s'éloignant d'un ring.

— Nous partons, dit-il.

— Ah bon ? Mais…

— J'en ai assez, et toi aussi. Assez de ces mauvaises nouvelles, assez de ces affaires sordides, assez de ces révélations accablantes, assez de mon frère.

— Mais Cord, reconnais que nous avons bien avancé ! Nous avons fait des découvertes de taille, pour ne pas dire majeures. Peut-être devrions-nous appeler la police pour leur en parler… Cela donnerait un coup de fouet à leur enquête…

— Il y a encore trop d'hypothèses. Sur le fond, je suis d'accord avec toi, Sophie. Il faudra les tenir au courant. Mais pas tout de suite. Dans l'immédiat, nous avons mieux à faire.

— Et quoi ? Où allons-nous ?

— Prends ta veste et suis-moi, tu verras bien…

8

En arrivant au Silver Café, Sophie eut l'impression de débarquer sur une autre planète.

Elle n'y était jamais allée auparavant, n'en avait même jamais entendu parler et n'y serait jamais entrée si Cord ne l'y avait pas entraînée. Malgré l'heure tardive, l'endroit était plein à craquer de jeunes actifs. A en juger par leurs costumes ou par leurs tailleurs, la majorité étaient venus directement en sortant du bureau. Phénomène typique de Washington, les ragots politiques du moment alimentaient la plupart des conversations.

Pour un lieu de détente après le travail, cette brasserie lui parut incroyablement conviviale. Le bar en zinc, les tables en acajou alignées devant les baies vitrées ne manquaient pas de charme. Quelques fêtards avaient abandonné leurs sièges, retiré leurs manteaux et laissé leurs verres dans un coin pour envahir la piste de danse. La musique émanait d'un juke-box des années 1950. Comme la machine exigeait des dollars et non des pièces jaunes, quelqu'un avait fait la quête pour réunir de quoi passer tout le répertoire des chansons d'amour.

Ensorcelés par ces mélodies de toujours, les danseurs ne parlaient plus politique. Enlacés, ils oubliaient le stress pour profiter du meilleur de la vie.

Comme de tomber amoureux.

La coupable idéale

L'état d'esprit de Sophie n'était pas très éloigné de celui du reste de l'assistance, et elle s'imprégna vite de l'ambiance générale. Les bras noués autour du cou de Cord, le visage enfoui dans le creux de son épaule, elle se plaqua contre lui. Emportée par la musique, les yeux mi-clos, elle se croyait au paradis.

Sophie était loin d'être téméraire et, depuis l'âge de cinq ans, elle n'avait jamais rien fait d'imprudent. Elle n'avait pas l'habitude de se frotter ainsi contre un homme et elle n'essayait pas de le séduire ; mais ses seins pressés contre le torse de Cord, la chaleur de son regard comme la promesse qui émanait de tout son être en disaient long.

Cord l'avait-il entraînée dans cet établissement dans le seul but de lui faire perdre la tête ?

— Et si nous allions manger les amuse-gueules que nous avons commandés avant d'aller danser ? s'enquit-elle. Depuis le temps, ils ont dû nous être servis.

— J'ai très faim, mais pas de nourriture, répondit-il.

Il la dévisageait avec intensité, comme si elle était nue et qu'il était incapable de détacher ses yeux d'elle.

Elle frissonna.

— Crois-tu, commença-t-elle avec précaution, que nous devrions rentrer ?

— Non. Rien ne nous attend à Foggy Bottom, si ce n'est des problèmes. Il n'est pas question d'y retourner tout de suite, ni peut-être même jamais.

Du bout des doigts, Sophie lui caressa la nuque. Elle ignorait qui d'elle ou de lui avait le plus besoin de protection, mais la détermination peinte sur son visage viril la frappa.

La coupable idéale

— Ils vont bientôt fermer, remarqua-t-elle.
— Non, pas encore.
— Tu ne donnes pas de cours, demain ?
— Si, à 8 heures, mais je m'en moque.

Puis, comme si toute cette discussion l'avait épuisé, il baissa la tête et captura ses lèvres.

Elle ferma les yeux. S'il avait montré son désir, elle aurait pu lutter, mais la tendresse dont il faisait preuve réduisait sa résistance à néant. Il paraissait si amoureux qu'elle ne pouvait rien faire.

La bouche contre sa tempe, il murmura :

— Je me demande comment j'ai pu ne pas voir à quel point tu étais belle, quand j'ai fait ta connaissance.
— Peut-être parce que tu étais sobre, ce jour-là...
— Je le suis également maintenant. Sans doute ai-je été d'abord dupe de tes vêtements trop grands, de ton air empoté et de tes grosses lunettes.
— Mais je suis empotée et je porte toujours de grosses lunettes !
— Elles sont ridicules, mais je remarque que tu oublies de plus en plus souvent de les mettre en ma présence. Ce qui me prouve que...
— Que je n'en ai besoin que pour lire ?
— Non, que tu as moins peur de moi et qu'en tout cas tu éprouves de moins en moins souvent le désir de te protéger. A propos, quels sous-vêtements portes-tu aujourd'hui ?
— Je ne suis pas sûre de devoir répondre à cette question.
— Au contraire, c'est une question capitale. Depuis des jours, nous discutons de sujets secondaires qui sont, en plus, horribles, sordides. Je crois qu'il est temps de

La coupable idéale

reprendre notre histoire depuis le début. Concentrons-nous sur l'essentiel, sur toi et moi, sur nous… et sur la couleur de tes sous-vêtements.

— Jaune.

— Jaune ?

— Jaune citron avec de la dentelle. Je ne sais pas comment ni pourquoi, mais je suis folle de lingerie. Ces dessous affriolants sont inutiles, mais je les trouve jolis et féminins. Je m'en offre souvent.

— Surtout, continue, j'aime beaucoup ce genre d'addiction chez une femme et j'espère que tu en seras affligée ta vie durant.

— D'accord.

L'un d'eux devait absolument reprendre ses esprits. Ils se trémoussaient ventre contre ventre et en proie à une fièvre croissante, une ivresse ; elle sentait son érection contre elle.

Mais il lança soudain :

— Pourquoi ne sais-je rien ou presque de ton travail ?

Il s'exprimait comme s'ils étaient ailleurs et poursuivaient une conversation sérieuse.

— Sans doute parce que je n'ai jamais eu la possibilité de t'en parler.

— Tu vois ? C'est exactement ce que je cherchais à te faire dire. Les histoires de mon frère nous ont détournés de l'essentiel. Nous n'avons pas eu la possibilité d'aborder les sujets vraiment importants, comme ce que tu fais dans la vie, par exemple, et pourquoi, ou la couleur de tes sous-vêtements, ou encore tes addictions…

— Cord ?

— Oui ?

La coupable idéale

— La musique s'est arrêtée, le barman essuie les verres et, nous mis à part, il ne reste plus qu'un couple sur la piste de danse.

— Et alors ? Musique ou pas, je ne suis plus capable de danser.

— Je me demandais si tu en étais conscient.

— Sais-tu ce dont je viens, en tout cas, de prendre conscience ?

— Qu'il est temps de sortir de cette brasserie ?

— Que tu n'as encore jamais vu la maison que je loue. J'aurais préféré acheter mais, quand je suis arrivé ici, j'ignorais combien de temps j'allais y rester. Je vis dans le quartier d'Arlington, près de Falls Church. Ce n'est pas à côté de l'université, je perds beaucoup de temps dans les embouteillages mais, pour me ressourcer, j'ai vraiment besoin de voir des arbres, de la verdure, la campagne. Nous pourrions y aller, nous y serions loin des horreurs qui ont émaillé la vie de mon frère, dans un lieu où nous serions en sécurité, un lieu où je pourrais voir tes sous-vêtements…

— Cela me plairait, Cord, mais t'éloigner de l'appartement de ton frère n'est peut-être pas prudent, vu le contexte.

— Si quelqu'un entre par effraction chez lui en mon absence, je m'en moque bien. Pourquoi cela m'affecterait-il ? J'essaie d'arranger les catastrophes provoquées par Jon depuis ma naissance. J'en suis malade. Toutes ses combines m'écœurent, et je ne supporte pas que tu y sois mêlée et que tu risques ta vie à cause de lui.

— Ce n'est pas ta faute.

— Peut-être pas ma faute, mais je me sens responsable, c'est sûr.

La coupable idéale

— Le seul responsable de toutes ces horreurs est Jon. Pas toi.

Depuis qu'ils avaient poussé la porte du Silver Café, Cord se montrait léger et drôle. Brusquement, il cessa de rire. Posant son front contre celui de Sophie, il dit avec gravité :

— J'aimerais que tu quittes cette ville, que tu t'en ailles le plus loin possible. Tu m'as dit que tu avais deux sœurs. Pourquoi ne pas aller leur rendre visite pour une quinzaine de jours ? Jusqu'à ce que la situation s'éclaircisse...

Il attendit mais, comme elle ne répondait pas, il soupira.

— D'accord, tu ne veux pas. Tu aurais pu dire « Très bien, Cord, tu as raison, j'appelle tout de suite mes sœurs et je boucle mes valises », mais tu ne le fais pas... Bon... promets-moi au moins d'y réfléchir.

— Je te le promets.

A son ton, il comprit qu'elle ne parlait pas sérieusement.

Il alla régler leurs verres au bar, l'aida à passer sa veste et l'entraîna vers la voiture. La nuit était noire comme de la suie, un vent glacial soulevait les feuilles mortes. A cette heure tardive, la circulation s'était raréfiée.

Il lui jeta un regard de biais.

— Où allons-nous ?

— Chez moi. Ta maison est trop loin, et il est tard. Par ailleurs, il n'est pas question de passer la nuit chez ton frère.

Il hocha la tête.

— Tant que nous y allons ensemble, toutes les destinations me conviennent.

La coupable idéale

Sophie s'adossa à son siège pour l'observer. Avec une brusquerie qu'elle n'éprouvait pas vraiment, elle lui dit :

— J'ignore où nous allons, Cord. Je ne sais pas ce que tu veux, ni même ce que je veux, ni où nous en serons quand les histoires de Jon seront réglées et que l'enquête aura abouti. Mais je suis sûre d'une chose. Je n'ai pas envie d'une aventure sans lendemain, je n'en ai jamais eu envie. Alors, si tu es sur la même longueur d'onde, allons chez moi.

Ces mots plurent à Cord, elle le vit au petit sourire qui se dessina sur ses lèvres, à sa façon de carrer les épaules, à la lueur qui brilla dans ses prunelles.

Cord fut encore plus content lorsqu'elle grimpa l'escalier, déverrouilla sa porte et, d'un geste, l'invita à retirer sa parka.

Mais sa joie ne connut plus de limites quand Sophie balança leurs vestes sur un coin du canapé, referma la porte d'un coup de pied et se jeta sur lui pour lui arracher son pull et sa chemise. Elle promena les mains sur son torse velu, de haut en bas, partout. Tout en ôtant ses chaussures, elle colla ses lèvres aux siennes et l'embrassa.

Caviar bondit sur un fauteuil et se mit à miauler d'un air plaintif.

Sophie savait qu'il réclamait sa part d'affection et d'attention, comme chaque fois qu'elle rentrait à la maison, mais, dans l'immédiat, un autre avait besoin d'elle.

Elle n'était sûre de rien à propos de Cord, elle ne

La coupable idéale

savait pas où ils allaient, mais elle était certaine que derrière son visage séduisant, son intelligence, sa droiture et son côté sexy se dissimulait un homme profondément triste. Un homme seul. Il passait ses journées au milieu de ses semblables, mais il n'était lié affectivement à personne.

Ce n'était pas quelque chose qu'elle savait mais quelque chose qu'elle sentait, dont elle avait l'intuition. Il lui montrait ses failles, et elle en était attendrie. Manifestement, il était surpris qu'elle soit attirée par lui, qu'elle lui parle à l'oreille, qu'elle prenne sa main pour le conduire dans sa chambre.

Un grand désordre régnait dans cette dernière. Des livres jonchaient le tapis, les jouets de Caviar traînaient dans un coin. Sophie se laissa tomber la première sur le lit.

Il était évident que Cord n'avait pas l'habitude des surprises — ni des surprises de la vie ni des surprises des filles d'Eve. Il n'avait pas l'habitude non plus d'être désiré à ce point. Stupéfait, il découvrait une femme folle de lui qui lui arrachait ses vêtements… Il ne s'attendait pas à tomber sur une diablesse de ce genre, capable de lui apprendre à danser, de le déshabiller, de le mordiller, de l'embrasser avec tendresse. Plus que tout, il était sidéré qu'une femme focalise toute son attention, toute sa chaleur, tout ce qu'elle avait, tout ce qu'elle était, sur lui. Uniquement sur lui.

Cela lui plaisait.

Sophie lui plaisait.

Avec douceur, il l'attira à lui. Le soutien-gorge jaune, son préféré, avait été enlevé depuis longtemps. Elle lui enlaça la taille de ses longues jambes tandis qu'il plongeait en elle.

Jusque-là, Sophie avait toujours eu peur d'être dépendante de quelque chose ou de quelqu'un. Elle n'aurait jamais imaginé qu'elle s'abandonnerait ainsi, qu'elle permettrait à un homme de deviner sa vulnérabilité et encore moins qu'elle la lui offrirait en toute connaissance de cause.

Une sirène hurla dans la nuit, et des gyrophares passèrent dans la rue. Le clair de lune jetait une faible lueur dans la pièce. Sophie était consciente de cet environnement et, en même temps, pas vraiment. Dans un état second, elle ne voyait que Cord, n'entendait que lui.

Quand, tout à coup, un tableau se décrocha du mur, tous deux sursautèrent avant d'éclater de rire.

Un désir puissant la traversa. Accrochée à lui, elle balbutia son nom, puis cria désespérément avant de pousser un long gémissement d'extase.

Lorsqu'il s'abattit sur elle, foudroyé, elle haletait. Il l'enlaça, et elle se blottit contre lui en soupirant de plaisir.

Pelotonnés sous la couette, ils restèrent longtemps ainsi, enlacés, immobiles.

— Je n'ai jamais rien vécu d'aussi bon, murmura-t-il. Je suis sûr que je vais me réveiller dans un instant et comprendre que j'étais en plein rêve, en plein fantasme.

— Ce n'est pas ton fantasme, c'est le mien ! Mais vois-tu, ajouta-t-elle, les yeux mi-clos, en général, si j'aime bien les câlins, je déteste les draps froissés, la sueur et tout le bazar qui va avec.

Elle l'entendit rire.

— Très bien. Puisque tu mets ton âme à nu avec un romantisme qui me va droit au cœur, je vais faire de même. Le sexe est important pour moi, je vis mal les longues périodes d'abstinence. La jouissance rend la vie tellement plus belle… Mais, pour que ce soit fantastique, il ne faut pas ménager son temps, et je le regrette souvent.

Ce fut au tour de Sophie d'éclater de rire.

Tous deux sentirent soudain Caviar sauter sur le lit. D'un air outré, Cord se tourna vers elle.

— Je suis sûr que j'avais fermé la porte !
— Il est capable de l'ouvrir.
— Mais comment fait-il ?
— Il bondit sur la poignée et parvient à l'actionner.

Cord l'attira soudain à lui, la prenant en petite cuillère.

— Il n'est pas question pour moi de partager ce lit avec lui, grommela-t-il.
— Cela signifie-t-il qu'il ne peut pas dormir sous la couette comme il en a l'habitude ?
— Cela signifie que je ne laisserai personne se mettre entre nous.

Sophie ne trouva rien à redire.

Le cauchemar qui revint la hanter n'était pas moins pénible pour être familier. La nuit était froide et sombre. Blottie entre ses sœurs, pieds nus, Sophie claquait des dents. Un pompier avait jeté une couverture sur elles.

Toutes trois pleuraient, pleuraient, pleuraient. On ne leur avait pas dit que leurs parents étaient morts.

La coupable idéale

D'ailleurs, elles criaient si fort que personne n'aurait pu leur expliquer quoi que ce soit. Quand des policiers en uniforme s'approchèrent d'elles et que l'un d'eux souleva Sophie, elle se mit à hurler. Elle eut beau se débattre comme un diable, il l'éloigna de ses sœurs. Pourtant, elle voulait être avec elles, elle avait besoin d'elles. Peut-être avait-elle deviné le sort réservé à ses parents, mais elle refusait d'être séparée de Cate et de Lily. Pourquoi tous ceux qu'elle aimait l'abandonnaient-ils ?

Puis elle se rendit compte que ses hurlements étaient silencieux. Personne ne l'entendait.

En nage, Sophie se redressa dans le noir. Elle se réveillait toujours à ce moment précis du rêve et elle se sentait alors totalement perdue…

Après toutes ces années, elle était lasse de ce cauchemar. Chaque fois, il provoquait en elle une infinie tristesse.

Bien sûr, elle savait pourquoi ces vieux démons revenaient la torturer. Dans sa vie, elle craignait toujours d'être abandonnée si elle aimait trop quelqu'un. Mais, cette fois, elle n'allait pas se laisser submerger par le désespoir et l'angoisse. Il n'était pas question que ces images terrifiantes l'anéantissent, l'engloutissent… Elle se blottit contre le corps chaud de Cord. Il lui faisait du bien, plus que cela même. Jusque dans son sommeil, il l'embrassait et l'enlaçait.

Quand Sophie rouvrit les yeux, l'aube pointait à l'horizon. Elle fut contente de voir la lumière envahir la pièce et plus encore de découvrir Cord à son côté.

La coupable idéale

Elle se surprit à sourire. Même si c'était ridicule, elle ronronnait intérieurement.

Il battit à son tour des paupières.

— Comment fais-tu pour être aussi guillerette, si tôt le matin ?

— Cela fait partie de mes défauts, reconnut-elle.

— Dommage ! J'espérais que nos relations allaient durer un peu plus longtemps mais là, je vais être obligé de m'enfuir.

A en juger par la manière dont il se pressa contre elle et par l'érection qu'elle sentit contre son ventre, il n'en prenait pas le chemin.

— Je serai la première à prendre une douche, dit-elle.

— J'aurais dû m'en douter. Il ne t'est plus possible de me cacher la sinistre vérité : tu es une mégère égoïste que le ciel m'a envoyée pour me punir de mes péchés. A présent, tu vas tenter de me dicter ta loi et faire de ma vie un enfer...

Elle lui sourit mais, très vite, sa joie s'envola. Elle ne voulait pas penser à ses vieux cauchemars, aux dangers qu'ils couraient. Or, à la lumière du jour, elle ne pouvait y couper.

— Cord, dit-elle, je sais que tu me caches certaines choses. Tu ne m'as jamais communiqué les résultats de l'autopsie de Jon, tu ne m'as jamais raconté pourquoi tu étais si intime avec les policiers ni ce que tu leur avais dit avoir trouvé dans l'appartement de ton frère.

Comme il allait répondre, elle posa un doigt sur ses lèvres.

— Ce n'est pas grave, pas de problème. Tu as certainement d'excellentes raisons pour préférer ne pas me le dire. Après tout, nous ne nous connaissons pas depuis longtemps…

Il hésita, ses yeux cherchèrent les siens, et finalement il grommela :

— En réalité, tu es très sérieuse au réveil.

— C'est vrai, et, pour ne rien arranger, j'ai peur d'avoir de mauvaises nouvelles à t'annoncer.

Elle avait choisi le ton de la plaisanterie, mais elle ne plaisantait absolument pas.

— Il n'y a qu'une loi que je t'impose, en fait. Mais elle est impérative, sine qua non.

— Et quelle est-elle ?

— Je veux que tu sois honnête avec moi. J'ai toujours eu du mal à croire aux « toujours », aux serments. Je ne suis pas pressée de m'engager auprès de quelqu'un, alors je comprends très bien qu'il en soit de même pour toi. Je ne demande pas de promesses et je survivrai si tu décides de tout arrêter demain. Mais j'ai vraiment besoin que tu sois sincère avec moi. C'est tout, c'est la seule chose qui m'importe. Tu n'es pas obligé de me raconter tout, tu as le droit d'avoir des secrets, mais ne me trompe pas, ne me mens pas. D'accord ?

Le téléphone portable de Cord choisit ce moment pour sonner. Elle vit son visage se crisper, mais il se tortilla pour trouver son appareil et prendre l'appel.

A ses répliques, Sophie comprit l'essentiel de la conversation. La voiture de son frère — comme la plupart des habitants de Washington, Jon avait longtemps utilisé les transports en commun pour ses déplacements, puis il avait acheté une voiture et loué un parking — avait été fracturée.

Quand Cord raccrocha, il chercha ses vêtements.

La coupable idéale

— Je savais que je devais m'en occuper mais, comme Jon avait payé la location de son parking d'avance, cela ne me semblait pas une urgence. Apparemment, j'avais tort. Son véhicule a été visité par un ou plusieurs cambrioleurs.

— Quelqu'un continue donc à fouiller dans les affaires de Jon et ne trouve pas ce qu'il cherche...

— Exactement.

Il se pencha pour l'embrasser et sans réfléchir caressa Caviar.

— Sophie...

— Non, je comprends. Cette histoire de voiture est plus importante. Nous discuterons plus tard.

Quand il s'en alla, Caviar grimpa sur les genoux de Sophie, comme s'il devinait qu'elle avait besoin de serrer quelque chose de chaud et de vivant dans ses bras. Le chat se mit à ronronner bruyamment ; mais, tandis qu'elle se dirigeait vers la cuisine, ce n'était pas l'animal qu'elle avait à l'esprit.

Ni son travail, même s'il lui fallait finir d'interroger la vieille dame danoise puis se remettre à ses traductions.

Elle ne cessait de penser à Cord. Elle comprenait vraiment qu'il ne partage pas tout avec elle. Un meurtre était en jeu, ce n'était pas rien.

Mais elle prenait un risque, elle aussi. Pas par rapport à la meurtrière ; vis-à-vis de l'homme dont elle était tombée amoureuse.

9

Tout en se frayant un passage dans les embouteillages pour tenter d'atteindre le parking de Jon, Cord reçut un appel de l'université sur son portable — un étudiant malade n'allait pas pouvoir passer un examen et avait besoin d'une solution. Puis le directeur de la maison de retraite le contacta. Son père était tombé. Dieu merci, sa chute n'avait pas été grave, il ne s'était rien cassé, n'était pas blessé, mais Cord pourrait-il passer le voir ?

Il comprit que la journée allait être chargée et qu'il n'aurait pas un instant pour souffler.

A l'époque où il travaillait à l'étranger, il avait souvent dû gérer des situations compliquées, parfois périlleuses. Pourtant, la vie lui paraissait alors infiniment plus simple.

Des hommes de la police scientifique, en combinaison blanche, s'activaient encore dans le véhicule. Comme il fallait s'y attendre avec Jon, la voiture était d'un modèle de luxe étranger à l'élégante carrosserie. Cela dit, elle n'avait plus rien de chic avec son coffre béant, forcé à l'aide d'un pied-de-biche, et ses roues crevées. Les sièges en cuir avaient été sabrés par une lame, la boîte à gants défoncée et des débris de verre étaient éparpillés à terre.

Une tasse fumante à la main, Ferrell se tenait à

distance, semblant prendre racine. Cord s'adressa d'abord aux policiers habillés en cosmonautes, mais ils ne lui apprirent rien de nouveau. Bien que le parking soit équipé de caméras de surveillance et que des vigiles y effectuent des rondes vingt-quatre heures sur vingt-quatre, quelqu'un avait réussi à déjouer cette étroite surveillance, à forcer le système de sécurité du véhicule et à démonter intégralement la voiture. Même si Cord n'était pas sensible aux modèles de luxe, il fut choqué de voir celui-ci dans cet état. Après être resté un moment à le considérer tristement, il s'approcha de Ferrell.

— Je ne m'attendais pas à vous croiser ici et je suis également surpris de constater que cette bagnole ait pu être d'un quelconque intérêt pour quelqu'un. Je croyais que la police l'avait examinée après la mort de Jon.

— En effet, et nous n'avions rien découvert de particulier. Cela n'empêche pas que quelqu'un espérait y trouver quelque chose.

Ferrell sortit une cigarette et se servit de Cord comme paravent pour l'allumer.

— Nous devons discuter, ajouta-t-il.

— Si je comprends bien, vous allez m'offrir un petit déjeuner...

Ferrell lui décocha un long regard douloureux. Cord s'en moquait. Il avait été obligé d'abandonner Sophie, alors qu'il avait besoin d'être avec elle, et de rater son premier cours ; de nouveau, il avait l'impression que sa vie lui échappait à cause de problèmes qu'il n'avait pas choisi de régler.

*

La coupable idéale

Le bistrot du coin où ils prirent place servait d'excellents cappuccinos et de délicieux croissants, Cord dut en convenir.

Ferrell ne cessait de discuter, alternant menaces et supplications, dans l'espoir d'obtenir des informations. A bout d'arguments, il finit par lui donner le nom de son client. Il s'agissait du sénateur Bickmarr.

— Sa femme se prénomme Tiffany. Leur mariage n'a pas toujours été semé de roses, et leur couple battait de l'aile avant même qu'il n'ait été élu au Sénat, mais ils ont mis leurs différends de côté pour lui permettre de réaliser ses ambitions. Tous deux ont les dents si longues qu'elles rayent le parquet. J'ignore si vous le savez, mais sa chère et tendre épouse est la vedette d'une des vidéos filmées par votre frère. Elle ne s'amusait pas autant qu'elle l'avait espéré à Washington. Le sénateur est connu pour son mauvais caractère.

Cord s'empara d'un autre croissant.

— Vous pensez donc que le sénateur Bickmarr a tué mon frère ?

— Non. J'ai longtemps cru que sa femme était coupable. Bickmarr m'a embauché pour se couvrir, pour protéger Tiffany et leur avenir. Il semblait persuadé qu'elle était la meurtrière. Les flics ne se sont pas intéressés à elle parce qu'ils ne l'ont pas reconnue sur les DVD, mais elle a eu une liaison avec votre frère et Jon a exercé son chant sur elle. J'ai beaucoup d'éléments prouvant qu'elle a fait des pieds et des mains pour récupérer ces images.

— Mais, visiblement, vous ne croyez pas qu'elle a assassiné Jon... Sinon vous ne seriez pas ici.

— Exact. Bien sûr, je ne suis pas au courant de tout.

La coupable idéale

La police ne me tient pas informé des avancées de l'enquête. En revanche, je sais où en sont mes clients. Ils ont de bons alibis mais, comme je devais en être certain, j'ai vérifié dans la foulée les autres initiales que vous nous avez données. Les seules qui ne m'ont mené nulle part concernent la dénommée Penny…

— J'ai fait la connaissance d'une Penelope Martin, risqua Cord.

Pour la troisième fois, Ferrell alluma une cigarette.

— S'il s'agissait d'elle, ce serait formidable. Mais j'ai besoin d'en être sûr. En tout cas, plus je creuse cette affaire, plus je mesure à quel point votre frère était un salaud. Vu le nombre de femmes qu'il a fourrées dans son lit pour les escroquer, il devait se nourrir au Viagra. Je m'en fiche, vous le comprenez bien. En revanche, je me soucie de mes clients. Ma première tâche était de m'assurer qu'ils n'étaient pas coupables, et j'ai rempli cet aspect de ma mission. Mais je dois également veiller à ce que leurs noms ne sortent jamais quand la criminelle sera identifiée.

Cord comprit enfin ce que Ferrell attendait de lui. Il lui avait confié le nom de Bickmarr dans l'espoir que Cord garderait par la suite un silence pudique sur le couple. Il avait tort de s'inquiéter, Cord n'avait pas l'intention de jeter l'opprobre sur qui que ce soit.

— Je n'ai aucune raison de causer des ennuis à votre sénateur ou à sa femme. S'ils ne sont pour rien dans le meurtre, je suis d'accord pour balancer au feu tout ce qu'on trouvera sur eux.

— Je me doutais que vous seriez correct. Voilà pour-

La coupable idéale

quoi je veux vous dire ce que je cherche, qui j'essaie de protéger, ce qui est en jeu pour d'autres personnes.

Brusquement, Ferrell s'interrompit avec un juron.

Levant les yeux, Cord vit George Bassett s'approcher d'eux. L'inspecteur s'empara d'une chaise et s'y laissa choir en fusillant Ferrell du regard.

— Cet entretien n'était pas censé commencer sans moi. Il y a des limites à votre implication dans les affaires de la police, Ferrell.

C'était vrai, légalement, mais pas dans la réalité, pensa Cord.

Les coudes sur la table, Bassett s'adressa à Cord.

— A mon tour, maintenant. Vous devez m'écouter, moi. Pas lui.

Sans perdre de temps avec Ferrell, il poursuivit :

— Ce dossier va bientôt exploser au grand jour. Au cas où vous ne l'auriez pas compris en voyant l'état de la voiture de votre frère, notre criminelle devient de plus en plus désespérée et elle ne sait plus où chercher.

— Elle ? répéta Cord.

Depuis le début, tout le monde soupçonnait une femme ; mais, à présent, il semblait s'agir d'une certitude.

— Oui, c'est une femme. Les conclusions de l'autopsie ne laissaient déjà planer aucun doute. Selon le légiste, votre frère a été frappé deux fois, au moyen d'un objet métallique avec lequel il a été d'abord assommé puis poussé dans l'escalier. Mais les légistes ont été encore plus loin. D'après l'angle et la force du coup, ils sont certains que la meurtrière était droitière, de taille et de poids moyens. Ils n'ont pas d'autres précisions à apporter, ne sachant pas exactement à quelle hauteur les deux protagonistes se trouvaient dans l'escalier au moment du drame.

Cord regarda Bassett droit dans les yeux.

— Il ne s'agit pas de Sophie.

Bassett se pencha vers lui.

— La seule femme dont nous avons retrouvé les empreintes dans l'appartement de votre frère est Campbell. Elle s'est rendue à plusieurs reprises dans la cuisine, dans la salle de bains, elle avait accès à la boîte aux lettres... Nous en avons la preuve.

— Vous me l'aviez déjà dit, mais il y a une explication toute simple. Quand Jon n'était pas là, elle allait chez lui s'occuper du chat et elle relevait son courrier.

— Nous avons visionné toutes ces vidéos amateur, et aucune n'a été tournée chez Jon. Mlle Campbell est la seule à être entrée dans son appartement, le jour de sa mort.

Cord cessa de boire son café et reposa son croissant.

— Il ne la faisait pas chanter, il ne couchait pas avec elle. Voilà pourquoi nous devons cesser de perdre du temps avec Sophie. Elle ne fait pas partie des suspectes. La tueuse est forcément l'une des victimes du chantage.

Ferrell reprit la parole pour la première fois depuis l'arrivée de Bassett.

— Elle a pu être complice de votre frère pour escroquer toutes ses maîtresses. Jon jouant le rôle principal, il était trop occupé pour tenir la caméra...

— Il n'avait besoin de personne pour filmer. Il avait programmé l'appareil pour qu'il tourne tout seul. Je vous assure que vous êtes à côté de la plaque.

La coupable idéale

Bassett avala une gorgée de café.

— Elle a des amies qui sont présentes sur ces films. La plupart des autres femmes qui ont été filmées à leur insu ont des alibis en béton pour le jour du meurtre. Contrairement à Penelope Martin, par exemple.

— Je sais.

Ferrell l'avait déjà mis au parfum.

— Il s'agit sans doute de la Penny dont vous nous avez parlé. Il n'a pas été possible de l'identifier avec certitude sur la vidéo. On y voit une brune dont la silhouette pourrait correspondre, mais son visage est dans l'ombre. Penelope Martin est lobbyiste, elle a l'habitude de manipuler les hommes à coups de chantage ou de pots de vin. En tout cas, elle est l'opposée de son amie, la très discrète Sophie qui, elle, se comporte comme une petite souris.

« Une petite souris. » A un autre moment, Cord aurait éclaté de rire. Il avait oublié que la même expression lui était venue à l'esprit la première fois qu'il avait posé les yeux sur Sophie. Elle avait le don de passer inaperçue. Cela la protégeait, se rendit-il compte, mais, pour les policiers, cette faculté la rendait suspecte.

— Vous disiez qu'une autre proche de Sophie vous intéressait, dit-il. Laquelle ?

— Jan Howell, répondit Bassett en secouant les miettes de croissant qui parsemaient sa cravate. Il y a quelque chose de bizarre à son sujet.

— Et quoi donc ?

— Je l'ignore, mais toutes les femmes sur qui nous avons enquêté avaient de lourds passés, des secrets. Pas elle, c'est louche. Dieu que je déteste cette ville et ce boulot !

La coupable idéale

— Alors pourquoi l'exercez-vous ? lança Cord.

— Je ne sais rien faire d'autre, répliqua l'inspecteur. Pour en revenir à cette Jan Howell, elle ne nous paraît pas très catholique. D'ailleurs, il n'est pas question de faire confiance à une chargée de patrimoine qui a toujours de l'argent à placer. C'est une fêtarde, mais elle s'intéresse un peu à tout, à la politique, à l'art, à tout ce qui rapporte…

— Pourquoi ne pas lui passer tout de suite les menottes ? fit Cord, goguenard.

— Vous pouvez plaisanter si ça vous chante. Mais elle fréquentait les mêmes cercles que Jon. Des gens les ont vus ensemble. Ils se connaissaient, et Sophie Campbell était le lien qui les unissait.

— Laissez-moi résumer la situation pour être certain que je l'ai bien comprise, dit lentement Cord. Vous croyez que Jan est coupable parce que, pour exercer son métier, elle brasse beaucoup d'argent et parce qu'elle aime faire la fête ?

— D'accord, d'accord, vous pensez que je dis n'importe quoi. Mais croyez-moi, quel que soit le raisonnement, quelle que soit la manière dont on prend l'affaire, le nombre des suspectes est très restreint. Alors, essayez d'obtenir des renseignements de cette Sophie Campbell… avant qu'il ne soit trop tard.

Cord sentit l'urgence qui teintait sa voix et il se leva. Avant de s'en aller, il leur donna les numéros des comptes des îles Caïmans. Bassett et Ferrell auraient voulu en savoir davantage à propos des DVD, mais il n'avait plus envie d'en discuter avec eux. Il avait des problèmes professionnels à régler, il devait aller voir son père et surtout retourner dès que possible auprès de Sophie.

Pourtant leur discussion le hanta toute la journée. Bassett et Ferrell espéraient toujours qu'il leur donnerait d'autres informations. Ils en avaient déjà beaucoup, mais ils en voulaient davantage. Pour le moment, ils n'avaient pas encore identifié la tueuse, et apparemment personne ne se souciait de protéger Sophie.

Sauf lui.

Et il n'allait pas tarder à découvrir à quel point elle était en danger.

Sophie sortit du métro comme si elle avait le diable à ses trousses. Il y avait une éternité qu'elle n'était pas rentrée si tôt chez elle. Sa journée n'était pourtant pas finie, elle avait vraiment besoin d'avancer dans ses travaux de traduction. Cela lui ferait passer le temps jusqu'au retour de Cord.

Ils avaient une importante discussion à terminer.

Des problèmes troublants et graves les accaparaient lorsqu'ils étaient ensemble ; mais ils étaient ensemble, et elle en était émerveillée. Certes, elle n'osait pas encore se réjouir et n'en finissait pas de s'inquiéter, d'imaginer le pire. Mais elle ne s'était jamais sentie ainsi, n'avait jamais éprouvé pour un homme ce qu'elle éprouvait pour Cord — et elle avait l'intention de continuer le plus longtemps possible.

Un grand sourire aux lèvres, elle grimpa les marches du perron, ouvrit la porte de l'immeuble, releva le courrier, monta quatre à quatre à l'étage. Tout en se dirigeant vers sa cuisine, elle avait envie de danser, de chanter à tue-tête une chanson d'amour.

Dieu sait que beaucoup de travail l'attendait, mais elle fredonnait en mettant la bouilloire sur le feu et en sortant une tasse du placard.

— Caviar ? Où es-tu, mon minet ? Je sais que je rentre tôt aujourd'hui, mais tu pourrais quand même sortir de ta cachette pour venir me dire bonjour, non ?

Tout en attendant que son thé soit prêt, elle partit à la recherche de l'animal. Pour un chat qui errait dans les rues quelques mois plus tôt, il devenait trop gâté. Jusqu'alors, il se précipitait toujours vers elle pour réclamer son content de caresses.

Elle alla jeter un coup d'œil dans la salle de bains, sachant qu'il aimait bien se cacher au milieu des serviettes, puis elle inspecta le panier à linge sale.

— Caviar ?

Il n'était pas non plus sur son lit, qui était pourtant un de ses lieux de prédilection. En passant, elle se demanda si elle n'allait pas changer ses draps. Ces petites fleurs roses faisaient sans doute trop fille pour Cord. Elle devrait plutôt mettre les mauves. Comme elle se trouvait dans sa chambre, elle se dirigea vers la penderie pour y prendre un pull qu'elle…

Quelqu'un la frappa avec violence à la tête. Déséquilibrée, elle s'écroula sur une pile de vêtements. Un second coup suivit le premier, la poussant plus profondément à l'intérieur de la penderie, dont la porte fut claquée et verrouillée.

Elle perçut alors un miaulement plaintif. Pendant un moment, elle ne put penser à rien. Puis son cerveau se mit en marche.

La coupable idéale

Quelqu'un se trouvait dans l'appartement quand elle y était entrée et l'avait agressée avant de l'enfermer dans sa garde-robe.

Cette personne était toujours dans le deux-pièces.

D'accord, d'accord, elle ne devait pas commencer à paniquer mais réfléchir à ce qu'elle devait faire...

Que faire, que faire, que faire ?

Le dos en miettes, elle s'effondra au milieu des chaussures et des sacs à main. Une pointe s'enfonça dans sa hanche. Elle tâtonna. Ce n'était qu'un cintre. Des vêtements caressaient son visage. Elle allait tenter de se redresser quand Caviar sauta sur elle.

Comprenant à présent pourquoi il s'était caché, elle le câlina, s'efforça de le rassurer. Le temps passa.

Elle n'entendait rien de l'autre côté de la porte du placard, mais elle n'avait aucun moyen de savoir si son assaillante était partie ou encore là. Elle avait peur de faire du bruit.

La personne qui l'avait attaquée était une femme. Sophie avait senti des mains fines avec des ongles longs et reconnu le parfum d'un shampooing ou d'un produit de maquillage. Il ne s'agissait pas des siens, mais cette odeur lui était familière.

Se dire que son agresseur était sans doute une amie, quelqu'un qu'elle connaissait, la terrifia.

Sûrement une victime des chantages de Jon, peut-être sa meurtrière.

Sophie avait l'impression d'être devant un message crypté dont elle devinait certains éléments, mais dont elle ne parvenait pas à découvrir le sens global. Elle avait des pistes, des intuitions mais pas de réponses. Tant qu'elle n'aurait pas compris ce qui se tramait, elle

La coupable idéale

n'aurait pas la possibilité de se protéger et elle resterait une proie.

Réfléchir calma les battements précipités de son cœur pendant quelques instants.

Soudain la panique la reprit.

Si un incendie se déclarait dans l'immeuble, elle ne pourrait pas y échapper. Personne ne savait qu'elle était enfermée dans ce placard, personne ne savait d'ailleurs qu'elle était chez elle. A cette heure-là, elle aurait dû être encore au travail.

Se retrouver dans cette situation, dans un endroit où il faisait sombre, où elle manquait d'air, la rendait malade de peur.

— Cord, ne cessait-elle de répéter à mi-voix. Trouve-moi, je t'en supplie, trouve-moi.

Cord grimpa quatre à quatre les marches de l'escalier et frappa à la porte de Sophie. N'obtenant pas de réponse, il frappa plus fort.

A sa troisième tentative, il fit demi-tour avec un gros soupir et rentra chez son frère. Sophie et lui n'ayant rien prévu pour ce soir, il était stupide de se sentir déçu. En réalité, il se faisait du souci. La rapidité avec laquelle les événements s'enchaînaient l'inquiétait, de même que la liste des suspectes dressée par les policiers. Les relations qu'entretenait Sophie avec deux d'entre elles, Penelope et Jan, le préoccupaient. Enfin et surtout, le fait que personne ne soit capable de voir Sophie telle qu'elle était — à savoir un ange et non pas le diable incarné. Sophie ne faisait pas partie des

La coupable idéale

coupables potentielles, il en était certain. C'était une femme merveilleuse, innocente, vulnérable.

Il était tombé amoureux d'elle — malgré Jon, malgré Zoe, malgré tout ce qui ne tournait pas rond. Il retira sa veste et se dirigea vers la cuisine pour se battre une nouvelle fois avec la cafetière de Jon.

Attendre un peu pour voir Sophie ne le tuerait pas. Il avait envie de la serrer dans ses bras et il savait qu'elle serait d'accord. Il lui raconterait sa visite à la maison de retraite. Malgré lui, il sourit. Son père avait été un peu secoué par sa chute, mais il allait bien. Si Cord avait préféré lui cacher la mort de Jon, ce n'était pas un vrai problème : apparemment, le vieil homme avait oublié son fils aîné — ce jour-là, en tout cas. Du coup, Cord lui avait parlé de Sophie, de sa façon de marcher, d'être, de ce qu'elle faisait, qui elle était...

A la fin, son père, malgré son état second, qui lui brisait le cœur, lui avait demandé s'il était conscient d'être tombé amoureux.

— Quand vas-tu me présenter cette femme ? lui avait-il lancé.

Lorsqu'il le faudrait...

Sa tasse dans une main, la cafetière dans l'autre, Cord leva soudain la tête. Il avait cru entendre un bruit curieux, comme des coups étouffés.

Il se figea et tendit l'oreille. Rien ne se reproduisit, et il l'oublia. Emportant son café dans la pièce de l'ordinateur, il commença à allumer les lumières. Plus tôt il étudierait les dossiers et les fichiers de Jon, mieux cela vaudrait. Tant que toutes ces histoires ne seraient pas réglées, il ne pourrait pas envisager l'avenir. Quand

La coupable idéale

Sophie arriverait, elle se chargerait d'inspecter les livres de la bibliothèque.

Il ouvrit l'un des tiroirs du bureau, en fouilla le contenu puis fronça les sourcils. De nouveau, il avait l'impression d'entendre des heurts sourds…

Troublé, il écouta avec attention. Rien. Il sortit son téléphone portable et composa le numéro de Sophie. Bien sûr, il tomba sur sa boîte vocale. Si les policiers ne lui avaient pas fait part de leurs inquiétudes à propos des amies de Sophie, il n'y penserait plus. Elle n'avait pas des horaires de fonctionnaire et peut-être avait-elle voulu s'arrêter sur le chemin du retour pour faire une course.

Mais il s'angoissait trop pour parvenir à se concentrer. Il sortit sur le palier. Toc toc. Toujours rien. Pas de lumière sous la porte. Même le chat semblait avoir disparu.

Il s'apprêtait à retourner chez Jon quand il y eut de nouveau ce bruit de coups étouffés. Il ne l'avait donc pas imaginé. Il était faible, sporadique. Qu'est-ce que… ?

Soudain, il comprit. Il fonça dans le bureau. Les deux appartements avaient un mur mitoyen. D'un côté de la cloison se trouvait le bureau de Jon, de l'autre le salon de Sophie. Il frappa de son côté.

Et attendit.

Un coup sourd retentit.

Puis plus rien. Il eut beau cogner encore, tambouriner, il n'obtint aucune autre réponse. Et il n'avait même pas une clé de l'appartement de Sophie ! Aucun moyen d'y pénétrer.

Appeler la police était une solution, mais cela pren-

La coupable idéale

drait du temps. Que faire ? Quelque chose n'allait pas, il le sentait.

Il actionna la poignée de la porte d'entrée de Sophie, en vain, évidemment, avant de retourner dans la cuisine de son frère fouiller parmi tous les objets hétéroclites qui emplissaient le tiroir de la table. Il venait de se rappeler que Jon passait arroser les plantes vertes de Sophie quand elle s'absentait, elle le lui avait dit.

Il s'empara d'un trousseau orné d'un S et essaya les clés l'une après l'autre. Ouf ! Il entrait.

— Sophie ! cria-t-il.

Silence. Il fit le tour de l'appartement, regarda dans la salle de bains, puis dans la chambre où ils avaient passé une nuit fabuleuse…

Le déclic fut instantané. Sophie étant Sophie, elle n'aurait jamais fermé son placard ainsi.

Lorsqu'il l'ouvrit, le chat bondit vers lui en miaulant.

— Sophie ?

Il ne voyait rien. Caviar était-il seul dans cette penderie ?

Mais un morceau de tissu coloré attira son attention.
Il s'agenouilla.

Elle était recroquevillée par terre, immobile, les bras sur ses jambes repliées. Ses joues étaient pâles comme celles d'une morte et son regard terrifié, hanté.

Elle finit par balbutier d'une voix blanche :

— Je pensais… qu'on ne me découvrirait… jamais.

— Je te retrouverai toujours, répliqua-t-il. Viens, chérie.

— Ça va, ne t'en fais pas.

— Oui ?

La coupable idéale

— Oui, vraiment, ça va.

Elle allait bien, d'accord... comme quelqu'un qui venait de se faire renverser par un autobus. Quand il croisa ses yeux, il comprit qu'elle sombrait.

Comme elle semblait avoir des difficultés à se déplacer, il fit la seule chose qui lui vint à l'esprit. Il passa par-dessus les vêtements, les sacs à main, et l'attira à lui. Elle était glacée. Il s'assit auprès d'elle. Les vêtements se balançaient au-dessus de sa tête, des chaussures lui entraient dans les fesses, mais il s'en moquait comme d'une guigne.

Lorsqu'il l'enlaça et l'étreignit, elle enfouit son visage dans son cou. Elle était toujours tétanisée, incapable d'ouvrir les bras et les jambes, mais elle se blottit contre lui comme s'il était un refuge, son refuge, le seul endroit au monde où elle se sentait en sécurité.

— Ça va aller, murmura-t-elle. J'ai seulement besoin de quelques instants pour récupérer.

— Ne t'inquiète pas, nous resterons ici toute la nuit si tu veux. Nous n'aurons qu'à nous faire livrer des plats chinois dans ce placard.

Il lui embrassa les cheveux, les tempes. Il ne l'embrassait pas pour attiser son désir, ni même pour la réconforter mais pour se rassurer, lui. C'était un geste très égoïste, il en était parfaitement conscient. Il voulait qu'elle sache qu'il était là, qu'elle sache qu'il tuerait les monstres qui la terrifiaient chaque fois qu'ils se présenteraient.

Elle se blottit plus étroitement encore contre lui, comme si elle tentait de se fondre en lui. Avec tendresse, il se mit à lui caresser le dos, les cheveux. Il sentit que les battements de son cœur redevenaient normaux, mais il

La coupable idéale

continuait à s'inquiéter. Il commençait à trouver normal d'être assis avec elle dans cet étroit placard, au milieu des vêtements. Enfin, pas vraiment normal. Mais cela ne l'ennuyait pas. Il aurait pu demeurer là des heures durant. Pour être avec elle. Depuis qu'il avait fait la connaissance de Sophie, il ne fonctionnait plus comme avant. Elle avait chamboulé son existence.

Finalement, elle parvint à retrouver l'usage de la parole.

— Je crois qu'il est temps de te révéler un secret : je me sens mal quand je suis enfermée.

— Tu t'en sors très bien et tu vas aller de mieux en mieux, Sophie. Qui t'a enfermée là-dedans ?

Il s'exprimait d'un ton neutre, détendu. Il ne voulait pas qu'elle devine qu'il était prêt à étrangler de ses mains celui ou celle qui lui avait fait subir ça.

— Je n'en sais rien, répondit-elle d'une voix tremblante. Je n'avais même pas senti de présence dans l'appartement. Je suis rentrée tôt de mon travail. C'était sans doute une erreur. Je n'étais pas censée être là si tôt, et la personne qui se trouvait chez moi ne m'attendait pas…

Le chat était revenu et fixait Cord d'un œil accusateur, comme s'il l'estimait responsable de la situation.

Mais Sophie poursuivit :

— Elle m'a frappée par-derrière pour me déséquilibrer, et je suis tombée là. Puis j'ai été assommée par un nouveau coup avant d'entendre se refermer le placard. Puis…

Il perçut la terreur de sa voix et l'interrompit.

— Cela suffit. Sortons d'ici et appelons les flics…

— Non.

La coupable idéale

Comme il tentait de se redresser, elle le retint. Alors, même s'il savait que c'était stupide de rester ici, il la reprit dans ses bras pour la bercer, la réchauffer, la rassurer.

— Très bien, Sophie. Il n'y a pas d'urgence. Il n'est pas nécessaire d'appeler la police avant que...

— Je me fous de la police, je n'ai pas envie de les appeler. A quoi ça servirait ? Ils ne font rien et ne feront rien pour moi, tu le vois bien. J'ai plutôt envie d'appeler mes sœurs.

— D'accord, d'accord, Sophie...

— J'ai besoin de me sentir en sécurité, d'être en sécurité.

Il l'étreignit plus fort. Elle n'était pas hystérique, elle était seulement terrorisée.

Le pire était qu'il la comprenait totalement. Une sœur serait plus utile qu'un policier. Depuis le début de ces événements, les flics ne levaient pas le petit doigt pour la protéger. Ils la croyaient coupable. Bon sang, fallait-il qu'ils soient bêtes pour être incapables de comprendre qu'elle n'était qu'une victime dans cette histoire ?

Mais que Sophie préfère la présence d'une de ses sœurs à lui lui brisa le cœur.

Il avait échoué. Toute sa vie, il avait été celui qui savait résoudre les problèmes, celui qui agissait, et, maintenant que quelqu'un qu'il aimait avait des ennuis, il ne parvenait pas à les régler. Il n'avait pas su protéger Sophie, l'empêcher de souffrir.

— Cord, murmura Sophie avec désespoir.

— Nous allons te tirer de là et t'emmener dans un endroit où tu te sentiras bien, où tu seras en sécurité. Tout de suite, lui promit-il.

10

Sophie se réveilla au milieu d'un rêve étrange. Battant des paupières, elle promena les yeux autour d'elle, étonnée. Elle se trouvait dans une chambre qu'elle n'avait jamais vue. Le parquet de chêne était bien ciré, le lit immense. Une grande baie vitrée donnait sur un érable aux couleurs de l'automne. Les rayons du soleil jouaient dans ses feuilles d'or.

Des vêtements traînaient sur une chaise, ainsi qu'un ceinturon d'homme. Dehors, derrière l'arbre, la jeune femme aperçut deux fauteuils et une table en rotin sur un ponton de bois. Sur la table, une paire de jumelles avait été oubliée.

Où était-elle ? Elle se redressa sur un coude, et la vive douleur que provoqua ce simple mouvement lui rappela la dure réalité. Son dos était ankylosé, elle était couverte de bleus. Les événements de la nuit précédente lui revinrent à la mémoire. Elle revit Cord la découvrant, la libérant, Cord furieux vis-à-vis de la police, Cord nourrissant Caviar avant de l'entraîner, elle, vers sa voiture, Cord jurant comme un charretier à la vue de ses ecchymoses, Cord lui donnant un cachet et quelque chose à boire et…

La porte de la chambre s'ouvrit brusquement. De

plus en plus perdue, Sophie vit entrer Cate, chargée d'un plateau.

— Il est temps de se restaurer, lui lança sa sœur. Je pensais que tu ne te réveillerais jamais. Pruitt est à côté, il fait les cent pas en insultant des gens au téléphone. Comme si cela compensait les problèmes auxquels il t'a mêlée ! Ne t'en fais pas, je m'occuperai de lui en temps utile...

— Attends, attends, que fais-tu ici, Cate ? Quand es-tu arrivée ? Et...

— Cesse de poser des questions. Tu ne dois pas t'énerver, ni t'inquiéter. Mange ce que je t'ai préparé et repose-toi. Il n'y a pas lieu d'en discuter.

Sophie n'avait pas revu ses sœurs depuis Noël. Toutes trois étaient blondes, mais les cheveux de Cate étaient d'un blond vénitien. Sa sœur était habillée d'un jean et d'un chemisier à manches longues. Quoi qu'elle fasse, Cate avait toujours l'air sexy. Au réveil, au coucher, quand elle avait la grippe, qu'elle soit ou non sur son trente et un, elle était ravissante. Elle attirait les hommes sans avoir à lever le petit doigt. Sa façon de bouger, d'être, de rire, de parler les faisait tous craquer.

Par nature, Cate avait beaucoup de force ; cependant ses yeux cernés et son teint blême prouvaient qu'elle n'avait pas dormi de la nuit.

Sophie tentait toujours de comprendre comment sa sœur avait atterri là.

— Cord t'a appelée ?

— N'essaie pas de le faire passer pour un héros. Il va m'entendre, crois-moi ! Je refuse de le laisser faire n'importe quoi.

— Mais t'a-t-il appelée ? insista Sophie.

La coupable idéale

— Oui, il m'a téléphoné et il m'a pris une place dans le premier avion en partance pour Washington. Une voiture m'attendait à Logan, et un chauffeur m'a conduite ici. C'était sympa, c'est vrai. Ça n'excuse pas le fait d'avoir mis ma sœur en danger, mais je reconnais qu'il s'est comporté de manière décente.

Sophie considéra le contenu du plateau.

— Combien de personnes comptes-tu nourrir avec tout ça ?

— Toi, uniquement toi.

L'omelette aurait pu rassasier un régiment, une corbeille débordait de fruits exotiques, et une ribambelle de pâtisseries recouvrait une assiette.

— Maintenant, je suis sûre que je ne rêve pas et que tu es bien là. Toi seule es capable de cuisiner comme ça, murmura Sophie, les larmes aux yeux.

— Bien sûr que je suis là. Et je dois reconnaître que Pruitt n'est pas un radin : il m'a prêté sa carte bleue pour que j'aille faire des courses au milieu de la nuit. Tu aurais dû me tenir au courant de la situation, Sophie. Tu m'avais parlé de la mort de ton voisin mais pas de la suite des événements. Maintenant, écoute-moi. Je viens de décrocher un poste à Bahia et je dois impérativement y être dans deux semaines. Tu vas m'accompagner.

Sophie en resta bouche bée, ce qui se révéla une erreur. Cate en profita pour lui enfourner un morceau d'omelette. Sa sœur étant un véritable cordon-bleu, il était impossible de résister. Sa cuisine était un délice.

— J'ai besoin de travailler, Sophie, et il me serait difficile de rompre le contrat. Mais il n'y a pas de problème, tu viens avec moi, ce qui règle tout. Tu vas adorer. Nous serons sur un immense paquebot très luxueux.

La coupable idéale

J'ai appelé Lily, ce matin. Elle aussi avait envie que tu viennes la rejoindre, mais c'est idiot. Elle donne des cours toute la journée, alors que tu pourras rester avec moi du matin au soir et du soir au matin.

— Vous êtes l'une et l'autre adorables. Mais je n'irai vivre avec aucune d'entre vous. J'ai besoin de rester ici.

Cate l'observa un moment avant de pousser un gros soupir.

— Bon, alors je vais renoncer à ce travail.
— Bien sûr que non ! Ce serait stupide.
— Tu es prioritaire.
— Toi aussi et… Ah ! la la ! je n'aurais jamais imaginé que Cord te ferait venir. La journée d'hier a été terrifiante. J'étais tellement traumatisée que je lui ai dit que j'avais besoin de ma famille, de mes sœurs, mais je ne pensais pas qu'il me prendrait au mot ! Je ne parlais pas sérieusement, Cate. Je sais bien que Lily et toi avez un travail, une vie, et que vous ne pouvez pas tout laisser tomber pour moi. Toute cette histoire va se résoudre, il le faut, et…

Elle s'interrompit en voyant Cord apparaître sur le seuil.

Aussitôt, elle oublia les bleus qui ornaient son dos et la peur qu'elle avait eue, enfermée dans ce placard. Elle oublia tout… il n'y avait plus que lui.

Elle se sentit fondre. Il avait fait venir sa sœur, il avait insulté les flics, il avait pris soin d'elle comme si… comme s'il l'aimait. Comme s'il la considérait tel un trésor qu'il devait protéger.

A la vue de ses traits transfigurés, Cate soupira.

— Oh non ! fit-elle d'un air exaspéré. Pas de longs

La coupable idéale

regards d'amoureux transis en ma présence. Vous, ordonna-t-elle à Cord, vous allez m'attendre dans le salon, j'ai deux mots à vous dire. Et toi, dit-elle à sa sœur, tu manges tout ce qu'il y a sur ce plateau, compris ?

Cord avait l'impression d'être aux prises avec un rouleau compresseur. La sœur de Sophie ne devait pas peser plus de cinquante kilos toute mouillée mais, quand il s'agissait de sa famille, elle se comportait comme une tigresse défendant ses petits.

— Dans quel pétrin avez-vous mis Sophie ?

Le salon ayant l'air d'avoir été dévasté par un cyclone, il gagna la cuisine. Depuis deux ans qu'il y vivait, sa maison n'avait jamais connu un tel chaos. Quant à répondre à Cate, ce n'était pas facile. Il lui avait tout raconté dès son arrivée, en pleine nuit, mais, depuis lors, elle ne décolérait pas et ne le laissait pas en placer une.

Elle l'avait agressé verbalement jusqu'à 3 heures du matin, moment qu'elle avait choisi pour aller faire des courses et se mettre à cuisiner. Ni l'un ni l'autre n'avait pu dormir. Cate carburait à l'adrénaline. En voyant la cuisine, il secoua la tête. Il ignorait qu'il avait tant de vaisselle. En tout cas, elle n'avait pas peur de mettre les petits plats dans les grands...

Il ne savait pas par quoi commencer.

Mais elle entama les hostilités.

— Vous ne connaissez pas Sophie. Quand elle était petite, elle débordait d'énergie, de joie de vivre. Elle riait facilement, n'avait pas peur d'attirer l'attention sur elle, de s'imposer, de se donner en spectacle comme toutes les petites sœurs qui se respectent. Mais l'incendie, la mort de nos parents et notre séparation l'ont laminée. Un vieux couple l'a adoptée. Ils l'aimaient, mais à la condition qu'elle ne fasse pas de bruit, pas de vagues. Alors elle a changé. Elle s'est métamorphosée pour correspondre à ce qu'ils attendaient d'elle. Elle était prête à tout pour avoir une maison, des parents aimants... même à étouffer sa véritable personnalité. Comprenez-vous ?

— Oui, je comprends.

Il devait reconnaître qu'elle ne perdait pas de temps pour s'attaquer au bazar qui régnait dans la cuisine. Tout en parlant, elle nettoyait et rangeait tout.

— Quand j'ai enfin réussi à retrouver la trace de mes sœurs, Sophie s'était recroquevillée dans sa coquille et jouait les petites filles modèles. Une vraie catastrophe. M'entendez-vous, Cord ?

Il aurait fallu être sourd pour ne pas l'entendre. Cate était charmante. Pas autant que Sophie, pas aussi subtile, mais l'idée qu'elle devienne la tante de ses futurs enfants ne lui déplaisait pas.

Cela dit, il ne pensait pas au mariage.

Ce n'était pas le moment.

Mais il était important que Sophie reste en vie assez longtemps pour qu'il ait un jour la possibilité de l'épouser...

Cate lui prit l'éponge des mains et le poussa loin de l'évier. Dieu sait pourtant qu'il avait envie de l'aider. Elle s'était donné du mal pour nourrir Sophie mais, apparemment, elle estimait que la cuisine était son domaine réservé.

La coupable idéale

— Maintenant, poursuivit-elle, je vais vous dire comment tout va se passer. Je pense rester un jour ou deux avant de m'en aller... à condition — et c'est une condition sine qua non — que je sois sûre que ma petite sœur ne court plus aucun danger. Débrouillez-vous comme vous voulez, mais la personne qui a assassiné votre frère et cambriolé Sophie doit se retrouver au plus vite derrière les barreaux. Tant que vous pourrez me garantir que Sophie est en sécurité avec vous, je ne vous demanderai rien, pas même vos intentions à son égard.

— Mes intentions sont honorables et le sont depuis l'instant où j'ai fait sa connaissance.

— Très bien, cela me rassure. D'ailleurs, je dois reconnaître que Sophie a l'air heureuse, malgré tous les problèmes auxquels elle est confrontée. Elle a presque une tête d'idiote...

— Cela vous tranquillise-t-il ? s'enquit Cord, qui pour sa part en doutait.

— Totalement. Mais, quand je reviendrai, je serai accompagnée de Lily et, croyez-moi, ce sera une autre paire de manches. Bref, si protéger Sophie est au-dessus de vos forces, je l'embarque avec moi.

Si Cord appréciait beaucoup la sœur aînée de Sophie, il tenait à mettre les choses au clair.

— Sophie reste avec moi.

Cate le défia du regard.

— Ce n'est pas à vous d'en décider.

— Si. Elle ne s'éloignera pas de moi. Je suis aussi ennuyé que vous qu'elle vive ainsi au milieu de ces menaces. Mais, même si vous l'aimez beaucoup, vous ne savez rien des gens qui sont derrière tout ça. Elle reste avec moi.

Les mâchoires serrées comme si elle se préparait à une longue et douloureuse discussion, Cate s'avança vers lui. A cet instant précis, la porte s'ouvrit, et Sophie apparut, pieds nus, le plateau dans les mains.

Elle les regarda tour à tour.

— J'espérais que vous auriez l'occasion de faire connaissance. C'est fait, parfait.

— Ne t'inquiète pas, dit Cate.

— Nous sommes déjà très proches.

Heureusement, Sophie les crut. La présence de sa sœur lui faisait du bien. Toutes deux discutèrent à n'en plus finir avant de se blottir sur son canapé pour regarder un film de filles à la télévision, une histoire d'amour que Cord trouva ridicule mais qui les fit pleurer.

Pendant ce temps-là, il s'entretint avec Ferrell, avec Bassett, avec une société de gardes du corps. Accroupi devant l'écran de son ordinateur portable, sur lequel il avait branché une clé USB appartenant à son frère, il tentait d'en apprendre davantage sur les noms qu'ils avaient déjà, sur tout ce qui pourrait se rattacher au meurtre ou au cambriolage.

Tout en travaillant, il observait sa bien-aimée. Il admirait sa façon de se déplacer, de s'exprimer, de sourire...

Comme Cate et lui, ayant passé la nuit précédente à la veiller, tombaient de fatigue, ils allèrent se coucher tôt.

Le lendemain, au petit matin, il retrouva Cate devant la cafetière électrique et croisa son regard épuisé.

La coupable idéale

— Sophie tient à ce que je rentre chez moi, dit-elle.

— Vous avez fait tout ce que vous pouviez faire. Elle avait besoin de vous.

— Evidemment. Parfois une femme a besoin d'une autre femme, surtout d'une sœur. Mais je l'entends rire et je vois qu'elle va bien. Non que je ne me fasse pas du souci…, ajouta-t-elle en agitant un doigt menaçant.

— Je m'inquiète aussi. Pour tout vous dire, j'aimerais mieux être, moi, dans le collimateur de la meurtrière, plutôt que Sophie.

— Beaucoup de choses m'échappent, mais il est évident que quelqu'un pense qu'elle sait quelque chose d'important sur votre frère, que vous, vous ignorez. Il faut absolument éclaircir ce mystère, Cord.

— Je le sais.

— J'ai un avion samedi, cela ne m'ennuie pas de partir tant que je peux vous faire confiance. Or, je vous fais confiance… jusqu'à un certain point, en tout cas.

Cord réprima une envie de rire. Cate avait tout d'une mère poule. Mais il était d'accord avec elle. Sophie ne devait plus être exposée au danger. Durant le restant de sa vie.

D'autant qu'elle n'avait rien fait de mal. C'était une femme adorable, foncièrement gentille et attentive aux autres.

A lui, en particulier.

Le samedi suivant, ils conduisirent Cate à l'aéroport, allèrent ensuite faire des courses avant de revenir chez Cord. Comme il se rendait chez elle deux fois par jour pour nourrir le chat, Sophie n'insista pas pour retourner à Foggy Bottom.

Une fois qu'ils furent rentrés chez lui, elle lui proposa de préparer le dîner ; mais elle voulait d'abord prendre une douche, si cela ne l'ennuyait pas.

Il trouva l'idée excellente. Des ablutions lui feraient du bien, puis ils se confectionneraient un petit repas tranquille... l'ambiance serait alors propice à la discussion dont il avait envie avec elle.

Pour la première fois depuis une éternité, il se surprit à siffloter. Ce qui était stupide, au demeurant. Rien n'était résolu. Tout continuait à aller mal. Seulement, il était heureux d'être avec elle...

Cette bonne humeur, exceptionnelle chez lui, dura trois ou quatre minutes.

Comme Sophie se prélassait dans la salle de bains depuis un moment et qu'il commençait à s'impatienter, il eut l'idée de lui apporter quelque chose à boire, un café, par exemple, ou plutôt du cidre puisqu'elle en avait rapporté du supermarché. Elle devait aimer cela. Aussi en remplit-il un grand verre et frappa-t-il à la porte.

Il entendait l'eau couler. Il pensait se faufiler dans la pièce, poser le verre sur le bord de la baignoire et s'éclipser.

Mais, alors qu'il s'apprêtait à repartir, il leva les yeux. Malgré la buée, il parvint à la distinguer.

Au lieu d'être debout sous le jet, elle était assise dans le bac de douche, en position fœtale.

Il hésita. Etait-ce la fatigue qui l'avait fait se recroqueviller ? Cela n'aurait rien eu d'étonnant. Depuis deux semaines, sa vie n'avait rien de reposant.

La coupable idéale

L'eau martelait son crâne. S'il n'avait pas perçu le gémissement qui s'échappait de ses lèvres, peut-être ne se serait-il douté de rien. Or, à l'évidence, elle était en larmes.

Elle sanglotait seule dans son coin, elle ne voulait pas qu'il la surprenne en train de pleurer.

Elle ne l'entendit pas entrer, ne le vit pas retirer ses chaussures ni refermer la porte. S'il avait réagi intelligemment, il se serait déshabillé, mais il n'avait plus de neurones, il fonctionnait à l'instinct.

Quand la cabine de douche s'ouvrit, elle releva brusquement la tête.

— Tout va bien, dit-elle.

C'était son expression favorite, son mantra.

Il n'allait pas en discuter. Il s'assit à côté d'elle, la prit contre lui.

— Cord... tu vas être trempé.

Il l'embrassa. Passionnément. Puis il la serra contre lui avec tant de force qu'il en eut presque mal. L'eau l'aveuglait, mais il s'en moquait.

Elle essaya de dire quelque chose, quelque chose de drôle. Elle n'y parvint pas. A la place, elle se mit à pleurer de plus belle...

— J'essaie de comprendre, murmura-t-elle enfin en hoquetant. Je n'ai jamais fait de mal à personne. Pas consciemment, pas que je sache...

— Bien sûr que tu n'as jamais fait de mal à personne. Ne pense plus à tout ça.

— Mais je veux comprendre ! Pourquoi quelqu'un me déteste-t-il ainsi ? Pourquoi une femme imagine-t-elle que je pourrais lui nuire ?

La coupable idéale

— Personne ne te déteste, personne ne le pourrait… et personne ne te fera de mal, je te protégerai.

— Mais qu'est-ce que j'ai fait ?

— Rien, ma chérie.

Il aurait tout donné pour effacer cette angoisse de ses yeux. Il aurait aimé la couvrir de rubis, de roses, de baisers, de tout ce qu'elle voulait. L'entendre rire et parler des heures avec sa sœur l'avait induit en erreur. Il ne s'était pas douté qu'elle avait joué la comédie pour ne pas inquiéter Cate.

— Je pense toujours au jour où Jon s'est fait assassiner, dit-elle en levant vers lui des yeux rouges. Quelque chose a dû se produire, ce jour-là, Cord. Je veux dire ce jour-là, spécifiquement. Un événement qui a été le catalyseur, le déclencheur de tout ce qui est arrivé ensuite. Quelque chose a poussé une personne à tuer. Si nous pouvions savoir de quoi il s'agissait… Ecoute, il faut nous intéresser à ces femmes sur les DVD. Ton frère les faisait chanter, c'est sûr. Alors pourquoi ne l'ont-elles pas toutes tué ? Une seule est passée à l'acte. Laquelle ? Pourquoi ? Il s'est produit quelque chose… Peut-être a-t-elle gagné au loto… Va savoir !

Elle tentait de plaisanter et, en même temps, ses joues ruisselaient de larmes. Elle était terrifiée alors qu'elle aurait dû être en colère, elle essayait de trouver un sens à quelque chose qui n'en avait aucun.

De son côté, Cord ne cessait de penser à toutes les épreuves qu'elle avait vécues, à l'existence terrible qu'elle avait eue jusqu'alors. Elle avait de quoi être traumatisée…

La coupable idéale

Seulement, cette fois, ce n'était pas à cause d'un incendie.

Cette fois, tout était sa faute à lui, et il s'en voulait beaucoup.

Capturer ses lèvres ne résolut rien, mais elle parut apprécier, ce qui n'était pas si mal. Alors il reprit sa bouche. Il l'aurait embrassée sa vie durant.

Comme elle murmurait quelque chose — un gémissement, un cri de désir, il ne savait trop —, il se mit à la caresser des pieds à la tête. Il avait envie de la réconforter, de la consoler, de la rassurer, mais il voulait aussi la prendre, la posséder.

Il avait envie de tout, d'elle, de tout ce qu'elle était, de tout ce qu'elle voulait.

— Cord…

— Plus personne ne te fera du mal, Sophie.

— Cord… l'eau devient froide, tu n'as pas remarqué ?

Bien sûr qu'il l'avait remarqué. En tout cas, il aurait dû…

Il se leva, attrapa une grande serviette et l'enveloppa dedans. Retirer ses vêtements trempés lui prit un peu de temps…

Il la porta hors de la salle de bains, l'allongea sur le lit en veillant à ne pas heurter ses ecchymoses. Quand il lui retira la serviette, elle avait les cheveux en bataille et le sourire d'un ange.

Son téléphone sonna dans la pièce voisine.

Puis ce fut son portable qui se déclencha dans la poche de son manteau. Apparemment, la même personne tentait par tous les moyens de le joindre.

Mais il s'en fichait. Seule comptait Sophie…

La coupable idéale

— Ne refais jamais ça, d'accord ? lui dit-il tendrement en l'enlaçant.
— Faire quoi ?
— Ne me cache rien, surtout si cela te fait souffrir. Si quelque chose te fait peur ou mal, dis-le-moi. Tous les gens cachent quelque chose ou se cachent. Mais toi, ne le fais pas avec moi, d'accord ? Ne pleure plus sous la douche.
— D'accord.

Et puis elle le surprit. Il pensait qu'elle était fatiguée, démoralisée, angoissée, déprimée. Quand il se pencha vers elle pour l'embrasser, il comprit qu'il avait fait une erreur de jugement. Elle se jeta sur lui, noua ses bras autour de son cou et l'attira à elle avec une force qui le sidéra.

Lorsqu'elle se mit à le picorer de baisers brûlants, il en resta éberlué. Elle lui vola sa langue avant de se coller à lui dans une pose langoureuse.

Où avait-elle appris à faire ça ?

Elle ne semblait pas avoir compris que c'était lui qui était censé la réconforter, lui faire du bien, que c'était lui qui était tombé amoureux, profondément amoureux, follement amoureux. D'elle...

Plus tard, il se souvint de parfums, de mots sans suite, de saveurs interdites, de la tendresse de son regard de femme quand il la caressait, de son sourire quand il la pénétrait...

C'était un sourire qui disait « Je suis à toi. »

Elle n'avait sûrement pas oublié le traumatisme ni ses peurs ni rien de ce qui s'était passé ces dernières semaines. Mais c'était comme si le « maintenant avec lui » comptait davantage pour elle. Comme si ce qu'ils partageaient tous les deux importait plus que le reste.

Il fut déconcerté par la volatilité de l'orgasme et surtout par la profondeur du lien qui les unissait. Il lui fallut un moment pour retrouver l'énergie d'ouvrir les yeux. Quand il y parvint, il la vit sourire.

Il la reprit alors dans ses bras.

11

Si, un mois plus tôt, quelqu'un avait dit à Sophie qu'un jour elle prendrait ses repas au lit, nue comme un ver, en riant comme une enfant, elle se serait interrogée sur la santé mentale de cette personne.

Pourtant, elle en était là. Un immense plateau était posé sur la couette, couvert des petits plats que Cate avait préparés avant de partir. Lorsqu'ils s'étaient enfin réveillés, ils s'étaient aperçus qu'ils avaient totalement oublié de déjeuner et de dîner. Ils essayaient à présent de rattraper le temps perdu en dégustant un grand morceau de brie, des croissants et de la confiture, des crevettes fraîches, du céleri, des tomates... arrosant cet ensemble aussi délicieux qu'hétéroclite de vin blanc et de cidre.

De l'autre côté du lit, Cord, en tenue d'Adam, faisait un sort au fromage et mettait des miettes dans les draps.

Sophie lui sourit avec volupté.

— Rappelle-moi pourquoi nous dînons dans ce lit au lieu de nous installer à table comme le font les gens civilisés...

— Nous avons décidé de ne jamais quitter cette chambre, souviens-toi.

« Pas avant le lever du soleil, en tout cas », rectifia-t-elle in petto.

La coupable idéale

La réalité finirait bien par les rattraper, elle le savait. Tous deux avaient besoin de réponses à propos du meurtre, du cambriolage, des conséquences des chantages de Jon... D'ailleurs, ses bleus empêchaient Sophie d'oublier les menaces qui planaient sur elle. Mais ils étaient persuadés qu'il n'était pas nécessaire de revenir à Foggy Bottom avant dimanche matin.

Il leur restait quelques heures d'intimité, et Sophie avait besoin de se retrouver dans les bras de Cord comme elle n'avait jamais eu besoin de rien.

— Il va y avoir des miettes plein les draps.

— Et alors ? On les secouera. Mais dis-moi, comment fait ta sœur pour confectionner de tels délices sans prendre un gramme ?

— Elle adore cuisiner, mais elle n'a, semble-t-il, jamais le temps de déguster ses petits plats. Elle t'a plu, non ?

— Beaucoup. Je l'ai sentie prête à tuer pour toi. Bref, une sœur parfaite.

— C'en est une ! Et Lily, mon autre sœur, l'est tout autant. Je regrette que tu n'aies pas connu avec ton frère la complicité qui nous unit toutes les trois... Cate m'a dit qu'elle avait préparé un ragoût de mouton comme plat de résistance, mais j'avoue qu'après ces entrées de roi je n'ai plus très faim.

Tout en croquant une carotte, elle le dévisagea avec amour. Il avait si peu dormi pour s'occuper d'elle qu'elle se demandait comment il parvenait à garder les yeux ouverts et surtout comment il avait réussi à lui faire l'amour deux fois de suite. Sans doute l'aimait-il...

Certes, il ne lui avait pas déclaré sa flamme, mais elle n'avait pas besoin de mots. Elle l'avait compris

La coupable idéale

en le voyant entrer tout habillé sous la douche pour la prendre dans ses bras, à la tendresse de ses sourires, de ses regards. A sa façon de lui ouvrir son cœur.

Pourtant, en entendant la ligne du téléphone fixe retentir dans la pièce voisine, elle sursauta. Elle était détendue et se sentait heureuse, mais cette sonnerie suffit à la glacer. Il en fut de même pour Cord.

— Je ne réponds pas, dit-il. Rien n'est urgent au point de ne pouvoir attendre vingt-quatre heures. Dans l'intervalle, nous devrions avancer de notre côté.

L'humeur légère de Sophie s'évanouit. Elle avait beau se douter que l'euphorie dans laquelle elle baignait depuis plusieurs heures ne serait pas éternelle...

Tous deux étaient tombés d'accord sur un plan d'action pour les jours à venir. Même si Cord avait fait plusieurs allers et retours pour nourrir Caviar, Sophie s'inquiétait de savoir le chat seul. Aussi retourneraient-ils dans l'appartement le lendemain aux aurores. Elle en profiterait pour empaqueter des affaires — elle avait besoin de vêtements de rechange et de son ordinateur pour travailler — et pour ramasser son courrier ; puis elle tenterait d'enfermer Caviar dans un panier afin de l'apporter ici.

Le but était de s'installer un moment chez Cord. Techniquement, elle pouvait faire ses traductions partout, aussi lui serait-il facile de se cacher chez lui.

— Quelque chose va se produire, ne cessait de répéter Cord. Il y a plus de suspectes, d'indices qu'il n'en faut. L'une des pistes va forcément mener quelque part.

Non seulement Sophie partageait son avis mais, étant un peu lâche, elle était ravie d'avoir trouvé refuge chez Cord. Ses ecchymoses étaient toujours douloureuses.

La coupable idéale

Elle ne voyait aucune raison valable de risquer d'avoir de nouveau mal. Elle voulait bien se rendre utile, mais elle refusait de servir d'appât. Etre la victime de quelqu'un qui la prenait à tort pour une menace lui semblait de la folie.

D'un air songeur, elle grignota un morceau de fromage.

— As-tu réfléchi à ce dont nous avons discuté ? Le jour où Jon a été assassiné, il s'est produit quelque chose qui a inquiété la meurtrière, j'en suis certaine…

Cord semblait aussi à l'aise intégralement nu qu'habillé.

— Tu as sans doute raison, répondit-il en sirotant son vin. Il s'est passé quelque chose, ce jour-là, quelque chose qui a poussé l'une des victimes du chantage de Jon à le tuer. Dieu sait qu'un nombre impressionnant de femmes avaient intérêt à le neutraliser. Mais, si nous parvenions à mettre le doigt sur l'élément déclencheur…

— Oui, tout s'enchaînerait alors…

— Par ailleurs, nous devons nous intéresser aux cas de Penelope Martin et de Jan Howell…

Tout en parlant, Cord se penchait sur l'un des nombreux petits plats que Cate leur avait laissés.

Mais, à ces mots, Sophie se pétrifia. Elle n'aurait pu dire pourquoi, mais des sirènes d'alarme se mirent à retentir dans son crâne. Le ton de Cord avait changé pour devenir trop décontracté, trop prudent. Il avait prononcé ces deux noms comme s'ils ne signifiaient rien, comme s'ils étaient sans importance.

Malgré son inquiétude, elle repartit d'une voix désinvolte :

— Bien sûr. Que veux-tu me dire à leur sujet ?

La coupable idéale

Là encore, la question paraissait inoffensive, sans conséquence, mais ce n'était pas le cas, et Sophie se sentit de nouveau mal à l'aise.

— Tu connais le quartier de Foggy Bottom, poursuivit-elle. Beaucoup de gens y vivent en transit, le temps d'effectuer un projet professionnel ou de finir une année d'études. Tout ce petit monde aime se retrouver le dimanche matin au bistrot du coin pour partager un brunch. C'est ainsi que les uns et les autres font connaissance et se lient souvent d'amitié. Je ne dirais pas qu'ils deviennent unis à la vie à la mort, mais ils entretiennent de bonnes relations de voisinage, ils apprécient leur mutuelle compagnie.

— Ce fut le cas pour toi avec Penny et Jan…

— Oui, et aussi avec Hillary.

Sophie se sentait désormais incapable d'avaler quoi que ce soit des délicieux petits plats de sa sœur. Etre installée nue dans ce lit lui parut tout à coup inconvenant, et elle s'empara d'une chemise qui traînait par terre pour l'enfiler.

— Toutes trois me parlaient en permanence de ton frère, bien sûr. Elles étaient friandes des ragots le concernant de près ou de loin. La plupart des femmes connaissaient Jon. Pourtant, il ne venait pas souvent au bistrot le dimanche, il préférait faire la grasse matinée. Pourquoi t'interroger sur elles ?

Cord ne la regardait pas, il était toujours en train de s'empiffrer. Il répondit à côté de la question.

— Te terrer chez moi quelque temps est une bonne idée.

— Sans doute mais, demain matin, j'ai quand même l'intention de profiter de notre passage à Foggy Bottom

La coupable idéale

pour partager un petit déjeuner avec elles. Mes copines trouveraient bizarre que je ne me montre pas, peut-être s'inquiètent-elles de mon absence. De plus… Cord, elles ont vraiment été sympas avec moi. Elles m'ont aidée à tout ranger après le cambriolage, par exemple…

— Oui, c'est vrai, elles t'ont donné un coup de main. Mais cela a peut-être fourni un bon prétexte à l'une d'elles pour mettre le nez dans tes affaires…

Cette réflexion la surprit.

— Elles adorent les ragots, d'accord. Mais je ne vois vraiment aucune raison de les suspecter.

Cord ne répondant pas, elle tourna la tête vers lui. Son expression fuyante lui donna un coup en plein cœur.

Avant de lui faire l'amour, avant d'être devenu un intime, il avait sans doute eu de bonnes raisons de préférer garder certaines choses pour lui. Cord était discret et réservé par nature. Elle aussi, d'ailleurs. Mais, à présent, il devait se douter qu'elle lui faisait une confiance aveugle. Visiblement, il n'était pas dans le même état d'esprit à son égard.

Elle tenta de prendre son commentaire sur le ton de la plaisanterie.

— Comment ? Tu penses que la police suspecte Jan ou Penelope ? Qu'il serait concevable qu'elles aient tué ton frère ?

Il répondit du tac au tac :

— Je suis certain que les flics soupçonnent tout le monde.

De nouveau, elle essaya d'en rire. Son rire sonna encore plus faux que le précédent.

— Bientôt, tu vas me dire qu'ils ne sont pas loin de m'incriminer, moi aussi !

La coupable idéale

A la lueur fugitive qui brilla dans son regard, elle blêmit. Toutefois, il répliqua avec force :

— Personne ne t'accuse de quoi que ce soit, chérie.

Mais, à la raideur de ses épaules, à la façon dont il posa son verre, elle comprit qu'elle était considérée comme sujet à caution.

Que Cord ne lui ait jamais soufflé un mot de ces soupçons l'anéantit.

Elle n'ajouta rien, ne demanda rien de plus, elle en était incapable. L'épuisement qui menaçait de submerger Cord expliquait sans doute qu'il se soit laissé aller à ces confidences. Il n'en pouvait plus, lui non plus.

Le lendemain, lorsqu'ils se mirent en route pour Foggy Bottom, il s'efforça de faire la conversation, et elle s'obligea à lui répondre, à lui sourire.

Mais elle sentait son cœur se fermer un peu plus à chaque instant. Les moments merveilleux qu'elle avait passés avec lui, sa façon de lui faire l'amour, sa tendresse, ses attentions pour elle, tout n'avait été que du vent. Elle ne doutait pas qu'il ait envie de la protéger, qu'il se souciait d'elle ni qu'il aimait faire l'amour avec elle.

Mais quelque chose s'était brisé.

La magie s'était envolée avec la confiance.

Quand ils arrivèrent dans son quartier, des rayons de soleil perçaient les nuages. Cord la laissa devant l'immeuble puis se mit en quête d'une place de parking. Elle lui dit qu'elle allait réunir ses affaires et qu'elle le verrait plus tard.

Dès qu'elle fut entrée chez elle et qu'elle eut appelé Caviar, elle s'écroula sur une chaise, ravagée. Le chat surgit de la pièce voisine et vint vers elle en ronronnant pour se faire caresser.

— Désolée, dit-elle. Je me doute que tu n'es pas content que je sois partie, mais Cord est venu t'apporter à manger tous les jours, non ? Tu sais bien que je ne t'abandonnerai jamais.

Sophie ferma les yeux et enfouit son visage dans la fourrure de l'animal, espérant parvenir à chasser le désarroi qui était le sien. Ses peurs étaient en grande partie irrationnelles. Depuis des années, il lui était impossible de croire que quelqu'un resterait longtemps dans sa vie.

Mais le comportement de Cord la blessait cruellement. Il était brusquement devenu un homme qui avait des secrets pour elle alors qu'il y avait encore quelques jours, il était un homme qui l'aimait. Quand la tueuse de son frère serait démasquée, Cord s'en irait, la quitterait. Ce qui les retenait ensemble était le danger, le lien avec Jon. Mais Cord était déjà à moitié parti.

Faire confiance à quelqu'un était toujours un choix, un risque.

Manifestement, Cord n'était pas prêt à le prendre avec elle.

— Viens, Caviar, nous n'allons pas rester comme ça toute la journée, dit-elle, s'obligeant à se lever, à se secouer.

Même si leur histoire s'écroulait, ses projets immédiats restaient les mêmes. Elle devait empaqueter des vêtements, ses dictionnaires, son ordinateur, et changer la litière du chat.

La coupable idéale

Cela ne lui aurait pas pris longtemps si Caviar n'avait pas été tout le temps dans ses jambes. Il se frottait à elle, déposait des jouets à ses pieds ou lui chipait ses affaires.

A la fin, elle lui lança avec impatience :

— Arrête, Caviar ! Ça suffit maintenant !

Alors qu'elle pliait des T-shirts, il en profita pour lâcher quelque chose devant elle.

— Je vais te mettre tout de suite dans ton panier si tu continues ! grommela-t-elle, excédée. Mais… qu'est-ce que tu m'as apporté ?

L'animal reprit l'objet. Elle reconnut avec stupéfaction une clé USB.

— Où as-tu trouvé ça, petit démon ? Donne-la-moi !

Bien entendu, il n'en fit rien et se sauva, ravi que Sophie lui donne la chasse. Où avait-il pu trouver cette clé ?

Il alla se cacher sous le lit, compliquant à dessein la tâche de Sophie. Elle dut s'aplatir par terre et se tortiller pour tenter de l'attraper. Pensant à un nouveau jeu, Caviar bondit plus loin. A la fin, pourtant, elle parvint à le plaquer au sol et à récupérer la clé. Vaincu, l'animal se drapa dans sa dignité pour faire sa toilette devant la fenêtre, comme s'il se moquait totalement que Sophie lui ait arraché son trophée.

Elle se servait en permanence de clés USB pour son travail. Mais celle-ci ne lui disait rien et n'était pas de sa marque préférée. Troublée, elle alluma son ordinateur pour y mettre la clé et l'ouvrir.

Immédiatement, elle comprit que l'objet ne lui appartenait pas, mais avait été à Jon.

La coupable idéale

La clé contenait une dizaine de fichiers, dont les titres étaient des prénoms de femmes. Sophie n'en reconnut qu'un. Jan. Après un instant d'hésitation, elle cliqua dessus.

La première image la cloua de stupeur.

Elle ne regarda pas les autres photos, elle s'en sentait incapable.

Pendant un moment, elle resta pétrifiée, s'efforçant de trouver un sens à ce qu'elle venait de découvrir. Jan avait toujours dit qu'elle avait couché avec Jon, mais, jusqu'à la veille au soir, Sophie ne se doutait pas que son amie faisait partie des suspectes. Or, ces images lui donnaient une bonne raison de tuer Jon. Puis elle songea au cambriolage, à tout le temps que Jan avait passé dans son appartement, elle mit les événements en perspective, ce qu'elle n'avait jamais fait auparavant... et elle réfléchit.

Quelques instants plus tard, elle alla frapper à la porte de l'appartement de Jon. Cord lui ouvrit aussitôt. Il avait remonté ses manches. A l'évidence, il était plongé dans les rangements.

— Tu es déjà prête à repartir ? Je pensais qu'empaqueter tes affaires te prendrait des heures.

— Je suis loin d'avoir fini, et il me faudra pas mal de temps pour venir à bout de ce qu'il me reste à faire. Je passais justement te demander si tu étais d'accord pour m'accorder un délai supplémentaire.

— Bien sûr, pas de problème. J'ai tant à faire que je ne vais pas m'ennuyer. Frappe à ma porte quand tu auras envie d'y aller, d'accord ?

Comme il se penchait pour l'embrasser, il croisa son regard et interrompit son geste.

La coupable idéale

Peut-être une lueur de douleur brilla-t-elle dans ses yeux, mais aucune surprise en tout cas.

Lentement, il reprit :

— Je me disais que, quand nous reviendrons, nous devrons parler de deux ou trois petites choses…

— Oui, répondit-elle avant de tourner les talons.

Lorsque Sophie sortit de l'immeuble, le temps était ensoleillé et frais. Les feuilles d'automne volaient dans le vent. Le bistrot n'était pas loin. Certains habitués s'étaient installés en terrasse. A l'intérieur, la file des personnes patientant pour acheter des viennoiseries s'étendait jusqu'à la porte.

La plupart des gens du quartier avec qui elle était liée étaient déjà là. A en juger par le nombre de vestes et de sacs à main posés devant elle, Hillary, en blouse d'hôpital, avait déjà colonisé une table. Sophie avisa une dizaine de connaissances, à commencer par Penelope et Jan, qui lui firent signe.

Elles l'accueillirent avec effusion, comme si elles ne l'avaient pas vue depuis des semaines, et l'interrogèrent tout de suite sur l'enquête. Jan portait un magnifique pull bigarré sur une jupe en laine. Comme toujours, elle était vêtue avec élégance et originalité. Penelope, en revanche, ne s'était pas mise en frais. Elle était ravissante, mais elle était à peine coiffée et s'était contentée de passer un jean.

C'était un dimanche matin comme les autres. Sophie entendait les mêmes rires, les mêmes conversations, les mêmes bruits, elle humait les mêmes odeurs. Personne n'avait l'air différent. Sans la clé USB dans sa poche, tout lui aurait paru absolument normal.

Hillary fut la première à se lever.

— J'ai été de garde toute la nuit et je suis crevée. Je vais rentrer chez moi dormir un peu. J'espère que la prochaine fois, tu auras du nouveau.

— J'essaierai !

A sa suite, Penelope et deux de ses voisines prirent leurs manteaux. Comme Jan s'apprêtait à les imiter, Sophie la retint.

— Pourrais-je te dire un mot ?

— Bien sûr ! Je préfère bavarder avec toi que retourner chez moi.

— Je ne te retiendrai qu'un instant.

Dès que toutes deux se furent éloignées du bistrot, Sophie sortit la clé de sa poche et la colla dans la main de son amie, qui s'écria d'un ton perplexe :

— Qu'est-ce que c'est ?

Mais, en reconnaissant l'objet, le visage de Jan perdit toute couleur. Sophie l'observa en silence, l'imaginant la pousser brutalement dans son placard. Avait-elle tué Jon ?

— Cela va te paraître fou, répondit-elle. Mais Caviar avait caché cette clé quelque part chez moi, j'ignore depuis combien de temps. Il avait dû la prendre pour un jouet. Il y avait plusieurs fichiers sur cette clé, en plus du tien. Je les ai retirés. Je ne sais pas qui était dessus et je n'ai aucune envie de le savoir.

Livide, Jan balbutia :

— Il me... faisait chanter..., Sophie.

Cette dernière prit une profonde inspiration.

— Curieusement, je ne m'étais jamais posé la ques-

La coupable idéale

tion. Mais, quand j'ai découvert ce dossier, le doute n'était plus permis.

Elle s'efforçait d'oublier ces photos. Il ne s'agissait pas d'images pornographiques mais de celles d'amants en train de s'aimer, de celles d'une femme au moment où elle était le plus vulnérable.

Mais Jan poursuivait.

— Jon pouvait me nuire à plus d'un titre. Si les clients qui me confient la gestion de leur patrimoine avaient vu ces films, j'aurais tout perdu. Mon travail, bien sûr, mais aussi ma réputation et celle de ma famille. Tout ce que j'ai, tout ce que je suis, tout ce que je fais était menacé...

— Tu n'as pas besoin de m'en dire plus...

— Je n'étais pas vraiment amoureuse de lui, Sophie, mais je l'aimais bien. Je n'aurais jamais pensé qu'il tenterait de... me détruire. Plus il me réclamait d'argent, plus il me rendait folle. Je ne voulais faire de mal à personne, je voulais juste récupérer ces images. J'avais honte. Essaie de comprendre...

— Arrête, Jan. Je ne suis pas là pour te juger. Je crois seulement qu'il est temps d'arrêter toutes ces douleurs, toutes ces horreurs, tous ces dégâts. Avant que quelque chose de pire encore ne se produise...

Ne voulant rien ajouter de plus ni entendre Jan tenter de se justifier davantage, elle tourna les talons pour rentrer chez elle. Elle remonta la rue dans le concert de Klaxons habituel. Son cœur battait à tout rompre. Etrangement, elle n'avait pas eu de mal à aller trouver Jan mais, maintenant, à l'idée d'affronter Cord, elle tremblait de tous ses membres, et son estomac était noué.

La coupable idéale

Lorsqu'elle parvint à l'étage, elle trouva l'appartement de Jon grand ouvert. Cord apparut comme s'il la guettait.

— Je pensais que tu t'absentais un quart d'heure. Je commençais à m'inquiéter.

— Tout va bien.

Son grand classique, mais elle pouvait difficilement lui dire autre chose pour le moment. Elle sentit son regard sur elle, devina qu'il l'observait, s'interrogeait. Elle se détourna.

— Es-tu prêt à partir ? Mettre mes affaires dans le coffre de ta voiture ne me prendra qu'un instant. Tu peux te charger de la litière pendant que je fourre Caviar dans son panier ?

— Pas de problème. Je peux aussi te donner un coup de main pour l'attraper, cela risque de ne pas être simple…

Discuter de banalités aida Sophie à se calmer, au moins provisoirement. Si elle n'eut pas de mal à enfermer Caviar dans sa cage en osier, il se mit aussitôt à gémir comme si elle le conduisait à l'abattoir. Lorsque la voiture démarra, ce fut pire encore.

Sophie était dans le même état.

Initialement, elle avait eu l'intention d'attendre d'être chez Cord pour aborder les vraies questions. Il ne vivait pas si loin. Mais un accident provoqua un embouteillage. Ils se mirent à avancer à la vitesse d'une tortue. Cord ne cessait de la dévisager avec inquiétude. Toutes ses interventions visaient à comprendre ses silences.

— J'ai des cours demain matin. Et Bassett m'a laissé plusieurs messages sur mon répondeur. Ferrell et lui veulent me revoir. Je resterai en contact avec toi par

La coupable idéale

téléphone pour te dire où j'en suis, mais je ne rentrerai sans doute pas avant 6 heures demain soir...

Elle l'interrompit. Elle ne pouvait pas attendre plus longtemps.

— Puisque tu as rendez-vous avec la police, il y a quelque chose que je dois te dire, que je veux te donner, plutôt. Tu pourras le leur remettre.

Elle farfouilla dans son sac, mit la main sur la clé USB originale et la lui tendit.

— Qu'est-ce que c'est ?

Finalement, la circulation se dégagea, et il put accélérer.

Sophie avait l'impression qu'une éternité s'était écoulée depuis qu'ils avaient fait l'amour, depuis que sa sœur était venue, depuis qu'elle s'était assise toute nue dans le lit de Cord pour déguster des crevettes.

— Ce matin, quand je suis sortie de chez moi, je suis allée au bistrot prendre un petit déjeuner avec mes copines du quartier, comme tous les dimanches. Ensuite, j'ai dit un mot à Jan...

— A Jan ?

— Il y a plusieurs fichiers sur cette clé. Je n'y ai jeté qu'un bref coup d'œil, mais on comprend vite qu'il s'agit de films amateur représentant des couples en train de faire l'amour, des femmes qui posent pour leur amant. Tu es le seul à posséder l'intégralité des dossiers. Je n'ai donné à Jan qu'une copie du sien.

— Comment ? Qu'as-tu fait ?

Avec calme, elle lui expliqua comment elle avait vu Caviar jouer avec cette clé.

— J'ai opéré une petite modification par rapport à l'original, conclut-elle. Trois fois rien. J'ai assombri les

La coupable idéale

images de Jan. Pour qu'on ne puisse pas la reconnaître avec certitude.

— Attends, attends !

Cord faillit provoquer un autre accident en freinant brutalement et en se garant sur le bas-côté. Surpris par la manœuvre, des conducteurs l'abreuvèrent de coups de Klaxons rageurs. Il frappa son volant du plat de la main.

— Je dois avoir des problèmes d'audition parce que ce n'est pas possible que de ton propre chef, sans en avertir personne, sans même me le dire, tu sois allée te jeter dans la gueule du loup, trouver une femme en sachant qu'elle était suspecte, malgré tout ce qui t'est arrivé !

— En réalité, je ne l'ai jamais considérée comme telle... jusqu'à dernièrement.

Fascinée, elle regarda Cord se frotter le visage. Elle ne l'avait encore jamais vu en colère, ni même déstabilisé d'ailleurs.

— Laisse-moi résumer la situation pour être sûr que je l'ai bien comprise. Tu as décidé de t'ouvrir à quelqu'un qui a sans doute cambriolé ton appartement...

— Oui, je suis certaine à présent que Jan est la femme qui s'est introduite par effraction chez moi en mon absence et à deux reprises.

— Et qui a peut-être assassiné Jon...

— Non, elle ne l'a pas tué.

— Et comment le sais-tu ?

Il s'efforçait de parler sans crier. Si elle essayait de lui répondre sur le même ton calme, elle transpirait à grosses gouttes.

— J'ai observé son visage tandis que je lui en parlais.

La coupable idéale

J'ai été la trouver pour cette raison, principalement, pour voir sa réaction. Voilà pourquoi je suis certaine qu'elle n'a pas tué Jon... Je me souviens comment l'intruse m'a poussée dans le placard, comment elle m'a frappée. Elle s'était arrangée pour que je ne puisse pas l'identifier, mais elle ne voulait pas me faire du mal. Une tueuse n'aurait pas pris tant de gants.

— Arrête. Je vais exploser. Et, en prime, tu as falsifié des pièces à conviction ! Sais-tu au moins que c'est illégal ?

Elle fronça les sourcils. Elle n'y avait pas réfléchi.

— Euh, non... pas vraiment.

— Sophie ! Ce que tu m'as décrit porte un nom ! Dissimulation de preuves ! C'est un crime !

— D'accord, d'accord. J'étais pressée, je n'avais pas le temps d'analyser juridiquement la situation. Mais je n'ai presque rien changé, Cord. Surtout, Jan n'a rien fait de mal. Elle voulait que Jon soit son amant, elle l'aimait bien. Elle vient d'une grande et vieille famille, elle ne peut pas se permettre de provoquer un scandale qui éclabousserait son nom. Mais il ne s'agit même pas d'elle, Cord, je n'ai pas cherché à la protéger. Quand j'ai découvert cette clé, j'ai compris que j'avais la possibilité de faire cesser ce cauchemar. Toute cette histoire peut ruiner l'existence de beaucoup de femmes, et la police mène l'enquête en dépit du bon sens. Si Bassett n'a pas trouvé de meilleure suspecte que moi, c'est mal parti...

— C'est à cause de cela ? Parce que la police te suspecte ?

La gorge serrée, elle se tourna vers la vitre, considéra le ciel gris, les nuages. Elle n'allait pas fondre en larmes, elle avait juste besoin d'un petit moment pour maîtriser ses émotions.

— Non, répondit-elle enfin. Ce n'était pas parce que la police me suspecte. C'est pour une raison plus sérieuse.

— Et laquelle ?

Au cours de sa vie, Sophie avait déjà menti. Comme tout le monde. Quand une femme devait lutter pour sa survie, elle y était souvent contrainte. Qu'il était étrange de voir les embouteillages, les bruits ambiants se fondre dans le décor… Elle remarqua une petite coupure sur son pouce, mais elle ne sentait rien.

— Tôt ou tard, la meurtrière de ton frère va être démasquée et arrêtée. Ensuite… ensuite, nos chemins vont se séparer, je le sais.

Pendant un moment, elle crut qu'il allait de nouveau piler mais, les dents serrées, il passa la troisième.

— Qu'est-ce qui te fait penser ça ?

— C'est la vérité.

— Tu ne crois pas que nous pourrions… qu'un véritable amour, un amour sincère puisse sortir de ces histoires sordides ?

Elle tâcha de ne pas flancher.

— Nous nous sommes trouvés parce que nous ne savions plus très bien où nous en étions. Nous étions désorientés, nous n'avions plus personne vers qui nous tourner et, entre nous, tout a été merveilleux. Je ne m'étais pas abandonnée comme ça avec un homme depuis une éternité.

— Mais…, car il y a un « mais » dans ta voix…

« Non », songea-t-elle. Mais elle voulait qu'il la croie calme et posée.

La coupable idéale

— Mais, reprit-elle à haute voix, quand c'est fini, c'est fini.

— Ce n'est pas fini.

— Donner cette clé à Jan était un début. Plus personne ne cherchera à entrer chez moi par effraction maintenant. En tout cas, je l'espère. Jan est la femme qui a fouillé mon appartement et la voiture de Jon dans l'espoir de retrouver ces DVD, et je suis certaine qu'elle n'a pas tué ton frère. Les autres amantes qu'il faisait chanter vont à leur tour être écartées, une par une, jusqu'au moment où il n'en restera qu'une. Nous n'aurons alors plus rien à faire ensemble, tu le sais aussi bien que moi.

Cord resta un long moment silencieux. Quand il reprit la parole, ils arrivaient dans son quartier.

— Sophie ?

— Oui, répondit-elle en se tournant vers lui.

— Je suis amoureux de toi. Même si là, je meurs d'envie de te tordre le cou, je suis fou de toi. Nous allons régler toute cette histoire et nous poursuivrons cette discussion.

Sans doute était-il sincère, se dit-elle. Oui, il croyait certainement ce qu'il lui disait. De son côté, Dieu sait qu'elle se sentait amoureuse lorsqu'elle était avec lui. Mais mesurer tout ce qu'il avait gardé pour lui, en particulier les soupçons de la police, la tuait.

Elle-même avait tant de mal à s'abandonner qu'elle n'aurait pas dû être surprise que Cord ne puisse trouver en lui-même la force de lui faire confiance.

Mais sa seule surprise fut de prendre conscience qu'il pouvait lui briser le cœur.

12

Quand Sophie se réveilla, elle se demanda où elle se trouvait. Après un moment, elle comprit qu'elle s'était endormie sur le canapé de Cord. Il était parti travailler mais, dans la nuit, il avait dû craindre qu'elle n'ait froid, parce qu'il avait étendu sur elle quatre ou cinq couvertures.

En vérité, Sophie n'avait chaud, vraiment chaud, que dans son lit. Mais cette éventualité n'allait pas se produire avant un bon moment.

Si elle était soulagée d'avoir un endroit où se cacher, elle ne se sentait pas très à l'aise de profiter de la protection de Cord alors que tous deux ne s'adressaient presque plus la parole.

Sous les couvertures, Caviar ronronnait avec bonheur. Il se trouvait bien ici. Il se moquait de l'endroit où il était tant que la nourriture était bonne, qu'il pouvait aller et venir à sa guise et avoir sa dose de câlins.

Pendant un bon moment, elle le caressa. Puis elle se leva pour démarrer sa journée. Si elle avait du mal à se concentrer ces temps-ci, elle avait malgré tout un métier à exercer, et beaucoup de travail l'attendait. Son ordinateur portable était déjà branché dans un coin de la pièce.

Elle traduisait de l'anglais en danois — toujours

plus difficile que l'inverse — lorsque le téléphone de la ligne fixe de Cord retentit. S'il avait voulu la joindre, il l'aurait contactée sur son portable, aussi ignora-t-elle l'appel. Dix secondes plus tard, le répondeur se mit en route.

« Pruitt, bonjour, George Bassett à l'appareil, entendit-elle. Je vous avais donné rendez-vous vers 13 heures, mais je préférerais finalement vous voir à 15 heures, si cela vous va. Je sais que vous n'étiez pas content de la façon dont nous pistons Campbell depuis le début de l'enquête mais, au cas où vous l'ignoreriez, elle s'est volatilisée depuis quelques jours. Quant à Jan Howell, elle ne s'est pas montrée non plus à son travail aujourd'hui. Que vous faut-il de plus ? Il est temps de cesser de tourner autour du pot. Apportez tout ce que vous avez pu réunir sur Campbell. A présent, il faut jouer cartes sur table pour avancer. »

Après un instant de silence, Bassett raccrocha. Le cœur de Sophie battait la chamade. Quand Cord lui avait dit qu'elle était suspectée par la police, elle avait eu l'impression d'une gifle. Ce message en fut une autre, aussi violente. L'inspecteur laissait clairement entendre que Cord l'espionnait. Depuis qu'ils avaient fait connaissance, il cherchait à obtenir des renseignements sur elle pour les transmettre aux flics.

Le seul homme à qui elle avait fait confiance depuis une éternité, le seul à qui elle avait montré la Sophie libre, désinhibée, exubérante que tout le monde croyait morte et enterrée, celui qui avait prétendu être tombé amoureux d'elle, l'aimer, n'avait jamais cessé de la surveiller... Il la trahissait depuis le début.

Elle tenta de minimiser les faits, de se persuader

que rien de ce qui s'était passé entre eux n'était vrai, que rien de ce qu'elle avait éprouvé pour cet homme n'était profond.

Caviar sauta sur ses genoux. Il s'ennuyait dès qu'il n'était plus le centre de l'univers.

Sophie se pencha pour le caresser.

— Tu n'as plus de clé USB à cacher... Alors quoi ? Un trésor ? De l'argent ? Il faut que la vérité éclate au grand jour, Caviar. Je n'en peux plus de cette situation.

Pendant que Sophie prenait sa douche et se lavait les cheveux, le chat resta aux aguets. Puis elle enfila un jean, de grosses chaussettes, s'installa devant son ordinateur et tenta de se remettre au travail. Régulièrement, elle s'interrompait, s'efforçant d'analyser la situation dans sa globalité, de lui trouver un sens. Mais elle se sentait chaque fois un peu plus malheureuse.

Quand le téléphone de Cord retentit une nouvelle fois, elle ferma la porte pour ne pas entendre le message que laisserait son correspondant. Pour survivre à cette journée, elle devait essayer de ne pas en rajouter.

Mais lorsque, dans l'après-midi, une voiture s'arrêta dans la rue, elle jeta un œil curieux par la fenêtre.

La femme qui en sortit était habillée à la dernière mode. En la reconnaissant, Sophie eut presque envie de se pincer. Elle lui ouvrit la porte.

— Comment savais-tu que j'étais là ? Mais peut-être es-tu venue rendre visite à Cord...

Penelope Martin grimpa les marches du perron et l'embrassa.

— Non, c'est toi que je viens voir. J'ai appris hier de nouveaux ragots à propos de Jon et de Jan, j'avais hâte de t'en parler. Alors je suis partie tôt du bureau. Tu as vécu l'enfer, non ?

— C'est rien de le dire !, répondit Sophie.

Son amie brandit un sac en papier.

— J'ai acheté des cappuccinos et du chocolat. Un petit réconfort ne sera pas du luxe, si je comprends bien !

— Formidable ! Entre.

La salle d'interrogatoire était peinte en gris et meublée d'une table en métal, le sol recouvert d'un lino usé. Une odeur de café flottait dans l'air. Plusieurs panneaux indiquaient qu'il était interdit de fumer dans cet immeuble, mais la présence d'un grand cendrier prouvait que cette consigne n'était pas toujours respectée. Des piles de dossiers et de DVD côtoyaient l'ordinateur portable de Bassett.

Cord était là depuis ce qui lui semblait une éternité. Bassett, Ferrell, deux autres hommes en costume et une femme en uniforme l'entouraient.

Bassett était tellement excité par les révélations de la clé USB qu'il en gonflait ses joues.

Par ailleurs, ils avaient retrouvé la trace de la fille naturelle de Jon. Bientôt, Cord pourrait voir cette enfant. Il verserait une pension alimentaire à la mère pour participer à l'éducation de la petite. Quand son frère s'était fait assassiner, cette femme se trouvait loin de Washington ; elle ne faisait donc pas partie des suspectes.

Les films amateur représentant les ébats amoureux de Jon avaient été visionnés, datés. Toutes les « actrices » avaient été identifiées. Elles avaient été longuement interrogées, et la plupart avaient de bons alibis, les innocentant avec certitude. Ce n'était pas le cas de cinq d'entre elles.

— Le travail d'enquête est long, difficile, ennuyeux, dit Bassett. Il consiste à remonter les pistes de chaque personne, à chercher quand, où, pourquoi chacune aurait pu passer à l'acte.

— Cela représente des heures de labeur, renchérit Ferrell. Il est temps de tirer des conclusions. Tous ceux et celles qui nous semblaient au départ potentiellement coupables ont été écartés de la liste des suspects. Peter Bickmarr, Tiffany, les deux sénateurs, la journaliste...

— En tout cas, ce type se nourrissait de Viagra, lança un des policiers, sidéré par les prouesses sexuelles de Jon.

— Au bout du compte, reprit Ferrell, nous n'avons aucune vidéo de Sophie Campbell, ni lettre, ni mails, ni photos. En revanche, deux de ses amies ont de bonnes raisons d'avoir voulu tuer Jon et ont eu la possibilité de le faire. La meurtrière est donc forcément l'une de ces trois personnes : Jan Howell, Penelope Martin ou Sophie Campbell. Jan et Sophie n'ont pas été vues de la journée et...

— Attendez, dit Cord. Vous disiez qu'elles étaient cinq.

— Exact, mais deux d'entre elles sont pratiquement écartées des suspectes. Je le répète, Jan, Penelope et Sophie sont les seules qui restent. Bien sûr, les DVD que vous ne nous avez pas donnés nous...

— Pas *encore* donnés, rectifia Bassett.

— Votre frère menait une carrière de maître chanteur très active, Cord. Il vivait très à l'aise, s'assurait des revenus conséquents en ne faisant rien d'autre que...

— Faire souffrir des femmes ?

Cord composa son numéro, son numéro fixe, tout en annonçant à l'assistance :

— La meurtrière est Penelope Martin.

— Quoi ?

— Je vous expliquerai..., mais je dois rentrer tout de suite chez moi. J'ai toujours su, et je vous ai toujours dit, que Sophie n'était pas coupable. Depuis hier, je suis également certain qu'il ne s'agit pas de Jan...

— Vous ne nous aviez pas dit que...

— Vous n'avez pas cessé de parler, je n'ai pas pu en placer une. J'ai opéré comme vous, par élimination. Je ne me rendais pas compte que la liste des suspectes était si restreinte. Mais si, pour vous, elle se limite à trois noms, je n'ai plus aucun doute. Je dois absolument retourner chez moi.

Au bout du fil, son téléphone sonnait dans le vide. Bien sûr, Sophie n'allait pas prendre l'appel. Quand il entendit son message d'accueil, il raccrocha et composa le numéro du portable de la jeune femme, tout en se dirigeant vers la sortie.

Elle ne répondit pas davantage.

Il tenta de se persuader qu'il avait tort de s'inquiéter. Elle devait être en train de travailler et ne voulait pas être dérangée. Penelope n'avait aucune possibilité de savoir où se trouvait Sophie.

Cependant, s'il n'avait aucune raison d'imaginer Sophie courant un quelconque danger, il n'en avait pas moins très peur pour elle.

La coupable idéale

Son instinct lui disait qu'il y avait un problème.

Son frère avait menacé des femmes vulnérables, des femmes qui n'avaient pas les moyens de se défendre et dont le cœur avait plus souffert encore que le compte en banque. Il savait à présent laquelle n'avait pas supporté cette douleur.

Il était difficile d'aller vite au milieu des embouteillages de Washington. Il essaya pourtant. Il ne cessait de se reprocher d'avoir blessé le cœur tendre de Sophie. Dans un certain sens, il avait fait du mal à une innocente, comme son frère.

La veille, elle avait mis brutalement fin à leur relation. Elle l'avait fait avec calme et détachement.

Mais elle ne pensait pas un mot de ce qu'elle avait dit, il en était sûr.

Simplement, il n'avait pas su quoi répondre, quoi faire, comment rétablir la situation. Il n'avait songé qu'aux priorités. D'abord, protéger Sophie et, ensuite éclaircir la situation avec son frère, aider la police à mener l'enquête pour que celle-ci aboutisse enfin. Il aurait la vie entière pour être heureux avec Sophie de la façon dont ils en avaient envie.

Une Mustang noire lui barra la route. Cord la contourna et appuya sur le champignon. A la radio, un journaliste parlait de guerres, de tremblements de terre, d'éruptions volcaniques et autres désastres. Il lui coupa le sifflet.

Il ne craignait qu'une seule catastrophe : perdre la femme qu'il aimait, la seule qu'il ait jamais aimée, la seule qui serait à ses côtés et ne l'abandonnerait pas quoi qu'il advienne.

La coupable idéale

A condition qu'il parvienne à rétablir la confiance qu'elle avait eue en lui.

Enfin, il atteignit sa rue.

Une voiture était garée devant chez lui. Son cœur s'arrêta de battre.

Cette Mazda rouge ne pouvait appartenir qu'à une femme. Sa carrosserie fine et élégante était parsemée d'autocollants.

Il s'agissait certainement de la voiture de Penelope Martin.

Il se gara en double file, sortit de son véhicule et s'élança en courant vers la maison.

— Allez, Sophie, tu n'as même pas touché à ton café, et pourtant je sais à quel point tu aimes les cappuccinos, lança Penelope, irritée, en tentant de chasser Caviar, qui voulait se glisser entre elles. Jan m'a dit ce que tu avais fait.

— Comment cela ?

— Elle et moi sommes amies depuis toujours, nous n'avons aucun secret l'une pour l'autre. Je lui ai d'ailleurs confié la clé de l'appartement de mes parents en Floride afin qu'elle puisse s'y reposer quelques jours pour panser ses blessures. Tu as été vraiment sympa de lui donner cette clé USB.

« Enfin », songea Sophie.

Elle s'y attendait depuis le moment où Penelope était apparue.

— Je suis soulagée que tu sois au courant, répondit-elle.

— Jon s'est vraiment conduit comme un salaud.

La coupable idéale

Jan a toujours prétendu n'avoir couché avec lui que pour l'ajouter à son tableau de chasse mais, en réalité, elle était folle de lui. Quand il a commencé à la faire chanter, ça l'a détruite. Tiens, dit-elle en lui tendant un morceau de nougat, je sais que tu adores ça. Tu as l'air épuisée.

— Je le suis.

— Tu as certainement découvert d'autres choses que les photos de Jan. Les as-tu données aux flics ? Ou les as-tu remises aux femmes concernées comme tu l'as fait avec Jan ? Dis-moi. Tu sais que tu peux me faire confiance. Combien cette ordure en a-t-il fait chanter ?

— Honnêtement, je l'ignore. Il y en avait tellement que…

— Je sais ce qui va te faire du bien.

Penelope fouilla dans son sac en papier pour en extraire deux cachets d'aspirine. Elle les tendit à Sophie avec un sourire.

— Tiens, avale ça. Tu souffres d'une épouvantable migraine, je le vois à tes yeux fatigués. Un antalgique ou deux ne te feront pas de mal.

— Tu as raison

Elle avait refusé le café et le chocolat. Elle n'était pas idiote. Depuis l'arrivée de Penelope, elle avait compris que son unique chance de survie était de se montrer chaleureuse, amicale, naturelle, de ne surtout pas lui laisser deviner qu'elle était terrifiée.

A la manière dont son amie lui avait proposé ces confiseries, Sophie s'était doutée qu'elle les avait droguées. Hélas, Penelope étant collée à ses basques, elle n'avait pas eu la possibilité d'appeler Cord ou la police au secours.

D'ailleurs, elle ne comptait pas sur cette dernière pour lui venir en aide. Il en allait autrement pour Cord, mais il ne reviendrait pas chez lui avant 18 heures.

Sophie n'espérait pas réussir à empêcher Penelope de la tuer pendant un aussi long laps de temps, aussi accepta-t-elle l'aspirine — tout en se demandant comment s'en débarrasser.

Elle la mit dans sa bouche puis commença à tousser. Faisant mine de s'étrangler, elle se précipita vers la cuisine.

Dès qu'elle fut hors de vue de Penelope, elle recracha les cachets, les jeta dans la poubelle et... vit alors les yeux de Penelope dardés sur elle.

— Je ne t'ai pas abusée un instant, Sophie, n'est-ce pas ? Tu n'es pas aussi stupide que tu en as l'air, je l'ai toujours senti.

— De quoi parles-tu ?

— Oh, tu le sais très bien.

— Non, vraiment pas.

Elle devait essayer, qu'avait-elle à perdre ?

— Même si Jan ne me l'a pas avoué ouvertement, je pense que c'est elle qui est entrée par effraction chez moi. Elle espérait y trouver les vidéos et les photos avec lesquelles Jon la faisait chanter.

— Exact, confirma Penelope.

— Mais je n'ai jamais vu de films ou de photos ni de lettres ni rien en rapport avec toi. Tu as toujours dit que tu n'avais jamais couché avec lui. Jon n'avait aucune raison de te faire chanter, aucun élément pour y parvenir...

La coupable idéale

— Il n'avait rien contre moi, répondit Penelope avec un soupir. Tu veux que je te dise la vérité ?

— Oui !

— Je l'aimais. J'aimais ce salaud. Je ne me doutais pas qu'il faisait chanter toutes ces femmes. Bien sûr, il était joueur — comment aurais-je pu l'ignorer ? — mais, quand nous étions ensemble…, je croyais qu'il ne jouait pas, pas avec moi. Personne ne savait que nous étions amants. Personne. Je l'interprétais comme un signe positif… Je pensais que j'étais différente pour lui, qu'il était prêt à grandir, à s'engager dans une véritable relation amoureuse, que nous étions complices, faits l'un pour l'autre. Lui comme moi ne nourrissions aucune illusion sur l'espèce humaine.

Penelope farfouilla une nouvelle fois dans son sac et en sortit un revolver. Il était tout petit, tout brillant, et elle le pointa sur Sophie.

Laquelle pensa qu'il ne servait plus à rien de jouer la comédie.

— Pourquoi me tuer, Penelope ? Nous sommes amies…

— Nous l'étions mais, maintenant, tu représentes un trop grand danger. Tu finirais par me perdre. Tôt ou tard, tu aurais tout compris. Jan savait, elle.

— Jan savait que tu avais tué Jon ?

— Non. Jan savait que je l'aimais.

— Mais alors pourquoi ?

A toute vitesse, Sophie évalua les options qui lui restaient. Elle avait l'évier derrière elle, la porte de derrière, donnant sur le jardin, sur sa gauche. Certes, elle était en chaussettes, et il faisait froid dehors, mais c'était sa seule chance…

Penelope continuait :

— Tu veux que je te dise pourquoi ? Comment tout est arrivé ? Je vais te le raconter. Toute la journée, Jan n'avait cessé de pleurer. Elle me parlait des milliers de dollars que Jon lui avait escroqués, des ennuis dans lesquels elle se débattait. Elle était désespérée, elle ne parvenait plus à trouver l'argent. Elle savait pouvoir me faire confiance à ce sujet.

— Bien sûr, elle le pouvait. Vous étiez très proches, les meilleures amies du monde, et tu n'étais pas le genre de filles à la juger.

— Ne te moque pas de moi, Sophie.

— Je ne me moque pas, j'essaie de comprendre. Je n'ai jamais pensé que c'était toi.

— Moi non plus, je n'avais jamais imaginé que je serais capable de tuer quelqu'un. D'ailleurs, je ne l'avais pas prévu, les événements m'ont dépassée. Je suis venue le trouver ce jour-là pour m'expliquer avec lui, lui demander comment il pouvait s'abaisser à faire chanter une femme. J'étais certaine que Jan avait mal compris, que toute l'affaire n'était qu'un vaste malentendu. Bien sûr, je savais qu'il couchait avec d'autres mais, quand je suis arrivée, j'ai vu… tout… les lettres, les DVD. Il passait l'après-midi chez lui, il était en train de s'occuper de ses petites affaires sordides, de compter l'argent de ses chantages. En me voyant, il m'a souri, m'invitant à m'asseoir près de lui, à regarder…

— Et ensuite ?

Discrètement, Sophie se rapprochait de la porte, comme si elle changeait juste de position.

— Je n'étais jamais venue chez lui. Il dormait toujours chez moi. Ma réaction, mon écœurement l'ont surpris.

La coupable idéale

Il m'a traitée d'idiote. En prenant son temps, il a tout rangé avec soin. J'étais sidérée. Il y avait des cachettes partout dans son appartement, sous les lattes du plancher, dans le creux des murs, dans des tiroirs secrets, partout. Puis il m'a proposé de dîner avec lui, comme si la situation était normale, comme si je n'avais aucune raison d'être choquée, comme s'il pensait que je savais tout depuis toujours, que je m'en étais toujours doutée. Il estimait que nous étions complices parce que moi, il ne me faisait pas chanter. J'étais écœurée. Alors j'ai saisi le tisonnier et je l'ai frappé.

— Je l'aurais fait aussi !

— Il ne s'y attendait pas et a perdu l'équilibre avant de tomber dans l'escalier.

Sophie bondit soudain sur la porte. Un bref instant, elle se battit avec la poignée, ses mains étaient moites. Elle craignait que le verrou ne soit tiré mais, par miracle, il ne l'était pas. Comme elle se ruait dehors, Penelope hurla. Sophie n'avait pas vu qu'il y avait des marches et elle tomba.

Elle parvint à se relever et se mit à courir sur l'herbe glacée. A droite une longue étendue verte, à gauche un bosquet d'arbres. Elle était incapable de réfléchir. Seul l'instinct la guidait lorsqu'elle s'élança vers les sapins.

Une détonation retentit dans son dos.

Affolée, elle accéléra sa course. Elle avait le souffle court et, quand une vive douleur cisailla son dos, elle comprit qu'elle avait été touchée. Ses yeux s'emplirent de larmes. Mais elle continua de courir.

Elle entendit une autre déflagration, puis Penelope hurla comme une hystérique. D'autres coups de feu

La coupable idéale

claquèrent, mais Sophie ne s'arrêta pas. Soudain un voile noir tomba sur ses yeux…

Elle s'écroula dans l'herbe. Avant de fermer les paupières, elle eut le temps d'apercevoir une silhouette de rugbyman se jeter sur Penelope et la plaquer à terre.

Une sirène retentissait dans la rue. La police arrivait. Un peu tard peut-être.

De toute façon, Sophie n'avait pas besoin d'elle.

Cord était là.

Quel bazar, bon sang ! songeait Cord.

Avant même que la police ne soit arrivée sur les lieux pour lui passer les menottes, Penelope Martin s'était mise à crier. Explosant en sanglots, elle avait avoué ses crimes en balbutiant des explications incohérentes.

Puis Sophie avait paniqué parce que la porte de la cuisine était restée ouverte et que Caviar risquait de se perdre dans la nature. Bassett avait tenté de la calmer, mais surtout de l'interroger sur ce qui s'était passé avec Penelope. Dans son impatience à connaître la vérité, il ne s'apercevait pas que Sophie n'avait pas la tête à ça.

Lorsque Cord avait vu les pieds de Sophie en sang, il était aussitôt allé lui faire couler un bain chaud. Il n'était pas étonné qu'elle ait les pieds dans cet état, à courir dans un sous-bois sans chaussures. Elle était couverte d'échardes, un vrai hérisson. Mais elle n'était pas prête à se les faire retirer. Pas tout de suite.

Quand elle avait demandé à boire quelque chose de fort et de puissant, il s'était imaginé qu'elle avait envie d'un whisky. Or, elle voulait juste un peu de vin.

La coupable idéale

Voilà pourquoi il était allé lui chercher un verre après l'avoir transportée dans la salle de bains et avoir plongé ses pieds dans l'eau chaude. Malheureusement, George Bassett s'était cru autorisé à la poursuivre dans la salle d'eau. Cord n'avait pas pu l'en empêcher.

— Vous me devez des excuses, lança-t-elle à l'inspecteur de police. Et même de nombreuses excuses.

— Je sais. Nous sommes désolés.

— Vous pouvez l'être, *vous*, je vous dispense du « nous » royal. Vous m'avez désignée comme coupable d'office, sans même me donner la chance de m'expliquer, sans même m'en parler. Vous avez demandé à Cord de m'espionner. Comment pouvez-vous vous prétendre policier et avoir si peu de jugement ? Cord ne savait rien, cela sautait aux yeux. Il ne vivait pas ici, n'avait pas revu son frère depuis des lustres, il ignorait ce que Jon était devenu...

— Nous... je le sais, madame. Ecoutez, faites votre déposition, et puis je vous laisserai tranquille.

— Je ne vous ai pas entendu me présenter les plates excuses auxquelles j'ai droit. Et vous avez failli laisser sortir le chat !

— Je suis désolé. Et je suis aussi désolé à propos du chat.

— Et vous croyez que cela suffit ? J'ai eu la peur de ma vie.

— Je suis vraiment, vraiment navré.

Elle parut se détendre un peu.

— D'accord. Je crois que je le suis moi aussi.

Bassett en resta bouche bée.

— Pourquoi l'êtes-vous ?

— Je n'aurais pas dû faire ce que j'ai fait mais...

La coupable idéale

Cord préféra intervenir avant que Sophie ne raconte qu'elle avait modifié les photos de Jan. Il ne comprenait toujours pas pourquoi elle avait fait cela et n'était pas certain d'avoir envie de le savoir.

— Sophie, accorde un instant à l'inspecteur, réponds à ses questions, et puis il s'en ira. Tout le monde s'en ira.

Elle comprit le message.

— Euh… d'accord. Où est Caviar ?

— Il fait un petit somme sur le haut du réfrigérateur.

Il fallut un temps infini à Bassett pour l'interroger. Armé d'un crayon, il voulait tout savoir en détail. Quand enfin il partit avec ses hommes, Cord retourna dans la salle de bains, une pince à épiler stérilisée à la main.

— Je suis trop fatiguée pour faire ça maintenant, dit Sophie.

— Laisse-moi seulement y jeter un coup d'œil.

Elle poussa un soupir.

— Je suis épuisée, je n'ai pas envie d'avoir mal. Je parle sérieusement, Cord.

— Je n'y toucherai pas, je veux juste regarder, d'accord ?

— Tu n'y toucheras pas ?

— Promis.

« Quel bébé ! » songeait-il. Même s'il devinait pourquoi elle était sur les nerfs. Le vrai problème n'était pas ces échardes…

Il prit le pied nu de Sophie sur ses genoux. Elle était à présent assise sur la table de la cuisine et lui sur une chaise. Le chat surveillait la scène à distance. Cord comprit qu'il n'aurait aucun mal à retirer ces échardes, à condition que la jeune femme reste parfaitement immobile.

Quand il les eut toutes enlevées, elle poussa un cri digne d'un enfant de cinq ans.

Il lui ouvrit les bras, elle s'y jeta. Elle ne prononça plus un mot, se contentant de le serrer de toutes ses forces contre elle.

Mais peut-être était-ce lui qui l'étreignait comme si sa vie en dépendait. Il ne pouvait plus respirer loin d'elle, sans elle. Tout ce qui faisait Sophie Campbell était devenu indispensable à sa survie. Ses cheveux, sa peau, son odeur… Il avait failli la perdre et il n'avait jamais connu plus grande terreur dans sa vie.

— Je t'aime, dit-il avec force. Je t'aime, Sophie, comme je n'ai jamais aimé personne, comme je n'avais jamais imaginé aimer quelqu'un.

Elle prit son visage entre ses mains.

— Je sais que tu es d'une sincérité totale, Cord, et que tu ne m'espionnais pas, même si la police te l'avait demandé, que tu ne me suspectais pas…, mais j'avais très peur.

— Tu avais d'excellentes raisons d'avoir peur. Beaucoup de gens essayaient de te nuire.

— Je t'ai menti.

— Comment cela ?

— Je t'avais dit que nous nous quitterions quand cette histoire serait finie. Le crime a été résolu, mais tu es toujours là, nous n'allons pas nous quitter.

— Bien sûr que non. Tu te trompais…

Il l'embrassa encore et encore.

Avec un gros soupir, elle ferma les yeux et se blottit étroitement contre lui. Il commençait à comprendre que cette femme était un subtil mélange de force et de fragilité. Elle avait lutté avec tout ce qu'elle était pour protéger ceux qu'elle aimait, lui y compris.

Il caressa sa joue tendrement avant de prendre sa bouche avec ferveur, avec passion.

— Sophie, je serai toujours là pour toi, dit-il quand il reprit haleine. Dans les bons et les mauvais jours. Je veillerai sur toi.

Elle lui sourit.

— Aime-moi, Cord, c'est la seule chose que je te demande, la seule chose qui compte pour moi.

« Ce n'est pas difficile », pensa-t-il.

Épilogue

Sophie sortit de la voiture et éclata de rire.

— Ne fais pas cette tête-là ! De quoi as-tu peur ?

Manifestement très mal à l'aise, Cord passa un doigt sous le col de sa chemise.

— Je ne sais pas.

— Je te protégerai.

— Merci. J'espère que tout ira bien. Je n'ai pas l'habitude de ce genre de choses.

— Nous n'avons ni l'un ni l'autre l'habitude de ce genre de choses, lui rappela-t-elle. Allez, viens !

Ils frappèrent à la porte. En attendant qu'on vienne leur ouvrir, elle l'embrassa pour lui donner du courage.

En jean et pull, la femme qui les accueillit était grande, mince et brune, et serrait contre elle une fillette aux cheveux bouclés.

Toute de rose vêtue, la petite regarda Cord en souriant et, bien qu'elle ne l'ait jamais vu, lui tendit aussitôt les mains.

Sa mère se mit à rire.

— Elle est du genre entreprenant…

Cord prit l'enfant dans ses bras — plus exactement, la petite fille se jeta sur lui. D'un air paniqué, il se tourna vers Sophie. Celle-ci ne s'inquiétait pas : l'oncle et la nièce, elle le sut tout de suite, allaient s'entendre à merveille.

Bien sûr, ils auraient besoin de temps pour nouer de véritables relations, et il faudrait savoir comment Cord participerait à l'éducation de cette enfant dont il avait longtemps ignoré l'existence ; mais les débuts semblaient... prometteurs.

Cord avait plus le sens de la famille qu'il ne s'en doutait, et, si son frère s'était comporté comme un odieux personnage, sa fille était adorable.

Une heure plus tard, quand ils s'en allèrent, Cord ne dit rien à Sophie, se contentant de l'enlacer pour l'entraîner vers la voiture. Ce n'est qu'un peu plus tard, alors que Sophie admirait pour la énième fois la bague qu'il lui avait passée au doigt quelques jours plus tôt, qu'il lui lança :

— Tu aimerais en avoir un, Sophie ?
— Un quoi ?
— Un de ces petits... un bébé ?

Comment aurait-elle pu refuser ?

Le 1er janvier

Black Rose n°145

L'enfant secret - Marie Ferrarella
Lui, père d'une fillette de six ans ? L'inspecteur Nick Wyatt tombe des nues. D'autant que la mère vient de mourir, et qu'il est désormais chargé d'élever seule la petite Lisa. Désemparé, il se tourne vers Riley McIntyre, sa nouvelle coéquipière. Riley, qu'il s'était pourtant juré de tenir à l'écart de sa vie privée, tant elle l'attire...

Un mystère en héritage - Kerry Connor
« La maison du crime ». Voilà comment les habitants de Fremont appellent la demeure dont Maggie vient d'hériter. Qui plus est, quelques jours à peine après son arrivée, elle reçoit des menaces lui intimant de quitter la ville au plus vite... Maggie comprend alors que son seul soutien est John Samuels, qu'elle a embauché pour l'aider dans ses travaux...

Black Rose n°146

Une dangereuse attirance - Debra Cowan
Aux yeux de tous, Walker McClain est irréprochable : c'est un pompier consciencieux et attentionné. Mais n'est-il pas en fait le dangereux tueur qui s'en prend aux sans-abris d'Oklahoma ? Jen Lawson est sur le qui vive. Chargée d'enquêter sur McClain, elle décide de tout faire pour gagner sa confiance... Mais surtout pour repousser l'attirance qu'elle éprouve pour lui...

Retour à Jenkins Cove - Patricia Rosemoor
Jenkins Cove... Lexie y a passé une jeunesse merveilleuse. Jusqu'à cet hiver tragique, où Edward Shea, son fiancé, est mort dans un accident et où elle est partie. Alors, quand, de retour après douze ans d'absence, elle croise... Edward, Lexie est bouleversée. Il dit avoir été enlevé, à l'époque — doit-elle le croire ? Surtout, doit-elle lui révéler qu'au moment de sa disparition, elle était enceinte de lui ?

Black Rose n°147

Un étrange mariage - Alice Sharpe
Qui est vraiment Simon Task ? Quand cet homme l'aborde et lui conseille de se méfier de Carl, qui se prétend son mari depuis qu'elle s'est réveillée à l'hôpital, qui plus est, amnésique, Ella se sent perdue. Car elle éprouve en effet un étrange malaise aux côtés de Carl. D'un autre côté, comment faire confiance à Simon, dont elle ne se rappelle rien ?

Au piège des sentiments - Marilyn Pappano
Enfin, l'agent spécial Liz Dalton a fini par localiser Joe Saldana ! A présent, sa véritable mission commence : réussir à le séduire, afin qu'il lui révèle où se cache Josh, son jumeau, recherché par la police... Une mission qui, très vite, devient pour Liz synonyme de piège. Parce que Joe se révèle un homme infiniment attirant. Au point que Liz redoute de se prendre au jeu...

BLACK ROSE

www.harlequin.fr

BestSellers

A paraître le 1er janvier

Best-Sellers n°448 • thriller
Mortel Parfum - Lisa Jackson

Quand il ouvre les yeux dans sa chambre d'hôpital à La Nouvelle-Orléans, l'inspecteur Rick Bentz croit reconnaître un parfum familier – celui de Jennifer, sa première épouse. Jennifer qu'il aperçoit ensuite, dans l'embrasure de la porte, d'où elle lui envoie un baiser avant de disparaître. Or tout cela ne peut être réel, il le sait, car Jennifer est morte dans un accident, douze ans auparavant. Pourtant, à peine sorti de l'hôpital, Bentz continue de la voir partout, même si elle s'évanouit dès qu'il essaie de s'approcher d'elle. Est-il en train de devenir fou ? Mais voilà qu'il reçoit bientôt de Los Angeles une photo récente de Jennifer et son certificat de décès barré de rouge. Un envoi qui, pour Bentz, remet tout en question. Car si Jennifer est encore vivante, alors qui était la femme qu'il a identifiée après l'accident ? Saisi d'effroi, Bentz décide de dissiper au plus vite ce terrible doute et se rend en Californie. Mais à peine est-il arrivé qu'une série de meurtres s'enclenche et le suit, tel un sillage mortel. Des meurtres dont chacune des victimes a jadis été une personne proche de Jennifer.

Best-Sellers n°449 • suspense
Le voile de la trahison - Laura Caldwell

En quelques heures à peine, la vie d'Izzy McNeil, une pétulante avocate de Chicago, s'effondre brutalement : non seulement Forester Pickett, un client qu'elle aime comme un père, est mystérieusement assassiné, mais Sam, son fiancé, se volatilise à quelques semaines de leur mariage. Et dire qu'Izzy pensait tout savoir de son futur époux ! Comment a-t-elle pu être naïve à ce point ? Certes, elle avait des doutes quant au bien-fondé de leur mariage. Mais elle aimait profondément Sam et ne pouvait imaginer pareille trahison. Partagée entre la colère et l'incompréhension, Izzy décide alors de tout entreprendre pour retrouver Sam et démasquer le meurtrier de Forester. Sans savoir que les ennuis ne font que commencer pour elle, et que mensonges et tromperies sèment son chemin de pièges…

Best-Sellers n°450 • suspense
Les nuits du bayou - Stella Cameron

En s'installant dans la jolie petite ville de Toussaint, en Louisiane, où elle vient tenir un restaurant plein de charme, Annie Duhon rêve de couler des jours paisibles et heureux. Mais au cœur de l'été, dans le bayou écrasé de chaleur, ce sont de terribles visions de meurtres qui hantent ses nuits. Désemparée, elle envisage de confier son secret à Max Savage, un chirurgien, lui aussi nouvel arrivant à Toussaint et pour qui elle éprouve une attirance spontanée. Mais de sinistres rumeurs se répandent bientôt sur Max et sur la disparition de plusieurs de ses ex-compagnes. Pis encore : certains éléments de ces rumeurs corroborent les pires visions d'Annie, donnant à ses cauchemars une dimension atrocement réelle…

BestSellers

Best-Sellers n°451 • roman
Sur les rives du bonheur - Sherryl Woods
Lassée de sa carrière de femme d'affaires, Gracie MacDougal quitte Cannes et le monde fastueux qu'elle a toujours connu pour se ressourcer dans une pittoresque bourgade de Virginie. Dès son arrivée, elle tombe sous le charme d'une ancienne demeure victorienne en bordure de fleuve et elle se prend à rêver : et si elle redonnait vie à ces vieilles pierres pour transformer ce lieu en chambres d'hôtes raffinées et chaleureuses ? Mais à peine ses idées prennent-elles forme qu'un obstacle se dresse entre Gracie et son rêve… un obstacle inamovible. Car Kevin Daniels, le neveu de la propriétaire, un séduisant sudiste à l'allure nonchalante, n'a pas du tout l'intention de la laisser acheter cette maison. Qui plus est, il tente effrontément de la séduire, par simple jeu. Résolue à ne pas se laisser impressionner, Gracie décide de réaliser son projet coûte que coûte – et, surtout, de chasser de son esprit cette étrange fascination que Kevin exerce sur elle depuis le premier instant.

Best-Sellers n°452 • paranormal
La vengeance de la nuit - Rachel Vincent
Depuis que son père l'a convaincue de quitter le monde des humains pour rejoindre sa caste de félins et se former au combat, Faythe Sanders n'a pas l'esprit tranquille. Aurait-t-elle commis la pire erreur de sa vie en renonçant à son indépendance et à sa liberté ? Malgré ses doutes, Faythe sait que cette expérience parmi les siens est nécessaire pour comprendre qui elle est vraiment. Et surtout, c'est le seul moyen de venger la mort tragique de son amie d'enfance. Une mort qui l'a ébranlée au plus profond d'elle-même et qui a fait voler en éclat ses convictions les plus intimes – au point de la pousser aujourd'hui à relever les défis les plus audacieux. Dans cette quête, il lui reste aussi à prouver à Marc Ramos, un félin au regard d'émeraude qui la protège depuis toujours, qu'elle est capable de prendre elle-même en main sa destinée.

BestSellers

Best-Sellers n°453 • suspense
Sombre présage - Heather Graham
Voilà deux mois, Genevieve O'Brien a été sauvée de justesse des griffes d'un tueur grâce au détective privé Joe Connolly. Mais à peine est-elle tirée d'affaire qu'elle replonge dans l'angoisse, car tout la porte à croire que sa propre mère, Eileen, est elle aussi en danger. En effet, un meurtrier s'en prend aux membres de l'association des Corbeaux, tous fans du célèbre écrivain Edgar Poe. Une association dont Eileen fait partie, et dont le président vient d'être assassiné par un mystérieux tueur qui a signé son crime de cette note manuscrite : *Meurs, dit le Corbeau*. Un crime dont chacun des membres de l'association pourrait être l'auteur... Alors que la police enquête, Genevieve, elle, décide de faire appel à Joe pour mener avec lui leurs propres investigations. Les indices sont rares, et l'enquête piétine, jusqu'au moment où d'étranges signes leur parviennent : des visions, mais aussi des voix venues d'outre-tombe, qui semblent vouloir les aider. Et les prévenir du terrible danger qui les menace...

Best-Sellers n°454 • historique
La maîtresse de Clarewood - Brenda Joyce
Angleterre, Régence

Après le décès de sa mère, Alexandra Bolton a abandonné sa vie insouciante de jeune fille pour se consacrer entièrement à l'éducation de ses sœurs. Une tâche d'autant plus ardue que son propre père préfère, lui, noyer son chagrin dans l'alcool et dilapider le peu d'argent qui leur reste dans les salles de jeu. Pour Alexandra, bientôt, le seul moyen de sauver les siens de la ruine est d'accepter la demande en mariage d'un vieil aristocrate fortuné. Un sacrifice auquel elle consent sans ciller... jusqu'à sa rencontre avec Stephen Mowbray, le très convoité duc de Clarewood. Dès le premier instant, en effet, celui-ci ne cache pas son désir de faire d'elle sa maîtresse, une parmi tant d'autres. Mais, si Alexandra ne peut nier la passion que le duc éveille en elle, elle refuse toutefois de céder à ses avances car aujourd'hui, l'honneur de sa famille passe avant tout. Hélas, Stephen, habitué à obtenir ce qu'il veut, ne renonce jamais...

www.harlequin.fr

GRATUITS !

2 romans
et 2 cadeaux surprise !

Pour vous remercier de votre fidélité, nous vous offrons 2 merveilleux romans **Black Rose** (réunis en 1 volume) entièrement GRATUITS et 2 cadeaux surprise ! Bénéficiez également de tous les avantages du Service Lectrices :

- **Vos romans en avant-première**
- **5% de réduction**
- **Livraison à domicile**
- **Cadeaux gratuits**

En acceptant cette offre GRATUITE, vous n'avez aucune obligation d'achat et vous pouvez retourner les romans, frais de port à votre charge, sans rien nous devoir, ou annuler tout envoi futur, à tout moment. Complétez le bulletin et retournez-le nous rapidement !

☐ **OUI !** Envoyez-moi mes 2 romans Black Rose (réunis en 1 volume) et mes 2 cadeaux surprise gratuitement. Les frais de port me sont offerts. Sauf contrordre de ma part, j'accepte ensuite de recevoir chaque mois 3 volumes doubles Black Rose inédits au prix exceptionnel de 6,13€ le volume (au lieu de 6,45€), auxquels viennent s'ajouter 2,90€ de participation aux frais de port. Dans tous les cas, je conserverai mes cadeaux.

N° d'abonnée (si vous en avez un) ⎵⎵⎵⎵⎵⎵⎵⎵⎵ | IZ1F09 |

Nom : .... Prénom : ....

Adresse : ....

CP : ⎵⎵⎵⎵⎵   Ville : ....

Téléphone : ⎵⎵⎵⎵⎵⎵⎵⎵⎵⎵

E-mail : ....

☐ Oui, je souhaite être tenue informée par e-mail de l'actualité des éditions Harlequin.
☐ Oui, je souhaite bénéficier par e-mail des offres promotionnelles des partenaires des éditions Harlequin.

Renvoyez cette page à : Service Lectrices Harlequin – BP 20008 – 59718 Lille Cedex 9

Date limite : **20 octobre 2011**. Vous recevrez votre colis environ 20 jours après réception de ce bon. Offre soumise à acceptation et réservée aux personnes majeures, résidant en France métropolitaine. Offre limitée à 2 collections par foyer. Prix susceptibles de modification en cours d'année. Conformément à la loi Informatique et libertés du 6 janvier 1978, vous disposez d'un droit d'accès et de rectification aux données personnelles vous concernant. Il vous suffit de nous écrire en nous indiquant vos nom, prénom et adresse à : Service Lectrices Harlequin - BP 20008 - 59718 LILLE Cedex 9. Harlequin® est une marque déposée du groupe Harlequin. Harlequin SA – 83/85, Bd Vincent Auriol – 75646 Paris cedex 13. SA au capital de 1 120 000€ - R.C. Paris. Siret 31867159100069/ APE5811Z

Recevez la
NEWSLETTER
www.harlequin.fr

Vous souhaitez être tenue informée de toute l'actualité des Éditions Harlequin ?

C'est très simple !

Inscrivez-vous sur notre site internet.

Rendez-vous vite sur

www.harlequin.fr

GRATUITS !
2 ROMANS* et 2 CADEAUX surprise !

OUI ! Envoyez-moi mes **2 romans offerts*** de la collection que j'ai choisie et mes **2 cadeaux surprise gratuitement**.
Sauf contrordre de ma part, j'accepte ensuite de recevoir chaque mois les romans de la collection choisie, simplement en consultation.

* 1 roman pour les collections Jade, Mira, Audace et Nocturne.

☛ COCHEZ la collection choisie et renvoyez cette page au
Service Lectrices Harlequin – BP 20008 – 59718 Lille Cedex 9

Collection	Code	Détails
❏ AZUR	ZZ1F56	6 romans par mois 25,40€
❏ HORIZON	OZ1F54	4 romans par mois 18,66€
❏ AUDACE	UZ1F52	2 romans par mois 12,60€
❏ BLANCHE	BZ1F53	3 volumes doubles par mois 20,72€
❏ LES HISTORIQUES	HZ1F53	3 romans par mois 20,72€
❏ BEST SELLERS	EZ1F53	3 romans par mois 22,82€
❏ NOCTURNE	TZ1F52	2 romans par mois 12,78€
❏ PRÉLUD'	AZ1F54	4 romans par mois 23,82€
❏ PASSIONS	RZ1F53	3 volumes doubles par mois 21,29€
❏ BLACK ROSE	IZ1F53	3 volumes doubles par mois 21,29€
❏ MIRA	MZ1F52	2 romans par mois 28,56€
❏ JADE	JZ1F52	2 romans par mois 28,56€

N° d'abonnée Harlequin (si vous en avez un) |__|__|__|__|__|__|__|__|__|__|

Mme ❏   Mlle ❏   Nom : _____

Prénom : _____   Adresse : _____

Code Postal : |__|__|__|__|__| Ville : _____

Tél. : |__|__|__|__|__|__|__|__|__|__|

E-mail : _____

❏ Oui, je souhaite recevoir par e-mail les offres promotionnelles des éditions Harlequin.
❏ Oui, je souhaite recevoir par e-mail les offres promotionnelles des partenaires des éditions Harlequin.

Date limite : 20 octobre 2011. Vous recevrez votre colis environ 20 jours après réception de ce bon. Offre soumise à acceptation et réservée aux personnes majeures, résidant en France métropolitaine, dans la limite des stocks disponibles. Offre limitée à 2 collections par foyer. Prix susceptibles de modification en cours d'année. Conformément à la loi Informatique et libertés du 6 janvier 1978, vous disposez d'un droit d'accès et de rectification aux données personnelles vous concernant. Par notre intermédiaire, vous pouvez être amenée à recevoir des propositions d'autres entreprises. Si vous ne le souhaitez pas, il vous suffit de nous écrire en nous indiquant vos nom, prénom et adresse à : Service Lectrices Harlequin BP 20008 59718 LILLE Cedex 9.

2 ROMANS et 1 CADEAU surprise !

- Offre réservée à la Suisse -

OUI ! Envoyez-moi mes **2 romans gratuits** de la collection que j'ai choisie et **mon cadeau surprise**. Sauf contrordre de ma part, j'accepte ensuite de recevoir chaque mois les romans de la collection choisie, simplement en consultation. Chaque livre me sera proposé à -10%. La participation aux frais de port de SFr.4,05 par colis est incluse dans le prix. Je n'ai aucune obligation d'achat et je peux annuler à tout moment. Dans tous les cas, je conserverai mes cadeaux.

☛ COCHEZ la collection choisie :

- ❏ **AZUR**.......................ZZ1FS1......4 romans par mois SFr.28,53
- ❏ **HORIZON**................OZ1FS1......4 romans par mois SFr.29,25
- ❏ **BLANCHE**................BZ1FS1......2 volumes doubles par mois SFR.23,31
- ❏ **LES HISTORIQUES**..HZ1FS1......2 romans par mois SFr.23,13
- ❏ **BEST SELLERS**........EZ1FS1......2 romans par mois SFr.26,55
- ❏ **PRÉLUD'**..................AZ1FS1......2 romans par mois SFr.20,97
- ❏ **PASSIONS**...............RZ1FS1......2 volumes doubles par mois SFr.24,75

☛ COMPLÉTEZ vos coordonnées et renvoyez cette page à :
Service Lectrices Harlequin – BP 20008 – F.59718 Lille Cedex 9

N° d'abonnée Harlequin (si vous en avez un) ⎵⎵⎵⎵⎵⎵⎵⎵⎵⎵

Mme ❏ Mlle ❏ Nom : _____

Prénom : _____ Adresse : _____

Code Postal : ⎵⎵⎵⎵⎵ Ville : _____

Tél. : ⎵⎵⎵⎵⎵⎵⎵⎵⎵⎵ Pays : Suisse

E-mail : _____

❏ Oui, je souhaite recevoir par e-mail les offres promotionnelles des éditions Harlequin.
❏ Oui, je souhaite recevoir par e-mail les offres promotionnelles des partenaires des éditions Harlequin.

Date limite : 20 octobre 2011. Vous recevrez votre colis environ 20 jours après réception de ce bon. Offre soumise à acceptation et réservée aux personnes majeures, résidant en Suisse, dans la limite des stocks disponibles. Offre limitée à 2 collections par foyer. Prix susceptibles de modification en cours d'année. Conformément à la loi Informatique et libertés du 6 janvier 1978, vous disposez d'un droit d'accès et de rectification aux données personnelles vous concernant. Par notre intermédiaire, vous pouvez être amenée à recevoir des propositions d'autres entreprises. Si vous ne le souhaitez pas, il vous suffit de nous écrire en nous indiquant vos nom, prénom et adresse à : Service Lectrices Harlequin BP 20008 59718 LILLE Cedex 9.

Composé et édité par les
éditions Harlequin
Achevé d'imprimer en France (Malesherbes)
par Maury-Imprimeur
en novembre 2010

Dépôt légal en décembre 2010
N° d'imprimeur : 158999 — N° d'éditeur : 15361